À L'OMBRE
DES SOUVENIRS INTERDITS

DU MÊME AUTEUR

L'Arbre à pain, De Borée, 2003; Éditions du Papillon, 2009; Terre de poche, De Borée, 2011
Les Drailles oubliées, De Borée, 2005; Éditions France Loisirs, 2005; À vue d'œil, 2007; Terre de Poche, De Borée, 2014
Le Secret des Terres blanches, De Borée, 2006; GLM, 2006; À vue d'œil, 2006; Terre de poche, De Borée, 2015
L'Arbre d'or, De Borée, 2007; Éditions France Loisirs, 2006; GLM, 2007; *À vue* d'œil, 2008; Terre de poche, De Borée, 2011
L'Arbre à palabres, Mélis Éditions, 2009
Le Brouillard de l'aube, Terre de poche, 2010; De Borée, 2011
Les Hauts de Bellecoste, Éditions France Loisirs, 2010; De Borée, 2011
Terres noires, Éditions France Loisirs, 2011; De Borée, 2012
Les Rives Blanches, Presses de la Cité, 2013 (Prix de l'académie cévenole Le Cabri d'Or 2013) ; Éditions France Loisirs, 2015; Pocket, 2020
Les Rochefort, Éditions France Loisirs, 2013; Presses de la Cité, 2014; Pocket, 2015
L'Enfant rebelle, Éditions France Loisirs, 2014; Presses de la Cité, 2015; Pocket, 2017
Le Goût du soleil, Éditions France Loisirs, 2015; Presses de la Cité, 2016; Pocket, 2018
La Promesse à Élise, Éditions France Loisirs, 2016; Presses de la Cité, 2017; Pocket, 2019
Le Chemin des larmes, De Borée, 2004 (Prix Mémoire d'Oc 2004) ; Presses de la Cité, 2018
L'Héritier du secret, Éditions France Loisirs, 2017; Presses de la Cité, 2018; Pocket, 2020
Les Sarments de la colère, De Borée, 2009; Presses de la Cité, 2019
Dans les yeux d'Ana, Éditions France Loisirs, 2018; Presses de la Cité, 2019; Pocket, 2021
Les Bonheurs de Céline, De Borée, 2010; Presses de la Cité, 2020
Les Enfants de Val Fleuri, Éditions France Loisirs, 2019; Presses de la Cité, 2020; Pocket, 2021
Le Saut du loup, Presses de la Cité, 2020
Les Fiancés de l'été, Presses de la Cité, 2021; Pocket, 2022
Les Naufragés du déluge, Presses de la Cité, 2022; Pocket, 2023
Le Retour d'Ariane, Presses de la Cité, 2022; Pocket, 2023
L'Appel des drailles, De Borée, 2004; Presses de la Cité, 2023

Christian Laborie

À L'OMBRE DES SOUVENIRS INTERDITS

Roman

TERRES DE FRANCE

Les Presses de la Cité

92, avenue de France – 75013 Paris
ISBN 978-2-258-19607-0
Dépôt légal : août 2023

Avertissement

Ce roman est une pure fiction, mais son développement repose sur un contexte historique précis, celui des années 1960-1980. Si l'auteur a pris certaines libertés, les détails concernant le sort des enfants déracinés de La Réunion s'appuient sur des témoignages réels de victimes de ce drame.

PREMIÈRE PARTIE

L'harmonie

1

L'appel

Montpellier, janvier 2002

Sur le moment, je n'ai pas reconnu sa voix. Plus de quinze années s'étaient écoulées depuis notre dernière rencontre. Dans le combiné du téléphone, un bruit de fond rendait l'écoute difficile. Et j'étais à cent lieues de deviner qui, à cette heure tardive, osait me déranger, moi que personne n'appelait jamais en dehors de mon travail. À l'époque, j'avais très peu d'amies et lorsqu'elles avaient besoin de s'épancher mes rares connaissances venaient plutôt frapper à ma porte.

— C'est moi…

— Pardon ?

— Ben, c'est moi, voyons !

J'ai cru à une plaisanterie de mauvais goût. Ça n'aurait pas été la première fois qu'un inconnu perturbait ma chère tranquillité, à laquelle j'étais si attachée. Depuis que j'étais redevenue célibataire, j'appréciais la solitude. Je venais de mettre fin à ma relation avec Édouard et ne désirais pour rien au monde nouer une autre liaison.

Dans mon petit appartement de Montpellier, je filais des jours sereins – heureux ? je n'oserais l'affirmer –, loin du tumulte de la vie parisienne que j'avais supporté pendant plus de dix ans quand j'enseignais au lycée Janson-de-Sailly.

— On se connaît ? ai-je insisté, sur le point de raccrocher.

— Tu rigoles ou tu te moques de moi ? Voyons, Alice, ma voix a tellement changé ? Ou bien tu le fais exprès ! Eh, ma toute belle, réveille-toi ! Ce n'est pas encore l'heure d'aller te coucher.

À sa manière de m'appeler « ma toute belle », j'ai aussitôt compris qui était au bout du fil.

— Lina… ! C'est toi, Lina ?

— Ah, enfin ! Je commençais à craindre que t'aies chopé Alzheimer ! Tu m'rassures.

— Mais… mais ça fait si longtemps !

— Quinze ans.

— Dix-sept !

— Peut-être, je ne compte pas les années. Je ne veux pas vieillir avant l'heure.

— Tu es où ? À Montpellier ?

— Pas encore. Je suis à Paris. Je rentre d'Irak. J'ai abandonné Élie en cours de route à Beyrouth. Il doit me rejoindre dans une semaine.

Lina refaisait surface dans ma vie d'une façon si brutale que je n'ai pas réagi. Je l'ai laissée discourir sans lui demander davantage de précisions sur les raisons de son appel.

— Tu as reçu le petit paquet que je t'ai envoyé de Bagdad ? s'est-elle enquise sans autre préambule.

La veille, le facteur avait déposé dans ma boîte aux lettres une grosse enveloppe de papier kraft à laquelle je n'avais pas prêté attention, pensant qu'il s'agissait du roman que j'avais commandé à la Fnac – *Rouge Brésil* de Jean-Christophe Rufin paru chez Gallimard et prix Goncourt en 2001. À la rentrée je voulais en proposer la lecture à mes étudiants de première année pour établir un lien facile avec les auteurs brésiliens que je souhaitais leur faire découvrir.

— Euh… non, je ne crois pas. Quel paquet ? Ah, peut-être ! Une enveloppe marron ?

— Je vois que tu t'intéresses beaucoup à ton courrier !

Je l'ai laissée patienter quelques secondes et suis allée chercher l'enveloppe en question que j'avais négligemment abandonnée sur un rayon de la bibliothèque.

— Je l'ai, ai-je aussitôt affirmé. Je n'avais pas reconnu ton écriture ni remarqué le timbre.

— Ça ne m'étonne pas de toi ! Toujours aussi distraite.

— Tu ne m'as encore pas dit pourquoi tu m'appelles ?

— Pour m'assurer que tu avais bien reçu ce paquet !

Lina me parlait comme si nous nous étions séparées seulement quelques jours plus tôt. Elle n'avait pas changé. Je la retrouvais comme je l'avais connue jadis, spontanée, vive d'esprit, un peu moqueuse, parfois irritante.

— C'est tout ? ai-je ajouté. Je pensais que tu allais m'annoncer ton retour, que tu désirais me revoir !

— Ça ne saurait tarder, ma toute belle. Sois patiente. Mais, auparavant, j'aimerais que tu me fasses le plaisir de lire le cahier que je t'ai adressé.

— Qu'est-ce que c'est ?

— Oh ! rien que des notes que j'ai griffonnées dans un cahier d'écolier. Tu sais aussi bien que moi que je n'ai jamais été très douée pour l'écriture. Aussi, j'ai un grand service à te demander.

Je ne voyais pas du tout où Lina voulait en venir. Après une si longue absence, qu'attendait-elle donc de moi de façon si urgente ? Qu'avait-elle écrit dans ce cahier qu'elle avait pris soin de m'envoyer de si loin ? Ne pouvait-elle pas attendre d'être rentrée en France et me le remettre en main propre ?

— Qu'y a-t-il dans ce cahier ?

J'ai senti qu'elle hésitait. Je lui ai tendu la perche.

— Ce sont tes témoignages de médecin humanitaire ? Tes souvenirs ? Ou ton journal intime ?

— C'est un peu ça. J'aimerais que tu rédiges ces notes correctement. Moi, je ne sais pas le faire. Je ne suis pas une littéraire comme toi. Au fait… toujours prof de français ?

— Oui, j'enseigne la littérature étrangère à Paul-Valéry.

— Belle promotion !

— Tu as l'intention de publier tes *Mémoires* ? me suis-je moquée.

— Non ! Absolument pas. Mais j'ai besoin de faire le point. Je voudrais que quelqu'un comme toi retrace pour moi le récit de ce que j'ai vécu. Tu me parais la mieux placée pour ce travail.

Je n'ai pas exigé de plus amples explications. Je connaissais l'histoire de Lina. Je me suis toujours attendue à ce qu'elle m'adresse un jour ce genre de requête. Mais depuis qu'elle avait disparu de ma vie, j'avais fini par croire qu'elle avait mis une chape de plomb sur ce qui l'avait profondément perturbée pendant des années, depuis le premier jour où elle était entrée en classe de sixième au lycée de Mende, en Lozère.

C'est dans ce lycée que nous nous sommes rencontrées la première fois et qu'est née notre amitié.

Ce soir-là Lina ne s'est pas étendue. Pour elle, sans doute, sa résurgence dans ma vie n'avait rien d'exceptionnel. On s'était quittées sans un adieu. On se retrouvait au téléphone sans un mot de véritables retrouvailles. Elle n'avait pas changé, Lina. Elle apparaissait, puis disparaissait. Tel un feu follet.

Je n'ai pas eu le temps de lui demander des nouvelles d'Élie, son compagnon. J'ignorais si elle avait fini par l'épouser, s'ils avaient eu des enfants, s'ils avaient vécu toutes ces années à l'étranger au gré des postes de leurs missions humanitaires. Je n'ai eu droit qu'à des remarques sans importance sur le monde qu'elle avait découvert à travers ses pérégrinations. Elle m'a semblé blasée, presque déçue, et cependant dans l'expectative d'un lendemain différent qu'elle envisageait déjà, mais dont elle a refusé de m'entretenir par téléphone.

— Avec Élie, nous avons des projets, s'est-elle contentée de me préciser avant de raccrocher.

Auparavant, elle a voulu s'assurer que je lirais le contenu de son cahier et que j'userais de mes talents de plume pour la rédaction de ses souvenirs.

— J'y tiens beaucoup. Tu es la seule à qui je peux demander un tel service. Tout ce que tu découvriras ne te sera pas étranger. Je t'en parlais sans détour quand nous étions au lycée. Tu connais ma vie aussi bien que moi. Tu n'auras donc aucune difficulté à mettre tous ces détails en forme. Adopte le genre littéraire que tu jugeras le plus adéquat. Il s'agit que tu ne trahisses pas la vérité.

Je ne l'ai pas questionnée davantage. J'ai deviné que Lina était à un point de son existence où elle avait besoin soit de faire table rase du passé, soit de renouer totalement avec ses racines. Ce travail qu'elle me demandait d'accomplir pour elle serait le trait d'union entre sa vie antérieure et sa vie future.

— Je te promets d'y jeter un œil dès demain, lui ai-je répondu.

— Non, pas seulement jeter un œil ! Tu vas te mettre à ma place et écrire comme si c'était moi qui tenais la plume. Je veux que tu t'appropries ce que tu liras. Oublie que c'est moi qui ai rédigé mes souvenirs.

Lina me semblait très mystérieuse. Je n'ai pas compris immédiatement la raison profonde de sa démarche. Je lui ai assuré néanmoins que j'agirais exactement comme elle le souhaitait. Mais je lui ai suggéré de nous rencontrer le plus vite possible afin de retisser l'amitié qui nous avait unies pendant plus de quinze ans et qui, au plus profond de moi-même, ne s'était jamais rompue.

— Ça me ferait tellement plaisir de te revoir ! n'ai-je pas pu me retenir de lui confier.

— Je descendrai à Montpellier dès qu'Élie sera de retour. Nous fêterons nos retrouvailles. Promis.

Elle a raccroché sans plus d'effusions. Sans me préciser de date. Sans prononcer ces mots qu'on s'adresse d'habitude à la fin d'une conversation téléphonique : « je t'embrasse… bisous… tchao, tchao… ».

Elle était comme ça, Lina. Carrée. Droite. Forte. Dépourvue de sensibilité. Du moins en apparence.

Mais moi, je savais que dans sa poitrine battait un cœur d'or.

2

Premiers contacts

Je n'ai pas pu attendre le lendemain pour ouvrir l'enveloppe. Aussitôt après avoir raccroché le téléphone, je me suis précipitée dans mon bureau, ai saisi le coupe-papier et l'ai décachetée proprement, non sans un pincement au cœur.

Qu'allais-je découvrir à l'intérieur ? Un cahier d'écolier, m'avait avertie Lina. Un cahier renfermant ses souvenirs.

Souvenirs d'enfance et d'adolescence, ai-je supposé. J'étais persuadée qu'elle finirait un jour par revenir sur ce passé qui, dès l'instant où il s'était imposé à elle, ne s'était plus jamais effacé de sa mémoire. J'en avais été le témoin indirect, la confidente la plus intime, celle à qui elle ne demandait rien d'autre que de l'écouter, de la voir vivre, réagir. Je me suis toujours gardée de la contredire, de la contrarier, de lui montrer une quelconque désapprobation.

Nous étions amies, sœurs de cœur, mais si différentes !

J'ai souvent admiré Lina, moi, la fille modeste, issue d'une famille d'agriculteurs pour qui l'école représentait le seul ascenseur social et la réussite scolaire l'unique moyen d'échapper à sa condition.

Je l'enviais d'avoir des parents aisés, un père secrétaire général de préfecture et une mère médecin. Elle évoluait dans un milieu bourgeois sans se rendre compte qu'autour d'elle ses camarades n'avaient pas la même chance, et qu'ils devaient parfois aider à la ferme après l'école.

Pourtant, lorsque nous nous sommes liées d'amitié, j'étais loin de penser à quel point elle était à jamais marquée par le destin.

Je suis entrée en classe de sixième, dans le premier cycle du lycée de Mende, en septembre 1972. Je ne connaissais personne de mon école dans ce grand établissement privé où mon institutrice m'avait obtenu une place grâce à mes bons résultats scolaires. Mes camarades avaient pour la plupart intégré une sixième dans un CEG – un collège d'enseignement général – ou une classe de pré-apprentissage. Je me sentais privilégiée d'avoir été choisie pour entrer directement en cycle long en vue du baccalauréat. Comme je venais d'un petit village situé à une vingtaine de kilomètres de Mende, j'étais interne et ne rentrais donc dans ma famille que le samedi après les cours du matin pour reprendre le chemin de l'internat dès le dimanche soir. C'était pour moi une véritable déchirure chaque fois que je devais quitter les miens et retrouver les bancs du lycée. Mais c'était pour mon avenir, m'affirmait avec constance ma mère quand je lui dévoilais mes états d'âme.

— Tu as une chance inouïe de pouvoir étudier. Profites-en. Travaille. Ne cesse pas d'apprendre. Ne prends pas exemple sur moi. Aujourd'hui, les filles peuvent faire des études comme les garçons et obtenir une belle situation.

Ma mère, il est vrai, trimait. Elle aidait mon père aux travaux agricoles. À leur grand désespoir, ils n'avaient pas eu de garçon. J'étais leur seul enfant. Ayant eu des complications à ma naissance, ma mère ne parvint plus jamais à tomber enceinte.

Il ne leur fut pas facile d'accepter la proposition de madame Reynal, mon institutrice, quand celle-ci vint les supplier de m'envoyer au lycée pour poursuivre mes études.

— Alice nous est utile à la ferme, lui objecta mon père. Dans quelques années, elle secondera ma femme. Nous n'avons qu'elle !

Madame Reynal dut revenir à la charge plusieurs fois pour le convaincre. Ma mère, quant à elle, se soumettait à l'avis de son mari et n'osait le contredire.

À force de persévérance, madame Reynal finit par atteindre son but. Mon père céda, mais à certaines conditions :

— Si elle ne travaille pas bien, elle restera à la maison dès qu'elle aura l'âge de ne plus aller à l'école.

Dans nos campagnes reculées, les enfants qui suivaient de longues études étaient encore peu nombreux. Les garçons se contentaient d'un CAP, les filles d'un brevet d'études ménagères. Seuls ceux issus de milieux plus favorisés, souvent urbains, envisageaient l'entrée au lycée. Au reste, mis à part Mende et Florac, on ne pouvait pas parler de villes en Lozère, tant le département était peu peuplé.

Ce premier jour d'école, isolées toutes les deux, Lina et moi nous rapprochâmes rapidement. Dans la cour de récréation, pendant que les professeurs principaux procédaient à l'appel, Lina se tenait à l'écart, non pour garder ses distances, mais par discrétion. La plupart des autres filles se regroupaient par affinité ou par accointance. Lina les observait sans oser se mêler à elles, comme pour ne pas les importuner. Moi, je demeurais également en retrait, par timidité. Lina ne m'avait pas remarquée. Nous étions dans la même classe, la 6e A, où nous allions apprendre le latin et l'allemand. Mon père s'était laissé convaincre par le proviseur qu'en faisant un tel choix j'étais assurée de me retrouver dans la meilleure classe, l'anglais, estimé plus facile, étant pris par la majorité des élèves.

En montant rejoindre notre salle, nos regards se croisèrent. Dès cet instant, je sus que nous deviendrions amies.

3

Une famille bien intégrée

Ce que j'ai découvert dans le journal intime de Lina ne m'était pas inconnu. Elle m'avait raconté l'histoire de son enfance et j'avais été témoin de beaucoup d'événements qui avaient marqué son adolescence à Mende.

Ses plus lointains souvenirs ne remontaient pas au-delà de ses quatre ans. Il est rare que l'on garde en mémoire des faits qui se sont déroulés au cours des toutes premières années de notre existence. Lina ne faisait pas exception à la règle.

Dans les premières pages, ce n'étaient que des notes brèves, sans aucune syntaxe, ponctuées de dates approximatives, de lieux rapidement décrits, de remarques personnelles et de paroles qu'elle attribuait à son entourage : parents, amis ou simples connaissances.

Mais tout était suffisamment précis pour que je puisse m'imaginer sa vie jusqu'à notre rencontre.

Jusqu'à ses onze ans, Lina vécut à Guéret, préfecture de la Creuse. Ce département m'était totalement inconnu mais j'ai vite appris qu'il s'agissait d'une région aussi rurale que ma Lozère natale. Son père, Pierre Larsac, occupait le poste de secrétaire général de la préfecture. Sa mère, Séréna, était médecin généraliste.

Tous deux s'étaient rencontrés en Martinique au début des années 1950 et s'étaient mariés peu après. Pierre était alors attaché parlementaire auprès du jeune député-maire de Fort-de-France, Aimé Césaire. Séréna venait de terminer sa médecine en métropole et était rentrée dans son île natale pour mettre ses compétences au service des siens à une époque où les Antilles françaises souffraient encore d'un gros déficit de cadres qualifiés. Née d'un père breton, petit patron d'une pêcherie à La Trinité, et d'une mère martiniquaise, lointaine descendante d'esclaves, elle avait pris de celle-ci la teinte cuivrée de sa peau et la couleur ébène de ses cheveux. Séréna ne passait pas inaperçue lorsqu'elle apparaissait au bras de son mari aux réceptions données à la préfecture de Fort-de-France ou à l'hôtel de ville. Toutes les têtes se retournaient sur elle, tant elle resplendissait de beauté. Une beauté des îles, une jolie mulâtre ! relevaient les jaloux. En ce milieu de siècle, les commentaires, même les plus élogieux, n'étaient pas tous dépourvus de connotations racistes. Les communautés d'origines européenne et africaine ne cohabitaient pas toujours en parfaite harmonie. Au régime de l'esclavage aboli en 1848 avait succédé la colonisation jusqu'en 1946, date à laquelle le combat pour la reconnaissance de l'égalité porta ses fruits. Mais les esprits n'avaient pas tous changé et les échauffourées n'étaient pas rares dans les quartiers chauds de la capitale antillaise.

Par la suite, Pierre rejoignit les cadres de l'administration préfectorale et obtint un poste de chef de service. Mais, devant les difficultés que rencontrait sa jeune épouse en proie aux remarques désobligeantes d'une partie de sa patientèle, il décida, en accord avec elle, d'aller s'installer en métropole où, pensait-il, le regard des autres serait différent. Grâce à ses relations, Pierre fut nommé secrétaire général de préfecture à Guéret. Séréna s'associa à un confrère dans un cabinet médical de la même ville.

Leur vie s'établit dans l'harmonie entre les murs de cette petite ville de province bien tranquille, loin des tumultes et des coups de chaud qu'ils avaient connus sous les tropiques. Certes, Séréna éprouvait régulièrement des bouffées de nostalgie. Son île lui manquait, ainsi que sa famille à laquelle elle était très attachée. Mais, ayant séjourné à Bordeaux de longues années pour mener à bien ses études de médecine, elle ne se sentait pas totalement étrangère en métropole. Elle y retrouva des amis de faculté, installés dans la région. La Creuse n'étant pas très éloignée de la Gironde, elle les rejoignait volontiers le temps d'un week-end.

Lina conservait des souvenirs précis de sa vie dans la Creuse. Dans son journal, elle l'avait appelée « Enfance », comme le titre d'une première partie d'un livre. J'ai respecté sa manière de raconter et essayé d'y distinguer des chapitres, comme si je rédigeais la biographie romancée de mon amie. J'y ai ajouté seulement ce que moi je percevais à travers les lignes, pensais à propos de certains faits qu'elle rapportait, et me suis contentée de corriger des erreurs chronologiques ou de connaissance.

Petit à petit, le récit de sa jeune existence prenait forme sous mes yeux. J'étais le témoin tapi dans l'ombre de ce qu'elle avait vécu avant notre rencontre, avant de devenir celle qui l'accompagnerait dans ce qu'elle avait ensuite intitulé : « Adolescence ».

Lina passa une enfance heureuse. À bien des égards, elle faisait partie de cette classe privilégiée qui, pour l'époque, vivait au-dessus de la moyenne des familles françaises. Si les années 1960 furent pour beaucoup le début d'une période de croissance, tant d'un point de vue économique que social, les difficultés demeuraient une réalité quotidienne pour une grande majorité. Les miens, en tant qu'agriculteurs, ne profitèrent pas immédiatement de cette amélioration des conditions de vie. Aussi, quand Lina me racontait comment elle avait vécu à Guéret avant de déménager à Mende, je l'écoutais avec beaucoup d'intérêt. Tandis que je menais l'existence d'une petite fille de la campagne, très tôt mise à l'épreuve pour aider ma mère dans ses tâches ménagères, Lina, de son côté, évoluait dans un univers familial douillet où les enfants étaient l'objet de toute l'attention de leurs parents.

Lorsque les Larsac arrivèrent en métropole en 1957, le pays était plongé dans les derniers soubresauts de la IVe République. La guerre d'Algérie s'éternisait et la classe politique, dans son ensemble, se montrait plutôt pessimiste quant à une issue rapide du conflit. Un an plus tard, quand le général de Gaulle fut appelé au pouvoir par le président de la République, René Coty, nombreux furent ceux à en être soulagés, espérant que, comme en 1940, il serait l'homme du recours, celui qui trouverait une sortie honnête à une sale guerre, comme certains la qualifiaient.

Pierre ne soutenait pas particulièrement le général de Gaulle. Si, sous l'Occupation, il avait participé activement à la Résistance et avait rallié sans hésitation les rangs des gaullistes, il se méfiait de ses prétentions politiques. À ses yeux, il avait incarné la France debout quand celle-ci avait courbé l'échine devant les Allemands, il avait été le héros de la Libération et, à ce titre, demeurait et demeurerait à jamais une grande figure de l'histoire de notre nation. Mais, depuis que les chefs de parti le pressentaient pour les plus hautes fonctions de l'État, il lui reprochait de profiter de la situation de faiblesse du régime pour se placer en position d'homme providentiel. Il réprouvait ses prises de position, ses déclarations péremptoires, son détachement apparent vis-à-vis du pouvoir, persuadé qu'il n'avait pas oublié sa mise à l'écart un an après la victoire sur le nazisme. Pierre s'attendait à ce que le Général sorte un jour de sa retraite de Colombey-les-Deux-Églises comme un loup de sa tanière et revienne sur le devant de la scène au moment où il le jugerait opportun pour imposer ses conditions.

Ses craintes se concrétisèrent un an après son installation à Guéret. Mais, étant donné son poste à la préfecture, il évita de faire état de ses opinions. Au reste, personne ne savait qu'il avait adhéré à la SFIO peu avant son retour en métropole. À Fort-de-France, en tant qu'attaché parlementaire d'Aimé Césaire, il n'avait jamais caché ses sympathies pour les communistes. Mais lorsque, en 1956, après la révélation par le rapport Khrouchtchev des crimes de Staline, Césaire rompit avec le Parti communiste français, il rejoignit les rangs des socialistes.

Pierre était conscient qu'il n'avait pas intérêt à se démarquer. Les enjeux étaient en train de se préciser. Les gaullistes avaient intelligemment manœuvré pour permettre à leur leader d'être reconnu par l'ensemble de la classe politique – ou presque – comme le seul capable de résoudre l'épineux problème algérien.

En tant que secrétaire général du préfet, représentant de l'État, Pierre avait un devoir de réserve, comme sa femme devait garder le secret médical en ce qui concernait ses patients.

Séréna de son côté trouva facilement sa place au sein de la petite bourgeoisie de Guéret. Son cabinet se situait en centre-ville, si bien que sa patientèle était surtout composée de commerçants, de petits notables, de fonctionnaires. Elle appréciait de ne pas entendre derrière son dos des remarques à propos de ses origines, de la couleur de sa peau, de sa beauté exotique. Dans la société guérétoise qu'elle fréquentait, elle fut admise sans discrimination. Elle était tantôt le médecin de famille, tantôt l'épouse du secrétaire général de la préfecture, ce qui, comme à Fort-de-France, lui ouvrit rapidement les portes des maisons les plus respectables de la commune.

Dès leur arrivée, ils louèrent une jolie villa à l'extérieur de la ville, entourée d'un jardin verdoyant. Chaque matin, Pierre conduisait Séréna au travail, puis se rendait à la préfecture à pied, lui laissant leur petite Dauphine afin qu'elle puisse assurer ses visites à domicile.

Très vite, Séréna tomba enceinte. Malgré son métier très prenant, elle n'envisageait pas de ne pas avoir d'enfants. Lorsqu'elle apprit l'heureuse nouvelle à son mari, celui-ci bondit de joie.

— Je vais être père ! C'est le plus beau cadeau que tu puisses m'offrir.

Dès lors, Pierre organisa son emploi du temps pour être plus présent auprès de Séréna qui dut renoncer à son travail après seulement six semaines de grossesse. Un de ses confrères, gynécologue, la prévint :

— Le fœtus est mal accroché. Si tu ne te ménages pas, tu risques de le perdre avant terme. Tu dois rester allongée le plus possible et manger convenablement pour prendre des forces.

Par crainte de mettre son bébé en péril, Séréna écouta ses conseils et garda le lit jusqu'à la fin.

Fabien naquit en 1958, avec cinq semaines d'avance. Il fut considéré comme grand prématuré et placé en observation immédiatement. Ses jours n'étaient pas en danger, mais Séréna ne fut autorisée à l'emmener à la maison que quinze jours après l'avoir mis au monde. Par la suite, Fabien devint un beau et fort bébé qui rattrapa rapidement son retard de poids et de taille.

Mais la crainte de Séréna de ne plus être capable d'avoir un enfant hanta dès lors son esprit. Sa première expérience avait été difficile. Pourtant après avoir eu un garçon, son vœu le plus cher était d'avoir une fille. Pierre le souhaitait autant qu'elle. Ils vécurent alors dans ce seul espoir et ne pouvaient s'empêcher d'y songer quand, le soir, ils se retrouvaient au lit et s'abandonnaient dans les bras l'un de l'autre.

4

Une petite fille modèle

Lina et moi sommes nées la même année, en 1961, à quelques mois d'intervalle. Pourtant elle me paraissait plus mûre, plus avancée que moi en de nombreux domaines.

Lina excellait en tout. Déjà à l'école primaire, elle faisait preuve d'une vivacité d'esprit inhabituelle pour un enfant de son âge. En classe, elle semblait s'ennuyer et terminait ses exercices bien avant les autres. L'institutrice l'autorisait alors à lire en attendant que ses camarades aient fini leur devoir. Elle dévora ainsi tous les ouvrages de la bibliothèque scolaire en moins de deux ans.

Pour occuper ses jeudis et ses vacances, elle fréquentait une école de danse à Guéret et apprenait le piano avec un professeur de musique qui se rendait chez elle deux fois par semaine. Dans ce domaine aussi, elle était très douée. À huit ans, elle exécutait déjà sans partition la *Petite Musique de nuit* de Mozart et la *Sonate au clair de lune* de Beethoven. Partout où ses parents l'emmenaient, on lui demandait de jouer un morceau de piano ou d'effectuer quelques pas de danse, ce qu'elle acceptait volontiers sans prétention, car, pour elle, faire plaisir était naturel.

Malgré son caractère tenace, Lina passait pour une petite fille modèle auprès des parents de ses camarades. De bonne famille, elle était très appréciée et s'entendait avec tout le monde. À Guéret, elle était invitée à tous les anniversaires, à toutes les fêtes. On la complimentait pour son intelligence et sa vivacité d'esprit. Les mamans de ses amies la montraient souvent en exemple à leurs propres enfants.

Chez elle, elle était obéissante et dévouée, toujours prête à aider sa mère quand elle la voyait fatiguée par ses longues journées de travail. Elle ne rechignait jamais à se porter volontaire pour accomplir les tâches ménagères. Elle était la première à dresser la table, à la débarrasser, à essuyer la vaisselle. Sa chambre était bien rangée, rien ne traînait, aucun vêtement n'était abandonné négligemment sur le lit ou sur une chaise. Ses jouets étaient soigneusement rangés dans leurs boîtes d'origine et parfaitement alignés sur les étagères. Et quand son père passait l'embrasser avant qu'elle ne s'endorme, elle s'accrochait à son cou pour le retenir et lui soufflait à l'oreille des mots d'amour comme les enfants savent en inventer.

Le jour de notre entrée en sixième, à la première heure de cours de monsieur Duchamp, notre professeur de mathématiques, je me plaçai à côté d'elle, au deuxième rang, afin de faire plus vite connaissance.

Lina se démarquait des autres filles. Elle portait une petite robe bleu pastel très élégante alors que la plupart des élèves arboraient des jupes plissées de collégienne en coton uni. Ses longs cheveux noir de jais étaient retenus sur le côté par une barrette discrète à laquelle était attachée une jolie fleur qui exhalait un parfum enivrant. Mais c'est surtout son teint ambré qui étonna le plus. On aurait dit qu'elle arrivait d'un pays de soleil. Dans nos campagnes lozériennes, nous n'étions pas habitués à rencontrer des gens de couleur. Même en ville, ceux-ci étaient rares. Si personne n'osa lui demander d'où elle venait, tout le monde s'interrogea.

— Ma mère est d'origine martiniquaise, m'expliqua-t-elle, sans que j'eusse besoin de lui demander où elle était née.

Toutefois elle précisa :

— Mais je suis née à Guéret.

— Guéret ?

— Oui, dans la Creuse.

Elle passa très vite pour une fille des îles, alors qu'elle n'était jamais allée dans le pays de ses ancêtres maternels.

Nous sympathisâmes aussitôt. J'étais heureuse d'avoir attiré son attention. Je voyais en elle tout ce que j'aurais aimé être. Elle était jolie, distinguée, différente, intelligente, vive… Le soir, au fond de mon lit dans le dortoir, quand je pensais à elle, je ne trouvais pas assez de qualificatifs pour l'encenser.

J'avais envie de la connaître davantage. Je la questionnai fréquemment pendant les récréations, non par curiosité mais pour me rapprocher d'elle et devenir son amie. De son côté, je crois que je lui plus aussi immédiatement. J'étais une fille assez timorée, pas très mignonne, bourrelée de complexes. Certes, mes résultats scolaires du primaire plaidaient en ma faveur, mais je n'étais pas meilleure que les autres bonnes élèves de notre classe. D'ailleurs, les premières semaines, j'éprouvai de grosses difficultés à me maintenir à un niveau correct, tandis que Lina assimilait sans effort les explications de nos professeurs. Quand je me démotivais, elle m'encourageait, me proposait d'élucider avec moi, entre deux cours, ce qui m'avait échappé d'une leçon de mathématiques ou d'allemand, les matières dans lesquelles dès le début de l'année je n'excellais pas.

— Viens chez moi samedi prochain. Nous réviserons ensemble, me dit-elle un jour.

— Le samedi, j'aide ma mère à la ferme, lui répondis-je, navrée. Elle ne me laissera jamais m'éloigner de la maison.

Lina n'insista pas.

De dépit, je m'efforçai de travailler davantage et parvins bientôt à un niveau convenable. Ce que mon père reconnut avec satisfaction.

— Je m'inquiétais, m'avoua-t-il aux environs de la Toussaint. Je commençais à regretter d'avoir écouté ton institutrice.

J'étais soulagée. Si j'avais dû quitter prématurément le lycée, j'aurais perdu en même temps l'amitié de Lina. Or, je désirais ardemment qu'elle se confie encore à moi. J'avais hâte d'entendre les détails de sa vie d'avant notre rencontre. C'était pour moi une façon de gommer le temps que nous n'avions pas passé ensemble, d'entrer dans son intimité pour mieux être son amie et le rester.

Lina parlait de son grand frère avec beaucoup d'amour. Fabien fut pour elle plus qu'un frère, un véritable double dans lequel elle se projetait et avait une confiance aveugle.

Il avait trois ans de plus qu'elle, ce qui la rassurait, car elle avait la certitude qu'auprès de lui rien de mal ne lui arriverait. Pourtant ils étaient très différents. D'abord physiquement. Si Lina rappelait sa mère à bien des égards, même si elle lui ressemblait peu, Fabien tenait de son père. Le teint clair, les cheveux blonds, de belle stature, il était taillé pour le sport, ce que ne pouvait prétendre Lina, plutôt menue. Plus d'une fois, à l'école, on leur fit remarquer qu'ils ne devaient pas avoir les mêmes parents, ce qui exaspérait Lina qui prenait facilement la mouche. Dès qu'elle fut capable de se défendre, elle ne se priva pas d'affronter ceux qui osaient mettre ses origines en doute et insinuer qu'elle n'était pas du « même bain » que son frère !

Avec lui, elle entretenait une relation de connivence étroite. Complices, ils s'entendaient à merveille. Quand Fabien rencontrait une difficulté ou se montrait chagriné, Lina l'encourageait ou le consolait et trouvait le moyen de lui tirer un sourire et de le remettre en piste. De son côté, il aimait jouer au grand frère protecteur et veillait jalousement sur elle. Quand ils étaient séparés plus d'une demi-journée, ils se cherchaient, n'avaient de cesse de se retrouver pour être rassurés.

Leur caractère les différenciait également. Fabien était plus calme, plus réfléchi, plus doux que sa sœur dont les reparties fusaient. Lina avait un tempérament bien trempé, elle se défendait bec et ongles quand elle était persuadée d'avoir raison, ce qui, à l'école élémentaire, lui valut plusieurs fois les remontrances de sa maîtresse et la convocation de ses parents devant la directrice.

— Il faut tempérer tes ardeurs, jeune fille ! lui conseillait gentiment cette dernière quand elle avait tenu tête à son enseignante. Être bonne élève, c'est une chose. Encore faut-il ne pas dépasser les limites de la correction.

5

L'erreur

Tout bascula dans la vie paisible de Lina, lorsque son père, un jour, rentra de la préfecture, l'air sombre. C'était peu avant la fin juin 1972.

Sur le moment, il n'en dit mot à Séréna. Celle-ci avait quitté son cabinet plus tôt que d'habitude et s'apprêtait pour un cocktail chez un confrère de l'hôpital.

— Hâte-toi, mon chéri, lui siffla-t-elle sans le laisser souffler. Nous allons être en retard.

Quand ils s'absentaient pour une soirée prolongée, Séréna et Pierre avaient recours à une jeune étudiante pour veiller sur Lina et Fabien.

— Amandine ne vient pas garder les enfants ? s'étonna Pierre.

— Pas ce soir. Elle n'est pas libre. Mais ils m'ont promis de ne pas faire de bêtises. Lina révisera son piano et Fabien a une composition de maths demain matin. Ils seront occupés. Et puis, nous ne resterons pas longtemps.

— Je ne t'accompagne pas. Je suis fatigué, lâcha subitement Pierre.

Séréna cessa de se maquiller, dévisagea son mari.

— Tu plaisantes ! Il est trop tard pour te désister.

Pierre ne parvenait pas à dissimuler sa contrariété.

— Ça ne va pas ? demanda Séréna. Que se passe-t-il ?

— Je n'ai pas envie d'en parler maintenant. Vas-y seule. Tu leur expliqueras que j'ai eu un empêchement de dernière minute.

— Il n'en est pas question. Si tu ne viens pas, je n'y vais pas.

— Non, ce cocktail a une grande importance pour toi. Je m'occuperai des enfants.

Pierre eut beau insister, Séréna s'entêta.

— Bon, dans ce cas, je t'accompagne, finit-il par capituler.

Pendant toute la soirée, Pierre s'efforça de ne rien laisser paraître. Mais aussitôt qu'ils furent rentrés, Séréna revint à la charge.

— Alors, peux-tu me dire à présent ce qui te chagrine ?

Pierre s'assombrit davantage, s'affala dans un fauteuil.

— Je suis muté à Mende.

— Muté ! À Mende ! Comment ça… tout à coup ?

Pierre s'attendait à ce qu'un jour ou l'autre tombe une sanction. Dans la haute administration, il n'était pas recommandé de montrer des opinions hostiles aux directives venues d'en haut. Il était bien placé pour savoir que chacun était tenu au devoir de réserve. Il l'avait toujours respecté à Fort-de-France et n'était pas passé outre jusqu'à ce jour où il n'avait pas pu se retenir de s'insurger contre ce qu'il avait qualifié entre amis de « plus gros scandale de la Ve République ».

Depuis près de dix ans, Pierre s'était tu. Il connaissait parfaitement le dossier. À son poste de secrétaire général de préfecture, rien ne lui échappait. Mais il s'était abstenu de toute considération personnelle et avait appliqué les directives sans les commenter. Au reste, au début, en 1963, quand la politique d'immigration insufflée par l'ancien Premier ministre, Michel Debré, fut mise en place pour venir en aide au département de La Réunion, il n'avait porté aucun jugement de valeur. Il avait estimé que celle-ci représentait une solution familiale et économique intéressante au problème démographique de l'île.

Celle-ci souffrait en effet de surpopulation. La natalité y était galopante, le nombre d'enfants par famille bien trop important et les ressources du territoire, reposant surtout sur la canne à sucre, très insuffisantes. Il fallait donc de toute urgence mettre en œuvre une politique d'envergure pour lui permettre de sortir de son état endémique de sous-développement et éviter qu'elle ne devienne indépendante comme l'Algérie un an plus tôt.

En tant que député de « la perle de l'océan Indien », Michel Debré imagina d'aider les familles nécessiteuses en leur proposant d'envoyer leurs enfants en métropole afin d'alléger leurs charges parentales. Parallèlement, il favorisa la venue d'adultes dans le cadre d'une politique de migration à grande échelle orchestrée par le Bureau pour le développement des migrations dans les départements d'outre-mer, le Bumidom. Il s'agissait de repeupler certains départements de l'Hexagone souffrant de l'exode rural, ceux de la « diagonale du vide » – Creuse, Tarn, Lot, Gers, Lozère… –, et de lutter contre la pénurie de main-d'œuvre en ayant recours à des immigrés de nationalité française plutôt qu'à des Portugais ou des Maghrébins.

En 1972, cette migration se poursuivait sans éveiller beaucoup l'attention des Français. Toutefois, l'ancien Premier ministre rencontra de nombreuses oppositions à sa politique, notamment de la part du parti communiste réunionnais qui le taxait de néocolonialisme, et des dirigeants locaux qui n'appréciaient pas de voir leurs avantages acquis de longue date remis en question.

Chez les Larsac, ce n'était pas un sujet de conversation fréquent. Ce qui se décidait dans les allées du pouvoir et qui était répercuté dans les départements sous le contrôle des préfets n'était pas leur première préoccupation. Si Pierre restait fidèle à ses idées de gauche, il n'ennuyait pas Séréna avec ce qu'il pensait de la politique du gouvernement. Il respectait trop la démocratie pour la critiquer. Et s'il n'avait pas soutenu le général de Gaulle pendant ses deux septennats, il ne le considérait pas moins comme le héros de la Libération.

Qu'est-ce qui lui avait donc pris, ce jour-là, de porter ouvertement un jugement sur le problème réunionnais devant tout un aréopage de députés et de sénateurs rassemblés autour du président de la République en visite dans la Creuse, sous les lambris de la petite préfecture de Guéret ?

Jamais jusqu'à présent il ne s'était permis un tel écart de langage, une telle faute professionnelle ! Il n'avait pas prémédité sa déclaration ni réfléchi sur le moment à la portée de ses paroles.

— Cette politique de migration mènera à terme à un véritable désastre humain ! avait-il osé avancer. On ne s'est pas assez soucié de l'aspect humanitaire de la question. On a créé des drames familiaux, sans pour autant résoudre le problème de la misère.

Quand il perçut la réaction de ceux qui l'écoutaient, il comprit, mais un peu tard, qu'il avait commis une erreur irréparable.

— Par vos allégations, vous offensez la mémoire du Général ! lui rétorqua vivement un député UDR. Derrière son ancien Premier ministre, c'est le général de Gaulle que vous mettez en cause.

Pierre se défendit maladroitement mais ne revint pas sur sa déclaration. Certes, il pensait réellement ce qu'il avait avancé. Autour de lui, deux députés socialistes lui avaient même donné raison. Ce qui le conforta dans sa position. Mais il se reprocha de ne pas avoir su se contenir.

— Vous regretterez vos propos, le menaça le député de droite.

Dès lors, Pierre s'attendit tous les jours à être convoqué dans le bureau de son préfet.

Il n'informa pas Séréna de cet incident. Il espérait encore que le député qu'il avait heurté oublie rapidement leur différend et se rassurait en se disant qu'il avait sans doute bien d'autres chats à fouetter que de s'acharner sur un petit secrétaire général de préfecture.

Pendant les semaines qui suivirent, il crut en effet l'affaire classée. Le préfet se comportait avec lui comme à l'ordinaire. Leurs relations, toujours très cordiales, ne s'étaient pas altérées. Il fut même convié à l'accompagner à Paris à une réunion de tous les préfets autour du ministre de l'Intérieur. Dans l'avion qui les menait à Orly, il s'était plongé dans le dossier des relations avec les départements d'outre-mer afin d'être en mesure de présenter à la commission interministérielle l'avis de son préfet de tutelle, la Creuse étant particulièrement intéressée par le sujet.

Dans les couloirs de la place Beauvau, il tomba nez à nez avec le député gaulliste qui l'avait interpellé. Celui-ci le reconnut immédiatement.

— Je vous croyais exilé au bout du bout de la France profonde ! lui lança-t-il aussitôt d'un ton sarcastique.

— La Creuse en fait déjà partie, monsieur le député, rétorqua Pierre sans se départir de son calme.

— Il y a pire ! Mais je ne vous ai pas oublié. Vous entendrez parler de moi dans peu de temps. Je vous ai signalé en haut lieu. Préparez-vous à boucler vos valises… J'ai appris que vous avez exercé en Martinique, n'est-ce pas ?

— Vous êtes bien renseigné.

— Que diriez-vous d'un petit séjour aux Comores ? Les volontaires ne sont pas légion pour représenter l'État français auprès de ces populations déshéritées !

Pierre n'insista pas. L'hostilité du député était trop flagrante pour lui tenir tête.

— À la Martinique, vous ne cachiez pas vos sympathies pour les communistes, d'après ce qu'on m'a rapporté ! poursuivit ce dernier. Et maintenant vos préférences se portent sur leurs amis socialistes.

— Où voulez-vous en venir ? Mes opinions n'appartiennent qu'à moi !

— Quand on fait partie du personnel de l'État, on s'abstient de commenter la politique du gouvernement. Cette règle s'applique aux hauts fonctionnaires tout autant qu'aux ministres. Votre supérieur a dû maintes fois vous le rappeler.

— Je m'entends parfaitement avec monsieur le préfet.

— Tant mieux pour vous, car votre situation risque bientôt de changer.

Depuis cette altercation, Pierre s'attendait à une mauvaise nouvelle. Les Comores n'avaient pas bonne réputation. La vie y était difficile, l'état de pauvreté de la population en faisait un territoire d'outre-mer sous-développé. L'emprise de l'islam compliquait les relations entre Occidentaux et Comoriens. Enfin, les mouvements indépendantistes y étaient particulièrement virulents. Le tableau lui paraissait tellement négatif qu'il en fut perturbé.

Il s'en voulut alors d'avoir enfreint son devoir de réserve. Séréna ne s'adaptera jamais dans une telle région, se dit-il en songeant aux raisons qui les avaient décidés à quitter la Martinique dix ans plus tôt. Maintenant qu'elle est bien intégrée en métropole, comment pourrai-je lui expliquer que, par ma maladresse, nous devons aller vivre à nouveau sous les tropiques ! Et quels tristes tropiques !

Plus de six semaines s'étaient écoulées quand il reçut par voie officielle, et sans qu'il l'ait demandée, sa mutation pour la préfecture de Mende, en Lozère.

La sanction était donc tombée. Il en avait reçu notification dans son bureau même, tandis qu'il s'apprêtait à rendre compte au préfet d'un rapport urgent sur l'état des routes du département. Sur le moment, il douta que ce dernier fût au courant de ce qui s'était tramé dans les couloirs du ministère de l'Intérieur. Il en était persuadé, cette mutation d'office avait été décidée sans la moindre concertation avec son supérieur hiérarchique. Celui-ci l'aurait convoqué personnellement dans son bureau, dans le cas contraire.

Mais au fond, Pierre était soulagé. Mende n'avait rien de comparable avec Mayotte, les Lozériens avec les Comoriens. À bien des égards, la Creuse et la Lozère possédaient de nombreux points communs. Ruraux, peu peuplés, tranquilles, en dehors des soubresauts de la vie politique. C'était la France profonde, comme la qualifiait le nouveau président de la République, Valéry Giscard d'Estaing.

Il demanda sans attendre une entrevue avec le préfet, pour discuter avec lui des suites immédiates à donner à sa mutation.

— Je vous ai évité le pire, lui confia aussitôt le haut fonctionnaire. Sans mon intervention, vous vous retrouviez au beau milieu du Pacifique ou de l'océan Indien à vous griller au soleil ! Racontez-moi comment vous en êtes arrivé à vous mettre à dos le député Duchartrain. C'est l'un des hommes les plus en vue de l'UDR, un futur ministre au prochain remaniement.

Et Pierre de tout expliquer.

— Je vous appréciais à votre juste valeur, Pierre. Je vous regretterai. À l'avenir, n'étalez plus vos opinions sur la place publique. L'affaire des enfants de La Réunion vous touche particulièrement. Mais, si vous tenez à conserver votre fonction de secrétaire général de préfecture à Mende, un conseil : soyez discret. Ne levez pas d'autres lièvres.

Pierre entendit la leçon.

Le plus difficile, maintenant, pensa-t-il, est d'annoncer la nouvelle à Séréna et aux enfants.

— Voilà, dit-il à sa femme après lui avoir exposé les raisons de sa disgrâce. Je suis vraiment désolé. J'ai commis une grave erreur et vous en paierez les conséquences au même titre que moi.

Séréna s'attendait à tout mais pas à être contrainte de s'exiler à nouveau pour suivre son mari.

— Mende, c'est comment ? s'enquit-elle, soucieuse. Tu t'es renseigné ?

— C'est une petite ville comme Guéret. On doit y vivre tranquilles.

— C'est pour les enfants que je m'inquiète. Un déménagement risque de les perturber.

— Je vais leur parler. Tout leur expliquer.

Séréna fit contre mauvaise fortune bon cœur, reconnaissant comme Pierre que la sanction aurait pu être plus sévère.

6

Bouleversement

La petite fille que j'ai découverte en parcourant la première partie du cahier m'a semblé très éloignée de celle que j'ai connue par la suite, après notre première rencontre. Lina s'était présentée comme le type même de l'enfant modèle, très attachée à sa famille, très docile, toujours aimable avec son entourage et prête à rendre service. Elle ne donnait pas l'impression de se vanter pour paraître différente de ce qu'elle était. Elle ne trichait pas avec elle-même. Ce qu'elle avait écrit dénotait une grande sincérité. Lina ne se cachait pas derrière des apparences trompeuses et ne cherchait pas à se parer de qualités qu'elle n'avait pas. Dans les lignes, que je parcourais et mettais aussitôt en forme, je ne perçus aucun subterfuge pour déguiser la vérité, aucun souci d'embellir son personnage.

Mais cette enfant n'était pas celle qui entra en classe de sixième à mes côtés. Car, pendant quelques mois, elle ne se révéla pas aux yeux de tous ses nouveaux camarades telle qu'elle était en train de devenir.

Quand son père lui annonça leur départ obligé vers d'autres cieux, sa première réaction fut pour le moins surprenante.

Lina n'avait jamais connu de grands bouleversements dans sa vie jusqu'à cette date fatidique. Sur le moment, elle ne broncha pas, comme abasourdie par la nouvelle. Elle se réfugia dans sa chambre sans un mot et s'y enferma de longues heures. Au moment du repas du soir, elle refusa de descendre.

— Je n'ai pas faim, prétexta-t-elle quand sa mère vint la chercher.

Séréna eut beau insister, elle ne parvint pas à décider sa fille à sortir de son mutisme.

Fabien lui-même, alarmé par l'attitude inhabituelle de sa sœur, tenta de la faire changer d'avis.

— Pourquoi boudes-tu ? lui demanda-t-il. C'est à cause de ce que papa nous a annoncé tout à l'heure ?

— Laisse-moi ! lui opposa-t-elle sèchement.

Il n'obtint pas plus de succès que leur mère.

Lina demeura prostrée toute la soirée, perdue dans de sombres pensées.

Jusqu'à l'heure du coucher, elle resta allongée sur son lit, tout habillée, les yeux fixés au plafond. Séréna intervint.

— Elle n'est pas bien ! reconnut-elle devant son mari. Ce départ précipité doit la perturber.

— Je vais lui parler.

Pierre, désireux de ne pas brusquer sa fille, entrebâilla doucement la porte de sa chambre.

— Fiche le camp ! hurla Lina. Je ne veux plus te voir. Je ne veux plus voir personne !

Stupéfié par sa vive réaction, Pierre insista et s'approcha du lit. Lina eut un mouvement de recul spontané, comme pour éviter un geste déplacé de son père. Elle se pelotonna sur elle-même tel un petit animal apeuré, serra les mâchoires, enfouit son visage entre ses genoux.

— Je ne veux pas t'écouter ! Vous ne m'aimez plus ! s'écria-t-elle dans un sanglot de désespoir.

— Voyons, ma chérie, ressaisis-toi ! Laisse-moi t'expliquer.

Lina pressa très fort ses mains sur ses oreilles pour ne plus rien entendre.

Pierre tenta de la prendre dans ses bras. Mais elle bondit hors du lit et se réfugia dans un coin de la pièce, tout près de la fenêtre grande ouverte.

Elle se pencha au-dessus de l'appui, regarda dans le vide. Ses yeux reflétaient un profond désarroi.

Pierre prit peur.

— Calme-toi. Nous allons bavarder tous les deux. J'ai beaucoup de choses à te dire. Tu es assez grande maintenant pour comprendre.

À ce moment-là, avait écrit Lina dans son cahier, elle ressentit au plus profond de son être une impression de trahison, d'abandon, comme si ce n'était pas la première fois que cela lui arrivait. Elle ne parvenait pas à se l'expliquer, mais ce fut comme si toute sa vie, brusquement, s'écroulait autour d'elle. Pourtant, reconnaissait-elle, jamais auparavant elle n'avait éprouvé une telle réaction ni le sentiment d'avoir été rejetée par les siens. Mais, en elle, à présent, quelque chose s'était fragilisé au point de se rompre.

Pierre lui parla longuement, pour la rassurer d'abord, puis pour lui éclaircir les raisons de leur départ. Il ne parlait jamais en présence de ses enfants de ses problèmes personnels, réservant ce type de discussion à sa femme après que Lina et Fabien étaient montés se coucher. Si Lina savait quel métier exerçait son père, elle ignorait en quoi il consistait vraiment et quelles personnalités importantes il fréquentait. Il en était de même pour le travail de sa mère. Séréna n'évoquait jamais ses patients à la table familiale.

Aussi la mutation de Pierre liée à sa faute professionnelle parut-elle totalement incompréhensible aux yeux de Lina. Et sa réaction démesurée à ceux de ses parents.

Depuis sa tendre enfance, elle avait toujours vécu dans la stabilité d'une famille sans histoire, dans l'amour et dans la joie, dans le cadre d'une vie bourgeoise, sans heurts, sans obstacles. Elle avait tissé autour d'elle un cercle d'amies de son âge. Elle s'était habituée à fréquenter des adultes qui n'avaient à la bouche que des mots élogieux à son égard. Elle se sentait rassurée, protégée et n'avait jamais éprouvé un sentiment d'insécurité quant à l'avenir.

Or, tout à coup, ce petit confort douillet dans lequel elle baignait sans s'en rendre compte était sur le point de basculer. De sombrer dans l'inconnu. Comme si, en son for intérieur, quelque chose lui disait que cela allait recommencer.

Mais quoi ?

Elle avait beau se torturer l'esprit pour saisir ce qui se passait en elle, Lina se heurtait à un mur d'incompréhension. Une sorte de néant où elle semblait entrer brutalement et qui l'effrayait au point de ne plus pouvoir se contrôler.

Pierre n'obtint aucune parole de sa fille ce soir-là. Il la laissa tranquille, de peur d'aggraver la situation à force d'insister.

— Donnons-lui le temps de se reprendre, proposa-t-il à Séréna sans l'affoler. Demain, quand elle aura digéré ce que nous lui avons appris, elle reviendra à la raison. Tout rentrera dans l'ordre.

Pierre devait rejoindre son nouveau poste au début du mois de juillet. Ce qui lui laissait cinq semaines pour les préparatifs du déménagement. La question du logement ne se posait pas de façon urgente puisqu'il disposait d'un meublé de fonction non loin de la préfecture. Mais il promit à Séréna de trouver une maison individuelle le plus vite possible, ne souhaitant pas infliger aux siens une vie en appartement.

— Ici, les enfants sont habitués à profiter du jardin et du grand air, reconnut-il. Je ne veux pas les obliger à changer leur façon de vivre.

Séréna, de son côté, se mit immédiatement à la recherche d'un cabinet médical à reprendre. Par ses connaissances dans le milieu, elle entra en contact avec des confrères de Mende. On lui répondit qu'un cabinet de deux médecins cherchait un troisième associé, une femme de préférence. Elle sauta sur l'occasion et se rendit aussitôt sur place.

À son retour, elle exultait.

— J'ai une chance inouïe ! clama-t-elle la mine ravie. Le cabinet en question se situe en centre-ville, pas très loin de la cathédrale. Mes nouveaux collègues sont jeunes et pleins d'enthousiasme. On va très bien s'entendre.

— Enfin, une épine hors du pied ! soupira Pierre qui s'était fait du souci pour sa femme. J'ai craint un moment que tu ne trouves pas facilement à te refaire une patientèle.

— Reste à inscrire les enfants au lycée. Lina en sixième, Fabien en troisième.

Depuis le soir où elle s'était repliée sur elle-même, Lina avait perdu le sourire. Elle ne parlait que lorsqu'elle y était obligée, ne s'intéressait plus à rien. Elle avait abandonné son piano, se contentant des seules leçons que son professeur venait lui donner à domicile. Elle prétextait avoir mal à la tête ou au ventre pour ne pas se rendre à ses cours de danse. Quand Séréna lui proposait de l'examiner, elle refusait.

— Je n'ai pas besoin de tes soins. Je ne suis pas malade ! J'ai seulement des coliques.

Séréna s'inquiétait de voir sa fille ainsi prostrée.

— Quelque chose de plus grave la chagrine, s'ouvrit-elle à Pierre. Ta mutation n'est pas l'unique raison de son mal-être.

— Il s'est peut-être passé quelque chose à l'école !

Séréna décida d'aller rencontrer son institutrice. Celle-ci s'étonna effectivement du changement de comportement de Lina.

— Si vous n'étiez pas venue, reconnut-elle, je vous aurais convoqués, vous et votre mari. Cela fait maintenant deux semaines que Lina ne fournit plus aucun effort. Alors qu'elle tenait depuis toujours la tête de sa classe, elle est en train de perdre pied.

Mademoiselle Martin sortit d'une pile un cahier à la couverture plastifiée jaune.

— Regardez. C'est le cahier de français de Lina. Jusqu'au début juin, tout était parfait. Elle avait les meilleures notes. Dans toutes les matières d'ailleurs. Et depuis, c'est la catastrophe.

Séréna ne s'étonna pas outre mesure.

— Effectivement, il y a des fautes partout ! Et son écriture est devenue illisible.

— Alors que jusqu'à présent elle était très appliquée ! En classe, elle ne participe plus. Dans la cour de récréation, elle reste dans son coin, elle fuit ses camarades. Je vois bien que votre petite est mal dans sa peau. Qu'est-ce qui lui arrive ? Vous pouvez m'éclairer ?

— À la maison, c'est la même chose.

Séréna hésita à rentrer dans les détails de sa vie privée.

— Nous allons bientôt déménager, se contenta-t-elle d'expliquer. Mon mari est nommé à la préfecture de Mende en Lozère. Quand nous avons appris la nouvelle à Lina, elle ne l'a pas acceptée. C'est en tout cas ce que nous pensons, car chez nous aussi elle s'est complètement refermée sur elle-même. J'ai beau être médecin, je m'inquiète beaucoup de son état. Même si je reste persuadée qu'elle n'a rien de grave.

— J'ai questionné ses meilleures camarades de classe. Elles sont les premières étonnées que Lina ne leur parle plus, qu'elle semble même les éviter. Ce ne sont que des gamines. Elles ne comprennent pas. L'une d'elles m'a avoué que Lina lui a dit un jour : « Mes parents se fichent pas mal de moi. Ils disent qu'ils m'aiment, mais c'est pas vrai ! »

Séréna s'émut d'entendre ces paroles rapportées par une personne étrangère.

— Vous l'avez crue ?

— Je n'ai pas de jugement à porter sur ce que raconte un enfant. Mais le fait est que votre fille souffre d'un profond malaise.

— Lina doit rentrer en sixième au mois de septembre. À Guéret, elle aurait conservé certaines de ses amies du primaire. Alors qu'à Mende, elle ne connaîtra personne. C'est ce qui doit la perturber.

— Au point de sacrifier son travail et son excellent niveau ? Pour moi, ce qui la tourmente est bien plus grave.

Séréna ne voyait pas ce que l'enseignante cherchait à savoir.

— De toute façon, l'année scolaire se termine, conclut-elle. Ses dernières notes ne pèseront pas beaucoup sur l'ensemble de ses résultats. Je compte sur votre indulgence. Ce serait dommage de ternir son tableau à deux doigts de la fin.

— Ce n'est pas mon intention, madame Larsac. Soyez rassurée. Je souhaite vraiment que Lina se reprenne le plus vite possible. Et qu'elle entre en sixième d'un bon pied. Si tout cela n'est que passager, je n'ai aucune crainte pour son avenir.

L'entrevue s'acheva sans que l'une ou l'autre des deux femmes ait trouvé ne fût-ce que l'once d'une véritable raison au bouleversement qui s'était opéré chez Lina.

— Notre prochain départ pour la Lozère n'explique pas son comportement, reconnut Séréna, le soir même, devant son mari. La cause est plus profonde !

— En ton absence, elle s'est un peu ouverte. Elle nous en veut de l'éloigner de ses amies, de ne pas tenir compte de sa vie à elle. Elle est très attachée à ses professeurs de piano et de danse, à tous ceux qu'elle côtoie quotidiennement. Elle a une peur viscérale du changement. Je croyais bien connaître ma fille… je me suis trompé. Nous l'avons élevée sans nous préoccuper de ses fragilités. Pourtant, nous étions bien placés pour savoir que nous devions la ménager.

Pierre se faisait des reproches que Séréna récusait.

— Nous n'avons commis aucune erreur. Nous avons éduqué nos deux enfants de la même manière. Mais ils sont tous deux très différents. Il ne faut pas se culpabiliser.

— Nous aurions pu nous douter de ce qui pouvait la fragiliser ! Et le prendre en considération.

Séréna n'aimait pas que Pierre évoque le passé lorsqu'il s'agissait de sa fille. Après avoir craint plusieurs années de ne plus pouvoir avoir d'enfants, la venue de Lina avait été pour elle une planche de salut, son nouveau rayon de soleil. Aussi ne tenait-elle pas à ressasser certains souvenirs quand Lina leur posait problème.

— Elle remontera la pente comme toujours quand elle traverse une période un peu difficile, affirma-t-elle. Ce n'est pas la première fois que ça lui arrive. Cela s'effacera avec le temps.

Mais Lina ne trouvait pas la paix en elle-même et ne comprenait pas pourquoi la fêlure était plus douloureuse que d'habitude.

7

Le départ

Petit à petit Lina revint à de meilleurs sentiments envers les siens. Mais rien n'était plus comme avant. Elle reconnaissait, dans son cahier, avoir été profondément bouleversée, avoir ressenti quelque chose de nouveau, d'inénarrable, qui lui faisait voir son entourage d'un autre œil. « C'était comme si, ajoutait-elle, je percevais mes parents, mon frère, mes amies différemment. Je me demandais si eux, aussi, me regardaient à présent autrement. Je me sentais tout à coup devenue étrangère parmi les miens. »

Au début, elle en fut apeurée, croyant être la proie de quelque trouble psychique ou physiologique qui aurait modifié son comportement et l'aurait rendue subitement mauvaise. Car elle était alors persuadée d'avoir changé en mal. À onze ans, on se fait parfois des idées sur ce qui nous arrive. Le corps se transforme, les pensées divaguent, surtout quand personne n'est là à vos côtés pour vous rassurer et vous expliquer que tout est parfaitement normal. Lina ne dérogeait pas à la règle. Elle s'interrogeait sur les mystères de la vie, sans les comprendre, et cherchait seule des réponses à ses questions intimes.

Mais ce qui la troublait n'était pas de l'ordre du changement qui s'opère chez les adolescentes. Sa mère, en tant que médecin, lui avait déjà parlé et annoncé avec des mots simples pour ne pas l'effrayer ce qui adviendrait tôt ou tard quand elle sentirait son corps se modifier.

Or, elle avait beau se regarder dans le miroir sous toutes les coutures, Lina ne constatait aucun changement physique. Alors elle se mit à croire que c'était dans sa tête que tout était chamboulé, la mutation de son père ayant été le déclencheur d'un terrible trouble qui la faisait réagir bizarrement.

Pierre et Séréna attendirent que les vacances soient bien entamées pour entreprendre leur déménagement afin de donner à leur fille le temps d'accepter leur futur départ.

— Les vacances lui changeront les idées, estima Pierre. Quand nous la sentirons prête, nous emménagerons à Mende. Finalement je ne dois prendre mon poste que le 1er août.

Pendant la première quinzaine de juillet, ils préparèrent leurs cartons qu'un transporteur acheminerait ensuite en même temps que leurs meubles dans leur nouveau logement. Fabien ne se fit pas prier pour aider ses parents, s'affairant seul à vider l'armoire et la commode de sa chambre. Il se proposa aussi pour emballer ce qui encombrait le garage et la cave. Séréna se réserva les objets les plus fragiles : vaisselle, bibelots, souvenirs rapportés des Antilles. Pierre s'occupa de la bibliothèque et du bureau où traînaient une quantité de dossiers et de classeurs.

Lina restait enfermée dans sa chambre sans se préoccuper de rien. Elle ignorait volontairement les va-et-vient de son entourage. Son transistor poussé à fond, elle s'abrutissait en écoutant de la musique. Elle ne ressortait que pour les repas ou pour se vautrer sur le canapé du salon devant la télévision.

Pierre et Séréna avaient décidé de la laisser tranquille mais s'interrogeaient.

Fabien, lui, moins psychologue, ne se gênait pas pour secouer sa sœur et lui reprocher de ne pas prendre sa part de travail.

— Moi, je n'ai pas demandé à partir ! lui rétorqua-t-elle en le fusillant du regard.

— Moi non plus ! Et si tu veux le savoir, ça ne me plaît pas de quitter Guéret. Pour les mêmes raisons que toi. Mais on n'y peut rien. C'est comme ça. Alors il faut y mettre un peu du sien.

— Toi, tu acceptes tout sans broncher. Tu n'as aucune personnalité. Laisse-moi !

Les disputes entre le frère et la sœur étaient très rares. Lina adulait Fabien. Elle voyait en lui le modèle de garçon qu'elle souhaitait un jour rencontrer. À ses yeux d'adolescente, celui qu'elle aimerait plus tard, lorsqu'elle s'éveillerait à la vie, devrait posséder les qualités de son frère. En sa compagnie, elle se sentait toujours apaisée quand, au fond d'elle-même, sans savoir pourquoi, elle éprouvait comme une impression de danger. Mais, depuis la terrible nouvelle, lui aussi avait changé, pensait-elle. Elle ne le voyait plus avec admiration. Il lui paraissait de plus en plus étranger. Nous ne sommes pas du même bain, se disait-elle, reprenant une expression de certaines de ses camarades d'école. À présent, elle commençait à le croire sans saisir ce que cette allégation signifiait vraiment. Je me suis trompée sur lui, songeait-elle en cherchant ce qui les opposait.

Séréna se montrait moins patiente que son mari. Elle avait accepté les explications de Pierre, mais réagissant en médecin, elle ne percevait chez sa fille aucune pathologie susceptible d'expliquer son changement de comportement.

— Cela fait maintenant plusieurs semaines que ça dure, finit-elle par exploser un soir où, fatiguée par ses nombreuses consultations de la journée et le travail à la maison dû au déménagement, le découragement s'était emparé d'elle. Ta fille m'épuise avec sa constante opposition à tout ce que nous lui proposons.

Quand Séréna lui disait « ta fille » en parlant de Lina, Pierre savait qu'elle était sur le point de craquer.

— Calme-toi ! Tout ça n'est pas grave.

— Ta fille dépasse les bornes.

— Ma fille, ma fille ! Lina est aussi ta fille, non ? Je te signale que tu as été la première à souhaiter avoir un autre enfant. Tu as l'air de me le reprocher ! C'est un comble !

La tension qui régnait chez les Larsac touchait petit à petit les deux époux. Certes, Pierre culpabilisait mais, devant les faits qui s'imposaient à eux, il se sentait totalement impuissant à inverser l'ordre des choses. Quant à Séréna, elle commençait à perdre pied, ne sachant plus comment apaiser Lina.

— Je veux bien comprendre que notre nouvelle situation la perturbe. Mais ce n'est pas une raison pour nous ignorer et bouder. Elle ne voit même pas que nous sommes débordés. Elle pourrait au moins nous aider. Je lui ai demandé gentiment de ranger les affaires de sa chambre. Tu sais ce qu'elle m'a répondu ?

— Non, mais je m'en doute.

— Que ce n'était pas à elle d'effectuer ce travail… que c'est à cause de nous tout ce qui arrive… et que, de toute façon, elle ne partira pas d'ici ! Elle s'entête. Je ne la cerne plus du tout.

Séréna éclata en sanglots.

Pierre tenta de la consoler.

— Je vais encore lui parler. Tu as raison, ça suffit maintenant, tous ces caprices. À onze ans, elle est en âge de comprendre que la vie n'est pas toujours ce qu'on a envie qu'elle soit.

Il s'apprêta à monter dans la chambre de Lina. Séréna l'arrêta :

— Ne sois pas trop dur avec elle ! Elle est si fragile.

Le jour du départ, un transporteur vint chercher meubles et cartons que Pierre et Fabien avaient stockés dans le garage. Lina était restée enfermée dans sa chambre vide, assise par terre, le dos appuyé au mur. Elle avait monté à fond le son de sa radio comme pour ne pas entendre les bruits des déménageurs. Acculée, elle s'était préparée sans entrain, consciente qu'elle ne pouvait plus s'opposer à la décision de ses parents. Elle avait l'impression de rendre les armes après avoir résisté jusqu'à l'extrême limite.

En son for intérieur, une petite voix lui ordonnait de relever la tête, de ne pas abdiquer. Quand son esprit se calmait, elle retrouvait la raison. Une autre voix lui conseillait de se montrer bienveillante, de se comporter en fille exemplaire. Elle avait l'impression que tout un pan de sa vie lui échappait, qu'il existait une zone obscure à laquelle elle n'avait pas accès et que là était le siège de son désarroi.

Elle se leva d'un bond. Fracassa son transistor contre le mur. Prit sa tête entre ses mains et se mit à tournoyer sur elle-même à en perdre l'équilibre.

— Je suis qui ? Je suis qui ? hurla-t-elle sans se soucier d'ameuter les voisins.

Elle s'écroula au sol, en larmes. Le visage défait. Le corps vidé.

Séréna se précipita dans sa chambre.

— Ma chérie ! s'écria-t-elle, pensant déjà au pire.

— Pardon, maman ! Pardon ! s'effondra Lina. Je te demande pardon. Je suis vraiment désolée. Je ne voulais pas vous faire du mal.

Séréna comprit que sa fille était écartelée mais ne parvenait pas à dominer ce qui se passait en elle.

— Ça va aller, ma chérie, ça va aller ! Viens dans mes bras. Je suis ta maman, et je t'aime.

Lina se calma. Mais elle étouffait sous le poids du remords.

Quelques heures plus tard, tous montèrent en voiture pour Mende, Lina sur la banquette arrière près de Séréna qui la tint enserrée dans ses bras tout au long du trajet. Fabien, assis devant à côté de son père, la carte Michelin posée sur les genoux, le guidait quand, à certains croisements, il hésitait entre deux directions. Le camion de déménagement était parti quelques heures plus tôt afin de gagner du temps.

— J'ai une surprise pour vous, les enfants, déclara Pierre, le sourire aux lèvres.

Lina ne réagit pas, pelotonnée contre la poitrine de sa mère.

— Bonne ou mauvaise ? demanda Fabien, sarcastique. Au point où nous en sommes, on s'attend à tout !

— Nous allons emménager dans une jolie maison au bord du Lot.

— On ne devait pas habiter dans un appartement de fonction ?

Séréna caressait les cheveux de sa fille.

— Tu verras, ma chérie. Nous y vivrons très heureux. C'est une très belle villa dans un écrin de verdure. La vue y est splendide et il y a même une piscine.

Lina ne broncha pas.

De ses yeux coulaient des larmes de tristesse. Mais, au fond d'elle-même, elle sentait que ce n'était pas ce déménagement qui la submergeait de chagrin.

Mende était une petite préfecture à l'image de Guéret. Blottie au cœur de causses calcaires, elle était une porte naturelle sur les Cévennes voisines. Peuplée d'un peu plus de dix mille habitants, c'était la ville la plus importante de la Lozère, lc centre d'une aire urbaine composée de plusieurs communes rurales.

— Nous y serons très bien, commenta Pierre en voyant poindre les toits des premières maisons.

La route serpentait tout en descendant lentement vers la vallée du Lot.

— De plus, en été, nous bénéficierons de l'influence méditerranéenne provenant des Cévennes. Vous apprécierez d'autant plus la piscine !

— Je me suis renseigné, coupa Fabien. Les hivers y sont rudes. Il y fait froid dès le mois de novembre. Mais, c'est vrai, l'ensoleillement y est comparable à celui de Toulouse.

À l'arrière de la voiture, Lina regardait par la fenêtre, les yeux fixes, sans réaction. À travers son étreinte, Séréna ressentait les battements de son cœur. Elle est angoissée, songeait-elle, gardant sa constatation pour elle. Elle la serra plus fort, exerça une légère pression sur son épaule pour lui signifier de lui faire confiance. Tout ira bien, ma chérie, lui transmettait-elle par la pensée, tout ira bien.

Le paysage défilait lentement, car Pierre tenait à prendre son temps. Venant du nord et se rendant à l'est de la ville, il devait emprunter le boulevard circulaire situé sur les anciens remparts encerclant le centre historique.

— Plutôt que d'aller directement chez nous, je vous convie à faire un tour de la cité, proposa-t-il pour accoutumer les enfants à leur futur cadre de vie. Vous verrez, la vieille ville ne manque pas de pittoresque. Les ruelles datent du Moyen Âge. Elles sont bordées de nombreux commerces. C'est très agréable. Maman pourra y emmener Lina faire les magasins.

Entendant son père prononcer son nom, celle-ci sortit de sa rêverie.

Elle se redressa sur son siège, regarda à travers le pare-brise, soupira.

— Ça m'a l'air triste !

Pierre se gara à proximité de la cathédrale.

— Je vous offre un verre avant de découvrir notre nouvelle maison, suggéra-t-il. Qu'en penses-tu, Séréna ?

— Ce n'est pas de refus. Nous ne nous sommes pas arrêtés de tout le voyage. Les enfants doivent être morts de soif, n'est-ce pas, Lina ?

Celle-ci ne dit mot. Elle se sentait mal à l'aise, perdue dans un lieu inconnu qui s'imposait à elle, malgré elle.

Ils s'installèrent à la terrasse d'un café. Autour d'eux, une foule de touristes prenaient du bon temps.

— L'été, la ville est très animée, précisa Pierre. La région est renommée. Nous pourrons même descendre les gorges du Tarn en kayak si ça vous dit. Ou faire de longues randonnées sur les causses des alentours ou dans les montagnes des Cévennes. Et puis, la mer n'est pas très loin. Le week-end nous pourrons aller nous baigner en Méditerranée. Palavas n'est qu'à trois heures de route. Et quand l'autoroute sera construite, en deux heures nous serons les pieds dans l'eau.

— L'autoroute ! Quelle autoroute ? demanda Fabien, curieux.

— Celle que le président de la République a promise pour désenclaver l'Auvergne vers le sud, la future A75 qui reliera Clermont-Ferrand à Montpellier.

Pierre ne savait plus quoi ajouter pour sortir Lina de ses sombres pensées. Celle-ci semblait ne pas l'écouter. Alors Séréna intervint :

— Ma chérie, papa et moi sommes conscients que cette nouvelle vie te rend soucieuse. Mais tu n'es pas seule, nous sommes tous là autour de toi, unis comme une vraie famille. Ensemble nous sommes forts. Aussi, comme on dit, on va faire contre mauvaise fortune bon cœur et y mettre chacun du sien. Quand nous aurons pris nos repères, tout finira par rentrer dans l'ordre. Pour l'instant, considérons que nous sommes en vacances.

— Une famille ? Êtes-vous ma vraie famille ? répondit Lina en plongeant ses yeux dans ceux de sa mère.

— Que veux-tu dire, ma chérie ? Bien sûr que nous sommes ta vraie famille ! Pourquoi cette question ?

— Une vraie famille n'abandonne pas ses enfants.

— Mais nous ne t'avons pas abandonnée ! Qu'est-ce que tu racontes ? Papa a été obligé d'accepter cette mutation. Chacun d'entre nous a été contraint de renoncer à bien des choses auxquelles il était attaché. Mais pour autant, nous sommes restés soudés, autour de papa.

À côté d'elles, Pierre et Fabien se taisaient, examinant les réactions de Lina.

Celle-ci se leva, fronça les sourcils, déclara :

— Je suis sûre que vous ne me dites pas toute la vérité.

8

L'installation

La maison que Pierre avait dénichée était une jolie villa datant des années 1960. Elle se présentait de plain-pied et s'ouvrait sur l'extérieur par de grandes baies vitrées qui laissaient généreusement entrer la lumière. La chambre de Lina donnait sur la terrasse par une large porte-fenêtre face à la piscine. D'un commun accord, ses parents lui avaient réservé la plus exposée au soleil et qui bénéficiait de la plus belle vue. Toutes les pièces avaient été rafraîchies par le propriétaire, les peintures et les tapisseries refaites. Les déménageurs avaient installé leurs meubles aux bons endroits, si bien que la maison était prête à accueillir ses nouveaux occupants.

Dès leur arrivée, avant même de vider la voiture, Pierre et Séréna convièrent leurs enfants à visiter les lieux. Fabien s'extasia aussitôt, allant et venant dans toutes les pièces pour découvrir ce que chaque porte dissimulait.

— C'est beaucoup mieux que notre maison de Guéret ! se réjouit-il. Il y a beaucoup plus d'espace.

Et le jardin est formidable. Il y a même un panier de basket !

Derrière sa mère, Lina ne disait mot. Elle n'avait pas esquissé le moindre sourire ni prononcé le moindre mot.

— Qu'en penses-tu, ma chérie ? lui demanda Séréna pour la sortir de son mutisme.

— Ça sent la peinture ! répondit-elle, l'air attristé.

— C'est tout ce que tu trouves à dire ? se moqua Fabien qui avait déjà terminé le tour du propriétaire.

— En aérant, dans quelques jours, ça aura disparu ! le coupa Séréna.

Pendant ce temps, Pierre avait sorti leurs valises du coffre et les avait déposées dans l'entrée.

— Les enfants, écoutez-moi. Il y a une autre surprise.

— Si elle est comme la première, j'adhère tout de suite, releva Fabien, plein d'enthousiasme.

— Cette maison vous plaît ?

— Il faudrait être difficile pour la trouver moche ! Hein, qu'est-ce que t'en dis, Lina ? Allez, secoue-toi. Reconnais que c'est une superbe maison. On sera comme des princes ici… Alors, papa, c'est quoi ton autre surprise ?

Lina s'attendait à une seconde mauvaise nouvelle. Elle se décida enfin à parler.

— Nous devrons être internes ? Car je suppose que notre école est loin de la maison et qu'il nous sera impossible de nous y rendre à pied tous les jours, comme à Guéret !

Fabien allait rabrouer sa sœur. Séréna l'arrêta :

— Pas du tout, ma chérie. Qu'est-ce que tu imagines ? Nous n'avons pas l'intention de vous mettre en pension ! Il n'en a jamais été question. Le lycée où nous voulons vous inscrire n'est pas très loin d'ici. On vous y conduira en voiture chaque matin et l'un de nous deux viendra vous rechercher le soir. Papa s'est occupé de tout. Ne te fais aucun souci à ce sujet.

— Alors ? s'impatientait Fabien.

— La maison est à vendre, poursuivit Pierre. Nous nous sommes portés acquéreurs. Dans un mois, le temps de passer chez le notaire et à la banque, nous serons les heureux propriétaires de cette magnifique villa.

— Ah, chouette ! exulta aussitôt Fabien. C'est génial ! Décidément, on y a gagné au change. Tu as eu raison de te faire muter, papa !

Renfrognée, Lina cachait mal son appréhension. La situation la rendait mal à l'aise. Elle se sentait oppressée, son cœur battait à se rompre, ses muscles étaient tendus comme après un gros effort. Son teint pâle alarma sa mère.

— Ça ne va pas, Lina ? Veux-tu un verre d'eau ?

Séréna s'exécuta sans attendre la réponse, puis l'entraîna dans sa chambre.

— Elle te plaît, ma chérie ? Elle est exposée plein sud, avec un accès direct à la piscine.

Le visage de Lina se détendit.

Elle éprouva subitement l'envie de se baigner. Séréna l'y autorisa sans l'ombre d'une hésitation.

— Profites-en. Enfile ton maillot et jette-toi à l'eau.

Imitant sa sœur, Fabien se précipita dans la piscine en poussant des cris de joie.

— Elle va vite s'habituer, affirma Pierre, heureux de la réaction de ses enfants.

Lina ne pouvait pas expliquer pourquoi elle se sentit réconfortée, apaisée en découvrant par la baie vitrée la surface bleu turquoise de l'eau. Mais, avait-elle indiqué dans son cahier, cette vision lui procura soudain une sensation de bien-être.

Je me souviens parfaitement de leur villa. Lina ne tarda pas à m'y inviter pour passer tantôt un samedi après-midi, tantôt quelques jours de vacances entre deux trimestres. Mon père avait fini par accepter que je m'éloigne de temps en temps de la ferme. Conscient que mon avenir n'était pas de lui succéder, il m'accorda petit à petit plus de liberté.

— Je te présente Alice, ma meilleure amie, précisa Lina la première fois que sa mère vint me chercher en voiture.

Gênés devant une femme issue d'un milieu social plus élevé que le leur, mes parents la convièrent à entrer quelques minutes et lui offrirent une tasse de café en guise de bienvenue. Séréna déclina, prétextant qu'elle devait très vite regagner son cabinet médical.

— Rassurez-vous, leur dit-elle, pendant que mon mari et moi sommes au travail, une jeune fille au pair surveille mes enfants. Ils ne sont jamais seuls à la maison.

Tranquillisée, ma mère me laissa partir, non sans m'avoir recommandé de bien me tenir. Elle glissa un paquet de biscuits dans mon sac, précisant :

— C'est pour votre goûter. Tu ne dois pas arriver les mains vides. Et sois très polie avec les gens ! Ne fais pas de bêtises.

Ma mère pensait que je n'étais pas à ma place dans cette famille de médecin et de haut fonctionnaire. Mais les parents de Lina me mirent à l'aise immédiatement et ne firent jamais aucune allusion à mes origines modestes.

Lors de cette première visite chez elle, Lina me parut très enthousiaste. J'ignorais à l'époque le mal qui la rongeait et les soucis qu'elle donnait à ses parents.

Quand je découvris sa maison, moi aussi je m'extasiai. C'était la première fois que j'entrais dans une villa cossue. À Mende, ce type d'habitation n'était pas rare, car la cité abritait des gens aisés, membres de la bourgeoisie locale. Siège de la préfecture, du Conseil général, de la chambre du commerce et de l'industrie de la Lozère, bassin scolaire important comprenant plusieurs établissements secondaires publics et privés, elle comptait en son sein de nombreux fonctionnaires, commerçants, artisans et petits patrons.

Le cadre me parut enchanteur. La piscine, longue de plus de quinze mètres, était entourée d'un écrin de végétation exotique que les anciens propriétaires avaient aménagé avec goût. De sa surface à débordement, la vue plongeait sur la vallée du Lot qu'elle dominait. À l'extrémité du bassin, une amphore à moitié renversée formait une fontaine naturelle qui coulait sans discontinuer. Des palmiers de différentes variétés s'élançaient dans le ciel azuré. Des cactus de toutes sortes poussaient entre des blocs de granite savamment disposés sur les pentes mitoyennes du jardin. Des parterres de fleurs agrémentaient les pelouses.

Lina fournit de gros efforts pour satisfaire ses parents, consciente malgré tout qu'elle leur était une source de préoccupations permanente. Elle se contraignit à ne plus montrer ses états d'âme et à sourire quand on lui adressait la parole. Elle voulut décorer elle-même sa nouvelle chambre et la meubler à sa façon. Elle y réclama son piano, alors qu'à Guéret il tenait une place de choix dans le salon. Séréna se réjouit que sa fille éprouve l'envie de se remettre au clavier. Elle contacta sans attendre un professeur de musique qui promit de lui donner des leçons à domicile, comme celui de Guéret. Elle lui trouva également une école de danse. Lina semblait satisfaite de renouer avec ses centres d'intérêt.

— Je te l'avais bien dit, se félicita Pierre. Dès qu'elle aurait pris ses marques, elle retrouverait son équilibre.

Séréna n'était pas aussi tranquille que son mari. Son instinct de mère et son ressenti de médecin retenaient son optimisme. Rien n'est gagné, songeait-elle en observant sa fille s'adonner à ses occupations habituelles. Je la sens encore fragile.

Les vacances d'été se poursuivirent sans incident. Le 1er août, Pierre se rendit à la préfecture où son poste l'attendait. Le préfet, à qui il s'était présenté aussitôt après son arrivée, l'accueillit assez froidement. Il doit être au courant de la raison de ma mutation, pensa-t-il sans évoquer le sujet en sa présence. Ça ne doit pas lui plaire que son nouveau secrétaire général ait à charge contre lui une sanction pour faute professionnelle.

Aussi demeura-t-il vigilant dans ses premières initiatives. Il ne donna pas son avis sur les dossiers qu'il allait instruire. Il s'abstint de toute familiarité avec les fonctionnaires placés sous sa direction, maintenant la distance nécessaire avec tous pour s'imposer immédiatement dans sa fonction. Il craignait en effet que la rumeur ne se soit déjà répandue et que son manquement à son devoir de réserve ne lui porte préjudice. Il n'en fut rien, à son grand soulagement.

Le préfet, quant à lui, un homme de petite taille, à l'allure austère et la voix grave, lui signifia sans tarder qu'il comptait sur lui pour éviter tout problème avec le ministère.

— Je suis en très bonne relation avec le ministre de l'Intérieur, l'avertit-il, ainsi qu'avec le président du Conseil général. Je tiens à le rester. Notre département fait l'objet de projets ambitieux. Le président

Giscard d'Estaing est très attaché au développement des régions du centre de la France. Il faut absolument le soutenir par notre action au quotidien.

Pierre mit ses opinions politiques de côté et n'émit aucun avis sur ce qu'il découvrait au fur et à mesure qu'il ouvrait les dossiers dont il avait maintenant la charge.

Très vite, on l'apprécia pour sa perspicacité et sa réactivité face aux urgences. Il se devait de créer la confiance, de ne pas laisser s'instaurer une période transitoire trop longue entre son prédécesseur et lui. Il avait l'habitude de traiter les grandes affaires d'un département et de régler pour son supérieur hiérarchique les différends que celui-ci rencontrait à l'occasion de visites sur le terrain, auprès des maires ou des chefs d'entreprise. Ne connaissant pas les problèmes propres à la Lozère, il ne souhaitait pas commettre un impair ou mécontenter les responsables économiques, les syndicats, voire les élus locaux.

Au bout de quelques semaines, il était parfaitement intégré au sein de l'équipe préfectorale. Pierre retrouva la sérénité dans son travail. Les remontrances du député Duchartrain n'étaient plus que de lointains souvenirs.

Séréna quant à elle trépignait d'impatience de rejoindre ses nouveaux collègues au cabinet médical. Elle leur avait annoncé qu'elle prendrait sa patientèle le 15 septembre, lendemain de la rentrée des classes. Cette année-là, en effet, celle-ci aurait lieu un jeudi. Au printemps, le gouvernement avait décidé que la pause hebdomadaire passerait du jeudi au mercredi afin de mieux équilibrer la semaine scolaire, les cours du samedi après-midi ayant été supprimés depuis trois ans.

En attendant, elle s'occupa beaucoup de Lina. Elle l'emmena se promener en ville pour chiner dans les magasins, visiter les alentours avec son frère. Avec Pierre, ils partirent à la découverte des trésors naturels de la région. Lina semblait s'intéresser et apprécier son nouveau cadre de vie. Certes, elle ne s'extasiait jamais, mais elle ne montrait plus de mauvaise volonté et suivait docilement ses parents quand ils lui proposaient une sortie ou une activité. Pierre tint parole, il organisa deux dimanches de suite une descente en kayak des gorges du Tarn et une montée à l'observatoire météorologique du mont Aigoual.

Néanmoins, Lina n'était pas redevenue la jeune fille d'avant. Elle le racontait très bien dans son cahier : « Je fournissais de gros efforts pour ne pas laisser transparaître mes sentiments profonds, avait-elle écrit dans une note de bas de page ajoutée plus tardivement. Mais je ne parvenais pas à desserrer l'étau qui m'étouffait. Je ne comprenais pas, sur le moment, ce qui m'arrivait, pourquoi j'avais réagi de cette manière à l'annonce de notre départ de Guéret. J'essayais de me raisonner sans trouver les réponses aux questions qui me taraudaient. Le genre de questions que les adolescents sont en droit de se poser, mais pas seulement. Je mettais en cause l'amour de mes parents, mon attache fusionnelle avec mon frère et surtout, je commençais à douter de la personne que j'étais vraiment. Heureusement, ma chère Alice, que nous nous sommes rencontrées, précisait-elle – paroles que je l'ai souvent entendue prononcer de vive voix, quand nous étions seules et qu'elle avait besoin de s'épancher. Sans toi, j'aurais sombré dans un abîme sans fond. »

À l'époque, je n'ai pas compris ce qui la rongeait. À onze ans, on n'est pas armé pour jouer au psychologue. Du reste, il ne me serait pas venu à l'esprit d'essayer de percer l'inconscient de mon amie. Je la prenais comme elle était, avec ses sautes d'humeur, ses périodes de gentillesse et ses moments de méchanceté, car Lina pouvait se montrer revêche même avec ceux qu'elle aimait et qui l'aimaient, ses parents les premiers.

J'étais loin de me douter de ce qui se passait en elle quand, le jeudi 14 septembre 1972, nous entrâmes toutes les deux en sixième au lycée de Mende.

9

Une nouvelle vie

Cette rentrée scolaire fut de loin celle qui marqua le plus le destin de Lina. Sa vie avait déjà basculé avec son départ forcé de Guéret, mais ce qui l'attendait au lycée de Mende devait vraiment la bouleverser.

En dehors de notre amitié immédiate, nouée dès la première journée de classe, Lina rencontra des difficultés à trouver sa place auprès des élèves de notre sixième. Elle ne se mêlait pas aux autres. J'étais la seule à lui tenir compagnie pendant les récréations. De mon côté, impressionnée par l'importance de l'établissement qui accueillait tous les niveaux jusqu'aux terminales ainsi que des sections techniques, je n'osai pas au début m'aventurer parmi les grands – que je percevais d'ailleurs plus âgés qu'ils ne l'étaient en réalité. Intimidée, car je ne me sentais pas dans mon milieu naturel, je me rapprochai d'autant plus de Lina que je la voyais dans une situation similaire à la mienne. J'ignorais alors qu'elle était de famille aisée, rien ne le laissait deviner, mise à part, il est vrai, sa manière de s'habiller qui tranchait avec les tenues plus sobres de l'ensemble de nos camarades. Mais cela ne m'indiqua rien, et je remarquai seulement son élégance, la finesse de ses traits, sa retenue. C'est, je crois, ce qui m'attira tout de suite, cette façon de ne pas se valoriser, de rester en retrait, tandis que la plupart des autres élèves, se connaissant probablement, s'enhardirent dès les premières heures de cours passées. Notre classe, en effet, comptait peu d'enfants des villages voisins. La très grande majorité était issue de familles résidant à Mende et appartenant à la bonne société de la ville. Leurs parents avaient suivi, comme les miens, le conseil du proviseur pour qu'ils soient dans une bonne classe. Effectivement, très vite, je m'aperçus que les germanistes et latinistes, comme on nous appelait, avaient la faveur des professeurs qui se montrèrent immédiatement particulièrement exigeants. Je me souviens des premières paroles de notre professeur de français, monsieur Chauvin, quand il s'est présenté à nous :

— N'oubliez jamais que vous serez considérés comme le fleuron de notre lycée. Par vos résultats vous avez le devoir de lui faire honneur ainsi qu'à vos parents, dont certains ont consenti de gros sacrifices pour que vous soyez dans cet établissement.

Je pris cette remarque pour moi et quelques autres, rares, qui étaient de milieu modeste.

Lina ne fut pas touchée par cette distinction qui mettait notre 6e A sur le devant de la scène. Au reste, elle ne trahissait jamais le moindre signe de sa supériorité. Or, elle obtint rapidement la première place, dans les disciplines littéraires comme dans les sciences. Elle ne s'en vantait jamais, éprouvait même des scrupules à être montrée en exemple par nos professeurs quand ceux-ci nous rendaient nos copies. Sentir les regards se poser sur elle, deviner les critiques moqueuses tout simplement parce qu'elle avait des capacités bien supérieures à celles de la grande majorité la gênaient plus que les louanges ne la flattaient.

Aussi Lina ne s'intégra-t-elle pas facilement. Elle passait pour être fière et antipathique. Comme sa méfiance était grande, je reconnais qu'elle n'était guère souriante. Son visage se fermait dès qu'on l'abordait. Ses yeux noirs en amande s'étiraient en deux fentes, ce qui lui donnait un air farouche. Était-ce sa façon de se préserver des autres, de se protéger quand elle se sentait prise à partie ? Je le croyais et l'excusais de manquer d'empathie. Au fil des jours, je la découvrais et l'aimais comme elle était. Nous étions si différentes que je finis par me voir comme son contraire. Elle m'apportait ce que je ne trouvais pas en moi, cette force de caractère, cette résilience face à l'adversité et aux difficultés que nous rencontrions. Avec elle, j'avais l'impression d'appartenir au même monde que nos camarades. Elle me rendait plus forte, car elle ne montrait jamais de signes de faiblesse, du moins en apparence.

Du fait de mon lien avec elle, on me mit moi aussi à l'écart. Nous étions considérées comme des êtres à éviter. Les enfants entre eux sont parfois cruels et ne s'aperçoivent pas du mal qu'ils peuvent créer en harcelant l'un des leurs, en se moquant de lui ou en répandant des rumeurs sans fondement. Lina s'en rendit compte à ses dépens lorsque tomba notre premier bulletin trimestriel, en décembre.

Comme je m'y attendais, elle réussit haut la main toutes les compositions. Ses résultats furent de loin supérieurs à ceux des autres. Elle excella surtout en français et en latin, matières dans lesquelles elle déjouait les difficultés avec une aisance déconcertante. Notre professeur de français lui attribua même un vingt sur vingt à sa rédaction, tant son texte lui parut parfait : bien écrit, réfléchi, sans fautes et très structuré. Lina ne mentionnait pas ce souvenir dans son cahier, mais je me rappelle parfaitement le sujet. Nous avions étudié *La Gloire de mon père* de Marcel Pagnol et la biographie de l'auteur. Monsieur Chauvin nous avait donné à traiter un thème analogue à celui sur lequel nous avions travaillé pendant le trimestre : « Marcel Pagnol aimait la boutique du brocanteur. Il y a sans doute près de chez vous un magasin où vous aimez vous rendre, seul ou avec vos parents. Décrivez-le et montrez le commerçant en pleine activité. » Lina avait choisi la boulangerie où sa mère avait coutume de l'emmener à Guéret. Elle avait rédigé un texte sublime, digne d'un livre. La description était d'une précision incroyable, le portrait de l'artisan à la tâche stupéfiant, le tout agrémenté d'un sens du récit qui tenait en haleine.

— Vous êtes une graine d'écrivain ! la complimenta monsieur Chauvin en lui remettant sa copie. Je n'ai jamais rien lu de si subtil ni d'aussi bien argumenté de la part d'un élève de sixième. Je vous félicite.

Au lieu de se redresser fièrement et d'arborer une mine satisfaite, Lina baissa les yeux et rentra la tête dans ses épaules comme pour se faire plus petite. Elle m'avoua en sortant avoir senti les regards réprobateurs se poser sur elle et avoir été très mal à l'aise.

— Cesse donc d'avoir des scrupules, lui dis-je. Tu es la première partout, personne ne t'en veut pour ça !

Lina ne le percevait pas de cette manière. Elle souffrait d'être la meilleure et d'être toujours montrée en exemple par ses professeurs.

— Au prochain trimestre, me confia-t-elle, je m'arrangerai pour rater ma compo.

Je ne crus pas un instant qu'elle serait capable de se saborder elle-même uniquement pour éviter les remontrances déplacées de nos camarades. Lina me donna tort !

Lorsque le proviseur et le censeur vinrent en classe de français pour annoncer les résultats des élèves et leur classement au tableau d'honneur, comme c'était la tradition dans notre établissement – en dépit des changements que Mai 68 avait apportés dans le milieu scolaire –, Lina se renfrogna. À l'appel de son nom, elle resta assise. Monsieur Chauvin la reprit immédiatement avec sévérité. Surpris, le proviseur insista :

— Mademoiselle Larsac, êtes-vous présente parmi nous ? lui demanda-t-il d'un ton moqueur.

Lina se leva lentement et écouta son palmarès sans broncher. Elle était première dans toutes les matières avec des notes jamais inférieures à dix-huit.

— Je vous félicite, Larsac, ajouta le chef d'établissement, un homme de grande stature, aux larges épaules et aux cheveux coiffés en brosse. Nous vous avons donc attribué les félicitations du conseil de classe.

Son adjoint, qui contrastait par sa petite taille et son crâne dégarni, la convia à passer dans son bureau pour recevoir sa récompense, une sorte de diplôme attestant de son mérite.

Lina gardait les yeux baissés, le visage inexpressif.

— Ça n'a pas l'air de vous satisfaire, remarqua le proviseur, surpris de son manque d'enthousiasme. Vos parents peuvent être fiers de vous. Réjouissez-vous. Être le premier de sa classe n'est pas donné à tout le monde. Beaucoup de vos camarades doivent vous envier.

— C'est bien ce qui m'énerve ! bredouilla Lina, le front plissé et les lèvres pincées.

À ses côtés, je commençais à craindre le pire. Je n'osais bouger. Tous les regards étaient rivés sur elle.

— Pardon ? s'étonna le censeur. Vos propos sont tout à fait déplacés dans ce contexte. Ce n'est pas parce que vous êtes notre meilleur élément en sixième que vous pouvez vous permettre une telle insolence !

Lina ne s'excusa pas.

Le proviseur s'adressa à monsieur Chauvin :

— Nous verrons cela dans mon bureau.

L'incident fut clos.

Deux autres élèves furent également félicités, quatre autres encouragés. Quant à moi, je me contentai du simple tableau d'honneur, ce qui me tira un soupir de soulagement, persuadée que je serais parmi les derniers de la classe.

— Qu'est-ce qui t'a pris ? demandai-je à Lina aussitôt sortie du cours. Tu risques de perdre tes félicitations pour ton impolitesse.

— Je m'en fiche. Comme ça, je serai comme la plupart. J'en ai marre de passer pour une grosse tête. Tout le monde m'évite parce que j'ai de bonnes notes.

Le deuxième trimestre fut plus terrible encore pour Lina. L'hostilité de nos camarades s'exacerba. On la rejeta de plus en plus et, par la même occasion, on ne m'adressa plus beaucoup la parole. On me reprocha d'être l'amie d'une prétentieuse, de faire bande à part, voire de renier mes origines. Il n'était un secret pour personne, en effet, que je provenais d'un milieu modeste.

— Toi, tu es fille de paysans. Elle, c'est la fille d'un toubib et d'un haut fonctionnaire de la préfecture ! Tu ne devrais pas la fréquenter. On ne mélange pas les torchons et les serviettes, me blâmait-on parfois, davantage pour me vexer que pour asséner un principe dénué de bon sens.

En réalité, ceux qui m'adressaient de tels reproches appartenaient au même milieu social que Lina, cette petite bourgeoisie locale qui avait pignon sur rue. Mais la jalousie rendait iniques les propos de ceux qui estimaient qu'on prenait leur place.

— Lina est mon amie depuis le premier jour, affirmais-je. Je ne comprends pas votre acharnement contre elle. Ses bons résultats ne doivent pas motiver votre rancœur à son égard.

— Tu ne vois pas que c'est une négresse ! me répliqua un jour l'un des garçons de la classe, aussitôt suivi dans ses allégations outrancières par plusieurs de ses camarades.

— D'abord on n'a pas à traiter quelqu'un de nègre, rétorquai-je, outrée. Ensuite, Lina n'est pas noire. Tu dis n'importe quoi !

L'insulte se répandit vite dans la cour de récréation. Je n'y prêtai pas attention, ne tenant pas à polémiquer, et me gardai d'en avertir Lina. À l'époque, les mots injurieux à l'égard des gens de couleur et des Maghrébins étaient fréquents chez ceux qui les maintenaient à l'écart, leur reprochant d'être la source de tous les maux de la société. Et les enfants répétaient souvent des propos prononcés par leurs parents à la maison. Si nos professeurs ne laissaient jamais passer aucune insinuation raciste dans les classes, pendant les récréations ils n'entendaient pas les moqueries de certains élèves.

J'avoue ne pas avoir compris, sur le moment, pourquoi cette insulte gonfla rapidement comme une rumeur à l'encontre de Lina.

Un matin, alors que nous sortions du cours d'histoire de madame Pons, un élève de quatrième, que nous avions déjà croisé dans les couloirs, l'invectiva violemment.

— Alors, la négresse, toujours première de ta classe ?

Aussitôt plusieurs garçons du même âge répétèrent l'insulte sans se soucier d'être entendus par les surveillants qui rôdaient.

Je vis Lina se décomposer. Ses mâchoires se crispèrent. Son front se rida. Ses yeux disparurent derrière la fente de ses paupières. Je la sentis prête à bondir.

— Viens, lui dis-je en la tirant par la main. Ne fais pas attention. Ce ne sont que des imbéciles.

Mais Lina me résista.

Les moqueries continuaient de pleuvoir. Les garçons, faisant cercle autour d'elle, riaient de plus belle en la bousculant.

— Où as-tu appris à lire, la noiraude ? Dans la brousse avec les singes ?

— Tu connais Tarzan ? Tu l'as déjà rencontré ?

Un soir, à la sortie des cours, Lina ne se contint plus. Invectivée devant la grille de l'entrée principale, elle se dirigea d'un pas décidé vers trois garnements qui l'avaient insultée. Fermant les poings, elle se mit à les frapper en vociférant des gros mots comme jamais je ne lui en avais entendu jusqu'à présent.

— Salopards ! leur cria-t-elle. Vous n'êtes que des p'tits cons, des couilles molles !

Nous venions toutes les deux de lire *La Guerre des boutons*, empruntée à la bibliothèque du lycée, et nous avions retenu en riant de bon cœur tous les noms d'oiseaux que les deux bandes rivales se jetaient à la figure au cours de leurs batailles rangées dans leurs villages respectifs. Je fus surprise par son animosité inhabituelle et, sur le coup, elle m'effraya. C'était la première fois que je lui découvrais un air de méchanceté. Mais je lui pardonnai aussitôt, car les garnements ne l'avaient pas volé ! La rixe se termina rapidement par l'intervention d'un surveillant qui eut beaucoup de mal à maîtriser Lina. Les trois garçons s'écartèrent sans insister. Quant à Lina, elle s'en sortit avec une grosse réprimande verbale et la menace de deux heures de colle à la prochaine incartade.

Les paroles de ces élèves dépassaient sans doute leurs pensées. Pour eux, m'efforçais-je de me convaincre, ce n'était qu'un jeu, pervers, certes, mais sans intention de détruire la personne à qui ils s'adressaient.

Au bout de quelques minutes, Lina réagit de nouveau. Revenant vers les trois garçons, elle les fixa droit dans les yeux.

— C'est parce que je suis bronzée que vous m'insultez ? Alors, sachez que je ne suis pas née en Afrique mais à Guéret, dans la Creuse. Et s'il est vrai que ma mère est d'origine antillaise, née d'un père breton et d'une Martiniquaise, mon père est un Auvergnat pure souche. Et mon frère a la peau plus blanche que la vôtre ! Ça vous suffit ? Vous êtes satisfaits ?

Sa manière de leur répliquer sans désarmer refroidit l'ardeur de ses détracteurs. Ceux-ci virent devant eux une fille déterminée à ne pas se laisser dominer. Malgré leur différence d'âge, elle leur en imposa au point que, sur le moment, ils renoncèrent à l'invectiver davantage.

L'incident clos, je demeurai auprès de Lina sans réaction. Je n'osais parler la première, gênée plus qu'elle par ce que j'avais entendu.

Mais très vite, les sarcasmes reprirent. Même les élèves de notre classe soulevaient des doutes sur les origines de Lina. Ils l'évitèrent encore plus, cette fois, pas seulement à cause de la première place qu'elle obtenait grâce à ses excellents résultats, mais à cause de la couleur de sa peau.

J'étais très étonnée. Jamais je ne me suis posé la question de l'origine de mon amie. Je la trouvais si belle, si différente de la plupart d'entre nous que, pour moi, elle devait être plus un sujet d'envie que de railleries. J'apprenais avec grand étonnement que la différence était souvent source d'ostracisme, mais j'étais trop jeune, alors, pour l'appréhender parfaitement. Lina, elle, comprit très vite que sa vie deviendrait un enfer si elle se laissait insulter sans réagir. Pourtant, elle en souffrit intérieurement. Elle n'en parlait jamais de vive voix, ne se plaignait pas de la méchanceté qu'elle ressentait autour d'elle. Elle ne se confia ni à ses parents ni à ses professeurs qui ignorèrent longtemps qu'elle était l'objet de moqueries. Lina avouait dans son cahier qu'à l'époque elle pensait ne pas être prise au sérieux si elle avait dénoncé ses camarades. N'ayant pas la peau très brune, personne n'aurait cru qu'elle puisse être victime de telles attaques. Néanmoins, je fus plusieurs fois témoin de querelles entre elle et des garçons et des filles du lycée qui s'acharnaient sur elle en méprisant ses origines.

À la fin du deuxième trimestre, ses résultats furent nettement moins bons que ceux du premier. Ses professeurs lui conseillèrent de se reprendre rapidement, car, affirmèrent-ils, elle glissait sur une pente dangereuse. Elle n'obtint plus que le tableau d'honneur avec les remontrances du proviseur qui s'étonna de la chute vertigineuse de son niveau.

Lina m'avoua avoir volontairement rendu de mauvaises copies afin de ne plus être la meilleure de la classe.

— Je veux être comme tout le monde, me déclara-t-elle.

10

Désobéissance

Lina s'efforçait toujours de dissimuler ses états d'âme. Chez elle, ses parents pensaient que tout était rentré dans l'ordre. Certes, ses résultats moyens du deuxième trimestre les alarmèrent, mais Lina leur promit de se rattraper. Elle tint parole. Dès le mois d'avril, elle eut à nouveau les meilleures notes. Je me dis alors qu'elle avait changé d'avis et qu'elle ne se souciait plus des commentaires et des opinions de nos camarades à son sujet. J'évitai toutefois de lui demander les raisons de son revirement. J'étais heureuse pour elle de constater qu'elle ne se laissait pas influencer par les médisances et ne prêtait plus l'oreille aux calomnies. Je ne l'en admirais que davantage. À ses côtés, je gagnais de l'assurance. Au reste, mes propres résultats s'améliorèrent peu à peu et j'obtins en fin de trimestre les encouragements du conseil de classe, tandis que Lina renouait avec les félicitations.

Je pris l'habitude d'aller chez elle, à la Colombière – tel était le nom de leur villa –, chaque fois qu'elle m'y conviait. Ses parents m'y faisaient très bon accueil, ravis que leur fille ait une amie bien élevée – c'est eux qui ne cessaient de le proclamer devant moi. Nous passions ensemble d'agréables après-midi et parfois plusieurs jours d'affilée quand le week-end était suivi ou précédé d'un jour férié, comme la Pentecôte, l'Ascension ou le 1er Mai. Mon père rechignait bien un peu de me voir m'éloigner de la ferme, mais ma mère prenait ma défense et se réjouissait de me savoir en bonne compagnie. Elle était même fière que sa fille se soit liée d'amitié avec celle d'un médecin et d'un haut fonctionnaire !

J'avais peu de relations avec Fabien. Plus âgé que nous, à quinze ans, il avait d'autres centres d'intérêt. Il fréquentait en ville une salle de sport où il pratiquait le tennis chaque fois que son temps le lui permettait. Lina me parlait souvent de lui. Elle l'encensait, m'avouait qu'il avait toujours été pour elle plus qu'un frère, un modèle. Pourtant, jamais elle ne vantait ses qualités ni ses mérites. Nous nous retrouvions parfois tous les trois devant une émission de télévision ou autour de la piscine. Fabien et Lina ne craignaient pas l'eau froide et n'attendirent pas l'été pour se baigner. Dans une eau à dix-huit degrés, je ne les suivais pas et restais peureusement sur le bord du bassin à les regarder nager ou s'ébattre joyeusement.

Fabien était très beau garçon. Mes yeux étaient attirés par ses épaules carrées, son allure sportive et son visage digne d'une statue grecque. Trop timorée, je n'osais me mettre en valeur, je me trouvais laide, un peu ronde et pas très gracieuse. En réalité, j'avais ce genre de complexes qu'on peut avoir à l'adolescence quand le corps commence à se transformer.

Nous terminâmes notre sixième sans autre incident dans la cour de récréation. J'étais persuadée que nos camarades avaient fini par abdiquer ou par s'habituer à Lina. Petit à petit, plusieurs filles se rapprochèrent d'elle et tentèrent de devenir son amie. Lina demeurait méfiante. Elle n'avait pas oublié les remarques et la mise à l'écart dont elle avait été victime. Elle accepta toutefois d'être leur copine, de céder ce qu'elle ne mangeait pas à la cantine, et même de dévoiler les solutions aux exercices de mathématiques ou de latin sur lesquels certaines butaient, mais elle ne se livrait pas à elles comme à moi. Je restais sa confidente, sa meilleure amie.

Pourtant, parfois, elle se comportait avec moi assez durement, pour ne pas dire méchamment. Elle me répondait par des mots vexants quand, sans l'intention de la contredire, je n'approuvais pas ce qu'elle pensait. C'était à propos d'un livre que nous avions lu, d'un film que nous avions vu à la télévision ou d'un cours de français pendant lequel nous avions été invités par monsieur Chauvin à réfléchir sur un sujet de littérature. Malgré ses excellents résultats en composition française, Lina préférait les matières scientifiques. Moi, j'étais beaucoup plus littéraire et devais le rester. Aussi nos échanges étaient-ils parfois conflictuels, car nous n'avions pas la même façon d'aborder les problèmes.

Un jour que j'avais obtenu une meilleure note qu'elle en rédaction, elle me reprocha de ne pas avoir d'esprit critique.

— Tu répètes seulement ce que tu lis, m'objecta-t-elle. Ce n'est pas ce qu'on demande à une bonne élève.

J'eus beau lui opposer que j'avais eu une note supérieure à la sienne, elle me rétorqua avec violence :

— Tu ne percutes rien. Il faut oser affirmer ses propres idées sans se soucier de ce que penserait le prof. Toi, tu restes trop en retrait. Tu manques de personnalité.

Quand Lina se déchaînait, j'évitais de la contredire. Je percevais de plus en plus l'autre face de son caractère. Celle qui faisait d'elle un être sans cesse sur ses gardes, montrant ses griffes à la moindre occasion. Plus tard, je compris effectivement que Lina avait le tempérament d'une battante qui n'aimait pas abdiquer.

Quand elle me tançait, je ne lui en tenais pas rigueur pour autant. Mon amitié pour elle était indéfectible, tant je l'admirais. J'étais prête à tout accepter d'elle, car je percevais en elle une âme généreuse qui souffrait d'un mal que je n'arrivais pas à définir.

En réalité, Lina n'était pas redevenue la fille qui avait vécu épanouie à Guéret. Plus tard, sa mère me confia qu'elle et son mari s'effrayèrent de son attitude au lycée. Lorsque ses résultats pâtirent de son comportement, notre professeur principal, monsieur Duchamp, les convoqua en présence du censeur. Pierre et Séréna furent stupéfaits quand il leur apprit la baisse vertigineuse de son niveau avant même que le bulletin trimestriel ne leur parvienne. J'ignore quelle fut leur réaction, mais Lina dut leur promettre de se rattraper puisque tout fut effacé au cours du trimestre suivant.

Pendant les vacances d'été, je ne revis pas mon amie. Mes parents me demandèrent de les aider à la ferme. C'était la saison des gros travaux agricoles et je me devais de leur prêter la main, notamment lors de la fenaison ou des moissons. Je secondais également ma mère à la traite des chèvres dont nous tirions d'excellents fromages. Nos pélardons étaient vendus sur le marché de Mende à une clientèle très fidèle.

Lina, quant à elle, partit un mois avec les siens dans la famille de son père, en Auvergne. Ses grands-parents paternels, tous deux décédés, étaient originaires de Montpeyroux, un petit village situé entre Issoire et Clermont-Ferrand. Elle me parlait souvent de cet endroit où son père avait grandi, car elle y passait toutes ses vacances quand elle résidait à Guéret. Plus tard – nous étions alors en classe de quatrième –, sa mère m'y invita à l'occasion des vacances de Pâques. Je me souviens de ce village perché sur une colline, dominé par une tour médiévale. On atteignait le sommet par une échelle de bois branlante puis par un escalier étroit en colimaçon. À l'époque, l'entrée était libre et nous pouvions y grimper à nos risques et périls. Aujourd'hui le village de Montpeyroux a été complètement restauré et s'est ouvert aux touristes. La tour a été aménagée, rendue moins dangereuse, et est accessible aux visiteurs détenteurs d'un billet d'entrée.

Plus aventureuse que moi, Lina m'y entraînait chaque fois que ses parents avaient le dos tourné. Nous prenions prétexte d'aller nous promener dans les ruelles du village et nous pénétrions dans la tour pour jouer à la châtelaine. Fabien, de connivence, nous accompagnait, ce qui me rassurait, car je n'étais pas très audacieuse. Du haut de la tour, nous dominions la plaine de la Limagne et l'Allier. Sur la rive opposée de la rivière, nous apercevions les ruines d'un autre château, celui de Buron. Les habitants du village racontaient qu'un souterrain reliait les deux édifices en passant sous le cours d'eau. Lina me jura qu'un jour elle découvrirait ce passage secret et qu'elle l'explorerait avec moi. Je ne la contredis pas, mais je ne l'aurais certainement pas suivie de crainte de faire quelque mauvaise rencontre.

Elle me reprochait souvent de manquer de courage, de témérité.

— Tu t'écoutes trop ! me secouait-elle quand je refusais de l'accompagner.

Pourtant, j'étais tentée chaque fois qu'elle décidait de se lancer dans une expédition où nous risquions les réprimandes de nos parents.

Un matin – nous étions alors en cinquième –, elle me proposa de la suivre dans les caves du lycée. Des soupiraux s'ouvraient au pied des bâtiments tout autour de la cour de récréation. Quand on s'en approchait, on sentait de l'air chaud s'en dégager, exhalant des odeurs de moisi, de charbon et de poussière. Tous étaient obturés par une grille scellée dans la maçonnerie. Jamais je ne m'étais demandé ce qu'ils pouvaient cacher. Pour moi, ce n'étaient que des caves, obscures et sans intérêt.

Quand Lina m'expliqua son projet extravagant, je lui répliquai aussitôt :

— Tu es folle ! Si tu te fais surprendre, tu auras droit au conseil de discipline !

— Tu n'es qu'une peureuse ! me rétorqua-t-elle sur un ton mauvais. Si tu ne m'accompagnes pas, j'irai seule. Ça ne m'effraie pas.

Lorsque Lina avait une idée en tête, rien ne pouvait l'arrêter.

— Comment comptes-tu entrer dans ces caves ? lui demandai-je. Les soupiraux sont grillagés.

— En allant au bureau du proviseur, j'en ai découvert un à moitié arraché. De plus, il donne dans la cour d'honneur, pas dans la cour de récré. On y sera plus tranquilles.

— La cour d'honneur ! Mais tu n'y penses pas ! On n'a rien à y faire. On se fera pincer immédiatement. Le concierge nous verra et nous signalera.

— Pas à l'heure du déjeuner. Il suffira de trouver un moyen de s'éclipser après l'appel et, au lieu d'aller à la cantine, on filera vers le bureau du proviseur. La cour d'honneur est juste avant.

— Et si le proviseur sort de son bureau à ce moment-là ?

— Impossible. À cette heure-là, tout comme le concierge, il déjeune chez lui, dans son appart.

Lina avait pensé à tout.

— J'y vais demain, m'affirma-t-elle. Sans toi, si tu te dégonfles !

Dans ses yeux, je distinguais beaucoup de reproches. Je la décevais. Déterminée, rien ne l'empêcherait d'exécuter son forfait. Elle était têtue, Lina. De temps en temps, elle avait besoin de commettre des actes répréhensibles, de se mettre en danger, de risquer la punition. Pourtant, chez elle, elle passait pour une fille obéissante, qui ne prononçait jamais un mot de travers. Moi, au lycée, je la connaissais sous ses deux aspects : douce et violente, aimable et désagréable, docile et obstinée, polie et vulgaire. Lorsqu'un de nos camarades se heurtait à elle, elle explosait parfois et tenait des propos que je n'aurais jamais osé tenir devant personne. Au point que je me demandais où elle avait pu apprendre à parler de cette manière. Pas chez elle, en tout cas, ni au lycée. Un jour, elle me confia qu'à Guéret elle aimait s'attarder dans la rue en rentrant de l'école. Elle y croisait des garçons et des filles plus âgés qui avaient à la bouche des mots injurieux. Ils s'amusaient entre eux sans lui prêter attention. Elle les évitait mais entendait ce qu'ils proféraient, la façon de s'invectiver, de s'interpeller. Lina avait la faculté de tout engranger, sans pour autant en prendre exemple. Je compris alors qu'elle utilisait pour se défendre les injures emmagasinées dans sa mémoire.

Je me décidai à l'accompagner. J'avais trop honte de moi. Je ne voulais pas passer pour une poltronne. Je perdrais sa considération, voire son amitié, si je lui refusais sans cesse mon assentiment.

Le lendemain, après l'appel de midi devant le réfectoire, nous prétextâmes une envie pressante au surveillant. Il nous laissa nous absenter sans se méfier. Nous feignîmes d'aller aux toilettes, puis nous profitâmes d'un mouvement de débordement à l'entrée de la cantine – comme c'était souvent le cas –, et nous nous éclipsâmes dans les couloirs en direction de la cour d'honneur. Rien ne nous arrêta et nous parvînmes audit soupirail sans être interceptées.

Il fallut alors se plier en deux, s'engouffrer dans le trou noir et béant sans voir où nous débouchions.

Je n'étais pas rassurée, mais Lina me poussait en avant, fermant la marche.

Quand nous fûmes dans la cave, nous découvrîmes un monde étrange où tout semblait figé, prisonnier de toiles d'araignée géantes. Chaque bâtiment au-dessus de nous possédait son propre sous-sol relié au précédent, formant un espace souterrain à mes yeux démesuré. Dans l'un d'eux, un énorme tas de charbon se dressait non loin d'une porte qui, nous le devinions, donnait sur la chaudière de l'établissement. Dans une autre, nous aperçûmes des meubles au rebut : d'anciens pupitres, des chaises démantibulées, des tableaux noirs, tout un bric-à-brac de vieilleries dont les différents chefs d'établissement successifs ne s'étaient jamais préoccupés et qui s'était accumulé au fil des années. Enfin nous tombâmes sur le trésor de cet antre mystérieux : la cave à vins. Lina bondit de joie quand, la première, elle mit la main sur la réserve de champagne. Il s'agissait sans aucun doute de bouteilles destinées aux réceptions du proviseur à l'occasion de cérémonies en présence d'autorités de la ville ou de l'académie. Lina voulut en ouvrir une et goûter au breuvage du chef, comme elle l'appela. Je m'y refusai, prétextant qu'à notre âge boire du vin nous ferait plus de mal que de bien. Une fois encore, Lina se braqua, me fusillant du regard. Mais cette fois, je tins bon. Alors, bouillant de colère, elle saisit une bouteille et la jeta violemment par terre. Elle explosa.

— C'est une de moins qu'ils ne boiront pas ! s'écria-t-elle, l'air mauvais.

Je n'insistai pas. Quand Lina ne se contrôlait pas, il était inutile de tenter de la ramener à la raison. Elle se calma aussitôt son geste exécuté. Comme si la seule constatation de son acte lui redonnait la sérénité.

— Allons-nous-en, me dit-elle en me tirant par la main. Le pion va s'apercevoir de notre absence.

Tout à coup, le ton de sa voix était redevenu plus aimable.

Nous retournâmes dans la cour de récréation. Le repas était terminé. Le surveillant ne s'était aperçu de rien. Ce jour-là, nous nous passâmes de manger, mais nous étions heureuses d'avoir réalisé un petit exploit sans nous faire surprendre.

Je reconnais que, une fois ma peur surpassée, je me sentais plus forte, grâce à mon amie qui savait m'attirer au-delà de mes limites. Sans elle, je serais restée la fille timide et sans caractère, bourrelée de complexes, toujours égale à elle-même et sans ambition. Lina me secouait, me persuadait que je n'étais pas inférieure aux autres, que la vie réussissait à ceux et celles qui refusaient la fatalité et la facilité. C'était sa façon à elle de m'aider.

Par la suite, Lina commit d'autres incartades, comme pour se prouver qu'elle n'avait peur de rien. Mais, si elle se complaisait aux limites de l'interdit, elle se gardait bien de les franchir aveuglément. Plus je la connaissais, plus je m'apercevais qu'elle avait besoin de s'affirmer à l'opposé de la bonne élève qu'elle était en cours. Car, en cinquième comme en sixième – mis à part son deuxième trimestre –, Lina demeura à la tête de notre classe, sans jamais décevoir ses professeurs. Elle ne prêta plus attention aux sarcasmes. Elle s'était parée d'une solide carapace, expliquait-elle dans son cahier. Elle refusait de se laisser abattre, persuadée maintenant que la vie n'offrait de cadeaux qu'à ceux qui redressent la tête. Elle ne cessa jamais de me convaincre de cette maxime, pour me galvaniser, mais aussi, j'en suis certaine, pour que je sois son égale. Plus tard, Lina m'avoua qu'elle aurait voulu me ressembler, elle aimait en moi mon calme, ma retenue, l'apaisement que je lui procurais quand son esprit s'agitait.

DEUXIÈME PARTIE

La déchirure

11

Derrière le mur

Au cours de notre année de quatrième, Lina fit une rencontre qui devait s'avérer cruciale dans son existence.

Notre lycée comprenait deux sections : l'enseignement général – où nous étions – et l'enseignement technique. Cette partie-là de l'établissement représentait pour nous une sorte de zone étrangère, et le mur qui séparait nos deux cours une frontière au-delà de laquelle nous n'avions pas à nous aventurer. Au reste, pour y accéder, il fallait passer par des couloirs administratifs interdits aux élèves. Nous n'avions donc aucun échange possible avec nos camarades du technique, à moins de nous voir à l'extérieur au moment de la sortie.

Lina, une fois encore, trouva le moyen d'aller se mêler à eux en empruntant des chemins détournés. Elle avait repéré un bâtiment situé entre les deux parties du lycée, une sorte d'entrepôt où l'on stockait du matériel. Une petite porte demeurait constamment ouverte. Elle avait observé les allées et venues peu fréquentes du personnel de service qui s'y rendait : employés au nettoyage, à la cantine, à l'entretien… Elle me certifia qu'il n'y avait aucun risque à nous y faufiler si l'on choisissait le bon moment. À midi, en effet, tout le monde était occupé à déjeuner. Il suffisait de profiter de ce laps de temps pour y pénétrer et constater si le bâtiment donnait également accès de l'autre côté, dans la cour des techniques.

Je lui dis que, cette fois, je ne la suivrais pas. J'en avais assez de m'exposer au danger dans le seul but de satisfaire sa curiosité. Car son petit jeu était effectivement souvent motivé par sa soif de comprendre pourquoi certaines choses nous étaient défendues. Toute interdiction exacerbait son désir d'enfreindre le règlement.

— Tu n'es pas courageuse ! me reprocha-t-elle, les yeux plissés trahissant sa colère. Tu ne seras toujours qu'une fille ordinaire. À force d'obéir sans remettre en question ce qui est imposé, tu deviendras le larbin des plus puissants que toi. Moi, je refuse de baisser la tête.

Ce jour-là, nous nous disputâmes. Je n'étais plus disposée à l'entendre me critiquer chaque fois que je réprouvais ses excentricités. Je la laissai commettre son acte de désobéissance seule et pensai au fond de moi-même : Tant pis et tant mieux si elle se fait pincer ! Cela lui servira de leçon.

Lina revint de son incursion la mine réjouie et l'air moqueur.

— J'y suis allée et j'en suis revenue sans problème ! Tu n'es qu'une froussarde !

Je me vexai, comme toujours quand elle m'adressait des reproches, mais je ne lui en tins pas rigueur, mon amitié pour elle transcendait ses sautes d'humeur.

Elle y retourna à plusieurs reprises. Sans moi.

Un jour, c'était peu avant Noël, elle se montra plus aimable. Elle m'expliqua qu'elle s'était fait une « amie prestigieuse », telle fut l'expression qu'elle employa pour me parler de Véli.

— Qui est Véli ? demandai-je, intriguée.

Jusqu'à présent, nous n'avions que de rares amies communes. Même si au lycée la situation était presque redevenue normale, Lina ne s'était pas liée avec beaucoup de filles et de garçons de notre classe. Sa défiance, son caractère entier, ses remarques aussi affûtées que des lames de rasoir quand elle répondait aux insinuations ne lui avaient pas valu beaucoup de sympathie. Elle n'en souffrait pas, m'affirmait-elle. Mais j'étais persuadée du contraire.

— Quelqu'un de bien, se contenta-t-elle de m'éclairer, sur un ton narquois que je lui connaissais bien.

Quand Lina voulait me blesser ou simplement éveiller ma curiosité en me maintenant dans l'ignorance le temps qu'elle jugeait nécessaire pour que j'abdique, elle tardait à répondre jusqu'à ce que je la supplie.

— Tu n'as qu'à me suivre chez les techniques ! ajouta-t-elle, moqueuse.

— C'est une fille ou un garçon ? insistai-je.

Elle me tourna le dos et feignit de s'éloigner, tout en levant et en secouant la main droite d'un air de signifier : Si tu veux le savoir, tu sais ce qu'il te reste à faire !

Je n'évoquai plus cette discussion. Mais, quand Lina s'absentait pendant la récréation de treize heures qui suivait le déjeuner à la cantine, je me doutais qu'elle allait rejoindre sa nouvelle connaissance. J'en ressentais peu à peu de la jalousie, percevant dans son attitude une volonté de me mettre une fois de plus à l'épreuve.

Je voulus en avoir le cœur net. Je finis par accepter de l'accompagner au-delà du mur. Nous nous introduisîmes dans l'entrepôt puis, par une autre porte, nous débouchâmes dans une seconde cour.

C'était la première fois que je me retrouvais au milieu des élèves du technique. J'éprouvai aussitôt beaucoup d'appréhension. On m'avait dit que ces élèves étaient plus rudes que ceux de l'enseignement général, plus turbulents et plus mal élevés. C'étaient bien sûr des commérages, des idées reçues. Mais, à treize ans, je les crus. Lina ne m'avait jamais tenu de tels propos. Elle ne s'était jamais attardée sur ce genre d'a priori. Elle souffrait suffisamment, je suppose, du regard des autres pour ne pas accepter ces contrevérités.

Je fus immédiatement intriguée par l'âge de certains élèves. Certes, de notre côté, petits et grands étaient mélangés dans la même cour et se croisaient dans les couloirs, mais entre nous il n'y avait guère que six à sept ans d'écart entre ceux de terminale et les sixièmes. Autour de moi, je découvris des garçons et des filles qui pouvaient avoir vingt ans. Je m'en étonnai aussitôt. Lina m'expliqua que certains d'entre eux avaient pris beaucoup de retard dans les classes d'enseignement général avant de bifurquer dans les sections de CAP et de BEP pour décrocher un diplôme en vue de s'engager dans la vie professionnelle.

Très vite, nous fûmes entourées par un attroupement de garçons qui nous tinrent des propos équivoques.

— Eh, les poupées, on se balade ? On vous rancarde à la sortie, ce soir ? proféra l'un d'eux.

Je n'osai lever les yeux. Lina, elle, garda son sang-froid et les affronta.

— Tu me casses les couilles ! rétorqua-t-elle.

Son langage me choqua même si je l'avais déjà entendue injurier certains élèves avec des mots tout à fait déplacés dans sa bouche. Je ne lui en avais jamais adressé le moindre reproche, mais cette fois, je ne pus me retenir de relever :

— Pourquoi parfois es-tu si vulgaire ? Ça t'échappe ? Chez toi aussi, ça t'arrive ?

— Il faut leur répondre à leur manière ! Si tu te laisses marcher sur les pieds, ils ne comprennent pas à qui ils ont affaire.

J'en tirai une leçon mais n'en fus pas moins surprise de constater, une fois encore, comme Lina pouvait présenter deux aspects diamétralement opposés de sa personne.

Elle m'entraîna au fond de la cour et nous nous approchâmes d'une fille qui discutait avec d'autres élèves.

— Véli, l'interrompit Lina, je te présente Alice. Nous sommes dans la même classe, de l'autre côté du mur.

C'est à ce moment-là que je découvris pour la première fois son « amie prestigieuse ».

Elle se retourna dans notre direction.

Mon cœur tressauta dans ma poitrine. Véli était une fille magnifique, à la longue chevelure noir de jais lui descendant jusqu'à la taille, à la peau foncée – beaucoup plus que celle de Lina –, belle comme une reine égyptienne. Les traits de son visage étaient d'une régularité impressionnante et lui donnaient l'air d'avoir été ciselé dans le marbre. Elle souriait naturellement. L'expression de ses yeux lui conférait une grande douceur, mais aussi – je l'ai vite perçu – une sorte de tristesse cachée au plus profond de son être. Plus élancée que la plupart des filles que je connaissais, elle avait un port digne malgré sa tenue négligée et de peu de valeur : un survêtement vert bouteille usagé sur un tee-shirt gris, des chaussures de tennis blanches qui avaient vécu, un blouson marron décoloré et tout fripé. Je compris que cette Véli était issue d'un milieu très modeste. Je ne m'en suis sentie que plus proche, même si, à bien des égards, nous devions par la suite nous découvrir très différentes.

— C'est Véli, dont je t'ai déjà parlé, précisa Lina en me tirant par la main. C'est une fille formidable !

Sur le moment, je restai sans voix. Ses camarades – trois garçons et une fille – cessèrent immédiatement leur discussion et me dévisagèrent comme si j'étais une bête curieuse. Le malaise que j'en éprouvai me donna envie de retourner dans notre cour sans m'attarder davantage. Véli sembla me comprendre et me dit :

— Lina m'a aussi beaucoup parlé de toi. Tu es une fille très chouette. Elle n'a que des paroles élogieuses à ton égard. Elle a de la chance d'avoir une amie comme toi.

Ma surprise dut se lire sur mon visage car elle ajouta :

— Tu ignorais à quel point Lina t'apprécie ?

Gênée, je bredouillai des banalités, ne sachant comment me comporter par rapport à Lina.

— Nous sommes très liées en effet, osai-je enfin préciser. C'est moi qui ai de la chance d'être son amie.

— Alors, si tu es amie avec Lina, tu es la mienne. On pourrait se voir toutes les trois, le soir, à la fin des cours, proposa-t-elle. Ici, ce n'est pas très commode. Il ne faudrait pas que le surveillant vous découvre. Ça irait mal pour vous, dit-elle avant de s'adresser à Lina : Évite de franchir le mur, un jour ça te jouera un mauvais tour. Reste de ton côté. De plus, tu attires le regard des garçons. Tu finiras par te faire gauler.

Lina m'étonna. Elle agréa le conseil de Véli sans opposer le moindre argument. Il n'était pas dans ses habitudes de se laisser dicter sa conduite – en tout cas, au lycée par nos camarades. Au contraire, elle avait plutôt tendance à s'imposer, à se confronter aux autres, à les contredire. Devant Véli, je la sentis en concordance avec elle, en parfaite harmonie. Comme si elles s'étaient toujours connues, comme si Véli était sa sœur aînée – celle-ci avait un an de plus que nous, ce qui, à notre âge, lui donnait un certain ascendant et plus de maturité.

— Je suis interne, lui répondis-je. Je ne sors que le samedi après les cours du matin.

Véli consulta Lina du regard.

— Dommage ! regretta-t-elle. Mais on aura bien l'occasion de se revoir.

Nous en restâmes là. Lina et moi retournâmes dans notre cour de récréation.

Une mauvaise surprise nous y attendait.

Les surveillants nous cherchaient, car nous étions convoquées toutes les deux dans le bureau du surveillant général, monsieur Riquebour. Notre absence, cette fois, n'était pas passée inaperçue. Au cours de notre escapade, en effet, un exercice d'alerte incendie avait été déclenché dans notre section du lycée. Les élèves s'étaient rangés par classe devant les portes des salles de cours qui donnaient au rez-de-chaussée, comme c'était la règle en pareille occasion. Les surveillants avaient procédé à l'appel des demi-pensionnaires et des pensionnaires.

Nous manquions à l'appel !

Malgré leurs recherches, ils ne nous avaient pas trouvées et en avaient déduit que nous avions fait le mur. Quand l'un d'eux nous vit arriver sans nous méfier, il nous héla :

— Larsac et Dorval ! Au bureau du surveillant général immédiatement ! nous ordonna-t-il. Vous vous expliquerez devant monsieur Riquebour.

Morte de peur, tête baissée, je laissai Lina se justifier. Je ne doutais pas qu'elle avancerait quelques arguments fallacieux dans le but de nous dédouaner. Mais je n'avais aucun espoir qu'elle parvienne à convaincre le responsable de la discipline du lycée de notre innocence. Monsieur Riquebour était un homme autoritaire qui en imposait même aux plus grands. Il lui suffisait d'apparaître dans une salle de permanence et nous nous taisions tous, de crainte de voir fondre sur nous ses foudres jupitériennes. Seuls les garçons de terminale osaient se moquer de lui, mais toujours sous cape. Ils s'amusaient, sur son passage, à marmonner son nom sans discontinuer en faisant attention de ne pas se faire prendre. Ils psalmodiaient de façon répétitive : « Riquebouriquebourique... » Nous en riions de bon cœur mais nous, les plus jeunes, nous n'osions suivre l'exemple de nos aînés. Dans le réfectoire, quand il se pointait à la porte, avant même qu'il n'entre, un élève donnait l'alerte et nous nous mettions à tour de rôle, une fois qu'il avait dépassé notre table, à ronronner du fond du gosier, émettant un bruit sourd indétectable. Nous cessions dès qu'il se retournait vers nous. Alors il sortait son carnet et son stylo et, jetant des coups d'œil acérés à droite puis à gauche, tantôt devant, tantôt derrière, il essayait, en vain, d'attraper ceux qui s'adonnaient à ce petit jeu de potache.

Lina et moi écopâmes de quatre heures de retenue que nous dûmes effectuer le dimanche matin. C'était la sanction qui faisait maugréer le plus les pensionnaires. Car, ce jour-là, nous ne pouvions pas rentrer dans nos familles pour le week-end.

Quand mes parents furent avertis de la mesure disciplinaire et de sa raison, ils s'inquiétèrent. Ils ne crurent pas, sur le moment, que je m'étais laissé entraîner par Lina. Ils tenaient cette dernière pour une élève modèle.

À mon retour chez moi le samedi suivant, mon père me sermonna, fou de colère. Je m'attendis à ce qu'il me retire du lycée et me contraigne à travailler à la ferme. J'ignorais que la scolarité était obligatoire jusqu'à seize ans depuis bientôt quatre ans. Ce n'était pas un sujet dont nous discutions entre nous. Il me punit toutefois à son tour en m'interdisant d'aller chez Lina pendant le reste de l'année.

— Après, j'aviserai, ajouta-t-il. Si tes résultats ne faiblissent pas, je réviserai peut-être ma décision.

Quant à Lina, je ne sus jamais si ses parents avaient pris contre elle une sanction similaire. Elle ne m'en parla pas, comme si la question était devenue taboue.

Elle ne cessa pas pour autant de fréquenter Véli à la sortie du lycée.

12

Une étrange impression

Tout ce que je lisais dans le journal intime de Lina ne m'était pas totalement inconnu. J'avais été témoin de beaucoup d'événements de sa vie d'écolière. Néanmoins, avec le recul, au fil de ma lecture, j'avais l'impression de redécouvrir mon amie sous un autre angle. À treize ans, on ne ressent pas les choses de la même manière qu'à l'âge adulte. À l'époque, je ne comprenais pas vraiment ce qui motivait Lina dans ses choix, ce qui provoquait ses sautes d'humeur. Je la prenais comme elle était et ne prêtais pas attention à ses vexations, à ses bouderies, voire à ses colères envers moi quand je refusais de l'écouter. Je ne suis pas rancunière et mon amitié pour elle primait sur tout le reste.

C'est peu après ma rencontre avec Véli que tout bascula et que je perçus une explication.

L'année scolaire se poursuivait. Lina continuait de passer de l'autre côté du mur, en dépit des conseils donnés par sa nouvelle amie et qu'elle avait feint d'agréer. La sanction ne lui avait pas servi de leçon. Étant toutes les deux demi-pensionnaires, elles se retrouvaient aussi à l'extérieur après les cours. Moi, j'étais condamnée à demeurer dans l'enceinte de l'établissement jusqu'au samedi midi. Je ne me laissai plus entraîner par Lina à franchir ce que nous considérions comme la frontière de l'interdit. Au reste, je n'étais pas attirée par l'ambiance qui régnait du côté des techniques. Aussi l'abandonnai-je dans la poursuite de ses infractions.

Je ne revis pas souvent Véli, mon emploi du temps ne me permettait pas de m'attarder longtemps à l'extérieur du lycée. À la fin de la semaine, je rentrais directement chez moi avec le car scolaire qui me conduisait jusqu'à la place de mon village, Chastel-Nouvel, une commune limitrophe de Mende.

Toutefois je m'aperçus que le comportement de Lina changeait petit à petit. Au début, je n'en compris pas la raison. Ce ne fut que bien plus tard qu'elle me livra son terrible secret, une révélation qui devait bouleverser le restant de sa vie.

Véli n'était pas un prénom commun. À vrai dire, c'était la première fois que je l'entendais. Lina m'expliqua que son amie était d'origine réunionnaise et son prénom d'origine tamoule. L'un de ses lointains ancêtres venait du sud de l'Inde et avait migré dans l'île Bourbon qui devait devenir par la suite l'île de La Réunion.

— Véli désigne l'étoile de Vénus, m'indiqua Lina. En créole, il signifie également : mon aimée, ma petite gâtée.

— En créole ? m'étonnai-je.

— Je me suis renseignée : à La Réunion, les créoles sont les habitants métis nés dans l'île en opposition avec les *zoreilles* nés dans la métropole.

Curieuse, Lina avait entrepris des recherches sur les populations vivant dans ce département d'outre-mer. Elle m'exposa dans le détail tout ce qu'elle avait appris dans les livres de la bibliothèque.

Sur le moment, je ne fus pas très surprise. C'est pour cette raison, me dis-je, que Véli a la peau très brune, ses aïeux devaient être très typés.

— Sa famille a donc migré en France ? lui demandai-je.

— Non. Elle ne se souvient plus trop de ses parents. Seulement de son nom de famille : Payet. C'est tout ce qui la relie à eux. Elle a été accueillie par une famille française quand elle était petite. Les Soboul, des paysans qui habitent à la sortie de la ville et qui exploitent une ferme. Comme les tiens.

— Elle a été adoptée ? insistai-je. Ses parents sont morts ?

— Je suppose. Elle ne m'en parle jamais. Ce que j'ai deviné, c'est qu'elle n'est pas très heureuse dans sa famille d'accueil. Ses vieux, comme elle les appelle, l'obligent à travailler dur à la ferme quand elle n'est pas au lycée.

En réalité, Véli n'avait qu'une idée en tête : passer son CAP de coiffeuse, puis entrer dans la vie active pour ne plus dépendre de ses parents adoptifs. Lina m'affirmait qu'elle les détestait. Sans jamais la questionner, elle s'était vite rendu compte que Véli souffrait et qu'elle était considérée comme une domestique et non comme la fille de la famille. Celle-ci avait un garçon plus âgé qui avait quitté la ferme et ne donnait plus signe de vie. Véli ne savait pas pour quelle raison. Mais, me rapporta Lina, si ses parents s'étaient comportés avec leur fils comme avec elle, cela expliquait pourquoi, maintenant, ils se retrouvaient seuls. Ils avaient dû se fâcher.

Le peu de fois que je rencontrai Véli, je ne me rendis pas compte du drame qu'elle vivait. Lina, elle-même, ne le découvrit que lorsque Véli lui présenta son frère Élie. Elle tarda à s'y décider alors qu'elles se fréquentaient déjà en dehors de l'établissement.

Élie avait quitté le lycée l'année précédente après avoir passé son CAP de mécanique auto. Il était passionné par les moteurs et bricolait les mobylettes. Scolarisé, il venait en classe à solex, suscitant beaucoup d'envieux. Il travaillait à présent comme apprenti chez un garagiste de Mende, Étienne Jurquet, qui, comme les Soboul pour Véli, l'avait accueilli à son arrivée en métropole.

— Frère et sœur n'ont donc pas été placés dans la même famille ? m'étonnai-je quand Lina me fournit ce détail.

— Faut croire que non ! Ils ont été séparés et placés dans deux familles d'accueil différentes. Ce fut très dur pour eux. Un véritable arrachement.

Sur le moment, Lina ne s'étendit pas sur leur histoire. En apparence, elle n'était pas très touchée, bien qu'elle m'avouât par la suite que leur sort l'avait passablement secouée. Lina, en effet, ne trahissait jamais ses sentiments quand elle était frappée par une injustice ou un malheur qui suscitait chez elle révolte ou tristesse. Elle bouillait de l'intérieur, mais sans jamais laisser exploser sa colère, jusqu'au moment où elle ne parvenait plus à se contenir.

— Élie, c'est un prénom biblique ! relevai-je. Pourquoi le frère de Véli ne porte-t-il pas comme elle un prénom créole ?

Lina me rapporta alors que le frère de Véli s'appelait en réalité Cimandef, ce qui signifie : celui qui ne se soumet pas, qui ne courbe pas l'échine. La Réunion était peuplée de nombreux descendants d'esclaves provenant d'Afrique et de Madagascar. L'un d'eux, Cimandef, était considéré comme un libérateur. Quand Élie est arrivé dans sa famille d'accueil, la DDASS lui avait déjà changé son prénom, comme c'était très souvent le cas des enfants de l'Assistance publique – Véli y avait bizarrement échappé. On l'avait appelé Léon. Élie détestait ce prénom et refusait d'obéir quand on l'appelait ainsi. Comme il insistait devant les Jurquet pour être appelé Cimandef, Étienne Jurquet finit par lui suggérer de changer de prénom, le sien lui paraissant bizarre. Il prétexta qu'à l'école ses camarades de classe se moqueraient de lui. « Alors je veux qu'on m'appelle Élie », proposa farouchement le jeune Cimandef.

Dans l'histoire de La Réunion, Élie était le nom d'un autre personnage héroïque, meneur de la révolte des esclaves de Saint-Leu. C'était un homme inflexible mais qui, en même temps, était doux et sensible comme l'était le frère de Véli, d'après les premières confidences de Lina à son sujet. Le petit Cimandef cacha aux Jurquet qu'Élie était également un libérateur et, en réalité, son second prénom. Ils pensèrent qu'il s'agissait du simple prénom biblique sans aucune autre référence.

— Les Jurquet ont accepté de le lui attribuer sans rechigner. Ils prirent ainsi l'habitude de l'appeler Élie. Pour Cimandef, l'honneur était sauf.

Plus Lina me parlait de ses nouveaux amis, plus j'éprouvais à la fois de la curiosité et de la jalousie. Car, il me faut bien l'avouer, mon amitié pour Lina devenait de plus en plus exclusive. De mon côté, je n'avais aucune autre véritable amie. Et je craignais que Lina ne s'éloigne de moi en fréquentant Véli et son frère.

Au dire de Véli, Élie avait été un élève assez difficile et désobéissant au lycée, bien que doté de grandes capacités. En réalité, il aurait aimé faire de plus longues études, dans le domaine médical par exemple, mais Étienne Jurquet s'y était opposé, tenant à ce qu'il l'aide le plus vite possible dans son garage. Son esprit rebelle lui avait valu de nombreuses sanctions qui, systématiquement, étaient doublées par son père adoptif quand il rentrait chez lui, le soir. Étienne Jurquet en effet l'avait adopté, ce qui était illégal, car on ne lui fournit jamais la preuve du décès de ses parents. En tout cas, ni lui ni Véli n'en furent informés.

Je rencontrai Élie par hasard. C'était peu avant Pâques de notre année de quatrième. Mon père avait finalement cédé et retiré sa sanction m'interdisant d'aller chez Lina pendant les vacances. J'avais supplié ma mère de tenter de l'infléchir et elle y était parvenue. Elle ne douta pas de ma bonne foi quand je lui expliquai que nous n'avions aucune mauvaise intention en nous rendant chez les techniques et que nous avions agi seulement par simple curiosité. Constatant les excellents résultats que j'avais obtenus à la fin du deuxième trimestre, mon père m'autorisa donc à revoir Lina, ce dont je me réjouis au point que je lui sautai au cou.

— Ne recommence plus, m'avertit-il néanmoins. Sinon, ma punition sera beaucoup plus sévère.

Je me le tins pour dit et me jurai que Lina ne m'y reprendrait plus au cas où elle serait à nouveau poussée à la désobéissance. Au reste, cela n'arriva plus, en tout cas au regard de ce genre de manquement au règlement intérieur de l'établissement.

Lina connaissait Élie depuis peu de temps et l'avait croisé furtivement deux ou trois fois lorsqu'elle m'invita chez elle. Entre eux, aucun courant de sympathie n'était passé. Le jeune garçon lui avait semblé distant, peu intéressé par les amies de sa sœur, plus attiré par ses anciens camarades de classe qui eux aussi étaient entrés pour la plupart dans la vie active. À ses yeux, Lina et Véli devaient paraître des petites filles, tandis que lui jouait déjà au grand et paradait devant les filles de son âge. Quand son père adoptif lui accordait un peu de liberté, il rôdait dans les rues de Mende à mobylette – il avait troqué son vieux solex pour une rutilante Motobécane bleue à suspensions avant et arrière – et, avec ses camarades, il flânait souvent autour de la cathédrale, fumant des cigarettes pour se donner des allures d'adulte.

Quand j'arrivai chez Lina le premier samedi des vacances, elle m'annonça :

— J'ai une surprise pour toi.

Je m'étonnai aussitôt, car il n'était pas dans ses habitudes de me faire des cachotteries.

— Quel genre de surprise ?

— Oh, pas un cadeau !

Je pensais être seule avec elle pendant ces quelques jours.

— J'ai convié Véli et son frère à passer l'après-midi avec nous. Fabien m'a promis de rester aussi à la maison. Ainsi, nous serons cinq à faire la fête.

— La fête ? répliquai-je. Tu veux faire la fête ?

— Pourquoi pas ? On mettra de la musique, on dansera, on mangera des pâtisseries et on boira du Coca. T'es pas contente ?

— Tes parents sont d'accord ?

— Oui, bien sûr !

Si je n'appréciai pas l'initiative de Lina, la présence de Fabien ne me gêna pas, au contraire. J'avoue avoir toujours éprouvé un faible pour lui. Et lorsqu'il participait à nos activités, je me sentais dans mes petits souliers. Mais je voyais bien que je ne l'intéressais pas. J'étais sans doute trop jeune pour lui. À notre âge, trois ans comptaient beaucoup plus que maintenant !

Pierre et Séréna eurent la délicatesse de nous laisser seuls cet après-midi-là, nous recommandant cependant de ne pas commettre de bêtises. Lina avait pensé à tout. Elle avait disposé une table et des fauteuils de jardin dans la véranda, juste devant la piscine, et installé une sono et des disques dans le salon voisin grand ouvert sur la terrasse.

— On va organiser une petite boum entre nous ! se réjouit-elle en m'entraînant par la main à travers la maison. Fabien se mettra à la platine. Il me l'a promis.

Embarrassée, je ne dis mot. Je n'avais jamais participé à une boum et ne savais pas danser.

Quand Fabien descendit de sa chambre, je me sentis tout à coup ragaillardie et feignis de paraître détendue.

En réalité, tout ne se déroula pas comme Lina l'avait prévu.

Véli arriva la première. Sa famille d'accueil lui permettait parfois de quitter la ferme le samedi pour travailler quelques heures chez une coiffeuse où elle faisait un stage dans le cadre de son CAP.

— Je me suis arrangée avec ma patronne, nous expliqua-t-elle. Elle m'a accordé mon après-midi. Mes vieux l'ignorent.

Puis ce fut le tour d'Élie. Nous entendîmes vrombir le moteur de sa mobylette qu'il avait trafiqué afin d'en accroître le bruit. Lina se porta aussitôt à sa rencontre et l'invita à entrer. Il ressemblait beaucoup à sa sœur. Il avait la peau aussi foncée, les traits de son visage présentaient la même régularité et, dans son regard, je perçus tout de suite une grande douceur. Il avait beau se donner des airs de mauvais garçon – son allure, son habillement, sa coupe de cheveux surtout me surprirent –, je décelai en lui un être beaucoup plus fragile qu'il ne le laissait paraître.

Lina, voulant le mettre à l'aise, lui conseilla d'ôter son blouson de cuir. Elle donnait l'impression de le connaître depuis longtemps, or ce n'était que la deuxième fois qu'ils se rencontraient. Tandis que Fabien plaçait un disque de Sylvie Vartan sur la platine de l’électrophone, Lina nous apporta des rafraîchissements et nous proposa de nous installer près de la piscine.

— Elle est trop froide pour se baigner, dit-elle d’un ton badin. Mais si le cœur vous en dit, n’hésitez pas !

C’est alors que tout bascula.

Élie posa son verre, se rapprocha de Lina, l’air ténébreux. Je crus qu’il allait la prendre dans ses bras et l’embrasser.

Il lui saisit la main. La fixa droit dans les yeux. Lui déclara :

— Ça me trotte dans la tête depuis la première fois que je t’ai aperçue. Maintenant, j’en suis certain.

Lina parut surprise. Elle s’attendait peut-être à ce qu’il l’invite à danser.

— De quoi ? demanda-t-elle.

— Plus j’y réfléchis, plus je suis certain qu’on se connaît.

— Ben oui… évidemment qu’on se connaît !

— Je veux dire : on s’est déjà vus quelque part… avant.

Je fus moi aussi étonnée. Était-ce sa façon de draguer ? pensai-je naïvement. Véli était occupée de son côté avec Fabien à choisir d’autres disques et ne prêtait pas attention à son frère. Moi, j’observais et écoutais, intriguée.

Élie s’obstina.

Lina le contredit sur un ton qui trahissait un début d'agacement.

— Tu te trompes ! C'est impossible. J'habitais Guéret, dans la Creuse, où je suis née. Je ne suis jamais allée à Mende auparavant. Je ne vois pas comment on aurait pu se croiser.

Élie n'insista pas, mais il lui promit de chercher d'où lui venait cette étrange impression.

13

Révélation

Lina ne me parla pas tout de suite de cet épisode. Pourtant j'y avais assisté dans mon coin sans oser participer à l'échange entre elle et Élie. Sans doute le jugea-t-elle peu important sur le moment.

Nous passâmes un très agréable après-midi. Fabien mit la musique à fond, profitant de l'absence de ses parents qui n'auraient pas apprécié le vacarme que nous faisions. Nous discutâmes longuement de nos principaux centres d'intérêt, de nos chanteurs préférés, de nos activités, tout en buvant du Coca et en dégustant les gâteaux que la maman de Lina nous avait préparés. Je m'étonnai à ce propos qu'elle fût aussi bonne pâtissière. La mienne, reconnus-je, était plus douée pour les plats cuisinés que pour les pâtisseries.

Puis Lina voulut danser. Elle dégagea de l'espace en repoussant les fauteuils de jardin et la table, et nous invita à nous défouler sur une chanson du groupe Abba. N'ayant aucune prédisposition pour la danse, je me sentis un peu ridicule. En revanche, Lina se montrait très à l'aise. Ses cours lui procuraient de l'assurance et une grande facilité dans ses déhanchements. Elle balançait son corps au rythme de la musique et esquissait des gestes des bras au diapason avec les mouvements de ses jambes. Elle s'était placée au milieu de la terrasse et s'amusait follement avec Fabien. Véli entra presque aussitôt dans la danse, bientôt imitée par son frère qui ne cessait de regarder Lina, sans le moindre sourire.

— Allez, viens ! m'exhorta-t-elle. Ne fais pas ta timide.

Fabien me prit par la main et m'attira au centre.

— Laisse-toi porter par la musique ! me dit-il, plein de prévenance et de gentillesse. Libère-toi !

Quand Fabien mit un disque de rock'n'roll des Rolling Stones, Véli et Élie se déchaînèrent. Ils s'entendaient comme un vieux couple de danseurs et nous nous écartâmes immédiatement pour leur laisser la place. Fabien avait gardé ma main dans la sienne. Je me retins de la retirer, trop heureuse de ce contact.

— Ils ont le rythme dans le sang, releva-t-il.

Puis il m'invita à son tour à amorcer un pas de danse. Je me montrai très gauche, mais au bout de quelques minutes nous nous accordâmes de mieux en mieux.

Lina semblait ravie. Elle passait de l'un à l'autre avec une agilité déconcertante.

Tandis que Fabien se préparait à changer de groupe musical, Élie s'éloigna pour sortir de sa poche un paquet de cigarettes. Il eut à peine le temps d'en porter une à sa bouche que Lina fondit sur lui comme une furibonde :

— Arrête ! lui ordonna-t-elle. Tu n'as quand même pas l'intention de fumer chez moi ? Mes parents ont horreur de l'odeur du tabac froid. S'ils s'en rendent compte, ils ne m'autoriseront plus jamais à faire la fête avec mes amis.

— À l'extérieur, sur la terrasse, y a pas de risque qu'ils le sentent ! objecta Élie.

— Je te l'interdis ! Ne discute pas.

Élie n'insista pas. Il remisa son paquet de cigarettes et son briquet dans sa poche et vint s'asseoir dans le salon près de l'électrophone.

— Elle n'est pas drôle, ta sœur, dit-il en catimini à Fabien qui me tenait toujours par la main.

Croyant que nous flirtions, il sourit.

— Je vous ennuie peut-être, ajouta-t-il. Décidément, je ne suis pas le bienvenu ici ! Il est préférable que je m'en aille.

Vexé, il demanda à Lina de lui redonner son blouson.

— Je pars, si ma compagnie te dérange. J'ai mieux à faire en ville avec mes copains.

Il nous laissa perplexes. Véli la première fut gênée par l'attitude de son frère.

— Il est un peu soupe au lait, nous chuchota-t-elle pour qu'Élie ne l'entende pas. N'y prêtez pas attention.

Quand ce dernier fut sur le pas de la porte, il se retourna et, s'adressant à Lina, lui déclara :

— Je chercherai encore et je me souviendrai. Sûr qu'on s'est déjà vus quelque part ailleurs !

Lina ne répliqua pas.

Elle m'avoua le lendemain qu'Élie lui avait fait mauvaise impression ce jour-là. Elle en fut très chagrinée. Elle s'était trompée sur le frère de Véli. Elle avait cru qu'il était digne du plus grand intérêt, au regard de sa vie passée et des souffrances qu'il avait endurées. Lina était attirée par la misère des autres, c'était son côté généreux, qui l'amenait à éprouver beaucoup de compassion pour autrui. Mais elle n'aimait pas être déçue. Dans ces cas-là, elle pouvait se montrer méchante, voire odieuse. J'en fis parfois les frais. Toutefois notre amitié était tellement forte qu'elle passait outre ses sautes d'humeur à mon égard. Elle feignait de ne plus penser à ce qui l'avait heurtée, reconnaissant volontiers qu'elle se trompait souvent quand elle jugeait avec trop de hâte.

Après ces quelques jours chez Lina, je rentrai à la maison. Mon père comptait sur moi pour seconder ma mère dans son travail domestique.

C'était la saison où tout redémarrait. La nature se réveillait après l'endormissement hivernal. Tandis que mon père achevait les labours et les semailles de printemps, procédait à l'épandage des engrais et au nettoyage des prairies, ma mère était très affairée à l'étable à soigner les animaux d'élevage qui nous procuraient lait, beurre et fromage. Aussi avait-elle besoin de mon aide quand je n'étais pas au lycée. Je m'occupais du ménage, préparais les repas et, le reste de mon temps, aidais à la traite de nos chèvres.

Le soir, fourbue, pendant que mes parents se délassaient devant l'écran de leur télévision avant d'aller se coucher, je m'enfermais dans ma chambre et plongeais dans un bon livre que je dévorais pour échapper à mon quotidien, me jurant que plus tard je deviendrais *quelqu'un* afin de m'éloigner de cette existence peu gratifiante.

Puis l'école reprit. Je retournai à l'internat avec un certain soulagement. J'appréciais de plus en plus l'atmosphère studieuse des salles de classe, surtout après les cours lorsque nous nous retrouvions en étude surveillée à faire nos devoirs pour le lendemain. Je ne souffrais plus de cette situation de recluse. Je m'y étais habituée. L'internat était devenu ma deuxième maison, les surveillants et les professeurs ma seconde famille.

Quand, le matin, je voyais arriver Lina, mon cœur battait à tout rompre. Elle m'apportait des nouvelles de l'extérieur mais aussi son amitié. Je me sentais si bien en sa compagnie que j'avais du mal à imaginer qu'un jour nous nous éloignerions l'une de l'autre. Nous étions inséparables et complices.

Elle avait cessé ses expériences hasardeuses. Elle semblait s'être calmée. Elle respectait le règlement intérieur à la lettre et obtenait toujours les meilleures notes de notre classe. Nos professeurs ne cessaient de l'encenser et de la montrer en exemple. C'est, je crois, ce qui rendait jaloux les autres élèves qui la maintenaient encore à distance.

Je ne vis plus ni Véli ni son frère pendant plusieurs semaines, jusqu'au jour où, à la sortie du lycée un samedi, en attendant le car scolaire, je les aperçus s'approcher de l'arrêt de bus. Lina tardait à me quitter. Fabien n'ayant pas cours le samedi, elle se permettait de déambuler seule en ville avant de rentrer chez elle. Elle m'avait suppliée de demander à mes parents l'autorisation de passer le week-end de la Pentecôte à la Colombière.

Le bus n'arrivait pas. Un surveillant nous avertit qu'il était en panne et nous conseilla d'appeler nos familles afin qu'elles viennent nous chercher. Il y avait une cabine téléphonique à côté de la grille du lycée. Une longue queue s'était déjà formée devant sa porte, de nombreux internes étant dans l'impossibilité, comme moi, de regagner leur foyer.

— Viens chez moi, me proposa Lina. Tu préviendras tes parents de la maison. Ne reste pas ici à attendre. T'en as pour des heures !

Elle n'avait pas aperçu Véli et Élie.

— Dites, les filles, nous interrompit Véli, on va boire un verre en ville ?

Je savais que Véli allait parfois au café, après les cours, avec des camarades de sa classe. Son frère devait les accompagner quand ils se retrouvaient le samedi.

Étonnée, je ne répondis pas. Lina, se retournant vers son amie, parut décontenancée en découvrant Élie. Sa présence la surprit. Elle devait m'avouer un peu plus tard qu'elle s'était ravisée à son sujet. Sa première impression n'était pas la bonne.

— Je me suis sentie agressée quand il m'a affirmé qu'on s'était déjà rencontrés, m'expliqua-t-elle. Je l'ai trop vite jugé.

Véli attendait sa réponse.

— Alors, vous nous suivez ?

Lina me regarda comme pour me demander si j'étais d'accord. Je ne sais pas ce qui me prit, mais j'acceptai.

Je n'étais jamais allée au café. Si mon père avait appris ce jour-là que j'avais accompagné mes amis dans un tel endroit, il m'aurait à nouveau sévèrement sanctionnée. Pour lui, une fille bien élevée ne fréquentait pas les cafés. D'ailleurs, au dire de

Lina, ses parents pensaient la même chose. Mais elle n'en était pas à une désobéissance près. Quant à Véli, elle avait l'habitude de suivre son frère qui connaissait un établissement où le patron ne refusait pas de servir de jeunes clients à condition qu'ils se contentent de boissons non alcoolisées.

Nous nous dirigeâmes vers le centre-ville et nous installâmes à l'intérieur du Café de la Paix, sur la place du Général-de-Gaulle.

— C'est plus prudent pour Lina, suggéra Véli. La préfecture n'est pas loin d'ici. Son père pourrait nous apercevoir s'il venait à passer.

Lina approuva mais assura que son père, ne travaillant pas le samedi après-midi, était déjà à la maison. Assise à côté d'elle, j'examinai discrètement Élie. Il n'avait pas encore desserré les dents.

Je demandai sans tarder au garçon qui prit notre commande s'il m'autorisait à téléphoner. Je devais absolument joindre mon père pour qu'il vienne me chercher.

— C'est bon, dis-je une fois tranquillisée. J'ai trois quarts d'heure devant moi. Mon père n'arrivera pas avant treize heures.

Je me détendis.

Lina me parut à nouveau sur les nerfs. J'avais interrompu sa conversation avec Élie.

— Pourquoi insistes-tu ? lui reprochait-elle. Puisque je t'affirme qu'il est totalement impossible que nous nous soyons déjà rencontrés. Si c'est une façon de me draguer, tu perds ton temps. Tu t'y prends mal.

Véli semblait gênée par la tournure de la discussion. Elle s'abstenait d'intervenir, mais je devinais bien qu'elle en éprouvait l'envie. Elle dit alors :

— Es-tu prête à entendre quelque chose d'important ?

Lina écarquilla les yeux.

— Tu t'y mets, toi aussi ! rétorqua-t-elle.

— Écoute au moins mon frère. Ne t'entête pas.

— C'est lui qui s'entête.

Élie pinçait les lèvres, plus sérieux que jamais.

— Quand Véli et moi avons été transférés de La Réunion en métropole, il y avait plusieurs enfants avec nous. Nous étions tous apeurés. Nous avions à peine quitté nos parents et ne savions pas ce qui allait nous arriver. Certes, on nous avait tranquillisés. Les femmes qui nous accompagnaient, des assistantes sociales de la DDASS, nous avaient affirmé que nous serions accueillis à bras ouverts, que nous serions comme en vacances dans les familles qui nous recevraient, que nous retournerions très vite chez nous… Aucun d'entre nous n'était réellement rassuré. Je te passe les détails. Je t'en parlerai plus tard si tu le souhaites.

Lina commençait à s'intéresser au sort d'Élie et de sa sœur. Moi aussi, je devins plus attentive et n'intervins pas.

— Ce que vous avez vécu est très triste, coupa cependant Lina. Si tu veux, nous en rediscuterons un autre jour, quand nous aurons plus de temps et à tête reposée. Je regrette de t'avoir rabroué lorsque tu es venu chez moi. Je n'avais pas l'intention de te froisser.

Élie tenta de poursuivre mais Lina l'arrêta.

— Néanmoins je ne comprends pas ce que je fais dans ton histoire. Pourquoi prétends-tu qu'on se connaît d'avant ?

— Tu me rappelles une petite fille qui nous accompagnait. Et plus j'y réfléchis, plus je suis persuadé que cette petite fille… c'était toi.

— Moi ? Mais c'est absurde ! s'insurgea Lina. Tu déraisonnes. Je te répète que je suis née à Guéret et que je n'en suis jamais partie avant de déménager à Mende à la suite de la mutation de mon père.

— Tu étais complètement perdue. Tu pouvais avoir… trois ou quatre ans. Tu tenais une poupée de chiffon dans les bras. Tu ne cessais pas de pleurer. Alors tu t'es approchée de moi et de Véli. Tu m'as saisi la main et tu ne m'as plus quitté. Tu devais te sentir en sécurité près de moi, car j'avais huit ans, tu me considérais comme un grand garçon.

— Tu te trompes, Élie. Tu confonds. Ta mémoire te joue des tours. Tu as été traumatisé par ce qui t'est arrivé et aujourd'hui tu cherches à te raccrocher à des détails qui t'induisent en erreur… Et toi, Véli, tu ne dis rien ? Tu confirmes ce qu'il prétend ?

— Je n'ai aucun souvenir de notre départ, ni de tout ce qui a précédé, ni de ce qui a suivi. J'étais trop jeune à l'époque.

Lina avait abandonné son ton cassant et excédé. Je perçus en elle une forte émotion. Était-elle touchée par le drame qu'avaient vécu Élie et sa sœur dix ans auparavant ? C'est ce que je pensai sur le moment. Sa réaction ne me surprit pas. Elle passa d'un coup de l'agacement, voire de la colère, à la compassion. Mais elle continua à rejeter les soupçons d'Élie.

De mon côté, je ne crus pas une seconde à la véracité des propos d'Élie. Il ne pouvait que se tromper. Cette première rencontre avec Lina était aussi, à mes yeux, totalement irrationnelle.

— Contrairement à toi, reprit Lina, je ne suis pas une enfant adoptée. Mes parents sont mes vrais parents. D'ailleurs je ressemble beaucoup à ma mère. Tout le monde l'affirme.

Nous nous tûmes d'un coup : le père de Lina était entré et se commandait une boisson au comptoir. Il se retourna instinctivement vers nous et découvrit sa fille avec stupéfaction.

— Lina ! Mais que fais-tu ici ? Je te croyais chez nous. Tu fréquentes les cafés à présent ? C'est nouveau !

Lina demeura comme pétrifiée. C'était la première fois que je la voyais si mal à l'aise. Son père ne lui laissa pas le temps de se justifier et ordonna :

— Dis au revoir à tes amis et suis-moi. On rentre. Tu t'expliqueras à la maison.

Je sortis dans ses pas et attendis mon père sur le trottoir, à bonne distance du Café de la Paix.

Quand il arriva, Véli et Élie étaient déjà loin. J'en fus soulagée. Pourvu que le père de Lina ne prévienne pas mes parents ! m'inquiétais-je.

Le lundi suivant, quand je retrouvai Lina à la première heure de cours, je lui demandai sans perdre une seconde :

— Alors, comment ça s'est passé chez toi ? Tu t'es fait enguirlander ?

— Oui, mais ce n'est pas grave. Et toi ?

— Mon père ne m'a rien reproché. Heureusement que tes parents ne leur ont pas téléphoné.

Lina me parut perturbée.

Pendant tout le week-end, elle avait réfléchi à ce qu'Élie lui avait révélé.

Elle n'en avait pas dormi deux nuits d'affilée.

14

Le doute

Tout bascula très vite dans la vie de Lina. Depuis les révélations d'Élie, elle ne fut plus jamais comme avant. Très perturbée, elle me rabrouait à la moindre occasion. Sur le moment, je ne compris pas les raisons profondes de son changement de comportement. Je n'avais pas prêté une grande importance aux propos d'Élie. Au reste, sa sœur s'était abstenue de les confirmer. Elle était très jeune à l'époque et, comme chez Lina, les souvenirs de sa petite enfance s'étaient évaporés.

Lina ne m'avoua pas qu'elle revoyait parfois Élie à la sortie du lycée. Interne, j'ignorais la plupart des faits qui se déroulaient de l'autre côté de la grille. Je me trouvais dans un îlot bien gardé par les surveillants et l'administration, à l'abri des dangers de l'extérieur. L'année scolaire touchant à sa fin, je n'éprouvais nulle envie de remettre en cause les excellents résultats que j'avais obtenus à force de rigueur et de sérieux. Je visais les félicitations du conseil de classe et les reçus ainsi que Lina qui, elle, se les vit octroyer pour la troisième fois consécutive.

Quand juillet arriva, je pensai que tout rentrerait dans l'ordre. Lina est fatiguée, supposai-je, ses vacances en Auvergne lui changeront les idées.

Ses parents m'invitèrent à les accompagner pendant trois semaines. Les miens furent réticents, toujours pour les mêmes raisons. C'était le mois des gros travaux dans les champs. Mais, au regard de mes bonnes notes, mon père m'accorda sa permission.

Lina ne sauta pas de joie, contrairement à mon attente. Elle me paraissait encore soucieuse. Je crus qu'elle ne souhaitait plus ma présence auprès d'elle pendant son séjour à Montpeyroux.

— Si tu préfères partir seule avec tes parents et ton frère, dis-le-moi. Je resterai chez moi. Ce n'est pas un problème.

Elle me dévisagea, comme si j'avais sorti une énormité.

— C'est moi qui ai insisté auprès de mon père pour que tu nous accompagnes. Pourquoi aurais-je changé d'idée ? Ce que tu supposes n'a pas de sens.

Je fus rassurée. Néanmoins je poursuivis :

— Pourquoi me fais-tu la tête depuis quelque temps ? Tu as quelque chose à me reprocher ?

— Je ne te fais pas la tête ! Et je n'ai rien à te reprocher ! Tu te brodes des histoires pour rien.

Son ton me confirmait qu'elle était profondément chagrinée.

— Je te connais, Lina. Je suis ton amie, ta meilleure amie. Je sens bien que tu n'es pas dans ton assiette. Raconte-moi ce qui te perturbe.

Alors, Lina m'avoua : depuis qu'elle revoyait Élie, elle ne savait plus où elle en était. Elle ne parvenait pas à occulter ce qu'il avait insinué le jour de la fête chez elle. Il était revenu à la sortie du lycée, plusieurs fois, pour la même raison. À force, elle avait cessé de le repousser. Au contraire, elle éprouvait maintenant un impérieux besoin de le voir afin qu'il lui fournisse plus de détails de ses souvenirs d'enfance.

Elle-même s'était prise au piège et fouillait dans son passé pour y découvrir la vérité au sujet des allégations d'Élie. Elle s'était souvent adressée à Véli pour obtenir d'elle une confirmation ou une infirmation de ses propos. Mais son amie ne pouvait l'aider, sa mémoire demeurait défaillante.

— Pourquoi crois-tu Élie à présent ? demandai-je. Je suis persuadée qu'il invente toute cette histoire pour se rendre intéressant. C'est un jeu de séduction.

— Je ne crois pas. Élie n'est pas ce genre de garçon. J'ai appris à le connaître. Il joue au dur, mais au fond de lui il est gentil et généreux, il pense beaucoup aux autres. Il souffre terriblement de sa situation. Il m'a expliqué que son père adoptif lui interdit de mentionner sa vraie famille et l'oblige à travailler avec lui, soi-disant pour reprendre plus tard le garage. Mais lui, il n'en a rien à faire, il aurait souhaité poursuivre ses études. Il en a toutes les capacités, d'après ses professeurs. En attendant, il reçoit encore des coups à la moindre incartade. Je me suis renseignée : Étienne Jurquet n'est pas un tendre. C'est même un homme violent. S'il a accueilli Élie sous son toit, c'est par intérêt, pas pour remplacer le fils qu'il n'a pas eu. Il profite d'Élie et l'exploite. D'ailleurs il lui refuse tout salaire. Il prétend que le garage lui appartiendra un jour, qu'il doit donc travailler dur pour le mériter…

Lina parlait d'Élie avec beaucoup de compassion. Il y avait dans sa voix une intonation qui trahissait ses nouveaux sentiments. Je me gardai de le relever de crainte de la froisser. Mais j'en étais persuadée : Lina avait craqué pour lui.

— Tu lui plais et il veut sortir avec toi ! supputai-je.

Lina me fusilla du regard.

— De toute façon, il ne m'intéresse pas comme garçon. Ce n'est pas mon type.

Nous partîmes en Auvergne aux environs du 10 juillet. La chaleur nous écrasait comme une chape de plomb. La canicule fut terrible en cet été 1975. Les prairies étaient de véritables paillassons, la terre dans les champs cultivés se craquelait et enserrait les racines des plantes dans un étau asphyxiant. Les arbres commençaient à se teinter de rouille comme en automne. Les paysans ne sortirent plus dans la journée pour s'occuper de leurs bêtes ou pour récolter. On les voyait moissonner ou faucher à la tombée de la nuit afin de profiter d'un peu de fraîcheur.

Mon père me laissa partir en me recommandant de prendre garde à ne pas rester trop longtemps au soleil.

— Évite l'ombre des noyers, me conseilla-t-il. Il y en a beaucoup en Auvergne. Elle est dangereuse pour la tête ! Préfère-lui celle des tilleuls, mais attention aux abeilles, leurs fleurs les attirent.

Mon père respectait certains préceptes hérités des anciens. Il me les transmettait à chaque occasion. Ainsi examinait-il la lune avant de semer et même avant d'aller chez le coiffeur. Il ne s'y rendait qu'en lune décroissante pour que ses cheveux ne repoussent pas trop vite. S'il n'était pas superstitieux, il reconnaissait que les gens de la terre montraient plus de bon sens que ceux de la ville qui, selon lui, vivaient comme des aveugles, sans regarder la nature.

Je ne le contredisais jamais mais pensais à tort ou à raison – je ne me posais pas la question – qu'il appartenait à une époque révolue.

Au cours de notre séjour, malgré la chaleur accablante, nous ne nous privâmes pas de longues promenades autour de Montpeyroux. Séréna et Pierre Larsac nous faisaient entière confiance et nous lâchaient la bride. Fabien nous entraînait parfois loin de la maison familiale, jusqu'à l'Allier où nous allions nous baigner sous le pont suspendu de Coudes, le petit village en contrebas de Montpeyroux.

Mais nous avions beau nous efforcer de distraire Lina par tous les moyens, nous ne parvenions pas à la sortir de l'état de langueur où elle paraissait se complaire.

Un soir, dans notre chambre, alors que nous veillions à la lueur de notre lampe de chevet, je lui demandai :

— Pourquoi tu ne te réjouis jamais quand nous sommes tous les trois ? Nous sommes en vacances, tes parents sont sympas, ils nous laissent libres, nous sommes dans une chouette région. J'en connais plus d'un qui nous envierait !

Lina n'arrivait pas à extérioriser ses sentiments. Cela ne lui ressemblait pas. Il me semblait évident qu'elle était perturbée, que son esprit ruminait des pensées contradictoires.

Elle se décida enfin à me parler ouvertement :

— Tu ne diras rien à mes parents ? me fit-elle promettre au préalable.

— Je te le jure.

— C'est à propos de ce qu'Élie m'a avoué avant les vacances.

— Il s'est déclaré ? répondis-je avec légèreté, sans imaginer quelque chose de plus sérieux.

— Laisse tomber. Élie a dix-huit ans, j'en ai quatorze, comme toi. Tu vois la différence !

— Alors, qu'est-ce qui t'ennuie ?

— Plus je réfléchis à ce qu'il m'a raconté, plus je m'interroge. Rappelle-toi, il croit que je suis la petite fille qui s'est réfugiée auprès de lui à son départ de La Réunion.

— C'est n'importe quoi ! Tu ne vas pas donner de l'importance à ses élucubrations ! Élie déraille. Il a l'esprit détraqué. Ce qui se comprend après ce qu'il a vécu avec sa sœur. Mets-toi à leur place.

— Je dors mal, Alice. Pendant la nuit, et même parfois le jour quand j'y songe, j'ai comme des flashs, des images qui me sont étrangères et qui s'embrouillent dans ma tête. Il m'est impossible de définir ce que je perçois dans ces moments-là.

— Tu réfléchis trop. Prends donc du bon temps. Nous sommes en vacances !

J'eus beau essayer de détourner Lina de ses angoisses, je ne parvins pas à la rassurer. Plus les jours passaient, plus elle s'enfonçait.

J'évitai de me confier à Fabien, de peur qu'il ne parle à ses parents pour aider Lina. En réalité, Séréna se rendait compte du mal-être de sa fille. Elle en discutait probablement avec son mari mais s'abstenait de heurter Lina avec ses questions.

Un matin, alors que je m'étais levée avant elle, qui paressait au lit, Pierre et Séréna m'abordèrent tous les deux au petit déjeuner. Fabien était présent et écoutait, silencieux.

— Sais-tu pourquoi Lina nous fait la tête depuis notre arrivée ? me demanda Séréna. Elle se comporte également comme ça avec toi, quand vous êtes ensemble ?

J'hésitai à révéler ce que Lina m'avait expliqué. Comment l'aurait-elle pris alors qu'elle m'avait suppliée de garder secrètes ses confidences ? Néanmoins, son sort m'attristait. Je voulais l'aider à sortir du tunnel où elle s'était enfoncée.

— Lina est fatiguée, plaidai-je en sa faveur. C'est à cause de la chaleur. Elle en souffre beaucoup.

Je ne devais guère être convaincante. Le timbre de ma voix trahissait mon émotion. Pierre me demanda de le regarder dans les yeux :

— Dis-nous la vérité, Alice. Tu es sa meilleure amie. Nous sommes certains qu'elle se confie à toi quand elle ne se sent pas très bien. Et c'est le cas en ce moment. Alors, nous t'en conjurons, parle. Pour son bien.

— J'ai promis de me taire.

— Nous ne lui dirons rien. Tu peux compter sur nous. Si tu veux venir en aide à ton amie, explique-nous ce qui la perturbe et qu'elle nous cache.

Devant tant d'insistance, je cédai.

— Lina a rencontré un garçon au lycée…

— Ah, c'est donc ça ! se réjouit aussitôt Séréna. Elle est amoureuse. Mais c'est de votre âge, voyons ! À quatorze ans, il n'y a rien de mal. Ma petite fille est amoureuse et elle n'ose pas nous en parler !

Je me retournai vers Fabien d'un air complice, comme pour lui demander de confirmer l'hypothèse de sa mère.

— Tu es au courant, Fabien ? le questionna Pierre en arborant un sourire de compréhension.

— Euh… non. Lina ne me confie pas ses histoires de cœur.

Il me regarda, navré, semblant regretter de ne pouvoir affirmer le contraire.

— Bon, conclut Pierre, si ce n'est que ça, nous allons crever l'abcès dès qu'elle sera levée. C'est idiot de se gâcher les vacances pour ce genre de broutilles.

— Je ne croyais pas que notre fille nous craignait à ce point ! ajouta Séréna. Nous ne l'avons pas élevée dans le mensonge, il n'y a aucune raison qu'elle nous cache ce qui lui arrive.

Je me demandai tout à coup, à mon tour, si ce que prétendait Élie avait un fond de vérité. Si tel était le cas, les Larsac auraient maintenu leur fille dans l'ignorance depuis tant d'années !

Cette idée m'effraya. Je la chassai immédiatement de mon esprit.

Ce matin-là, je confesse avoir manqué de courage. Devais-je révéler ce que j'avais appris aux parents de ma meilleure amie au risque de perdre à jamais son amitié, ou devais-je l'aider à se reprendre en me taisant et en lui laissant le temps d'affronter une vérité qui se dessinait en pointillé sur l'écran brouillé de sa mémoire ?

Lina réagit mal aux questions de ses parents. Comme je m'y attendais, elle m'accusa d'avoir trop parlé et d'avoir laissé sous-entendre des idioties :

— Amoureuse d'Élie, moi ! Qu'est-ce qui t'a permis de leur suggérer une telle connerie ?

En colère, Lina ne contrôlait plus son langage. Dans ce cas, elle se montrait redoutable et se serait battue bec et ongles pour prouver sa bonne foi.

— T'es qu'une idiote, Alice ! J'm'en fous, moi, d'Élie. Va t'faire draguer par lui, si ça te chante. Moi, j'en ai rien à cirer !

Au lieu d'arranger la situation, je l'avais aggravée. Pendant plusieurs jours, Lina ne m'adressa plus la parole. L'atmosphère devint aussi lourde que l'air qui plombait le ciel au-dessus de l'Auvergne. Les réprimandes de ses parents ne firent qu'accroître sa mauvaise humeur. Le soir, dans notre chambre, elle me tournait le dos et lisait très tard dans la nuit sans se préoccuper de m'empêcher de dormir. Le matin, elle ne se levait pas avant midi et se mettait à table directement dans le plus grand mutisme.

Fabien tenta de me tranquilliser.

— Ça lui passera. Quand elle aura fini de bouder, elle reviendra à de meilleurs sentiments.

Pierre et Séréna étaient désolés pour moi.

— Elle te gâche tes vacances, me dit Séréna un soir, tandis que Lina était montée se coucher sans dîner… Je commence à croire que ce qui la perturbe est beaucoup plus grave que cette amourette.

— Ce n'est pas une amourette, répondis-je sans réfléchir.

— Explique-toi, Alice.

— Je ne peux pas. Je lui ai promis.

Séréna ne chercha pas à me tirer les vers du nez. Je suppose qu'avec son mari, elle se jura de faire toute la lumière sur le comportement de sa fille dès notre retour à Mende.

15

Le choc

Cette année-là, les vacances me parurent interminables. La canicule nous fit beaucoup souffrir. Le travail pourtant devait être accompli. Mon père s'alarma pour son fourrage qui fut beaucoup moins abondant que les années précédentes. La sécheresse avait nui à la croissance de l'herbe, les prairies furent vite épuisées. On redoutait déjà d'être obligés de tirer sur le foin de l'hiver avant l'heure, ce qui nécessiterait de prévoir des achats complémentaires de nourriture pour les bêtes. Les moissons également avaient été moins généreuses. Les rentrées d'argent escomptées furent révisées à la baisse.

Lina ne retrouva pas le sourire. Fabien s'était trompé en affirmant qu'elle reviendrait rapidement à de meilleurs sentiments.

De fait, elle ne fournit aucun effort pour se montrer agréable. Pierre et Séréna furent navrés pour moi et ne purent que déplorer l'attitude de leur fille, ne sachant plus eux-mêmes comment agir pour l'aider. Heureusement Fabien trouvait toujours la bonne parole pour me divertir et me faire oublier le caractère ombrageux de sa sœur. J'aimais son humour et sa gentillesse. Plus je le côtoyais, plus je tombais sous son charme, mais je me désolais de constater que, de son côté, il n'avait que des sentiments amicaux à mon égard. Il doit voir en moi une petite sœur, pensais-je avec tristesse. À quatorze ans, j'étais amoureuse pour la première fois et n'osais le reconnaître devant personne, surtout pas devant celui pour qui mon cœur s'emballait. Au reste, je m'efforçais de ne rien laisser paraître en sa présence, trop intimidée. Je n'aurais pas su comment réagir si Fabien m'avait avoué nourrir les mêmes sentiments que moi. Toutefois, je refusais de me morfondre et mettais un point d'honneur à me comporter comme si de rien n'était.

Une fois de retour d'Auvergne, je quittai Lina avec la promesse de nous revoir de temps en temps avant la rentrée des classes. Dans cette attente, j'aidai mes parents à la ferme comme à l'accoutumée et oubliai ainsi les problèmes de mon amie et ceux de mon cœur en chamade. Le soir, calfeutrée dans ma chambre, je lisais pour m'évader. Mais, infailliblement, mon esprit vagabondait de Lina à Fabien, de Fabien à Lina.

Tous deux me perturbaient, pour des raisons différentes. Lina, car je la devinais en proie à ses interrogations – qui, en réalité, me semblaient sans fondement. Fabien, lui, me transportait sur des nuages et nourrissait mon imagination de petite fille romantique. Je m'inventais des histoires dans lesquelles nous étions tendrement enlacés, dans un univers paradisiaque où toutes les vicissitudes de la vie avaient disparu, où nos parents nous permettaient de vivre notre amour d'adolescents sans restriction. Nous volions sur les ailes du vent, main dans la main, nos cœurs à l'unisson ; le temps s'était arrêté. Instinctivement j'orientais mes lectures, préférant les romans aux grandes envolées sentimentales à ceux, plus sombres, aux héros déchirés par des drames familiaux et plongés dans la tourmente. Ainsi, pendant les semaines de vacances restantes, je dévorai *Le Rouge et le Noir* et *La Chartreuse de Parme* de Stendhal, *Madame Bovary* de Flaubert et enfin *Le Grand Meaulnes* d'Alain-Fournier.

C'est à cette époque, je crois, que ma vocation littéraire se précisa. Il aura fallu peu de temps, après ma rentrée en troisième, pour qu'un professeur de français me donne définitivement l'envie de devenir enseignante.

Je me souviens de lui. Il s'appelait Jacques Sihol. C'était un jeune professeur, très décontracté, à l'allure estudiantine, mais doté d'une autorité naturelle sans faille. Il était l'un des rares enseignants du lycée à ne pas porter costume et cravate. S'il ne se permettait pas de venir en classe en jean et tennis, il osait néanmoins arborer pantalons de velours côtelé, pull à col roulé et blouson de cuir craquelé. Il possédait une vieille 2 CV Citroën qu'il garait devant la porte d'entrée des élèves – ce qui ne manquait pas d'attirer notre attention –, tandis que ses collègues préféraient utiliser le parking réservé au personnel et pénétraient dans l'établissement par la grande porte qui nous était interdite.

Charismatique, sévère sans excès et pourtant respecté par ses élèves, il montrait beaucoup de bienveillance. Il ne prononçait jamais un mot humiliant, une parole méprisante, que ce soit quand il réprimandait l'un d'entre nous pour son comportement, et encore moins lorsqu'il nous attribuait une mauvaise note. Il trouvait toujours la remarque judicieuse pour nous expliquer nos erreurs et nous encourager, même lorsque notre travail n'atteignait pas la moyenne. Il reconnaissait nos progrès et nous en félicitait. Il parlait beaucoup et rendait sa discipline attrayante, surtout le latin qui avait toutes mes préférences. Il avait une façon d'aborder la poésie qui me donna à jamais l'amour des vers et des rimes. Il cherchait ce qu'il y avait de meilleur en nous, et nous motivait en nous interrogeant intelligemment, sans nous offenser quand nous nous trompions, sans se moquer. Car il n'est pas plus grande source de malaise pour un jeune élève que d'être rabaissé par son professeur devant ses camarades.

Cet enseignant illumina immédiatement mes cours de français. En sa présence, tous mes complexes disparaissaient, je me sentais l'égale des premiers de ma classe. Je n'éprouvais plus de honte d'être issue d'un milieu modeste, d'une famille paysanne. À sa manière de se comporter avec nous, il mettait tout le monde à égalité. Il avait l'habitude de s'asseoir sur le bord de son bureau pour être plus près de ses élèves, pour mieux communiquer même avec ceux qui se plaçaient au fond. Il posait son paquet de cigarettes à côté du cendrier qui trônait sur l'autre bord, mais ne se permettait jamais de fumer en classe – ce qui, au demeurant, n'était pas interdit à l'époque. Il commençait toujours son cours avec une anecdote ou quelque chose qui l'avait marqué dans les jours précédents. Puis il enchaînait en nous questionnant. Je pris conscience plus tard que, bien avant l'heure, c'était sa manière de nous faire deviner la problématique de sa leçon de littérature.

Je l'entends encore nous parler des auteurs classiques et de leurs œuvres. Il les rendait très proches de nous au point qu'ils nous semblaient contemporains. Sa rigueur pouvait paraître excessive pour ceux qui n'aimaient pas les contraintes, mais jamais il ne laissait un élève sur le bord de la route.

Au cours de cette année de troisième, je découvris que le métier d'enseignant était le plus beau métier du monde, qu'enseigner, ce n'était pas seulement transmettre un savoir, c'était aussi transmettre une passion à des jeunes avides de connaissances et de reconnaissance, pour leur permettre d'être plus tard des êtres tolérants et libres… Que c'était tout simplement éduquer à la vie.

En septembre, je retrouvai donc Lina non sans une certaine appréhension. Depuis notre retour d'Auvergne, elle ne s'était pas manifestée.

Au lycée, son attitude n'avait pas changé. Elle se montrait toujours aussi perturbée par ce qu'Élie lui avait raconté. Elle ne se livrait pas beaucoup mais suffisamment quand même pour que je comprenne qu'elle ne pensait plus qu'à ça. Elle n'avait rien dit à ses parents. Elle bouillait d'envie, cependant, de leur en parler tout en redoutant d'entendre confirmer les allégations d'Élie.

— Tu imagines ce que cela signifierait ! me dit-elle un matin, tandis que ce dernier était repassé la voir la veille pour les mêmes motifs, à la sortie du lycée.

— Comment peux-tu encore prêter attention à de telles sottises ? lui répliquai-je.

Mes arguments ne touchèrent pas Lina. Il lui fallait des preuves, des certitudes. Maintenant que le doute s'était insinué dans son esprit, elle ne retrouverait plus la tranquillité avant d'avoir fait toute la lumière sur cette étrange histoire.

Ses résultats scolaires commencèrent, pour la seconde fois, à pâtir de son attitude. Elle perdit le goût de l'effort et la fierté d'être la meilleure. En classe, elle ne participait plus, comme constamment emportée dans ses rêves. Notre professeur principal, monsieur Blanc, fut le premier à intervenir. Il convoqua ses parents vers la Toussaint et attira son attention en leur présence.

— Si tu continues à te relâcher, tu ne seras même pas encouragée en fin de trimestre ! lui dit-il. Il faut absolument réagir.

Séréna et Pierre furent désespérés d'entendre de telles paroles. Ils étaient conscients du mal-être de leur fille : son carnet de notes, qu'elle leur donnait à signer chaque quinzaine, témoignait de sa baisse de niveau.

— Nous ne cessons de la secouer à la maison, lui affirmèrent-ils. Elle ne nous écoute pas. Nous ne savons plus comment la prendre. C'est la seconde fois qu'elle a ce type de comportement. Ce fut déjà le cas à notre arrivée à Mende il y a trois ans, au moment de son entrée en sixième.

Monsieur Blanc demanda à Lina de sortir et garda les Larsac seuls avec lui. Lina colla son oreille à la porte et entendit ce qu'il leur dit. Elle me rapporta dès le lendemain le contenu de leur conversation :

« Votre fille redoute à nouveau de passer dans un cycle supérieur, leur suggéra-t-il. L'année prochaine, elle devrait être en seconde, c'est un cap décisif. Le bac se profile déjà. Seuls les meilleurs élèves seront admis en cycle long et, parmi eux, il y aura peu d'élus qui obtiendront le diplôme. Cela doit l'angoisser. Elle n'est pas la seule dans ce cas. Ce qui est dramatique pour Lina, c'est qu'elle est le meilleur élément de sa classe. Or, à force de sacrifier son travail, elle finira par perdre ses chances de réussite. Elle doit très vite se ressaisir. »

— Il n'y comprend rien ! m'objecta Lina, très en colère. Pour tous ces profs, rien d'autre ne compte que les notes, le bac, la bonne situation qu'on aura plus tard en travaillant à l'école. Ils ne considèrent jamais que, dans la vie, il y a parfois des contingences plus importantes.

— Tu te trompes, Lina, lui répondis-je. Monsieur Sihol, notre prof de français, n'est pas comme les autres. Il est à notre écoute.

— C'est un prof, lui aussi, il ne peut pas se mettre à ma place.

J'eus beau insister pour la faire changer d'avis, je ne parvins pas, ce matin-là, à la convaincre de son erreur. Je pris donc sur moi et demandai à monsieur Sihol de bien vouloir m'attendre après son cours. J'avais à lui parler. Il reconnut s'être rendu compte du comportement anormal de Lina depuis la rentrée. Il me promit de l'aider.

Lina me reprocha de l'avoir trahie. Elle éclata de colère. J'en fus très dépitée et crus avoir perdu à jamais son amitié. Pendant des semaines, elle ne m'adressa plus la parole, feignant de ne pas me voir dans la cour de récréation. En classe, alors que nous étions assises côte à côte, elle ne tournait jamais le regard vers moi, évitant en même temps de croiser celui des professeurs, et restait plongée dans son livre ou son cahier. Quand on l'interrogeait, elle affirmait ne pas comprendre puis se réfugiait aussitôt dans le plus grand mutisme.

Élie, de son côté, n'avait pas abandonné. Il continuait à venir voir Lina à la sortie du lycée. Elle ne le repoussait plus et l'écoutait, de toute évidence avide de connaître la vérité. Plus tard, elle me révéla ce qu'il se passa peu avant Noël.

Élie lui fit de terribles confidences, qui bouleversèrent longtemps le cours de son existence.

— Je me souviens à présent, lui confirma-t-il. Cette petite fille, qui s'était accrochée à moi à notre départ de La Réunion, s'appelait Apolline. Son prénom m'est revenu à force de chercher… Apolline ! Ça ne te dit rien ?

Lina ne broncha pas. Sur le moment, elle laissa Élie discourir, ne saisissant pas son intention.

— Apolline… Lina… tu ne vois toujours pas ? insista-t-il. Lina est ton diminutif ! Tu venais du cirque de Mafate, à l'intérieur de l'île. C'est toi-même qui me l'as révélé à notre première rencontre au foyer de Hell-Bourg. C'est de ce village que Véli et moi sommes originaires. Notre nom de famille est Payet ; il est assez répandu à La Réunion.

— Je ne comprends rien à ce que tu dis, se défendit Lina, interloquée.

— Hell-Bourg ! Le foyer de la DDASS. Ah ! il portait bien son nom, ce centre d'accueil. Hell… comme l'enfer ! Moi, j'en ai de tristes souvenirs.

Les enfants y étaient souvent maltraités. J'en aurais des choses à te raconter !

Lina eut beau fouiller dans sa mémoire, aucun souvenir ne lui revenait.

— Tu te trompes depuis le début. Je ne connais pas cet endroit.

— On y était regroupés, insista Élie, avant d'être embarqués dans l'avion à destination de la métropole. Fais un effort, Lina. Pour moi, il n'y a aucun doute possible.

Ce jour-là, Lina rentra chez elle encore plus troublée.

Nous étions à la veille des vacances de Noël lorsqu'elle m'accosta avec gentillesse dans la cour de récréation juste avant notre premier cours de la matinée.

— J'ai quelque chose d'important à t'expliquer, me confia-t-elle, comme si elle ne s'était jamais fâchée avec moi.

J'en fus immédiatement soulagée. J'attendais cet instant avec impatience, car mon amitié pour elle ne s'était jamais affaiblie en dépit de ce qu'elle me faisait subir. Mais la sonnerie l'interrompit.

À la récréation de dix heures, elle se précipita vers moi.

— Alors, lui lançai-je, tu as fini de bouder ?

— Je ne boudais pas, me rétorqua-t-elle en souriant. Je réfléchissais.

Je retrouvais mon amie comme avant, mais sans ce rayon de soleil qui illuminait son visage au petit matin. Son regard était sombre, plongé dans un lointain sans limites. Le ton de sa voix ne me laissa aucun doute : Lina avait découvert quelque chose de terrifiant.

— Je crains qu'Élie ait raison, admit-elle. Je perçois de plus en plus comme des éclairs dans ma tête, des bribes de souvenirs qui se précisent peu à peu.

Je m'étonnai et m'effrayai aussitôt.

— À trop penser à tout ce que te raconte Élie, tu finis par le croire, lui répliquai-je pour couper court à ce que je pris sur le moment pour des divagations.

— Tu es toujours mon amie, Alice. Alors, écoute-moi sans m'interrompre.

Je le lui promis, bienveillante.

Lina avait ressenti comme un déclic lorsque Élie lui parla de Hell-Bourg. Petit à petit, certains détails lui revinrent en mémoire, qui ne lui permettaient plus de douter. Elle voyait une femme éplorée qui la serrait dans ses bras, une femme plus très jeune, aux cheveux noirs et à la peau ambrée, comme la sienne. Elle la retenait en lui demandant pardon.

— C'était ma mère, Alice ! J'en suis certaine, ma vraie mère !

Je la laissai poursuivre.

Puis elle entrevoyait à côté une vieille femme, toute ridée, qui essayait de la rassurer et qui, au dernier moment, lui offrait une petite boîte tapissée de tissu pour y déposer sa poupée de chiffon, cette même poupée de chiffon, précisa-t-elle, qu'elle possédait encore et dont elle n'avait jamais voulu se séparer.

— Élie m'a affirmé que je la tenais à la main quand je me suis accrochée à lui ! Cette poupée est toujours dans mon armoire, Alice. Ça, c'est du concret ! Comment en douter ? Et cette vieille femme ne serait-elle pas ma grand-mère ?

J'en fus toute retournée, mais continuai à me taire.

Elle me raconta ensuite qu'à l'écart un homme en habit de paysan paraissait gêné et la regardait s'éloigner sans broncher, l'air digne et résigné… Son père ? supputa-t-elle. Elle, les yeux noyés de larmes, refusait de suivre la femme inconnue qui la tirait par la main. Elle tremblait de tout son être, terrifiée, ne comprenant rien à ce qui lui arrivait.

Enfin, derrière cet homme, plusieurs filles et garçons, tous plus âgés qu'elle, attristés… Ses frères et ses sœurs ?

— Ça n'a pas de sens, Lina ! explosai-je. Tu divagues ! Tu t'es mis ces idées dans la tête à force de trop réfléchir. Élie a fini par te convaincre comme un gourou persuade ceux qui l'écoutent.

Comment mon amie avait-elle pu en arriver à un tel degré de déraison ?

Notre conversation cessa quand la sonnerie nous rappela à l'ordre pour nous mettre en rang avant d'entrer en classe.

Pendant les vacances de Noël, Lina m'invita à nouveau chez elle. Je redoutais qu'elle ne me révèle d'autres éléments de ses souvenirs enfouis dans son subconscient. N'avait-elle pas été profondément choquée par ses prétendues réminiscences ?

16

La vérité

Nous rentrâmes en classe début janvier par un froid intense. La neige était tombée en abondance et recouvrait toute la campagne alentour. Les champs et les prairies étaient entièrement revêtus d'un épais manteau blanc. Les arbres dressaient leurs branches dépouillées vers des cieux mélancoliques. Le temps semblait s'être arrêté. La ferme de mes parents se retrouvait isolée comme un navire au milieu d'un océan de glace. Heureusement les routes avaient été dégagées rapidement et je regagnai le lycée sans retard.

Une nouvelle année commençait. 1976 consacrerait notre passage en seconde après l'obtention du brevet, qu'à l'époque on appelait encore BEPC. C'était pour nous, élèves de troisième, un cap important dans notre scolarité. L'année suivante, nous entrerions dans le cycle long, celui qui nous mènerait au baccalauréat. Le brevet, quant à lui – notre premier examen, puisque nous avions échappé au certificat d'études en allant au lycée –, nous servirait d'entraînement pour le diplôme qui nous ouvrirait la porte de l'université ou des grandes écoles. Nous devions nous y préparer avec sérieux, sans négliger les épreuves orales qui me terrorisaient.

Dès le premier jour, notre professeur principal nous avertit que le deuxième trimestre serait décisif.

— Pour les meilleurs d'entre vous, soit il confortera le premier et vous aurez toutes les chances de votre côté, soit il remettra en question votre réussite si vous fléchissez. Pour les autres, ceux qui ont encore à fairc leurs preuves, je vous conseille d'obtenir une moyenne confortable et de réitérer au troisième trimestre.

Nous étions tous attentifs aux paroles de monsieur Blanc. Ce dernier soutenait que seuls les plus tenaces d'entre nous parviendraient à décrocher le baccalauréat et qu'il fallait donc nous y préparer dès maintenant. Aussi étais-je bien décidée à travailler d'arrache-pied pour mériter le fameux sésame.

Lina ne me parut pas sensible aux recommandations de monsieur Blanc. Elle ne prit pas pour elle sa mise en garde déguisée à destination de ceux qui avaient failli au premier trimestre.

— Ces profs tiennent toujours le même discours, maugréa-t-elle à la récréation. Ils nous mènent avec une carotte au bout d'un bâton, comme si nous étions des ânes ! Le bac, le bac, le bac… ils n'ont que ce mot à la bouche. Se soucient-ils de ce que leurs élèves vivent en dehors du lycée ? Ils n'en ont pas conscience, car ils évoluent loin de la réalité. Ils ne connaissent que l'école, ils n'en sont jamais sortis depuis leur tendre enfance. Pour eux, il n'y a pas de salut en dehors.

— Monsieur Blanc est de bon conseil, l'interrompis-je. Il ne pense qu'à notre avenir. C'est son rôle de prof principal ! Maintenant, si tu préfères ne pas l'écouter, rien ne t'y oblige. Mais regarde autour de nous… certains de nos camarades échouent malgré leurs efforts. Ils n'auront sans doute pas les mêmes chances dans la vie que ceux qui poursuivront de longues études. Voilà pourquoi monsieur Blanc nous pousse à ne pas baisser les bras, surtout si nous avons des possibilités.

— C'est pour moi que tu dis cela ? me rétorqua Lina, en me fusillant du regard.

Les vacances de Noël ne lui avaient pas été salutaires. Elle n'avait pas chassé de son esprit les pensées qui la troublaient.

Je n'insistai pas.

— Restons amies, quoi qu'il arrive, la suppliai-je. Pour ma part, je serai toujours de ton côté.

Lina m'adressa un sourire attristé. À son expression, je devinai qu'au fond de son être une grande souffrance s'était installée, qui ne la quitterait pas seulement avec des paroles de réconfort.

Deux mois s'écoulèrent. Ses résultats ne s'améliorèrent pas, malgré les admonestations de monsieur Blanc et la compréhension de monsieur Sihol, notre professeur de français, qui avait pris Lina en sympathie. Ce dernier, très adroitement afin de ne pas la heurter, essaya de découvrir ce qui la minait. Mais Lina gardait pour elle ses sombres pensées. Il l'encourageait chaque fois qu'il lui rendait un devoir corrigé, même quand sa note était en dessous de la moyenne. Il ne la jugeait pas et ne lui rappelait jamais qu'elle avait été la meilleure élève de la classe jusqu'à présent. Au contraire, il lui affirmait que tout le monde subissait des petits passages à vide, à l'exemple des sportifs de haut niveau ou des chanteurs à succès.

— Même les plus grands écrivains, reconnut-il un jour en nous remettant nos rédactions – qui, pour la plupart d'entre nous, étaient mauvaises –, ont parfois édité des textes médiocres. Cela n'enlève rien à leur talent. L'essentiel dans la vie est d'être conscient de ce que l'on est et de ce que l'on est capable de réaliser. Et surtout de ne pas céder à la fatalité. Nous sommes maîtres de notre existence.

Je n'ai jamais su si les paroles de monsieur Sihol avaient touché Lina, mais, à partir de ce jour-là, elle me parut plus sereine. Elle recommença à travailler sérieusement et obtint à nouveau de bons résultats. Oh, pas les meilleurs de la classe ! Mais sa moyenne remonta, ce qui me conforta dans l'idée qu'elle était en train de revenir à la raison.

Pourtant, quand j'osais à nouveau aborder ce qui la tourmentait, elle demeurait fermée comme une huître.

— Je ne veux plus qu'on évoque cette histoire, m'objectait-elle. Élie ment pour se rendre intéressant. D'ailleurs Véli ne l'a jamais soutenu.

De fait, Lina fuyait Véli. Elle ne passait plus jamais de l'autre côté du mur. Et à la sortie des cours, elle filait chez elle sans s'attarder devant la grille du lycée. Parfois, le samedi, quand j'attendais le bus scolaire, j'apercevais Élie rôder parmi les élèves attroupés. Il questionnait les uns et les autres, sans doute pour retrouver Lina. Un jour, il m'accosta.

— Tu es sa meilleure amie, me dit-il sèchement. Alors, explique-moi pourquoi elle m'évite.

— Lina ne souhaite plus entendre parler de tes soi-disant souvenirs d'enfance. Tu l'as perturbée avec cette histoire. N'essaie plus de la voir. Cela vaut mieux pour elle. Et toi, tu n'as rien à y gagner.

Élie n'insista pas. Mais je perçus dans son regard une profonde tristesse. Je devinai, mais un peu tard, qu'il était tombé amoureux de Lina. Je ne l'appris que lorsque tous les deux se réconcilièrent et ne se quittèrent plus.

Les vacances de Pâques approchaient. Le printemps avait effacé les miasmes de l'hiver et la nature reprenait vigueur. Les fleurs exhalaient de doux parfums dans les prés, les arbres bourgeonnaient sous la montée de la sève. Des nuées d'oiseaux balayaient le ciel comme pour y dessiner les premiers signes de la vie. Mon père s'activait dans ses terres, heureux de sentir frémir les jeunes pousses sorties au mois de mars. Ma mère chassait chaque matin ses chèvres hors de leur étable et les laissait gambader librement autour de la ferme.

Le deuxième trimestre s'achevait. Lina avait reçu les encouragements du conseil de classe pour avoir relevé sa moyenne. Moi, j'obtins les félicitations, mais évitai de m'en réjouir à voix haute.

— Tu me dépasses maintenant, me dit-elle. Tu seras bientôt la meilleure de la classe. Tu le mérites. Je suis contente pour toi.

— Il ne tient qu'à toi de me rattraper. Tu en es capable. Pour en arriver à ce niveau, moi je dois fournir d'énormes efforts. Pour toi, c'est un jeu d'enfant !

Si elle semblait se reprendre petit à petit, Lina avait perdu son caractère enjoué. Elle n'était plus celle que j'avais connue. Elle ne se réjouissait jamais plus de rien. Rien ne la touchait.

Ses parents se désespéraient de la voir dans cet état. Séréna, en tant que médecin, souhaitait consulter un confrère pédopsychiatre afin de déceler chez sa fille les raisons profondes de son mal-être. Pierre s'y opposait, estimant que Lina traversait une crise d'adolescence et que tout rentrerait bientôt dans l'ordre. Il suffisait de faire montre d'un peu de patience.

Lina en effet n'avait toujours pas informé ses parents des allégations d'Élie.

Jusqu'au jour où, questionnée par son père, elle finit par avouer ce que son ami prétendait.

Pierre l'écouta attentivement, sans l'interrompre. Il n'intervint pas, gêné par les propos que lui tenait sa fille. Celle-ci, indirectement, n'était-elle pas en train de lui reprocher de lui avoir menti depuis sa tendre enfance ? Sur le moment, il ne la contredit pas. Il ne confirma pas pour autant ce qu'elle lui révélait. Il préféra en parler sereinement avec Séréna, pour réfléchir ensemble aux conséquences de leurs longs silences.

Ils avaient toujours hésité à dévoiler la vérité à leur fille. Ils estimaient qu'il fallait lui laisser le temps de mûrir, de se forger la carapace nécessaire pour supporter le choc. Car, ils n'en doutaient pas, ce serait un choc quand elle apprendrait ce qu'ils lui cachaient depuis toujours.

Finalement, après plusieurs jours d'atermoiements, Pierre décida Séréna à lui parler.

— Elle comprendra, argua-t-il. Maintenant elle a l'âge d'affronter la vérité.

Séréna n'était pas de cet avis, mais se laissa convaincre.

Quand je revis Lina après les vacances de Pâques, elle m'attira vers elle, affolée :

— Mes parents m'ont enfin appris toute la vérité, me confia-t-elle. À présent, il n'y a plus de doute.

Je la regardai, à la fois inquiète et effrayée.

— Sois plus précise ! Que se passe-t-il ?

Lina me raconta…

Pierre et Séréna avaient enfin reconnu devant leur fille son adoption.

Car Lina, effectivement, était une enfant adoptée.

Dans les années 1980, lorsque je me suis intéressée à ce drame des enfants déracinés de La Réunion, j'ai découvert que l'administration française avait autorisé des familles de métropole à adopter des enfants alors que leurs parents vivaient encore et ne les avaient jamais abandonnés. Je m'en suis offusquée mais, quand j'ai cherché à éclaircir ce paradoxe, on m'a conseillé de m'en tenir à la version officielle et de ne pas essayer de monter en épingle un événement qui ne me concernait pas personnellement. Vingt ans après les faits – car cette tragédie s'est poursuivie jusqu'à l'accession au pouvoir de François Mitterrand –, j'ai compris que la question demeurait taboue dans l'histoire de notre Ve République, une sorte de secret d'État qu'il ne faisait pas bon remuer. Certes, de nombreux protagonistes de cette douloureuse affaire étaient toujours de ce monde – et à l'heure où j'écris beaucoup le sont encore –, mais jamais je n'aurais cru possible une telle omerta sur un sujet public.

Ce qu'avait laissé entendre Élie en assurant avoir rencontré Lina lors de son départ de La Réunion s'avérait donc. Au début de leur conversation à ce sujet, Lina avait refusé de prêter l'oreille à ses insinuations, prétextant qu'elles ne correspondaient à rien de tangible. Les suppositions d'Élie m'apparaissaient également fantasques. Elles relevaient d'un roman de gare tout juste bon à apitoyer les âmes sensibles ! Jamais je n'aurais cru une telle réalité.

Lina n'était donc pas la fille de Pierre et Séréna Larsac ! Ce fut mon tour de me dresser contre cette idée. Je coupais Lina chaque fois qu'elle me donnait un détail supplémentaire sur ce qu'elle avait enfin appris.

— Tu me fais marcher ! ne cessais-je de lui objecter. Tu me racontes des bobards pour te moquer de moi ! Si c'est une plaisanterie, elle n'est pas drôle !

Lina persista. À sa mine déconfite en me précisant les circonstances de son adoption, je me rendis finalement à l'évidence.

J'en demeurai abasourdie. Sur le moment, je ne sus que dire, incapable de trouver les mots justes pour la consoler, la plaindre, ou l'aider à considérer les choses avec calme et sérénité.

— Si tel est le cas, il n'y a rien de dramatique, m'efforçai-je de lui démontrer. Tu n'es pas la première dans cette situation. Pierre et Séréna sont ta vraie famille…

— Faux ! me coupa-t-elle rageusement. Ils ne sont que mes parents adoptifs, rien de plus !

— Ça ne change rien à l'amour qu'ils ont pour toi. Ce sont eux qui t'ont élevée, aimée, chérie…

— Ils m'ont menti. Et ça, je ne leur pardonnerai jamais. Mes vrais parents habitent à l'autre bout du monde. Ils sont peut-être morts ! D'après ce qu'ils m'ont avoué, je suis issue d'une famille paysanne pauvre, qui ne souhaitait que mon bien en m'envoyant en métropole. Peut-on espérer le bien de son enfant en l'abandonnant à des étrangers ? Car ils m'ont abandonnée… Je suis une enfant abandonnée et adoptée ! Elle est là la vérité !

Lina était désemparée.

Au moment de rentrer en classe, soucieuse de son état, je l'accompagnai à l'infirmerie. Lina en effet était incapable de suivre les cours.

Je la retrouvai à la pause de midi. Elle semblait aller mieux. Mais ses yeux rougis prouvaient qu'elle n'avait pas cessé de pleurer. Dans la cour de récréation après le repas, elle resta accrochée à moi comme une enfant perdue, apeurée.

— Veux-tu que je demande au surveillant général de te dispenser de cours cet après-midi et de te renvoyer chez toi ? lui proposai-je.

— Je ne retournerai pas chez moi. Plus jamais !

Je tentai de persuader Lina de se reprendre, prétextant que ses parents s'alarmeraient s'ils ne la voyaient pas de retour après le lycée.

À la récréation de seize heures, elle s'abandonna à de nouvelles confidences. Je sentais qu'elle avait un gros besoin de parler. J'étais sa seule véritable amie et partageais sa souffrance, malheureuse autant qu'elle de ne pouvoir inverser le cours des choses, d'être incapable d'éclairer son horizon d'une petite lueur d'espoir.

Je la laissai à nouveau s'épancher, m'attendant à entendre des faits plus dramatiques encore.

— Tout s'est passé en 1966, expliqua-t-elle. J'avais quatre ans et deux mois. Le plus étonnant, c'est que je ne me souviens de rien : ni de mes vrais parents ni de mon départ de La Réunion. Mon père m'a expliqué que j'étais traumatisée quand je suis arrivée en France. J'étais muette. J'avais le regard hagard. J'avais oublié mon nom. Je serrais ma poupée de chiffon dans mes bras et refusais de la lâcher même pour manger.

— Pourquoi ne te rappelles-tu rien ?

— Le psychologue qui m'a suivie à Guéret a convaincu mes parents que j'avais relégué dans le tréfonds de ma mémoire le drame que j'avais vécu. J'aurais tout enfoui dans mon inconscient.

Son explication paraissait plausible. Lina n'avait donc jamais douté un seul instant d'être la fille de Pierre et Séréna Larsac.

— Mais ton frère Fabien était au courant ! m'étonnai-je. À l'époque, il avait sept ans. Lui doit se souvenir ! Il n'a jamais évoqué ton arrivée ? Il ne t'a jamais raconté que tu n'étais pas sa sœur ?

— Mes parents lui ont fait promettre de ne jamais aborder le sujet devant moi, tant qu'eux-mêmes ne le décideraient pas. Il a tenu parole. Alors ils m'ont élevée comme leur fille, leur vraie fille. Ma mère est métisse, d'origine antillaise. Elle a la peau brune, comme moi. Je n'ai jamais imaginé qu'elle n'était pas ma mère. Tout le monde s'étonnait d'ailleurs de notre ressemblance.

J'allais de stupéfaction en stupéfaction. Moi-même n'avais jamais imaginé que Lina ne fût pas la fille des Larsac. Ils formaient à mes yeux une famille modèle, unie. Rien n'indiquait que Lina était une petite fille adoptée.

— Mon père était bien placé pour accueillir un de ces enfants déracinés de La Réunion, ajouta Lina, sans que j'eusse besoin de lui demander de continuer.

— Enfants déracinés de La Réunion ! m'exclamai-je.

J'ignorais totalement cet épisode peu glorieux de notre histoire des douze dernières années. J'étais trop jeune à l'époque et la presse ne s'était pas étendue sur ce drame vécu par plus de deux mille cent cinquante enfants, ainsi que par des adultes à qui le gouvernement avait promis un travail en métropole s'ils acceptaient de quitter leur île d'outre-mer. Au reste, j'appris par la suite que cette politique d'immigration s'était poursuivie jusqu'au début des années 1980. À l'heure actuelle elle fait toujours l'objet de controverses et de démarches judiciaires auprès des tribunaux de la part d'associations d'exilés réunionnais.

— C'est ainsi qu'on nous désigne, précisa Lina en me regardant droit dans les yeux. Comme si nous étions des êtres à part ! Mais c'est vrai, nous sommes comme des arbres qu'on a coupés de leurs racines.

— Quel fut le rôle de ton père dans cette histoire ? insistai-je.

— En tant que secrétaire général de la préfecture de Guéret, il s'occupait du dossier de ces enfants emmenés en métropole. La Creuse et d'autres départements ont accueilli de nombreux petits Réunionnais. Mes parents ont déposé rapidement une demande d'adoption. Ça n'a pas été le cas pour tous ! Élie a été adopté, mais pas Véli. Elle vit dans une simple famille d'accueil.

Lina était intarissable. Pierre Larsac ne lui avait rien caché de cette affaire qui l'avait beaucoup marqué à l'époque. Il s'était vite aperçu que, derrière une prétendue cause humanitaire – alléger la misère endémique de l'île par une politique d'action familiale –, se dissimulait une réalité économique plus urgente et moins altruiste – diminuer le chômage ultramarin et repeupler certaines régions de France souffrant de l'exode rural.

— Quand mon père a critiqué les mesures prises par le gouvernement, il a été sanctionné et muté en Lozère.

— C'est pour cela que vous êtes venus vous installer à Mende ?

— Oui, c'est ce qu'il affirme.

— Tu le crois ?

Lina hésita. Reprit :

— Oui. Je comprends tout à présent. Mais je ne me sens pas pour autant la fille des Larsac. Même si mes parents ne m'ont pas menti, ils m'ont maintenue dans l'ignorance. Je ne suis pas leur fille. Je ne le serai jamais !

Lina était trop bouleversée pour entendre raison.

J'étais consciente qu'elle commençait ce jour-là un long et douloureux périple sur le chemin de la reconstruction.

17

L'arrachement

Ce qui s'était passé dans la prime enfance de Lina, je ne l'appris que beaucoup plus tard, lors de ses dernières confidences. Nous avions alors vingt-quatre ans toutes les deux – c'était en 1985. Lina rentrait de La Réunion où elle s'était rendue pendant les vacances d'été pour rencontrer « sa famille biologique », comme elle appela désormais les Rivière, originaires du hameau La Nouvelle au cœur du cirque de Mafate.

Ce voyage fut salutaire pour Lina. Il changea radicalement le cours de son existence. Elle y réfléchit longuement avant de se décider et ne s'y résolut qu'après beaucoup d'hésitations, de renoncements, mais aussi après avoir fait en elle la part des sentiments et des ressentiments. Dès qu'elle fut sur place, quelque chose d'étrange se passa en elle. Des réminiscences subites, des images floues qui lui rappelèrent certains détails des événements douloureux. Par bribes, sa mémoire refit surface.

Il ne lui avait pas été facile d'accepter la vérité, de vivre avec cette nouvelle certitude qu'elle était une enfant abandonnée par les siens. J'eus beau souvent lui affirmer qu'elle n'avait sans doute jamais été oubliée et que ses parents avaient probablement beaucoup souffert de se séparer d'elle, elle ne démordait pas de l'idée que, pour en arriver là, ils ne devaient pas beaucoup l'aimer. Je tentais de la consoler en lui parlant de ses parents adoptifs. Séréna avait été une vraie mère pour elle, Pierre un père fou de sa fille, Fabien plus qu'un frère ; rien ne semblait la toucher et ne parvenait à briser la glace qui avait soudain paralysé son cœur. Même à mon égard, elle se montrait plus distante, comme si j'étais moi aussi un peu responsable de son désarroi.

Lorsqu'elle me dévoila les circonstances de son départ pour la métropole en 1966, je ne pus la blâmer d'avoir réagi avec autant de rancœur. Ses désillusions étaient à la mesure de ce qu'elle découvrit sur place.

Mafate, île de La Réunion, 1966

Lina s'appelait donc Apolline Rivière. Ce patronyme était courant dans l'île et son prénom fréquemment usité. Mais les Larsac jugèrent plus judicieux, en l'adoptant, de la rebaptiser Lina, prénom plus moderne qui ne pouvait laisser deviner sa provenance. Ils ne souhaitaient pas lui rappeler sans cesse ses origines au cas où la mémoire lui reviendrait. L'enfant avait trop souffert de la déchirure qu'elle avait subie à quatre ans.

Quand, la première fois, Lina me raconta être née à Mafate, je m'empressai de me renseigner sur la géographie de La Réunion. J'avais à peine entendu parler de cette île de l'océan Indien que la France possédait depuis le XVIIe siècle.

— Elle fut abordée par les Portugais en route vers les Indes autour des années 1500, me précisa Lina. La deuxième fois, le jour de la Sainte-Apolline. Sur les premières cartes portugaises, elle portait le nom de *Santa Apollonia*. Voilà comment s'explique mon prénom, sans doute !

Je me plongeai aussitôt dans l'histoire de cette terre inhabitée jusqu'à l'arrivée des premiers colonisateurs portugais, et compris le drame vécu par ses occupants pendant la colonisation française qui suivit. L'esclavage puis la décolonisation avaient laissé des traces douloureuses dans les mémoires. L'économie de l'île, sa pauvreté endémique, les rapports entre les populations aux caractères ethniques si différents me permirent de mieux appréhender les dessous de la politique d'immigration décidée par Michel Debré, alors député de la première circonscription de ce département d'outre-mer. Je me gardai toutefois d'émettre un jugement sur une affaire qui alimentait les controverses et dont Lina devint immédiatement la porte-parole dès son retour de sa terre natale – combat qu'elle poursuivit assidûment pendant des années.

Elle me dressa un tableau approximatif du drame qui l'avait frappée à l'âge de quatre ans. Pour cela elle puisa dans ses rares souvenirs, et évoqua ce qu'on lui apprit lors de son séjour.

Les Rivière étaient des petits paysans qui s'occupaient de quelques arpents de terre. Ils occupaient une maison modeste, sans électricité ni eau courante, une « case » en bois au toit de tôle, comme la plupart des habitants du cirque de Mafate. Le ravitaillement depuis les villes côtières s'effectuait à dos d'homme ou avec des bœufs sur des chemins escarpés. Le père, Toussaint, ne possédait pas les terres qu'il cultivait. Il payait un loyer qui grevait ses revenus et travaillait, en plus, pour s'en sortir, dans les plantations de canne à sucre du bas pays, la principale ressource de l'île. Sa femme, Marie-Rose, lui avait donné six enfants, Lina était la petite dernière d'une fratrie de trois garçons et trois filles. Leur toit abritait aussi Tara, la grand-mère maternelle, âgée de soixante-dix ans au moment du départ de Lina.

Au dire de celle-ci, sa famille vivait dans une grande précarité, les enfants aidaient les parents à s'assurer du nécessaire à leur subsistance – ils produisaient fruits, légumes, maïs, et élevaient quelques volailles et un porc, tué chaque année –, pendant que le père peinait à la tâche dans les plantations pour un maigre salaire. Mais ils demeuraient soudés.

Mafate est composé de nombreux îlets, hameaux dispersés un peu partout dans le cirque. La Nouvelle, où résidaient Lina et les siens, est l'un de ces hameaux formés à l'époque du marronnage par les esclaves échappés de leurs exploitations et réfugiés dans les hauteurs. Il est probable que les ancêtres de Lina en faisaient partie. La Nouvelle, perchée dans les « Hauts » à mille quatre cents mètres d'altitude, appartient à la commune de La Possession située sur le littoral, à plus de quarante kilomètres. Les habitants étaient donc isolés du reste de l'île, confinés dans un milieu inhospitalier, à plus de trois heures de marche, par de mauvais chemins, de la route la plus proche permettant de rejoindre le cirque de Salazie, puis la première ville côtière.

Jusqu'à son premier voyage à La Réunion en 1985, Lina ne se souvenait pas de cet endroit. Cependant, sur les dépliants touristiques qui commençaient à abonder à cette époque, il paraissait paradisiaque. Quand, moi-même, je m'y suis rendue plusieurs années plus tard, j'ai beaucoup apprécié la beauté des lieux, leur caractère sauvage, à l'écart de notre monde moderne et matérialiste. Mafate était resté authentique malgré les avancées technologiques dont les habitants profitaient à présent – le ravitaillement par hélicoptère, l'électricité, Internet, la télévision… L'isolement se faisait moins durement ressentir.

Mais, quand Lina y vivait, le tableau n'était pas aussi idyllique.

Ni elle ni ses frères et sœurs ne sortaient de chez eux. Aucun n'avait vu l'océan. Ils n'avaient d'horizon que les crêtes du piton des Neiges qui a façonné le cœur de l'île. Ils n'étaient jamais allés dans les cirques voisins, Salazie et Cilaos, pourtant relativement proches. Seul leur père, pour son travail saisonnier – la récolte de la canne à sucre –, quittait son îlet une fois par an pour se rendre sur la commune de Saint-Paul.

Toutefois Lina apprit au cours de son voyage qu'elle était un jour partie de Mafate. Un de ses oncles était venu la chercher, car elle avait attrapé les oreillons et devait impérativement être hospitalisée. Son père étant absent, son oncle la conduisit à Saint-Pierre. Elle y resta quelques jours, le temps de guérir. Avant de remonter dans les Hauts, il l'emmena voir la mer. Elle n'avait pas encore trois ans, mais elle s'émerveilla comme une enfant devant un arbre de Noël illuminé.

Ce souvenir aussi était enfoui. Mais en y pensant après coup, elle saisit pourquoi elle s'était extasiée devant la piscine de sa nouvelle maison de Mende après la mutation de son père. L'eau d'un bleu turquoise… la végétation luxuriante du jardin… Cela lui rappela inconsciemment cet instant magique de sa première découverte de l'océan.

Je confirmai son impression :

— Ta mémoire était déjà en train de refaire surface.

Lina ne m'avait pas encore livré le plus tragique : le moment de sa séparation d'avec les siens. Elle hésita quelques minutes à me fournir les détails de cet épisode dramatique dont elle sortit traumatisée. Puis elle poursuivit…

À quatre ans, elle était trop petite pour appréhender ce qui se passait un peu partout dans l'île. Entourée de ses cinq frères et sœurs, souvent réfugiée sous l'aile protectrice de sa grand-mère, elle jouait innocemment avec ses camarades, ne s'éloignant jamais beaucoup de la case familiale. Son îlet ne ressemblait pas aux hameaux de nos campagnes : pas de rues, pas de maisons alignées, peu de commerces. La nature tropicale était omniprésente. Les cases, dispersées dans des espaces verdoyants, étaient séparées les unes des autres par les terres cultivées. La forêt n'était jamais très loin et les dangers pour un petit enfant toujours très proches. Le cirque de Mafate n'attirait pas encore les touristes. Aussi les visiteurs étaient-ils rares. La petite église catholique constituait le principal lieu de rassemblement. Les Rivière, comme la plupart des familles de leur îlet, la fréquentaient assidûment, ne manquant la messe dominicale sous aucun prétexte. Si l'austérité était la règle sous son toit, Lina n'était pas malheureuse. Les habitants des Hauts se contentaient de peu et acceptaient leur vie rude de montagnards à l'écart de la modernité, comme leurs ancêtres, esclaves en fuite, préféraient sans doute leur sort de fugitifs à celui d'êtres soumis aux colonisateurs.

Un matin, alors que le soleil se levait derrière les remparts volcaniques du cirque, elle fut réveillée par le bruit d'une discussion. Elle entendit son père et sa mère parlementer à l'extérieur avec une personne étrangère. Une voix de femme. Elle ne prêta pas attention à leurs propos et chercha sa poupée de chiffon au fond de son lit. C'était un cadeau de sa grand-mère, Tara la lui avait offerte à sa naissance et, depuis, elle ne s'en était jamais séparée. Quand elle sut parler, elle la baptisa Titia qu'elle prononçait Titi'a. Chaque fois qu'elle avait un gros chagrin, elle la berçait dans ses bras, la serrant très fort contre sa poitrine comme pour chasser sa peur ou sa peine.

Marie-Rose, sa mère, la secoua.

— Lève-toi, ma chérie, lui ordonna-t-elle. Il y a une dame très gentille qui veut te voir.

Lina obéit. Elle ne s'opposait jamais à sa mère ou à son père. C'était une enfant docile qui ne posait aucun problème à ses parents. Coqueluche de sa grand-mère, elle était aussi la mascotte de son grand frère Joseph qui, à seize ans, travaillait déjà comme un adulte dans les terres et s'apprêtait à se joindre à son père dans les plantations de canne à sucre.

Tout ensommeillée, tenant Titia d'une main, elle suivit sa mère sur le seuil de la case et, se frottant les yeux de sa main libre, salua l'inconnue.

— Oh, voilà une petite fille très polie ! s'exclama cette dernière. Alors, c'est toi Apolline ! Je t'ai apporté un sucre d'orge.

La femme était vêtue d'une robe de coton bleu marine, d'un chemisier blanc, et était coiffée d'un foulard qui lui donnait l'air d'une infirmière ou d'une sage-femme.

Lina s'approcha d'elle, tout intimidée.

La femme lui tendit la friandise.

— Prends, c'est pour toi.

Marie-Rose intervint.

— Elle n'ose pas. Elle ne vous connaît pas.

La femme lui glissa le sucre d'orge dans la poche de sa veste de pyjama qu'elle avait enfilée au saut du lit.

— Tu le mangeras quand tu seras seule, bien tranquillement.

À l'écart, un homme attendait sans rien dire, habillé comme quelqu'un de la ville. Malgré les heures de marche qu'il avait effectuées pour parvenir à La Nouvelle, il portait chemise et cravate et, au pied, des chaussures totalement inadaptées à la montagne. Son front ruisselait de sueur, son teint était rouge et, sous ses aisselles, des auréoles de transpiration tachaient sa chemise. Il peinait à reprendre sa respiration.

— Réfléchissez, ajouta la femme. C'est une occasion exceptionnelle qui se présente pour votre fille. Le gouvernement veillera sur son éducation… Je reviendrai avec mon collègue dans un mois. D'ici là, vous aurez eu le temps d'en discuter avec votre mari.

Lina ne comprit rien à cette conversation. Elle oublia très vite cet homme et cette femme et retourna à ses jeux d'enfant.

Quelques semaines plus tard, les deux individus réapparurent. Lina, cette fois, jouait dans le jardin avec une petite camarade habitant la maison voisine. Quand elle les aperçut, elle éprouva une étrange sensation. Ils étaient là pour elle. Elle abandonna aussitôt son amie et s'approcha de chez elle. À l'entrée, elle tendit l'oreille. Son père et sa mère ne l'aperçurent pas.

— Tenez, signez là ! dit l'homme. C'est un document officiel qui prouve que les choses sont en bonne et due forme.

— Nous ne savons ni lire ni écrire, avoua Toussaint.

— Alors, faites une croix en bas à droite, puis posez votre pouce sur le tampon encreur et appliquez votre empreinte à côté de la croix.

Toussaint s'exécuta, imité par Marie-Rose. Celle-ci pleurait et s'essuyait les yeux avec son mouchoir.

— Ne soyez pas triste, la consolait la femme. Votre fille recevra une bonne éducation en métropole. Elle ira à l'école et fera des études. Plus tard elle aura un bon métier. Vous la reverrez tous les ans aux grandes vacances. Elle sera heureuse…

Les parents de Lina semblaient perdus. Mais la femme ne cessait de leur affirmer que c'était la chance de sa vie. Et qu'elle ne se renouvellerait pas.

— De plus, vous aurez ainsi plus d'aisance pour subvenir aux besoins de votre famille. Le gouvernement assumera en totalité la charge d'Apolline.

Marie-Rose appela Lina et lui demanda de s'habiller de propre. L'enfant lui obéit. Puis elle lui remit un sac de voyage et lui expliqua :

— Tu vas suivre gentiment la dame et le monsieur. Ils vont t'emmener quelque part où tu seras avec d'autres petites filles et d'autres petits garçons. Ne crains rien. Ils s'occuperont bien de toi. Tu reviendras vite.

Lina était pétrifiée à l'idée de quitter les siens et de partir avec des inconnus. Elle ne réagit pas. Elle serrait sa poupée si fort qu'elle en arracha un bras.

— Le chemin est long pour atteindre le col des Bœufs, précisa la femme, qui était en réalité une assistante sociale de la DDASS. Mais après nous descendrons en voiture jusqu'à Hell-Bourg, notre première étape.

— Apolline marche bien, commenta Toussaint, l'air sombre.

L'assistante sociale prit Lina par la main.

— C'est le moment, petite. Embrasse très fort ton papa et ta maman.

Tara sortit de la pièce voisine. Elle n'était pas intervenue pendant la discussion.

— Et moi, je n'ai pas droit à un baiser ?

Elle enlaça sa petite-fille et ne put retenir ses larmes.

— Pense à moi très fort quand tu seras triste, ma chérie. Je resterai toujours blottie dans ton cœur.

Lina semblait vivre un cauchemar. Elle hoquetait, incapable de prononcer un mot. Elle implorait des yeux sa mère de ne pas la laisser partir, tendait sa poupée en direction de sa grand-mère. Derrière elle, Toussaint, résigné, demeurait digne, mais l'affliction se lisait dans son regard.

Dehors, les frères et sœurs de Lina avaient accouru, renseignés par des voisins de la présence des deux fonctionnaires. Ceux-ci avaient effectué la même démarche auprès de plusieurs familles de l'îlet. Le bruit s'était vite répandu qu'ils venaient chercher des enfants pour les envoyer en métropole.

La femme, l'homme et Lina s'éloignèrent lentement sur le chemin en direction des premiers contreforts du cirque. Lina ne cessait de se retourner, le visage noyé de larmes.

— Maman... maman...

Quand ses plaintes devinrent imperceptibles, Marie-Rose rentra chez elle et sombra dans un chagrin indescriptible.

Écoutant Lina à son retour de voyage, je ne trouvai pas les mots justes pour qualifier ce drame vécu par tant d'autres enfants que l'on avait déracinés sauvagement sans tenir compte des dégâts occasionnés dans leurs jeunes esprits. Beaucoup furent anéantis, car on leur avait volé leur enfance. La plupart ne revirent plus jamais leur île ni leur famille.

Tous souffrirent d'un sentiment de déculturation par rapport à leur langue d'origine, le créole, par rapport à leur mode de vie. Peu d'entre eux eurent une existence heureuse, contrairement à Lina chez les Larsac. On évoqua dans la presse une *génération brisée.*

Après son arrivée au centre d'accueil de Hell-Bourg, au cœur du cirque de Salazie, tout s'accéléra. Au contraire d'autres enfants qui y résidaient depuis de longues semaines dans des conditions déplorables, Lina n'y resta que quelques jours. Elle y rencontra Véli et Élie, qu'on appelait encore Cimandef. Il avait huit ans et veillait sur sa sœur comme un petit homme. Lina, complètement désorientée, s'approcha de ce garçon qu'elle dut comparer à ses plus jeunes frères et qui lui parut débrouillard. Elle s'accrocha à sa main sans un mot, refusant de s'éloigner de lui. À force, Élie finit par avoir pitié d'elle et la prit sous sa protection. Elle commença à lui parler, mais ne sut jamais lui dire qui elle était ni d'où elle venait, comme si tout ce qu'elle avait vécu jusqu'à cet arrachement était à jamais enfoui dans les limbes de sa mémoire.

De Hell-Bourg, en compagnie d'une dizaine d'enfants âgés de trois à quinze ans, ils furent transférés au centre de regroupement de l'Assistance publique de Saint-Denis. Puis ce fut le départ pour la métropole. Dans la Caravelle qui les emmena vers Paris, ils furent accompagnés par plusieurs assistantes sociales et quelques messieurs de l'administration de la DDASS. Le vol dura plus de vingt heures, à cause des nombreuses escales. Lina était paniquée. Elle n'avait jamais voyagé, hormis la fois où son oncle l'avait conduite à l'hôpital de Saint-Pierre. Lorsque l'avion décolla, elle crut qu'il allait exploser et qu'elle se retrouverait dans les nuages, puis qu'elle serait précipitée dans la mer. Elle se pressa tout contre Élie et serra sa poupée contre sa poitrine. Tous espéraient ne pas être séparés à leur arrivée. Mais rien ne se passa comme ils le souhaitaient.

D'Orly, le lendemain, ils furent dirigés vers le Foyer de l'enfance de Guéret, dans la Creuse. La plupart furent remis aux mains de familles d'accueil, certains à des foyers. Les fratries furent brisées sans aucune considération. Élie et Véli furent envoyés à Mende en Lozère mais dans deux familles différentes. Lina, quant à elle, eut plus de chance, elle fut confiée à une famille aisée de Guéret, les Larsac.

TROISIÈME PARTIE

La révolte

18

La séparation

Le destin de Lina n'était pas le plus malheureux. Certes, ce qu'elle avait appris à quatorze ans ne pouvait pas la laisser insensible. Découvrir brutalement qu'on est une enfant adoptée est traumatisant. Toutefois, je relativisai au regard de ce que vivaient Véli et Élie dans leurs familles d'accueil.

Lina savait ce qui leur était arrivé après leur venue en métropole. Depuis qu'elle s'était mise à écouter Élie, celui-ci s'épanchait devant elle chaque fois qu'ils se voyaient en dehors du lycée. En revanche, Véli mit longtemps à s'ouvrir à elle, comme si son passé recélait quelque chose de tabou. En réalité, elle ne souhaitait pas que Lina sache ce qu'elle endurait. Ils avaient été associés tous les trois à une aventure commune, à un désastre humain qui ne s'ébruita pas à l'époque et qui plongea souvent les victimes dans une situation tragique.

Je ne cherchai pas tout de suite à connaître les dessous de cette affaire. Adolescente, je n'étais pas attirée par les actualités que mon père regardait tous les soirs. De plus les journaux télévisés ne se faisaient guère l'écho d'un scandale qui aurait éclaboussé l'État lui-même si des journalistes un peu trop zélés s'en étaient emparés. Ce ne fut que bien plus tard, consciente alors de l'énormité de cette histoire de déplacement de population, que je partis à la recherche de tout ce qui m'aiderait à découvrir la vérité.

Sur le moment, je me contentai de ce que Lina m'apprenait en s'appuyant sur le témoignage d'Élie. Et j'en demeurai stupéfaite.

À leur arrivée au Foyer de l'enfance de Guéret, le frère et la sœur furent donc immédiatement séparés. C'était au mois de février 1966. Depuis Paris, le ciel, encombré d'épais nuages, ne s'était pas dégagé. Il faisait froid et la neige recouvrait encore les trottoirs de la petite ville creusoise.

Comme tous les enfants de leur groupe, ils se sentirent complètement perdus à la descente de l'autocar qui les amenait de Paris où un premier tri avait déjà été opéré. Élie tenait Véli d'une main et Lina de l'autre. Des trois, il était le plus conscient de ce qui les attendait. À travers les vitres, ils aperçurent des hommes et des femmes qui patientaient sur le parking, chaudement emmitouflés dans de gros manteaux. Eux ne portaient que des vêtements légers, car, dans leur île natale, ils ne possédaient pas d'habits adaptés aux hivers rigoureux. L'air glacial les surprit. Ils grelottèrent tous une fois dehors.

Une assistante sociale accompagnée du directeur du centre et d'un éducateur les accueillit aussitôt à l'intérieur.

— Marie, approche-toi, commença-t-elle.

Une fillette de six ans s'écarta du groupe, tremblante de la tête aux pieds.

— Tu vivras désormais avec monsieur et madame Béchard.

Un couple d'une quarantaine d'années s'avança vers Marie. La femme la prit par la main et lui dit :

— Viens, mon enfant, n'aie pas peur. Tu seras bien chez nous.

Puis cc fut le tour d'un petit garçon aux cheveux frisés et à la peau noire.

— Louis, sors du rang, s'il te plaît.

Le garçonnet ne bougea pas, terrorisé.

L'assistante sociale insista.

— Louis, obéis !

L'éducateur alla le chercher.

— Dépêche-toi, mon garçon. Tu n'es pas tout seul.

Louis résista, le regard tourné désespérément vers un autre garçon.

— Je ne veux pas être séparé de mon frère !

— Ne crée pas d'histoires. Tu le reverras, ton frère. Fais ce qu'on te dit !

Le frère de Louis, âgé d'une douzaine d'années, tenta de s'opposer.

— Vous n'avez pas le droit ! Louis sera perdu sans moi.

— Oh, toi le négrillon, tu ferais mieux de te taire ! s'écria l'éducateur. Si tu continues, tu resteras au centre. Et on s'occupera de toi.

— Joseph… Joseph, suppliait Louis, ne me laisse pas. Enfuis-toi et reviens me chercher.

L'assistante sociale tira le petit Louis par la main et le remit aux bons soins d'une veuve à l'air sévère et autoritaire.

— Je vais te dresser, toi, le menaça cette dernière, si tu te montres récalcitrant. Allez, ouste, grimpe à l'arrière de ma 2 CV ! On n'a que trop perdu de temps. J'ai du travail à l'épicerie.

Les deux frères furent séparés de force, tandis que les autres enfants attendaient leur tour, tête baissée, comme des condamnés.

Lina ne comprenait rien à ce qui se passait. Dehors, le vent glacial, la neige, les maisons aux murs gris et aux lourds toits de lauze… Autour d'elle, tous ces hommes et toutes ces femmes qui les regardaient comme du bétail de foire la pétrifiaient.

Au fur et à mesure que le groupe diminuait, elle sentit naître en elle une impression de vide ; c'était comme si son être s'évanouissait lentement, attiré vers un autre monde, un monde étranger d'où elle ne reviendrait pas. Elle se mit à trembler, non de froid mais de terreur.

Puis arriva le tour d'Élie.

— Cimandef, à toi, dit l'assistante sociale.

Lui non plus ne bougea pas, tenant toujours fermement la main de sa sœur et celle de Lina dans les siennes.

Ses yeux de braise étaient prêts à fusiller celui ou celle qui oserait l'arracher à ce qui lui restait de famille.

Malgré son jeune âge, il redressa la tête fièrement, regarda au loin comme pour mieux ignorer l'ordre qu'on lui donnait.

— Alors, faut-il aussi venir te chercher ?

— Je refuse d'être séparé de ma sœur et d'Apolline ! s'écria-t-il.

Le responsable du centre s'approcha de lui :

— Écoute-moi bien, mon garçon : tu es ici parce que tes parents ont souhaité te laisser partir. À présent, ta famille sera celle dans laquelle tu seras placé. Et ce sera sans ta sœur et sans ta petite protégée. Compris ?

Il l'extirpa sans ménagement des rangs qui avaient beaucoup diminué – il ne restait plus qu'une demi-douzaine d'enfants. Puis il ajouta :

— Monsieur Jurquet, celui-là est pour vous.

Un homme qui portait une épaisse vareuse de cuir par-dessus un bleu de travail se détacha du groupe.

Élie se démenait comme un diable, vociférant à gorge déployée, donnant des coups de poing dans le vide. Le responsable le maintenait à distance pour les esquiver.

— Il faudra le mater, celui-là ! Je vous souhaite bon courage, monsieur Jurquet.

Élie ne résista pas longtemps. Face à la stature d'Étienne Jurquet, il ne faisait pas le poids. Celui-ci le traîna jusqu'à sa camionnette, une Peugeot 403 bâchée, et l'y enferma.

— Je suis venu exprès de Mende jusqu'ici, lui dit-il pour le rassurer. Alors sois un peu compréhensif, calme-toi, fiston. Ça ne sert à rien de te rebeller. Chez moi, tu ne seras pas malheureux.

Véli, interdite, regarda son frère s'éloigner sans réagir. Elle avait les yeux secs, mais ils trahissaient déjà la haine qui ne la quitterait plus. Elle avait le cœur endurci, Véli, ce qui l'aida par la suite à surmonter tout ce qu'elle dut endurer. Car des trois, c'est elle qui souffrit le plus de ses conditions de placement.

Sur le moment, elle crut que cela s'arrangeait pour elle, car personne ne vint la chercher. Elle fut de ceux qui séjournèrent au foyer avant d'être transférés dans leurs familles d'accueil. Avec elle, plusieurs dizaines d'enfants attendaient leur sort dans l'angoisse, ignorant ce que l'administration avait décidé pour eux. Certains, comme au centre de Hell-Bourg, restèrent de longs mois dans cette situation pleine d'incertitudes. Épuisés, hébétés après un voyage de trente heures, ils étaient entassés dans des chambres collectives. Par manque de place, quelques-uns dormaient dans les couloirs sur un matelas à même le sol. Ils étaient tels des orphelins sans avenir.

Véli fut logée au foyer de Guéret une semaine et ne fut pas des plus malheureuses. Nourrie convenablement, chaudement vêtue aux frais de la DDASS, elle avait un lit plus confortable que le sien à La Réunion. Au bout de huit jours, elle fut transférée en Lozère, à Mende. On lui apprit que son frère y vivait et qu'elle le reverrait si elle ne posait pas de problème. Elle s'en réjouit aussitôt mais n'en laissa rien paraître. À cinq ans, elle savait déjà se composer un personnage, enfantin, certes, mais au caractère bien trempé.

Elle fut placée chez les Soboul, un couple de paysans peu scrupuleux qui ne la considérèrent jamais comme une enfant mais comme une domestique. Malgré son jeune âge, elle fut mise à la tâche immédiatement. Elle n'avait pas de chambre dans la ferme de ses tuteurs, elle dormait dans un coin de la grange à peine aménagé, sans aucun confort, sans commodités. Elle se lavait dehors avec une cuvette et un seau, été comme hiver. La nuit, elle entendait les souris se promener sur les poutres de la charpente. Parfois un chat, guettant sa proie, la réveillait en la frôlant de sa queue. Pour ses besoins, elle devait sortir à l'extérieur, par tous les temps et dans le noir. Jeanne Soboul lui avait donné une paire de galoches pour ne pas salir ses souliers, réservés aux dimanches. Elle l'emmenait toujours à la première messe du matin, celle de six heures trente, et ne lui accordait jamais de répit, même le jour du Seigneur. L'enfant était exploitée sans que personne ne s'en offusque.

Lorsque, plusieurs années plus tard – elle avait alors onze ans –, Véli reçut la visite d'une assistante sociale de la DDASS venue aux nouvelles, Robert Soboul la menaça si elle révélait la façon dont elle était traitée. Elle se tut mais se jura qu'un jour elle prendrait sa revanche. Depuis les premiers jours de son placement, en effet, elle était régulièrement battue quand elle travaillait trop lentement ou quand elle désobéissait. L'enfant encaissait les coups sans broncher. Son seul réconfort était son espoir de retrouver son frère.

Dans ses moments de bonté, Jeanne lui parlait comme si de rien n'était. Elle lui apprit, longtemps après, qu'Élie avait été adopté par les Jurquet. Elle se mit en relation avec cette famille et ensemble ils s'entendirent pour que les deux enfants se revoient de temps en temps. Ils profitaient de la messe dominicale pour organiser leurs rencontres. C'étaient leurs bonnes actions après leurs prières au bon Dieu.

Par la suite, quand ils furent au lycée, tous deux en section technique, ils se côtoyèrent tous les jours de la semaine. Tandis qu'Élie suivait une classe de mécanique auto, Véli préparait un CAP de coiffure pour échapper au plus vite à la ferme qu'elle voyait comme un bagne. Elle détestait sa famille d'accueil et n'avait qu'une obsession : quitter Mende pour fuir son enfer.

Ce qui arriva de pire à Véli, je ne l'appris de la bouche de Lina que beaucoup plus tard. Nous étions alors en terminale. Pourquoi hésita-t-elle autant avant de m'en parler ? Je crus comprendre qu'elle en avait été tellement abasourdie que, sur le moment, elle fut incapable d'en penser quoi que ce soit. Ne souhaitant pas aborder avec moi une question aussi épouvantable, elle préféra se taire, comme Véli s'était longtemps tue à propos de ce qu'elle endurait chez les Soboul.

Un samedi soir, à la veille des vacances de Pâques de 1979, alors que j'étais venue passer une semaine chez elle, Lina me raconta ce qui s'était passé.

Un jour d'octobre 1976, Élie l'attendit à la sortie du lycée. Leurs relations s'étaient arrangées. Leurs cœurs chaviraient déjà l'un pour l'autre et ils commençaient à se fréquenter. Lina avait fini par se laisser apprivoiser. Élie lui confia, non sans avoir longuement hésité, que Robert Soboul abusait de sa sœur depuis qu'elle avait onze ans. Les viols se répétaient régulièrement dans la grange où dormait Véli. La fillette, terrorisée, n'osait se plaindre à Jeanne Soboul. D'ailleurs, celle-ci semblait fermer les yeux. Véli, en effet, était persuadée qu'elle était au courant ; un jour, Jeanne les prit sur le fait en poursuivant le chat qui lui avait échappé. Robert avait eu à peine le temps de remonter son pantalon et prétexta qu'il était venu chercher une fourche et qu'il avait surpris Véli en train de se reposer dans la paille au lieu de travailler. Balbutiant, ne trouvant pas ses mots, il frappa rageusement Véli pour donner le change. Pendant des semaines, Jeanne regarda Véli d'un air accusateur, comme si elle était la seule responsable. L'incident n'empêcha pas Robert de recommencer. Toujours sans se plaindre, Véli endurait mais se refermait de plus en plus sur elle-même. Quand ils se retrouvèrent au lycée technique, Élie se douta que sa sœur lui cachait quelque chose. Il tenta à maintes reprises de la faire parler, en vain. Jusqu'au jour où, ne parvenant plus à garder pour elle l'ignominie dont elle était victime, elle se livra. Son calvaire durait depuis deux ans. Elle avait treize ans à l'époque.

Élie en fut bouleversé. Dans un premier temps, il désapprouva sa sœur de s'être tue si longtemps, puis il voulut aller donner une bonne correction à Robert Soboul. À seize ans, il en avait la force. Il menaça de le dénoncer à la police. Mais Véli, terrorisée, le retint, persuadée que personne ne la croirait et que son bourreau s'en prendrait encore davantage à elle. Élie se plia à ses volontés, mais lui jura qu'il saurait faire payer à Robert Soboul ce qu'il lui infligeait.

Lina fut aussi révoltée. Elle reprocha d'abord à Élie de ne pas être intervenu pour secourir sa sœur, puis menaça à son tour de tout raconter à la police ou d'avertir son père qui était bien placé pour envoyer chez les Soboul les services de la DDASS. Mais Élie la convainquit de s'abstenir, comme lui-même s'était abstenu, pour respecter la volonté de sa sœur. Celle-ci continuait donc à subir en silence les sévices de Robert Soboul. Elle avait reconnu qu'il s'était calmé depuis qu'elle lui tenait tête, mais il revenait de temps en temps dans la grange défouler ses instincts pervers. Elle avait déclaré devant son frère qu'elle s'enfuirait de la ferme de ses tuteurs dès que l'occasion se présenterait.

Le parcours d'Élie, depuis son arrivée chez les Jurquet, fut moins douloureux. Certes, Étienne Jurquet n'était pas un tendre, mais il finit par prendre Élie en affection, même s'il ne le lui montrait jamais. Au reste, il l'adopta, alors qu'Élie n'était pas officiellement orphelin.

À peine séparé de sa sœur, Élie se révolta violemment. Sur le moment, il pensa ne plus jamais revoir Véli.

Étienne Jurquet ne lui avait pas dit que Mende se situait loin de Guéret. Aussi, quand il lui sembla que le trajet n'en finissait pas, il commença à s'impatienter. Assis à l'avant de la camionnette, à la place du passager, il jetait des regards apeurés dans toutes les directions, s'agitait comme un lion en cage, tentait de se lever, faisant craindre à Étienne qu'il ouvre la portière et profite d'un ralentissement pour s'éjecter. Brutalement, alors qu'il n'avait toujours pas prononcé un mot, Élie saisit le volant à deux mains. Étienne eut le réflexe de freiner pour immobiliser son véhicule sur le bas-côté.

— Ça ne va pas ? hurla-t-il. Tu as failli nous envoyer dans le fossé !

De rage, il le roua de coups. L'enfant se recroquevilla sur lui-même pour se protéger.

— Tu commences bien ! poursuivit Étienne. Mais c'est pas vrai, bon Dieu… on m'a confié une graine de voyou ! Tu ne perds rien pour attendre. Je t'aurai à l'œil !

Il descendit du véhicule, le contourna par l'avant, sortit Élie de force et l'obligea à monter à l'arrière, sur le plateau bâché.

— Là, au moins, tu ne feras plus de conneries !

Il boucla ensuite la bâche solidement à l'aide des sandows. Élie se retrouva enfermé.

— J'espère que tu n'as pas peur dans le noir, ajouta l'homme, narquois. La route est longue et ça tourne beaucoup dans la montagne. Ne vomis pas partout, sinon, je t'en remets une autre !

Élie se calma. Il n'était pas de taille à résister. De plus, même s'il était parvenu à s'échapper, habillé comme il l'était, il ne serait pas allé très loin. La neige recouvrait le paysage à des lieues à la ronde, le froid s'était accentué à l'approche du massif cévenol. Pendant tout le reste du parcours, grelottant, il crut se transformer en statue de glace.

Une fois à Mende, transi, il refusa de descendre de la camionnette. La nuit était tombée depuis longtemps.

— Sors de là ! lui ordonna Étienne. Ma femme nous a préparé un bon repas pour fêter ton arrivée chez nous. Alors, arrête de faire ta mauvaise tête et réjouis-toi d'être dans une famille comme la nôtre.

Élie n'avait rien mangé depuis le matin.

Il ne répondit pas, toujours prostré.

— Bouge-toi ! insista Étienne. De toute façon, tu n'as pas le choix. Mieux vaut donc commencer sur de bonnes bases.

Mort de faim et de froid, l'enfant finit par se laisser apprivoiser.

Petit à petit, Élie apprit à composer avec l'adversité. Il n'éprouvait qu'une envie cependant : s'échapper à la première occasion et retrouver sa sœur. Puis… puis… il n'avait aucune idée de la suite !

Contrairement à Véli qui recevait souvent des coups, il ne fut pas maltraité. Étienne Jurquet était un homme autoritaire et peu aimable, mais il voulait un enfant, sa femme n'ayant pas pu en avoir. Garagiste à son compte, il se désespérait à la seule pensée que son affaire tombe plus tard dans les mains d'un étranger. Il ne souhaitait pas être contraint de la vendre à l'âge de la retraite. Aussi, d'un commun accord avec Germaine, son épouse, et après avoir entendu parler de la politique du gouvernement à propos de La Réunion, il décida d'adopter.

Élie n'eut pas à se plaindre de ses nouvelles conditions d'existence. Sous le toit de sa nouvelle famille, il avait sa chambre, ses jouets ; il était convenablement nourri, habillé. Il fréquenta l'école peu après son arrivée – ce ne fut pas le cas de Véli dont les tuteurs furent mis en demeure de la scolariser, décision administrative qui ne les empêcha pas de persévérer à ne pas l'envoyer en classe pendant les périodes de gros travaux agricoles.

Peu à peu, Élie s'assagit. Mais subsistait au fond de lui une envie de révolte, de désobéissance. Comme ses lointains ancêtres, esclaves des colons européens, il se sentait privé de liberté. Lui n'oublia jamais sa vie d'avant. À son âge, les souvenirs s'étaient incrustés dans sa mémoire. Le traumatisme qu'il avait vécu à huit ans le poussait à ne jamais courber le dos. Beaucoup de ses camarades d'infortune n'eurent pas la même force de caractère et se perdirent dans des abîmes sans fond.

Bon élève dès son entrée en primaire, il fut très vite remarqué par ses enseignants. Étant donné sa situation, ceux-ci lui prodiguèrent toute leur attention. Élie était doué dans beaucoup de matières, notamment en sciences. C'était un enfant curieux, volontaire, tenace. Quand il eut onze ans, son instituteur proposa à sa famille adoptive son passage en sixième au collège d'enseignement général.

— Faire des études serait pour lui la plus grande récompense, affirma son maître de CM2. Et c'est aussi ce que le gouvernement a promis à tous les parents de La Réunion qui ont accepté d'envoyer leurs enfants en métropole.

Mais Étienne souhaitait avant tout un successeur pour son garage. Il repoussait la proposition de l'enseignant de peur que le fils tant espéré ne lui échappe.

— Je n'ai pas les moyens, prétexta-t-il.

— Il obtiendra une bourse de l'État. Sa scolarité ne vous coûtera rien… ou presque.

— Mon fils aime déjà la mécanique. Je l'ai éduqué pour qu'il travaille avec moi dès qu'il en aura l'âge. Il ira donc en classe de fin d'études pour avoir son certificat, puis il passera un CAP en attendant ses seize ans.

La discussion fut close. L'enseignant n'insista pas.

Étienne Jurquet ne demanda pas l'avis de son fils. Or Élie aurait préféré étudier. Il en avait la capacité et le goût. Cependant il ne tenta pas de s'opposer à son père adoptif. Quand celui-ci prenait une décision, il fallait éviter de le contredire. Même sa femme se taisait devant lui. Pourtant, si elle n'était pas tendre avec Élie – n'ayant jamais pu le considérer comme un fils à part entière –, au fond d'elle-même, elle aurait éprouvé beaucoup de fierté s'il avait fait autre chose dans sa vie que de mettre les mains dans le cambouis, comme son mari.

Le sort d'Élie fut donc rapidement réglé. Il serait mécanicien auto et, plus tard, il apprécierait d'être à la tête d'un garage.

En rédigeant les notes du journal intime de Lina, je me plongeais avec beaucoup d'émotion dans cette triste tragédie. À travers les personnages de Véli, Élie et Lina, j'abordais une réalité longtemps cachée par la plupart des acteurs de cette affaire. Je ne m'étais jamais penchée sérieusement sur cette histoire dont certains journaux ont commencé à parler à partir des années 2000, sur l'initiative d'associations de Réunionnais déracinés. Quand j'ai découvert par mes recherches et mes lectures d'autres cas que ceux de mes trois amis, j'ai saisi toute l'ampleur de ce drame et pris conscience que Lina avait finalement eu beaucoup de chance d'avoir été adoptée par les Larsac.

Elle le reconnut, mais très tardivement.

Quelques jours après son arrivée à Guéret, Lina fut emmenée par Pierre Larsac, venu tout exprès au Foyer de l'enfance pour adopter une petite fille réunionnaise. Son destin se scella sans qu'elle comprît ce qui lui arrivait.

19

Reproches

Lina devait encore traverser un long désert, jalonné de moments de solitude, de désespoir, de doutes et d'abandon. À partir du moment où elle eut conscience du drame qu'elle avait vécu, sa mémoire se fit plus précise et son esprit de plus en plus perturbé.

En juin 1976, nous obtînmes notre brevet. Je reconnais que ce ne fut pas aussi difficile que nous l'avions imaginé. Lina survola les épreuves écrites et aborda l'oral sans appréhension. En revanche, moi, j'étais morte d'inquiétude à l'idée de m'exprimer devant un professeur inconnu, d'avoir tout oublié et de confondre un événement avec un autre en histoire, voire de ne plus être capable de prononcer un mot d'allemand lors de l'explication de texte.

En réalité, tout ce souci était inutile. Lorsque je découvris les résultats une semaine après, je me réjouis d'avoir obtenu la troisième meilleure note de notre classe. Lina, quant à elle, s'était arrogé la première. Elle n'en montra aucune fierté ni aucune satisfaction. Au contraire, elle me déclara d'un air blasé :

— Ça me fait une belle jambe ! Première ou dernière, l'important c'est d'avoir le brevet. De toute façon, dans un examen, il y a toujours une part de chance. J'avais fait de nombreuses impasses en histoire-géo et en sciences. Si nous étions tombées sur des chapitres que je n'avais pas révisés, je n'aurais pas obtenu le même résultat.

Je ne voulus pas la contredire. Minimiser son mérite rentrait dans son jeu d'autodénigrement. Elle en avait pris l'habitude depuis qu'elle s'était proclamée enfant abandonnée et adoptée. Comme si cette réalité modifiait intrinsèquement la fille qu'elle prétendait être à présent.

Les résultats ayant été promulgués au cours de la première semaine des grandes vacances, nous n'eûmes pas l'occasion de rencontrer nos professeurs. Quand nous nous rendîmes ensemble au lycée pour aller chercher notre diplôme, nous ne vîmes que le censeur. Après nous avoir félicitées, ce dernier nous demanda quelles options nous avions choisies pour la seconde. Je répondis aussitôt :

— Latin et grec. Plus tard, je souhaiterais être professeur de lettres.

— Est-ce monsieur Sihol qui a déterminé votre décision ? Il a une forte influence sur ses élèves. Il est habile ; il a beaucoup de charisme ; il est jeune et plutôt charmant. Il vous a sans doute séduite.

Mais attention à ne pas vous laisser aveugler. À votre âge, on admire souvent ses maîtres. Détachez-vous de tout ce qui peut déteindre sur vous, forgez-vous votre propre opinion et orientez votre avenir en fonction de vos affinités réelles et de vos compétences.

J'écoutai le censeur sans trop comprendre le but de son discours. Était-ce une mise en garde ? Soupçonnait-il chez moi des faiblesses qui m'induiraient en erreur ?

— Je suis meilleure dans les matières littéraires que dans les matières scientifiques, me justifiai-je. Et j'éprouve beaucoup de plaisir à étudier les textes des grands auteurs, en français comme en latin. Monsieur Sihol n'est pour rien dans mon choix.

— Alors, jeune fille, tout est pour le mieux.

Lina attendait patiemment son tour. Pendant que nous discutions, elle était restée au fond du bureau et examinait les tableaux accrochés au mur sans se soucier de nous, désinvolte.

Le censeur l'interpella.

— Les conseils que je donne à votre amie sont également valables pour vous, Larsac. Vous me semblez bien peu intéressée par ce que nous étions en train d'évoquer !

Lina se retourna. Ses yeux fendus jetaient des éclairs d'acier. Quand elle avait ce regard, il fallait s'attendre au pire, à ce qu'elle éclate d'une de ses colères incontrôlées dont elle était coutumière lorsqu'elle se sentait agressée.

Elle s'approcha du bureau derrière lequel s'était assis le censeur, fixa celui-ci droit dans les yeux en fronçant ses sourcils, puis déclara :

— Mon amie vous a bien répondu. Monsieur Sihol est peut-être un excellent professeur, mais nous sommes assez grandes pour savoir ce que nous voulons ! Personne ne nous influence. Notre avenir n'appartient qu'à nous. Seul notre passé nous échappe parfois, car nous n'avons pas choisi nos origines ni ce qu'on a décidé pour nous quand nous étions petites. Les enfants sont souvent victimes des adultes.

Pourquoi Lina, qui venait juste récupérer son diplôme du brevet et qui ne pouvait que s'enorgueillir de ses bons résultats, affrontait-elle ainsi le censeur dont l'intention n'était que de nous faire réfléchir sur notre orientation ?

— Vous avez raison, Larsac, commenta ce dernier. Quelles sont les options que vous suivrez ?

Lina temporisa. Elle se tourna dans ma direction, écarquilla les yeux d'un air de dire : Quelle importance ? Je devinai alors qu'elle allait sortir une bêtise.

— Je veux arrêter mes études.

Le censeur ne contint pas son étonnement.

— Comment ! Vous n'y songez pas ! C'est une plaisanterie. De toute façon, la scolarité est obligatoire jusqu'à seize ans. Vous ne pouvez donc pas arrêter vos études. Pas encore !

— Savez-vous qui je suis, monsieur le censeur ? demanda Lina qui semblait maintenant s'amuser à perturber le chef adjoint d'établissement.

Ce dernier parut déstabilisé.

— À quel jeu jouez-vous avec moi, Larsac ? Je vous connais bien… Vous prenez un malin plaisir à vous saborder, n'est-ce pas ? Je n'ai jamais compris pourquoi vous adoptez parfois une attitude… de refus, voire de rébellion. D'ailleurs, vos parents se font beaucoup de souci pour vous !

— Ce ne sont pas mes parents, monsieur le censeur. Je ne suis pas leur fille !

Derrière Lina, j'étais paralysée. Ce que j'appréhendais arrivait. Lina était prête à étaler toute sa désillusion. Jusqu'à présent, elle s'était contenue, gardant pour elle ses ressentiments.

— Que me racontez-vous là ? s'étonna le censeur. Pourquoi affirmez-vous de telles inepties ? Vos parents sont des gens respectables, votre père occupe à la préfecture une très haute fonction et votre mère est un médecin reconnu dans notre ville !

— Mes parents ? Ils sont illettrés ! Ils vivent dans la misère. Et ils m'ont abandonnée. Vous vous trompez sur toute la ligne, monsieur le censeur, sauf votre respect.

— Vous déraisonnez, Larsac ! Sur quoi reposent vos allégations ?

— On m'a rapporté qu'à La Réunion, la plupart des familles, qui ont abandonné leurs enfants, sont des gens qui ne savent ni lire ni écrire. On leur a menti en leur promettant la lune.

— Je ne vois pas le rapport.

Pour le grand bien de Lina, je tentai d'écourter la discussion. Elle était en train de dépasser les limites de la correction.

— Ne l'écoutez pas, monsieur le censeur, intervins-je. C'est un jeu entre nous.

Je ne sais pas ce qui me prit d'affirmer une telle sottise, sur le moment je ne réfléchis pas. Je le regrettai aussitôt.

— Vous n'êtes que des petites effrontées ! répliqua le censeur. Vos bons résultats vous montent à la tête ! Ils ne pardonnent pas tout !

Je bredouillai une vague explication et de sincères excuses. Lina m'interrompit, insistante :

— C'est la vérité, monsieur le censeur. Mon père… enfin, monsieur Larsac aurait dû vous prévenir : il m'a adoptée quand j'avais quatre ans. Je l'ai appris il y a peu de temps. En réalité, je suis née à La Réunion, mes vrais parents sont des paysans habitant à La Nouvelle, dans le cirque de Mafate.

Lina donna de plus amples détails, fournis par son père. Le censeur, stupéfait, l'écouta sans intervenir. Moi, je ne dis mot. Je redoutais que l'entretien tourne en notre défaveur et commençais à craindre qu'à la rentrée nous soyons toutes les deux classées parmi les élèves à surveiller de près pour leur insolence.

— Ce n'est pas un jeu entre Alice et moi, conclut Lina. Je vous le répète : ce n'est que la stricte vérité. Alice ne souhaite pas que je l'ébruite. Elle a peur que cela me fasse plus de mal que de bien. Elle est ma meilleure amie. Ne la punissez pas, elle ne cherchait qu'à me protéger.

Les paroles de Lina m'allèrent droit au cœur. Elle prenait ma défense devant le censeur alors qu'elle-même s'était mise en danger. Je m'attendis à ce que ce dernier nous inflige une sanction. Il n'en fut rien.

— Je comprends votre désarroi, Larsac, releva-t-il, plein de bienveillance. J'examinerai votre cas avec monsieur Larsac, avant la fermeture de notre établissement, c'est-à-dire avant le 14 juillet. Je le prierai de venir me voir sans tarder. Que tout soit clair à ce sujet ! Votre scolarité ne doit pas souffrir de votre situation familiale… Mais, entre nous, Larsac, vos parents adoptifs sont quand même des gens bien !

Nous nous quittâmes sur ces bonnes paroles, Lina peu enthousiaste à l'idée que son père serait bientôt convoqué ; moi, soulagée à l'idée que nous éviterions toute réprimande à la rentrée.

— Nous l'avons échappé belle ! avouai-je une fois sorties. J'ai failli nous mettre dans de sales draps.

Lina me serra dans ses bras.

— Quoi que je fasse, jure-moi d'être toujours avec moi, me supplia-t-elle.

À la mi-juillet, nous partîmes, une fois de plus, en Auvergne. Le séjour à Montpeyroux allait devenir pour moi une sorte de rituel. Tous les étés, jusqu'à notre bac, sa famille ne manqua jamais de m'y inviter.

Les Larsac estimaient que j'apportais beaucoup de bien-être à leur fille. Depuis leurs terribles révélations, ils ne cessaient de déplorer son attitude. Lina en effet se renfermait de plus en plus et témoignait auprès des siens de sentiments hostiles. Elle leur reprochait souvent de lui avoir menti par omission.

— Je ne leur pardonnerai jamais, me répétait-elle quand nous abordions la question. Je suis une enfant déracinée. J'ai perdu toutes mes attaches. Je ne suis ni d'ici ni de là-bas, m'expliquait-elle avec lucidité.

Lorsque, plus tard, je rencontrai des hommes et des femmes issus, comme elle, de cette immigration subie, tous me tinrent les mêmes propos. Tous avaient l'impression d'avoir été coupés de leurs racines, de n'être ni vraiment de l'endroit où ils habitaient depuis leur arrivée en métropole, ni vraiment de cette terre lointaine qui leur était totalement inconnue. La Réunion, c'était leur île, leur terre natale, et pourtant ce n'était plus chez eux. Or la métropole non plus, ce n'était pas chez eux !

À quinze ans, j'étais trop jeune pour appréhender un tel dilemme. Aussi avais-je tendance à minimiser le malheur de Lina. Surtout consciente qu'elle vivait dans une famille bien plus aisée que la mienne, dans des conditions que beaucoup lui envieraient, je ne la plaignais qu'à moitié et me permettais parfois de lui asséner des vérités qui la mettaient en colère.

— Beaucoup d'enfants adoptés n'ont pas ta chance, lui répliquai-je sans me rendre compte de la portée de mes affirmations. Prends le cas d'Élie : son père adoptif l'a obligé, contre sa volonté, à travailler avec lui après son CAP. Quant à Véli, elle préférerait sûrement être à ta place. Elle n'est même pas adoptée, et ses vieux, comme elle appelle ses tuteurs, n'ont aucune considération pour elle. Aussi, au lieu de t'apitoyer sur ton sort, tu ferais mieux d'être reconnaissante envers tes parents. Ils t'adorent, tu es leur fille ; ils t'ont donné une bonne éducation ; sous leur toit, tu ne manques de rien. Ils n'ont jamais montré de différence entre Fabien et toi.

Lina ne répondait jamais à mes remarques. Elle me tournait le dos et entrait dans une de ses périodes de bouderie dont elle avait l'habitude. Je ne lui en tenais jamais rigueur. Je l'aimais trop pour me fâcher avec elle. Même si mes propos me semblaient justifiés, je m'estimais mal placée pour juger son comportement. Loin de la condamner, j'essayais de la comprendre, d'imaginer ce qu'elle ressentait au fond d'elle-même quand elle prononçait les mots *papa* et *maman*. Et comment considérait-elle Fabien dont elle était si proche, ce frère pourtant si différent autant par le physique que par le caractère ? Le blâmait-elle aussi pour lui avoir caché la vérité durant toutes ces années ?

Pendant longtemps, je ne parvins pas à discerner chez Lina la part de ses sentiments envers ses parents adoptifs quand elle assurait les aimer en dépit de ce qu'elle leur reprochait, et celle de ses ressentiments à leur égard quand elle affirmait ne pas être leur fille.

Comme l'année précédente, la chaleur nous écrasa pendant notre séjour à Montpeyroux. La canicule de 1976 est encore dans toutes les mémoires. Nous souffrîmes plus que d'habitude et ne sortions qu'au bord du soir, quand le soleil faiblissait à l'horizon. Nous restions enfermés dans la fraîcheur relative de la maison des Larsac, protégés par ses murs épais et ses volets de bois ouverts en entonnoir.

Lina s'ennuyait et ne se privait pas de le montrer. Elle me tenait rigueur de lui avoir parlé sans détour. Elle m'adressait peu la parole et quand je lui proposais une activité à l'intérieur ou une promenade, elle prétextait systématiquement qu'elle ne se sentait pas bien pour refuser.

— Fais un effort, lui demanda Séréna. Alice est venue chez nous, ne la laisse pas toute seule. Occupe-toi d'elle !

Je ne m'offusquai pas de son attitude. La présence de Fabien suffisait à me combler. Toujours amoureuse de lui, j'étais prête maintenant à ne plus lui dissimuler mes sentiments. J'avais acquis de l'assurance, mis mes complexes de côté. Puisque

Lina se détachait de moi – pour peu de temps, j'en étais persuadée –, j'étais bien décidée à ne plus me montrer dépendante d'elle. Je la battis froid à mon tour.

Je me rapprochai de Fabien, passai de longs moments en sa compagnie, m'intéressai à ses divertissements favoris. Il aimait pêcher dans l'Allier. Il partait souvent tôt le matin, avant que la chaleur ne s'abatte sur la vallée. Sa canne à lancer sur l'épaule, sa musette en bandoulière et son épuisette à la main, harnaché de cuissardes pour pénétrer dans l'eau et d'une veste aux larges poches pour y enfouir son petit matériel, il revenait rarement bredouille. Pierre pêchait parfois avec lui, mais avouait que cette activité de plein air ne le passionnait pas.

Un soir, sans que j'eusse besoin de le lui suggérer, il me proposa de l'accompagner.

— Demain, on se lève à l'aube et on descend sous le pont de Coudes. J'y ai appâté depuis plusieurs jours. Les prises seront bonnes, me confia-t-il.

Heureuse, j'acceptai sans hésitation.

— Et toi, Lina, tu viens avec nous ?

Elle dévisagea son frère comme s'il lui avait demandé d'aller décrocher la lune.

— Pêcher, moi ? Tu n'y penses pas ! Allez-y tous les deux. Je ne voudrais surtout pas vous déranger !

Je fus surprise de son allusion. Avait-elle soupçonné que j'avais un faible pour Fabien et que je n'attendais qu'une telle occasion pour être seule avec lui ?

Fabien ne répliqua pas et, me regardant d'un air plus étonné que navré, me dit :

— On n'a pas besoin de filles boudeuses. Si mademoiselle nous snobe, nous nous passerons d'elle.

Le lendemain, comme convenu, nous partîmes au lever du jour, sans réveiller la maisonnée endormie. Je laissai Lina dans son lit. Sous son drap, je devinai son corps recroquevillé en chien de fusil.

Je m'abandonnai dans les bras de Fabien qui, enfin, me confia, un peu maladroitement :

— Il y a longtemps que j'en pince pour toi. Mais je n'osais pas te l'avouer.

Aux anges, je passai une matinée de rêve, oubliant Lina et ses problèmes, amoureuse comme on peut l'être à quinze ans.

20

Rébellion

De retour à Montpeyroux vers midi, nous trouvâmes Pierre et Séréna dans tous leurs états. Lina avait disparu. Sur le moment, je crus qu'elle avait cherché à nous rejoindre au bord de l'Allier. Il était fréquent que Lina change d'avis.

— Quand nous sommes montés la réveiller, vers onze heures, nous expliqua Pierre, elle n'était pas dans sa chambre. Son lit n'était pas défait. Et sous le drap, il y avait un traversin et plusieurs coussins.

Je compris aussitôt que Lina s'était évanouie dans la nuit pendant que je dormais. Elle avait placé le traversin et les coussins de manière à faire croire qu'elle était dans son lit au moment où je m'étais levée. J'avais été leurrée.

— Je ne l'ai pas entendue sortir de la chambre, reconnus-je, dépitée. Hier soir, quand nous avons éteint, elle me semblait très calme. Nous avons discuté un bon moment avant de nous endormir. Elle m'a parlé du lycée, de la rentrée, des enjeux de la classe de seconde. Je ne me suis doutée de rien.

Les Larsac ne savaient que penser. Séréna voulait alerter la gendarmerie. Pierre, moins prompt à perdre son sang-froid, l'en dissuada.

— C'est trop tôt. Attendons ! Elle reviendra sans doute d'elle-même. Elle n'a pas dû aller très loin. Ce n'est pas dans ses habitudes de s'absenter sans prévenir. Elle est probablement allée se dégourdir les jambes dans le village avant le déjeuner.

— En tout cas, releva Fabien, nous ne l'avons pas croisée en remontant par la coursière.

Cette coursière, comme l'appelaient les habitants de la région, était un chemin rocailleux qui reliait Montpeyroux à Coudes. Elle serpentait entre les vignes et passait près d'une fontaine, jadis lieu de rencontres des amoureux des deux communes. Fabien et moi, nous nous y étions arrêtés et désaltérés à l'onde fraîche de la source qui l'alimentait. Celle-ci était nichée dans l'anfractuosité d'un rocher qui affleurait un peu à l'écart. Tout autour, de gros noyers dispensaient une ombre généreuse et épaisse, et protégeaient un tapis de verdure que la sécheresse n'avait pas endommagé. L'eau se déversait dans un réceptacle taillé dans un bloc de granite sombre que la mousse commençait à envahir. Les chiens et les brebis venaient s'y abreuver au grand mécontentement de ceux qui considéraient cette eau comme la plus pure de la région. Tombant en cascade dans un petit chenal creusé à main d'homme, celle-ci s'écoulait ensuite dans les champs voisins en suivant nonchalamment la pente du terrain. Je me souviendrai toujours de cet endroit idyllique. Car c'est là que Fabien m'embrassa pour la première fois.

Lina connaissait ce lieu de rencontres, elle aurait pu nous y attendre. Elle m'y avait déjà emmenée et y avait donné des rendez-vous à des garçons pour passer des après-midi en leur compagnie.

— Lina n'a pas changé d'avis, affirmai-je. Elle a refusé de nous accompagner. Elle n'a donc pas emprunté ce chemin.

Désemparés, ses parents redoutaient que leur fille ait commis une grosse bêtise.

— Elle a préparé sa fugue, ajouta Séréna. Sinon, elle n'aurait pas déguisé sa présence dans son lit en y glissant des coussins.

Pierre réfléchissait sans un mot, visiblement perturbé.

— Partons fouiller le village. Elle traîne peut-être dans les ruelles à ruminer des idées noires. Elle ne va pas bien depuis notre arrivée… Alice, accompagne-nous avec Fabien. Toi, elle t'écoutera.

Nous nous mîmes aussitôt à sa recherche. Montpeyroux ne manquait pas d'endroits cachés. Certaines maisons étaient encore à l'abandon. Leurs portes, mal fermées, n'étaient pas un obstacle pour ceux qui tentaient d'y pénétrer. D'autres tombaient en ruine. D'anciennes granges étaient délaissées par leurs propriétaires. C'étaient nos lieux favoris pour échapper à la surveillance des parents et nous évader.

Nous visitâmes toutes les rues et venelles du village, poussâmes des portes rue du Donjon et rue de la Poterne, rencontrâmes des garnements à la montée des Gardes qui nous induisirent en erreur en nous affirmant avoir aperçu Lina en galante compagnie.

Après plus de deux heures de vaines recherches, force nous fut de constater que Lina avait quitté Montpeyroux pour une destination inconnue.

— Descendons à la gendarmerie ! s'exclama Séréna.

Pierre réagit.

— Je suis sûr qu'elle n'est pas loin. Elle n'est pas partie sur les routes en pleine nuit !

C'est alors qu'une idée me vint :

— Nous avons oublié le donjon !

Nous avions évité de raconter aux parents de Lina que nous grimpions parfois tout en haut de cette tour pour nous sentir plus près du ciel ou pour jouer aux châtelaines du Moyen Âge.

— Le donjon ! s'étonna Séréna. Mais c'est dangereux ! L'échelle n'est pas très stable et à l'intérieur il fait très sombre !

J'avouai alors que nous y étions déjà montées plusieurs fois et que Lina connaissait parfaitement les passages scabreux qui permettaient d'accéder au sommet.

Séréna me regarda d'un air réprobateur. Je baissai les yeux, comme prise en faute. Fabien n'intervint pas, pour ne pas se trahir.

— Ce n'est pas le moment de donner une leçon de morale, coupa Pierre. Si Lina est en haut du donjon, il faut s'en assurer.

— Laissez-moi m'en occuper, avançai-je. Lina m'écoutera. Je la persuaderai de redescendre.

Fabien proposa de m'accompagner.

— Non, il vaut mieux que j'y aille seule.

Pierre me confia une lampe de poche et m'amena à l'entrée de la tour.

— Je te tiens l'échelle, me dit-il. Elle n'est pas très stable.

— Oh, je ne crains rien ! J'ai l'habitude.

Il fronça les sourcils mais ne releva pas.

À vrai dire, j'appréhendais de grimper à cette échelle. J'avais peur du vide, et elle me paraissait démesurée. Arrivée à mi-hauteur, je la sentais se ployer sous mon poids et j'attrapais le vertige. Lina, qui m'assurait d'en bas pour la maintenir la plus stable possible, se moquait de moi quand je m'arrêtais en plein milieu pour reprendre mon souffle. Parvenue en haut, je devais me contorsionner pour me faufiler dans un orifice étroit débouchant sur le premier étage. Datant du XIIe siècle, la tour présentait trois salles circulaires sur autant de niveaux, desservies par un escalier hélicoïdal creusé dans l'épaisseur du mur. Certaines marches étant usées, je m'y étais déjà tordu les chevilles. Aussi me méfiai-je, cette fois, malgré ma lampe de poche.

Le cœur battant, je montai dans l'obscurité avec l'espoir de retrouver Lina. Mais, au fond de moi, j'étais persuadée qu'elle avait décidé de rechercher l'entrée du fameux souterrain dont elle m'avait parlé jadis. Si elle l'avait découvert, elle n'aurait pas hésité à s'y aventurer. Or, d'après les ouï-dire, ce tunnel sous l'Allier pouvait s'effondrer. Certes, ni elle ni moi n'avions jamais eu de preuves de l'existence de cette galerie, mais Lina courrait un grave danger si mes craintes se confirmaient.

Au moment où je débouchai à l'air libre, mon cœur cognait à se rompre. Je ne vis personne. Lina était-elle donc partie à la recherche de ce passage secret ? Et pourquoi dans la nuit, pendant que tout le monde dormait ? Plus j'y réfléchissais, plus je trouvais que cela n'avait pas de sens. Lina s'était enfuie de chez elle parce qu'elle ne se sentait pas bien, elle avait envie d'être seule. Se hasarder dans un souterrain, au péril de sa vie, était absurde !

Un escalier de pierre donnait accès au chemin de ronde. Le vent soufflait et s'engouffrait entre les créneaux en hurlant. J'appelai sans attendre :

— Lina ! Lina !

Personne ne répondit.

Du haut de sa plate-forme sommitale, à trente-trois mètres du sol, la tour offrait une vue panoramique à trois cent soixante degrés sur la plaine de la Limagne. Par temps clair, on y découvrait le Puy-de-Dôme et toute la chaîne des Puys. Nous nous amusions souvent à compter le nombre de volcans perceptibles à l'œil nu. Nous n'étions jamais tombées d'accord !

Je m'engageai sur le chemin de ronde. Me retournai... et, derrière moi, aperçus Lina, debout, dans un créneau entre deux merlons. Elle fixait le vide.

Elle ne réagit pas à mon appel.

Je réitérai.

— Lina, Lina ! C'est moi, Alice. Tu m'entends ?

Elle ne broncha pas.

Je devinai immédiatement son intention.

— Ne fais pas ça, Lina ! Tourne-toi lentement vers moi, regarde-moi.

Je m'avançai vers elle, la main tendue, un pas après l'autre.

— Tes parents te cherchent. Ils s'inquiètent beaucoup.

Je n'étais plus qu'à deux mètres d'elle. Je n'osais m'approcher davantage.

— Dis-moi quelque chose, Lina. Je suis ta meilleure amie. Souviens-toi ; il n'y a pas longtemps, tu m'as suppliée : « Quoi que je fasse, jure-moi d'être toujours avec moi. » Eh bien, aujourd'hui, tu as besoin de moi et je suis là, avec toi.

Elle tourna enfin la tête vers moi.

Je m'étonnai : elle souriait. Je m'attendais à un visage défait, trahissant une profonde détresse. Dans ce type de situation, la dernière réaction n'était-elle pas de s'abandonner et de sourire à la mort comme pour mieux l'accepter ?

— Descends, insistai-je. Prends-moi la main.

Je m'avançai jusqu'à me trouver tout près d'elle. Moi, je pleurais ; mais elle, avait les yeux secs et malicieux.

— Qu'est-ce qui te prend ? s'étonna-t-elle.

Elle me saisit la main et descendit de son perchoir.

— Je croyais que... que...

Les mots ne sortaient pas de ma gorge.

— Que j'allais faire le saut de l'ange ! se moqua-t-elle. Tu ne pensais quand même pas que j'allais me suicider !

— Pourquoi t'es-tu enfuie cette nuit ?

— Ah ! c'est donc ça ! Mais... je ne me suis pas enfuie !

— Tu as essayé de nous berner en plaçant un traversin sous ton drap !

— D'abord, je ne suis pas partie en pleine nuit. Le jour était déjà levé quand j'ai quitté la maison. Ensuite, quant au traversin, c'est vrai, je ne tenais pas à ce que tu alertes mes parents. Tu saisis, Alice, j'ai besoin d'être au calme, de respirer. Ici, en haut de ce donjon, personne ne vient me dire ce que je dois faire ou penser !

— Redescends avec moi, l'implorai-je. Il faut tranquilliser tes parents. Ils t'attendent.

— Oh, Séréna, je ne crois pas !

C'était la première fois que j'entendais Lina appeler sa mère par son prénom. Je ressentis beaucoup d'agressivité dans sa remarque. J'évitai de la relever.

Mais je compris qu'elle lui en voulait plus qu'à son père, pour une raison qui m'échappait.

Les Larsac ne réprimandèrent pas leur fille. Lina leur parut trop perturbée. Ils essayèrent délicatement de savoir ce qui avait motivé son attitude.

— Qu'est-ce qui t'a pris ? lui demanda aussitôt Séréna, sans le moindre reproche. Tu nous as fait une telle frayeur que nous étions prêts à déclarer ta disparition à la gendarmerie !

— Ma disparition ! Tu n'exagères pas un peu ? J'ai quand même le droit de m'absenter quelques heures pour être au calme !

Lina parlait avec beaucoup d'animosité, comme si elle se sentait agressée. J'assistai à la scène avec Fabien. Nous évitâmes d'intervenir.

Séréna poursuivit :

— Pourquoi es-tu sortie ainsi sans prévenir ? Nous ne t'interdisons pas de te promener seule ou avec Alice. Tu es en vacances, tu es libre d'aller où bon te semble, dans la limite du raisonnable. Mais la prochaine fois, avertis-nous. Mets-toi à notre place.

Lina gardait le regard fixé au sol. Ses mâchoires crispées trahissaient son envie d'exploser. Qu'avait-elle de si important à reprocher à ses parents ? Ils s'étaient expliqués avant notre départ à propos de son adoption. Certes, elle en était encore bouleversée ; mais, moi-même, je ne saisissais pas pourquoi elle persistait à tenir Pierre et Séréna pour responsables de sa situation. Ils l'avaient recueillie et l'avaient aimée comme leur propre fille. S'il y avait des personnes auxquelles elle devait montrer de la gratitude, c'étaient bien eux !

— Tu ne comprends rien à rien ! s'écria Lina à l'adresse de sa mère. Comme toujours ! Tu ne songes qu'à toi, à ton petit bonheur familial. Tu souhaitais avoir une fille ; alors tu m'as choisie comme dans le temps on choisissait un esclave ! Pour un peu, tu m'aurais achetée s'il avait fallu payer pour adopter !

Lina ne pesait plus ses mots. Son visage était rouge de colère. Ses paupières ne cessaient de cligner sous le coup de l'énervement. Je ne l'avais jamais vue dans cet état.

— Lina ! osai-je intervenir.

— Ne te mêle pas de cela, me coupa Pierre. Lina ne pense pas ce qu'elle dit.

Il pria sa femme de le laisser seul avec sa fille. Séréna était très attristée. Ses yeux larmoyaient. Elle regardait Lina sans comprendre.

Nous nous éclipsâmes dans la pièce voisine. Fabien me prit discrètement la main. Il me réconfortait. J'étais également effondrée, car Lina me paraissait en danger. Se rendait-elle compte du mal qu'elle occasionnait autour d'elle en agissant de cette manière ? Les raisons de sa rancune envers ses parents – surtout envers sa mère – étaient totalement infondées.

— Elle n'accepte pas d'être une enfant adoptée, avançai-je devant Séréna et Fabien. Admettre que vous êtes sa vraie famille lui prendra du temps. C'est ce qu'elle m'a laissé entendre.

Séréna avait conscience que Lina lui en voulait davantage qu'à son mari.

— Suis-je une mauvaise mère ? se morfondit-elle, la mort dans l'âme. Je n'ai jamais fait de différence entre mes deux enfants ! Tu peux en témoigner, Fabien, n'est-ce pas ?

Fabien me tenait toujours par la main. Séréna s'en aperçut. Je m'écartai aussitôt de lui, rouge de confusion.

Séréna sourit, mais ne dit mot.

— Maman, tu es une mère parfaite, autant pour moi que pour Lina. Ne te tracasse pas, tout rentrera dans l'ordre dès qu'elle réalisera son erreur.

Pierre demeura avec Lina pendant plus d'une heure. Quand ils réapparurent, Lina nous parut être redevenue raisonnable. Son visage était détendu, son regard moins ténébreux. Pierre l'avait sans doute attendrie.

— Ce soir, nous pique-niquerons au bord de l'Allier, annonça-t-il d'un air satisfait. Lina et Alice s'occuperont du dessert. Tu veux bien aider ton amie, Alice ?

Étonnée, j'acceptai aussitôt, heureuse de ce dénouement inattendu.

Jusqu'au soir, Lina ne fut pas très bavarde. Je ne la poussai pas aux confidences, préférant lui laisser le temps de revenir vers moi en toute sérénité. Mes questions auraient pu la faire se refermer sur elle-même une fois de plus.

Tandis que nous préparions ensemble un gâteau au chocolat – une recette de sa mère –, je lui dévoilai :

— T'es-tu aperçue que Fabien et moi…

J'hésitai à poursuivre, gênée tout à coup par ce que je m'apprêtais à lui avouer.

Elle me dévisagea en souriant. Je me sentis rassurée. Lina redevenait celle qu'elle demeurait dans mon cœur, *l'amie prestigieuse* comme elle-même avait qualifié Véli la première fois qu'elle me parla d'elle.

— Vous vous êtes enfin décidés ! m'aida-t-elle à préciser. J'avais deviné qu'entre vous il y avait plus qu'une simple amitié. Alors, tu es heureuse ?

Je devais avoir la mine réjouie. Lina s'approcha de moi. M'embrassa.

— En tout cas, moi, je suis heureuse pour toi, me glissa-t-elle à l'oreille.

— Et toi, où en es-tu avec Élie ? lui demandai-je.

Elle s'écarta brusquement.

— Élie ? Mais… il n'y a rien… Pas encore.

— Tu espères ?

— Élie me ramène à mes racines. Avec lui, je comprends qui je suis.

Les vacances à Montpeyroux se terminèrent sans autre incident. Lina se comporta avec ses parents comme si rien ne s'était passé. Toutefois, elle maintint une certaine distance avec sa mère. Si elle évita de l'affronter à nouveau, elle ne se montra pas très chaleureuse.

Séréna en souffrait, j'en étais persuadée. Cela se voyait sur son visage. Elle ne savait plus comment satisfaire sa fille, comment lui prouver qu'elle occupait dans son cœur la même place que Fabien, que rien n'avait changé pour elle.

Lina devenait petit à petit une étrangère pour sa propre famille.

21

Retour et évocations

Montpellier, 2002

J'étais en train de rédiger les événements de cette difficile période de l'existence de Lina quand j'ai été arrêtée par une lacune dans son journal. Cet été 1976 était écourté. Plus rien n'y était consigné jusqu'à l'été suivant. J'ai aussitôt pensé que Lina avait omis d'en rapporter les faits. À moins, me suis-je dit, qu'elle ne se soit pas souvenue de cette tranche de vie pourtant essentielle pour comprendre le reste de son cheminement.

J'avais commencé ce travail depuis trois semaines. Le récit prenait forme petit à petit. Les chapitres se succédaient dans l'ordre chronologique, entrecoupés parfois de nécessaires retours en arrière. J'ai volontairement évité le genre biographique, trop classique. Je lui ai préféré celui du roman pour émouvoir davantage et immerger dans le réel mon personnage que j'ai baptisé *L.* J'ai changé également les noms et prénoms de tous les autres protagonistes. Lina m'avait donné carte blanche, j'espérais la surprendre.

Je suis persuadée qu'aujourd'hui les lecteurs attendent des romanciers qu'ils les plongent dans le tangible, qu'ils mêlent intimement l'imaginaire et la réalité. L'autobiographie peut aussi passer par la fiction. Je désirais offrir à Lina le livre de sa vie, un livre qui interroge ses souvenirs, qui colle avec son entourage. Qu'en ferait-elle une fois terminé ? Je lui conseillerais de l'envoyer à ma maison d'édition, sous son propre nom ou sous un pseudonyme. Cela ne me dérangeait pas d'être son « nègre », pourvu que cette parution lui serve à accepter définitivement son passé.

J'étais prête à l'appeler dans le courant de la journée pour obtenir des explications – était-ce volontaire ou un oubli de sa part ? – quand le téléphone a sonné. Je ne pensais pas qu'elle me contacterait avant que je la prévienne de l'aboutissement de mon travail. Or, c'était bien Lina au bout du fil. J'en ai été très étonnée, car il était tôt. J'aime en effet me lever dès le lever du soleil pour écrire. C'est vrai pour la préparation de mes cours comme pour la correction de copies et surtout pour mes romans.

Au cours de notre première conversation téléphonique, je n'ai pas dit à Lina que, depuis maintenant dix ans, j'étais écrivain. Protégée par l'anonymat grâce au pseudonyme conseillé par mon éditeur, j'espérais lui en faire la surprise lorsque nous nous reverrions à Montpellier, comme nous en étions convenues. Même si elle avait entrevu dans une librairie, voire lu, un de mes ouvrages, Lina n'aurait pas deviné que j'en étais l'auteur – j'ai refusé la publication de ma photo en quatrième de couverture. Je ne souhaite pas mélanger ma vie privée avec ma vie publique. À la faculté, je tiens à ce que mes étudiants et mes collègues ne voient en moi qu'une enseignante. Aussi, peu d'entre eux connaissent mon autre personnalité et mon nom de plume. Cette situation me satisfait pleinement. Lorsque je m'absente pour un salon du livre ou pour des séances de dédicaces loin de Montpellier, je m'arrange pour rattraper mes cours et pour en taire la véritable raison. Seul mon chef de département est au courant de ma double activité – nécessité oblige pour obtenir mes autorisations d'absence !

— C'est moi ! ai-je entendu dans le combiné.

Cette fois, j'ai aussitôt réagi.

— Lina ! Je suis heureuse de t'entendre. J'allais justement t'appeler.

— Ce ne sera pas utile. Je suis à Montpellier.

Mon étonnement a été tel que, sur le moment, j'ai insisté.

— Tu es où ?

— À Montpellier ; tu es sourde, ma toute belle ! File-moi ton adresse et j'arrive dans l'après-midi, le temps de régler quelques petites choses.

Lina me bousculait. Elle n'avait donc pas changé ! Elle était toujours aussi imprévisible. Pour elle, le monde gravitait autour d'elle ; il lui suffisait de l'arrêter comme on arrête la roue de la Fortune pour débarquer sans prévenir, sur un simple coup de téléphone.

— C'est que… cet après-midi, j'ai cours à la fac. Je ne suis pas libre avant dix-neuf heures. Le temps de rentrer chez moi, il sera presque vingt heures.

Elle a laissé planer quelques secondes de silence. Je l'avais déçue, j'en étais persuadée. Elle devait se réjouir de venir me voir à l'improviste. Elle n'avait jamais aimé mettre les formes dans ses relations, encore moins avec moi.

J'ai essayé de me rattraper :

— Si tu veux, on se retrouve à midi pour déjeuner. Puis, ce soir, on se retrouvera chez moi. La chambre d'amis est prête.

— Ça marche, a-t-elle acquiescé.

— Alors, rendez-vous au Ranch, à l'angle de la route de Mende et de l'avenue du Major-Flandre. On y mangera une pizza ou une grillade pour ne pas perdre de temps.

Lina a accepté ma proposition sans hésiter et a raccroché sans me demander pourquoi je souhaitais la contacter.

Toute la matinée, mon esprit a été perturbé. Devant mes étudiants, je n'ai cessé de penser à nos retrouvailles. Tant d'années s'étaient écoulées. Comment trouverais-je Lina ? Vieillie, amaigrie, fatiguée, ou au contraire en pleine forme, épanouie comme elle l'était quand nous nous sommes quittées, après avoir effacé de son cœur tous ses tourments ?

Vers midi et quart, je me suis dirigée à pied vers la terrasse du Ranch, la faculté des lettres n'étant distante de ce bar que de quelques centaines de mètres. Le cœur battant, j'ai ralenti le pas afin d'avoir le temps d'apercevoir de loin sa silhouette. Il faisait une extrême douceur malgré la saison, la terrasse était déjà pleine d'étudiants. C'était un de leurs lieux de rendez-vous habituels. J'ai scruté les clients attablés. Parfois en insistant, au risque de passer pour une aguicheuse. J'ai reconnu certains visages. Mais pas Lina.

J'allais me poster sur le trottoir quand j'ai entendu dans mon dos une voix familière :

— Alors, ma toute belle, tu me boudes !

Je me suis retournée d'un coup et, les yeux écarquillés, suis tombée dans les bras de Lina.

— Comme je suis heureuse ! me suis-je aussitôt réjouie en l'embrassant.

Puis je me suis écartée légèrement :

— Tu n'as pas changé ! Tu es toujours la même. Tu n'as pas pris une ride !

— Toi non plus ! Je te trouve même plus épanouie qu'avant… Non, plus femme !

— Eh ! c'est que les années défilent ! Je viens de fêter mes quarante et un ans.

— Moi, c'est pour la fin de l'année.

Après quelques minutes de banales considérations, que nous avons prolongées comme pour éviter d'entrer trop rapidement dans le vif du sujet, nous nous sommes attablées à l'intérieur de l'établissement pour y être plus tranquilles.

— Je t'attendais plus tôt, lui ai-je avoué.

— Un empêchement de dernière minute. Élie a dû repartir à Beyrouth.

— Ça me ferait tellement plaisir de le revoir aussi !

— Il n'y restera pas. Juste le temps de mettre au point certains détails avec Médecins sans frontières. Ça va toujours mal là-bas. Le pays est en pleine ébullition depuis l'assassinat du chef de guerre chrétien Elie Hobeika en janvier. Il était tenu pour responsable des massacres de Sabra et Chatila en 1982. Les musulmans ne l'ont pas raté.

— J'ai lu ça dans la presse.

— Le Liban est perpétuellement sous tension. En ce moment, les chrétiens sont dans la ligne de mire du gouvernement qui semble soutenir le Hezbollah. Et, par-dessous, les États-Unis qui s'en mêlent comme pour attiser les braises en déclarant le Hezbollah groupe terroriste ! Le Moyen-Orient est vraiment une pétaudière !

Tout en parlant, j'examinais Lina. Elle avait perdu son regard sombre, ses yeux brillaient maintenant comme deux diamants. Un sourire naturel illuminait son visage. Elle portait les cheveux courts, à la garçonne, et son teint doré lui donnait plus que jadis un air de fille des îles qui lui allait à ravir.

— En fait, a-t-elle fini par s'enquérir, pour quelle raison souhaitais-tu m'appeler ?

— Pour savoir pourquoi tu avais omis, dans ton cahier, ce qui s'est passé après notre retour de Montpeyroux en 1976. Jusqu'à l'été de l'année suivante, tu n'y as rien consigné.

Lina m'a paru étonnée.

— Montpeyroux… 1976 ? Je ne me souviens plus très bien.

J'ai hésité à évoquer sa première fugue. Elle l'avait peut-être volontairement effacée de sa mémoire. En réalité, ce fut le début d'une période douloureuse pour elle et pour ses parents, une succession de révoltes et de moments de contrition au cours desquels Lina regrettait sincèrement ce qu'elle faisait endurer à son entourage. À l'époque, je crus qu'elle souffrait d'un syndrome de dédoublement de la personnalité. J'avais dévoré le roman de Robert Louis Stevenson *L'Étrange Cas du docteur Jekyll et de M. Hyde*. Et je m'étais imaginé le pire pour Lina. Par la suite, une camarade de lycée me parla de maladie bipolaire à propos de sa mère ; j'ai craint alors que Lina en soit affectée, tant son comportement changeait brutalement. Même à mon égard. Toutefois mes craintes se dissipèrent très vite quand je réalisai la détresse dans laquelle se trouvait mon amie.

Je lui ai rafraîchi la mémoire et, à mon grand étonnement, elle m'a répondu sans détour :

— Ah, ça me revient maintenant ! J'ai déchiré la page, car j'y avais renversé du café. Et j'ai oublié de recopier ce que j'avais écrit. Mais si tu veux, nous en reparlerons de vive voix.

Je lui ai proposé de reporter cet entretien à la soirée, afin d'être plus au calme, chez moi, devant une bonne bouteille de chablis.

— C'est toujours ton vin préféré ?

— Oui, accompagné d'un fromage de Beaufort ou d'un comté bien affiné. Pour moi, il n'y a rien de meilleur.

Je lui ai donné rendez-vous dans mon appartement, place de la Comédie, vers dix-neuf heures trente, et nous nous sommes quittées sans évoquer davantage le passé.

Je m'attendais à être la plus émue des deux lors de ces retrouvailles. En réalité, Lina a fondu en larmes la première dès que nous nous sommes posées dans le canapé du salon et que nous avons repris nos esprits. Malgré son apparence de fille forte et déterminée, elle ne s'est pas contenue longtemps. Je lui rappelais sans doute beaucoup de souvenirs lointains, souvenirs qu'elle s'était attachée à geler dans un coin de sa mémoire.

Quelle raison profonde l'avait poussée à me solliciter pour la rédaction de son journal intime ? me suis-je à nouveau demandé en la serrant dans mes bras. J'avais cru quelques semaines plus tôt qu'elle éprouvait de la nostalgie. Parvenus à la quarantaine, beaucoup ressentent un besoin de retour en arrière, de recontacter des amis d'enfance pour savoir ce qu'ils sont devenus et évoquer le passé. Personnellement, cela ne m'était pas encore arrivé. Hormis Lina et – je le concède – son frère Fabien, personne ne m'a beaucoup manqué depuis que nous nous étions perdus de vue.

À mon tour, je me suis abandonnée. Sa présence redonnait soudain du sens à ma vie. Jusqu'à ce jour, je n'avais connu qu'une existence terne, sans relief. J'avais brillamment réussi mon baccalauréat, puis entrepris des études de lettres. À vingt-quatre ans, j'étais déjà professeur agrégé de lettres classiques dans un lycée parisien et, quand j'ai demandé à redescendre dans le Midi, j'ai obtenu le poste d'assistante à l'université Paul-Valéry de Montpellier. Quant à ma vie sentimentale, après une période folle pendant laquelle mon cœur n'avait cessé de battre pour Fabien, elle est devenue très vite aussi banale que ma vie professionnelle. Je ne me suis jamais mariée, n'ai pas eu d'enfants et, après quelques aventures sans lendemain, j'ai vécu en couple avec Édouard pendant plus de cinq ans. Nous nous sommes séparés il y a un peu moins d'un an, d'un commun accord, sans friction ni regret. Si Lina n'était pas revenue interrompre cette monotonie, je n'aurais sans doute pas remué ce passé. Depuis ma rupture avec Édouard, j'ai décidé de vivre au présent, de ne jamais regarder derrière moi, ni de me projeter dans l'avenir. Sage philosophie que je m'efforce de m'imposer en parallèle avec mes séances de yoga, de taï-chi et de méditation. Je ne suis pas adepte du bouddhisme, mais… je reconnais en avoir été tentée !

Pendant toute la soirée, nous n'avons pas cessé de parler de nous, de Fabien, d'Élie et de sa sœur Véli. Je n'ai pas osé prononcer la première le nom de ses parents. Quand nous nous sommes quittées il y a de cela dix-sept ans, c'était encore un sujet délicat. Elle ne leur en voulait plus depuis longtemps, mais tout ce qui s'était déroulé pendant les deux ou trois années consécutives à sa première fugue demeurait en elle comme une cicatrice douloureuse.

Après deux verres de vin, elle a abordé la première la question.

— Tu me disais donc qu'il manquait un passage dans mon cahier !

— Exact. De l'été 1976 au début de l'été 1977.

Je me rappelais qu'il s'agissait d'une période très sombre de sa vie. Lina était tombée dans une sorte de dépression. Je n'en avais pas retenu les détails, ne tenant pas, comme elle, un journal intime. Je n'avais pas non plus assisté à tous ses tourments, à tous ses heurts avec ses parents. J'ignorais alors ce qui traversait son esprit. Au lycée, elle ne me dévoilait plus ses états d'âme. Nous devenions petit à petit des étrangères l'une pour l'autre. Je me morfondais dans mon coin, désespérée de voir notre amitié sombrer tel un navire en perdition.

— Veux-tu que je réécrive ce passage ? a-t-elle suggéré. Avec quelques efforts, j'en retrouverai les éléments. Ce ne sera pas aussi spontané que le reste du cahier, mais cela te permettra de poursuivre ta rédaction… En fait, comment as-tu procédé ? Je peux lire ta prose ?

J'ai hésité. J'ai toujours refusé à Édouard la lecture de mes romans en cours d'écriture. Tant que ceux-ci ne sont pas aboutis, ils appartiennent à mon intimité. J'attendais donc qu'ils soient édités pour les lui offrir en primeur, comme un cadeau.

— C'est que… il ne s'agit que d'une épreuve. C'est loin d'être terminé !

— Tu ne veux pas me dévoiler ton chef-d'œuvre !

— Tu risques d'être surprise.

— Pour quelle raison ? Tu racontes des choses désagréables ?

— J'ai essayé d'être la plus objective possible. Je t'ai transformée en personnage de roman.

— De roman ! Tu as fait de ma vie un roman !

J'ai craint que Lina se fâche et regretté sur le moment de ne pas l'avoir consultée quant à la forme à donner à ma retranscription.

— Rassure-toi, ton nom n'apparaît pas, ni ceux des autres protagonistes. Je t'ai appelée *L.*, tout simplement.

— Permets-moi au moins de parcourir les premières pages, a-t-elle insisté. Je suis curieuse de découvrir le résultat.

Constatant qu'elle ne me reprochait pas d'avoir romancé son histoire, je me suis dirigée vers mon bureau et en ai extrait du premier tiroir la liasse de feuilles A4 qui s'y trouvait.

— Tu as déjà rédigé tout ça ? s'est-elle étonnée.

— C'est un roman. Il y a donc une part de fiction. Mais tout ce que j'avance est tiré de tes notes. Je n'ai rien inventé.

Je lui ai montré le premier chapitre.

Lina s'est calée au fond du canapé et a sorti de son sac une paire de lunettes.

— Ah, l'âge ! s'est-elle moquée. « La vieillesse est un naufrage ! » comme l'a écrit Chateaubriand.

— Et comme l'a repris de Gaulle à propos de Pétain. Tu connais tes classiques !... Rassure-toi, moi aussi j'en porte.

Je l'ai laissée à sa lecture. Une dizaine de pages. J'en ai profité pour débarrasser la table du salon où nous avions laissé nos assiettes et nos verres. Puis j'ai apporté un gâteau au chocolat que j'avais confectionné la veille sans savoir qu'elle me rendrait visite.

Quand elle a eu terminé de lire, je lui ai rappelé :

— Je n'ai jamais oublié la recette de ta mère. Tu te souviens, nous avions préparé ce gâteau pour le pique-nique au bord de l'Allier, le soir de ta fugue à Montpeyroux.

C'était une bonne entrée en matière pour la brancher sur l'élément manquant de son journal.

— Parfaitement, m'a-t-elle répondu sans sourciller. J'adore ce gâteau. Ma mère le réussissait très bien.

— Alors, qu'en penses-tu ? Ça te convient ?

Lina temporisa.

Je lui ai servi une part, attendant ses remarques.

— Hum ! Excellent !

— Je ne parle pas du gâteau !

— Ton chapitre aussi est excellent, Alice. Tu es vraiment douée.

J'étais rassurée. Si elle avait réfuté mon travail, je n'aurais pas eu le courage de recommencer. Mes personnages me collaient tellement à la peau que je vivais avec eux depuis le début de mon roman. Je m'y étais moi-même incluse sous le nom d'Aline pour ne pas me dévoiler. Je n'avais rien omis, rien travesti. La vérité était comme je l'avais décrite au fil des pages. Seuls les lieux, certaines situations, quelques acteurs supplémentaires nécessaires pour la conduite du récit s'écartaient parfois de la réalité. Mais sans que cela trahisse les notes rédigées par Lina.

— Alors, je peux continuer ? lui ai-je proposé.

Elle s'est approchée de moi, m'a prise dans ses bras, m'a susurré à l'oreille :

— En réalité… c'est toi, mon amie prestigieuse !

22

La fronde

Nous avons passé une bonne partie de la nuit à évoquer le chaînon manquant de son cahier. Lina m'a semblé faussement décontractée. Elle a entrepris cet effort de mémoire sans donner l'impression de souffrir, sans sombrer dans le repentir ou dans le remords d'avoir imposé à ses parents des moments pénibles et douloureux. Elle a puisé au fond d'elle-même la force nécessaire pour affronter un pan de sa vie qu'elle aurait pu évacuer comme d'aucuns évacuent inconsciemment les traumatismes de leur enfance. Toutefois, je me suis vite aperçue qu'il lui en coûtait de faire resurgir certains événements. Certes, elle m'a avoué ne pas se rappeler totalement ce qu'elle avait vécu à La Réunion avant ses quatre ans, mais, pour ce qui était de son adolescence, elle n'avait rien effacé. Elle se souvenait de tout, du moindre détail, de la moindre péripétie, des dates, des personnages, des lieux.

Je l'ai laissée discourir sans l'interrompre. Je ne suis intervenue que lorsqu'elle m'a demandé de confirmer certains faits auxquels j'avais assisté. J'ai évité de lui rappeler que, pendant cette période 1976-1977, nous nous étions lentement éloignées l'une de l'autre. Je ne lui en ai jamais tenu rigueur, lui conservant à jamais mon affection. J'étais persuadée qu'un jour elle se rapprocherait de moi, non pas avec des regrets, mais avec un sincère repentir. Je m'étais armée de patience, forte de l'amitié qui nous avait liées.

Tandis qu'elle replongeait dans son passé, je griffonnais des notes, relevant de temps en temps la tête pour l'observer à son insu. Son regard m'a paru perdu dans un autre monde. Ses yeux s'étaient fendus, comme à l'époque où elle se sentait agressée ou simplement contestée. Son visage s'était refermé. Ses mâchoires se crispaient quand elle s'arrêtait de parler.

Elle a repris son récit là où sa maladresse l'avait interrompu. À vrai dire, j'ai mis en doute l'explication de la tasse de café renversée. Dans son cahier, en effet, je n'ai trouvé aucune trace de pages arrachées, aucune trace non plus de taches de café sur la tranche des autres pages, comme cela aurait dû être le cas. Le cahier était intact. Mais je me suis bien gardée de le relever, de crainte de la froisser et de compromettre la suite de notre travail.

J'ai pensé qu'à l'époque où elle avait entrepris la rédaction de son journal elle avait volontairement passé cette période sous silence, ne souhaitant pas se la remémorer. Alors pourquoi, à présent, acceptait-elle d'y revenir avec moi ? Tout en écrivant, je me suis posé, en vain, la question. Lina était d'une telle précision que je me suis demandé si elle n'inventait pas. S'était-elle à son tour prise au jeu de la fiction, maintenant qu'elle savait que j'élaborais le roman de sa vie ?

— Tu racontes très bien ! ai-je osé la complimenter au bout d'une bonne heure de confidences. Tu capterais un auditoire avec ton histoire ! Je ne fais pas mieux quand j'interviens en bibliothèque en séance publique.

Elle s'est étonnée.

— Mon histoire intéresserait tes lecteurs ?

— C'est évident. Le malheur que tu as vécu, d'autres l'ont vécu aussi, chacun à sa manière. Peu en ont parlé. Je me suis renseignée, les journaux ne se sont pas beaucoup étendus sur cet événement dramatique. C'est un excellent sujet de roman.

Lina commençait à envisager que le fruit de ma collaboration pourrait déboucher sur quelque chose de concret, une preuve tangible et poignante d'une tragédie subie par des milliers d'enfants qui tous, aujourd'hui, sont des adultes en souffrance.

Nous n'avons pas discuté davantage de ce que nous projetions pour ce roman à quatre mains que nous étions en train de rédiger. Mais j'avais mon idée.

— En tout cas, lui ai-je suggéré, en tant que médecin humanitaire, ton histoire, tu ne devrais pas la garder pour toi. Au-delà de tes erreurs de parcours, elle atteste d'un drame humain inconcevable de nos jours, mais dont les retombées témoignent du mal que des décisions prises en haut lieu engendrent parfois. Plus jamais ça ! comme on s'est exclamé après la Grande Guerre. Il faut que cela serve de leçon.

— Rien n'a empêché la folie des hommes de recommencer vingt ans plus tard !

— Certes ! Mais si chacun ajoute une petite pierre à l'édifice, les consciences seront de plus en plus en alerte.

— Et mon témoignage peut être l'une de ces petites pierres ?

— Tout à fait.

Il était encore trop tôt pour envisager ce qu'il adviendrait de notre livre. Il me restait beaucoup de travail avant d'y mettre un point final.

Nous nous sommes quittées en nous promettant de nous revoir très vite. Lina se rendait en Italie à un congrès de médecins sur les camps de réfugiés. D'où son arrêt à Montpellier.

— Dès que possible, je t'appelle. On se fera un bon resto, et, si le cœur t'en dit, avec Élie on ira tous les trois à Mende rendre visite à mes parents. Ça te va ?

J'ignorais que ses parents résidaient toujours dans cette ville. Moi, j'avais perdu les miens depuis longtemps et n'étais plus retournée en Lozère, ne souhaitant pas remuer le passé.

J'ai accepté cependant sa proposition tout en espérant y échapper.

Riche de tout ce qu'elle m'a appris ce soir-là, dès le lendemain de son départ, je me suis remise au travail.

1976

Après notre retour d'Auvergne, Lina entra dans une longue période de turbulences, entrecoupée de rémissions au cours desquelles je la retrouvais comme avant. Ce fut pour moi à la fois la pire époque de notre amitié, tant celle ci souffrit de son comportement, et la plus belle de mon adolescence, car j'étais amoureuse de Fabien et trouvais auprès de lui l'assurance qui me faisait tant défaut jusqu'à présent.

Il symbolisait pour moi le garçon idéal, celui dont, depuis le premier jour, je rêvais en secret, comme toute petite fille rêve de rencontrer le Prince charmant. Mon rêve était en train de se réaliser et je n'imaginais pas qu'il prenne fin un jour. Fabien avait conquis mon cœur et me rendait, de ce fait, plus vulnérable, car dépendante de mes sentiments. En réalité, au départ, je fus davantage attirée par son physique que par ses qualités intérieures. Je le revois avec ses cheveux blond doré lui tombant dans le cou, son front haut et volontaire, ses yeux rieurs d'un bleu de porcelaine, son nez bien dessiné, ses dents d'une blancheur étincelante, sa peau toujours bronzée et ses larges épaules. Il était sculpté comme un athlète, mais ne profitait pas de ce que la nature lui avait offert pour parader devant les filles du lycée. Au contraire, il restait en retrait, ne vantait jamais ses mérites ni ses atouts. Il demeurait humble et d'une grande simplicité. C'est ce qui m'attira immédiatement chez lui. Lorsqu'il me déclara ses sentiments, je crus sur le moment qu'il se moquait de moi. Mais, constatant combien il me mettait mal à l'aise, il parvint aussitôt à chasser tout malentendu et à me rassurer. Je m'abandonnai avec d'autant plus de bonheur que j'attendais cet instant magique depuis longtemps.

En juin, il avait brillamment réussi son baccalauréat et, peu après, avait fêté ses dix-huit ans. Il m'avait alors annoncé son intention de poursuivre des études d'aéronautique et avait postulé pour une école d'ingénieurs à Toulouse. Pendant notre séjour à Montpeyroux, il ne parla pas de son espoir de partir en région Midi-Pyrénées pour étudier. Moi-même, j'évitai d'y réfléchir, toute à ma joie nouvelle. Mais quand, deux jours avant de reprendre la route pour Mende, il reçut la nouvelle de son admission – son père avait fait suivre son courrier –, je m'assombris. Notre histoire durait depuis si peu de temps ; or nous serions déjà séparés à la rentrée. Son exaltation éclipsait ce qu'il ressentait à mon égard. Il ne songeait pas à ce que je deviendrais après son départ. Il était évident que nous ne pourrions pas nous voir aussi facilement que s'il avait entrepris des études à Nîmes ou à Montpellier.

Je cachai mon désarroi et me raisonnai en profitant du moment présent.

De retour chez moi fin juillet, comme chaque année en été, j'aidai mes parents à la ferme et ne pus guère me dérober. Sachant Lina en plein désarroi, je jugeai préférable de ne pas tenter de la rencontrer avant qu'elle ne se soit totalement réconciliée avec sa famille.

J'attendis en vain des nouvelles de Fabien, sans lui téléphoner. J'estimais en effet que ce n'était pas à une fille de faire le premier pas. Et plus j'attendais, plus je me persuadais qu'il n'avait pas souhaité donner suite à notre relation. Il avait considéré celle-ci comme un flirt de vacances, me morfondais-je, le soir, en me remémorant les quelques jours pendant lesquels j'avais cru à mes rêves.

Quand je repris les cours en septembre, j'appris effectivement qu'il était déjà parti à Toulouse. Il n'avait pas cherché à me joindre et n'avait pas laissé de message à sa sœur pour me tenir au courant. J'en fus profondément vexée et dépitée.

Lina et moi nous retrouvâmes dans la même seconde, ce qui me réjouit. J'avais craint d'être séparées. Nous n'avions pas choisi les mêmes options, Lina avait préféré les sciences, tandis que j'avais opté pour le latin et le grec. Monsieur Sihol était à nouveau notre professeur de français et, cette fois, notre professeur principal. J'en étais ravie ; Lina indifférente.

Dès le premier jour, je m'aperçus qu'elle n'avait pas entièrement effacé ses griefs à l'encontre de ses parents. Son visage était fermé, ses lèvres pincées, son regard sans expression. Je n'osai lui demander des nouvelles de Fabien. Elle devança mon envie.

— Fabien est parti à Toulouse, m'apprit-elle. Lui, au moins, il a compris.

— Compris quoi ? m'étonnai-je.

— Qu'il vaut mieux parfois s'éloigner des siens avant qu'ils ne deviennent trop envahissants.

— Famille, je vous hais ! C'est ce que tu proclames ?

— D'où sors-tu cette citation imbécile ?

— André Gide, *Les Nourritures terrestres*.

— Tu penses vraiment que j'en suis à ce stade ?

— Je l'ignore, mais tu ne donnes pas l'impression d'avoir enterré la hache de guerre chez toi.

— Je suis en train de me reconstruire. Je ne suis plus celle que j'étais jusqu'à présent. Lina n'existe plus. En vrai, je m'appelle Apolline Rivière.

— C'est ton père qui te l'a appris ?

— Oui. Lui, au moins, essaie de me comprendre.

— Pas ta mère ?

— Elle réagit en toubib, avec ses diagnostics à la noix ! Elle me croit malade. Elle m'énerve à vouloir sans cesse tout expliquer. En réalité, elle ne pige rien. Elle croit que, parce qu'on a la même couleur de peau, ça nous rapproche. Mais elle n'a pas connu ce qui m'est arrivé toute petite. Elle a eu une enfance heureuse, avec des parents attentionnés. Elle n'a pas été déracinée. Elle sait d'où elle vient et qui elle est ! Moi, non !

Je laissai discourir Lina sans l'interrompre. Je comprenais bien ce qu'elle ressentait, mais je n'approuvais pas son opposition à sa mère. Si Séréna se montrait parfois maladroite, c'était sa mère à mes yeux, sa vraie mère, celle qu'elle avait toujours aimée. Ce sentiment, elle ne pourrait pas l'éprouver pour une femme qu'elle n'avait jamais vue, qui habitait à l'autre bout de la planète et qui l'avait abandonnée !

— Je ne suis pas malade, poursuivit-elle. Si tous ceux qui, comme moi, ont été arrachés à leur famille étaient de grands malades, les hôpitaux seraient pleins de gens déracinés.

À l'époque, nous ignorions toutes les deux combien étaient nombreux tous ces jeunes Réunionnais qui souffrirent de problèmes psychologiques une fois installés en métropole. Beaucoup connurent les hôpitaux psychiatriques, certains se réfugièrent dans la drogue, d'autres tentèrent de se suicider, d'autres encore vécurent au ban de la société, tombés dans la délinquance, parfois dans la clochardisation ou, pour un certain nombre de filles, dans la prostitution. Leur sort était passé sous silence, ils n'intéressaient pas grand monde. Seul primait le résultat économique final : à La Réunion, le taux de pauvreté diminuait, le chômage baissait, et, en métropole, les départements touchés par l'exode rural se repeuplaient par l'arrivée d'immigrants français ! Bref, le tableau paraissait très favorable. Quant au drame humain… c'était le prix à payer.

Je m'armai de patience. Lina reviendrait à de meilleurs sentiments, m'efforçais-je de me convaincre.

Quand je relevai que Fabien ne m'avait pas avertie de son départ, elle ajouta :

— Il est parti comme un voleur. Je n'ai pas mâché mes mots pour le lui reprocher. J'étais heureuse pour toi en juillet. Sincèrement. Tu dois être déçue !

Je le reconnus.

— Il était sans doute trop préoccupé, supposai-je.

Lina ne me répondit pas. Je ne devais pas m'attendre à un miracle.

Dans les mois qui suivirent, j'en eus confirmation. Lorsque Fabien rentra dans sa famille aux vacances de la Toussaint, je l'aperçus en ville en compagnie d'une jeune fille de son âge. Ils marchaient très près l'un de l'autre. Je restai dissimulée derrière une colonne. Ils me frôlèrent sans m'apercevoir. Je tendis l'oreille. Leurs propos me semblèrent ambigus. Fabien m'avait donc oubliée.

Avec cette rentrée 1976, Lina amorça un véritable tournant dans sa vie. Rien ne serait plus comme avant pour elle. Les révélations de ses parents transformèrent à jamais ses rapports avec autrui. Notre amitié en pâtit pendant quelque temps, mais ne sombra pas.

Lina ne me tint plus informée de tout ce qu'elle faisait ni de ce qui se passait chez elle. Au lycée nous entretenions les mêmes relations qu'avec nos autres camarades de classe, des relations dépourvues de toute intimité. J'en souffrais mais ne le montrais pas. J'espérais qu'elle me revienne d'elle-même, persuadée que notre amitié était inaltérable. Pour moi, Lina incarnait une forme d'assurance, d'intelligence naturelle et de perspicacité qui me manquait. Je ne pouvais pas concevoir que nous ne nous retrouverions pas une fois qu'elle aurait recouvré toute sa raison.

Dans les mois qui suivirent, elle entra dans une fronde avec ses parents qui laissa beaucoup de traces.

23

Délinquante

Quand je repense à cette douloureuse période de la vie de Lina, je ne peux m'ôter de l'esprit le terme « délinquante ». Pendant de longs mois, en effet, ma meilleure amie m'apparut comme une étrangère, une jeune fille en opposition permanente. Elle se reconstruisait ! prétextait-elle. En réalité, j'étais convaincue qu'elle se détruisait volontairement, refusant avec obstination d'accepter la vérité.

Lina se complaisait dans des situations qu'elle aurait condamnées auparavant, frisant sans cesse l'interdit, l'illégalité, la malversation, voire le délit. Je craignais d'apprendre d'un jour à l'autre qu'elle se soit fourvoyée dans une voie sans retour. Que cherchait-elle vraiment à prouver ? Et à qui ?

Ses parents se désespéraient de constater que leur fille s'éloignait d'eux de plus en plus. Ils n'osaient plus lui proposer des solutions à son problème. Lina repoussait toute médiation, tout remède aux maux qui la rongeaient. Elle ne se considérait plus comme leur fille, mais comme un être à qui l'on avait volé son enfance.

Le premier trimestre fut le plus difficile pour moi. Non seulement j'avais l'impression de perdre mon amie, mais, en plus, le départ et le silence de Fabien – que je croyais définitif – m'accablaient. Aussi m'étais-je décidée à noyer mon chagrin dans le travail. Je m'étourdissais dans mes devoirs, dans mes lectures ; en classe, j'étais la première à me porter volontaire pour des exposés. Pendant nos heures de liberté, je m'enfermais dans la bibliothèque du lycée et m'évadais dans les romans conseillés par monsieur Sihol. Mes professeurs, beaucoup plus exigeants que les années précédentes, m'encourageaient, car ils percevaient en moi une élève enthousiaste et ambitieuse.

Dès le premier jour de la rentrée, Lina préféra ne plus s'asseoir à côté de moi. Elle se réfugia au fond de la salle, près du radiateur, comme les cancres des histoires à la Pagnol.

— Je ne veux pas te déranger, prétendit-elle. Je ne suis plus de bonne compagnie.

J'eus beau insister et affirmer qu'elle se trompait, elle me planta seule au premier rang. Nos autres camarades se doutèrent immédiatement qu'entre nous le courant ne passait plus. Certains s'en réjouirent, d'autres s'étonnèrent et tinrent Lina à l'écart comme aux meilleurs jours de l'ostracisme dont elle avait souffert au début de la sixième.

J'évitais de prêter l'oreille aux médisances qui recommencèrent à courir à son propos. Chaque critique à son égard, chaque allusion déplacée me transperçait le cœur comme si ces remarques m'étaient attribuées. Lina ne semblait pas s'en soucier. Elle ne s'était liée avec personne dans notre nouvelle classe et restait seule dans la cour de récréation. J'ignorais si elle se rendait encore de l'autre côté du mur pour aller voir Véli. Je supposais que oui. Mais, ne lui adressant la parole que pour des banalités, je n'en étais pas certaine. En revanche, je l'apercevais souvent à la sortie du lycée, le samedi après les cours, en compagnie d'Élie qui venait la chercher avec sa mobylette. Il l'emmenait sur sa selle à deux places et ils filaient ensemble sans me regarder. J'en souffrais énormément.

Aussitôt rentrée chez moi, je me plongeais dans le travail pour ne plus songer à ce que Lina m'infligeait.

Si mes résultats scolaires furent excellents dès le premier mois, ceux de Lina devinrent catastrophiques. Elle rendait ses devoirs en retard, n'apprenait pas ses leçons, récoltait de mauvaises notes sans réagir aux remontrances de nos professeurs. Ceux-ci – la plupart nouveaux cette année –, contrairement à ceux des petites classes, ne se préoccupaient pas de savoir pour quelles raisons certains décrochaient. Ils avançaient dans leur programme, ayant à l'esprit de nous préparer le plus tôt possible à ce qui nous attendait d'ici trois ans.

— Le baccalauréat est une course d'endurance, nous déclara le premier jour monsieur Sihol. En tant que professeur principal de votre classe, j'ai la charge de mener dès cette année la plupart d'entre vous à la réussite. Aussi, je me montrerai sans indulgence à votre égard, pour votre plus grand bien.

Son discours me surprit. Mais, très vite, je m'aperçus qu'il ne s'agissait en réalité que d'une mise en garde de précaution dans le but de stimuler ses troupes avant le début des hostilités.

Lina cependant ne prit pas ses paroles à la légère.

— Je te l'ai déjà dit, releva-t-elle. C'est un prof ! Il ne vaut pas mieux que les autres. Il ne pense qu'à nous faire bûcher. Le reste ne l'intéresse pas. Il est comme mes parents, aveugle et égocentrique. Notre succès sera le sien… et celui de ses collègues, celui de l'établissement qui s'enorgueillira d'obtenir ainsi de meilleurs résultats que le lycée public ! Ils ramènent tout à eux. Ça me dégoûte !

— C'est pour cette raison que tu ne fournis plus aucun effort ? osai-je lui demander. C'est idiot de se saborder comme tu le fais. Tu te punis toi-même.

Lina me fusilla du regard. Dans ces cas-là, son silence réprobateur valait toutes les condamnations du monde.

Elle me répliqua :

— Toi non plus, tu n'y comprends rien ! De toute façon, tu es de leur côté, plus tard, tu rejoindras leur rang, tu seras une excellente enseignante, tu pousseras tes élèves au bac en leur tenant le même discours, tu abandonneras ceux qui sont en souffrance sans te soucier de leur mal-être, rien ne comptera pour toi que leur réussite, ce qui t'assurera une promotion, et tu obtiendras un jour les palmes académiques. Bel avenir ! Tu seras fière de toi !

Lina me jugeait comme si j'étais déjà gangrenée par le système. Elle en voulait à la terre entière, m'attristais-je désespérément. Ses ressentiments étaient si profonds qu'ils l'aveuglaient. Elle ne mesurait plus ses propos. Si je devais être son souffre-douleur, me consolais-je, le soir, en pleurant toutes les larmes de mon corps, que cela lui permette un jour de constater son erreur et de revenir dans le droit chemin. Je m'efforçais d'y croire plus que je ne l'espérais.

Ce que faisait Lina en dehors du lycée me fut rapporté plus tard par Véli, et par Élie lui-même qui s'était retrouvé au cœur de la tourmente. Lina m'a confirmé leurs confidences lors de notre entretien à Montpellier. Elle n'avait rien oublié, tout était conforme aux dires de ses deux amis.

Quand je pensais délinquance, je n'étais pas loin. Lina en prenait le chemin. Et, à vrai dire, pendant un certain temps, Élie fut son mauvais génie.

C'est en sa compagnie en effet qu'elle perdit complètement ses repères.

De quatre ans son aîné, il exerçait un indéniable ascendant sur elle. Dès l'instant où elle entra en rébellion avec ses parents, Lina se rapprocha de lui. D'abord méfiante, elle se laissa apprivoiser, écouta avec attention ses explications. Il était le premier à lui avoir dit la vérité, certes par un hasard de circonstances, mais sans jamais chercher à lui mentir. Aussi, entre eux, un sentiment de confiance s'était rapidement instauré. En sa présence, Lina se sentait rassurée. Elle avait l'impression d'être protégée contre les mensonges et les mauvaises langues qui lui reprochaient encore de ne pas être d'ici mais d'un ailleurs lointain. Sa peau couleur cannelle plaisait à Élie. Elle lui rappelait que tous deux provenaient de la même île, d'une région jadis soumise à la colonisation, à l'exploitation des faibles par les puissants. Il lui affirma que leurs ancêtres étaient réduits en esclavage dans les plantations sucrières, à la merci des grands propriétaires. Il lui expliqua à nouveau dans le détail qui étaient Cimandef, de qui il tenait son premier prénom, et Élie, son second, tous deux des héros marrons dans les Hauts de l'île Bourbon. Et plus il lui parlait, plus Lina trouvait matière à justifier sa propre révolte.

Élie cependant n'était pas un rebelle. Chez les Jurquet, il ne manquait de rien. Étienne le considérait comme son fils. S'il le traitait sans sentiments, il mettait ses espoirs en lui. Toutefois Élie avait tendance à profiter des libertés que lui accordait Étienne pour s'adonner à de petits trafics. Il revendait des pièces d'automobile à son insu pour se faire de l'argent de poche, s'arrangeait pour établir de fausses commandes et détournait les sommes dues, surfacturait des réparations et gardait la différence quand on le payait en liquide. Étienne, qui lui confiait de plus en plus de responsabilités, ne s'apercevait de rien.

Lina ne condamnait pas les malversations de son ami. Au contraire, elle s'en amusait, estimant que ce n'était que justice au regard du drame qu'il avait subi.

Quand Élie l'emmenait sur sa mobylette après ses cours, il faisait avec elle la tournée des copains – dont certains passaient pour des graines de voyous –, et, ensemble, ils traînaient en ville des heures durant. Lina trouvait toujours des explications pour justifier ses retards auprès de ses parents ou s'arrangeait pour rentrer juste avant leur retour du travail. Petit à petit, elle se dévergondait, se complaisant dans la petite délinquance. Elle subtilisait des livres dans les librairies et filait devant les caisses sans les payer, elle dérobait aux étalages des produits de beauté, des accessoires de maquillage… Élie lui reprochait ses menus larcins qu'il qualifiait de vols sans ambition.

— Ce serait idiot de te faire pincer pour si peu ! lui objecta-t-il. Le plus important est de récupérer ce qu'on nous a volé, c'est-à-dire notre dignité. Il ne faut pas laisser aux autres ce que nous serions devenus si nous n'avions pas été déracinés.

— C'est ce que tu espères en détournant de l'argent dans ton garage ?

— Non, ça, c'est pour m'amuser. Et pour me payer. Le vieux me fait travailler sans salaire. Alors, je me sers dans la caisse ! Ce n'est que justice !

Élie avait caché à Lina son intention de reprendre ses études. Bon élève quand il était à l'école, il n'avait pas chassé de son esprit l'espoir de tenter un jour le baccalauréat afin d'envisager une carrière médicale. Il n'avait pas osé en parler à son père adoptif. Il lui avait seulement signifié qu'il ne souhaitait pas être mécanicien toute sa vie. Étienne Jurquet s'en était insurgé, puis fâché. Finalement, Élie sut trouver les mots pour le convaincre.

— Étudier, grand bien te fasse ! Mais tu continueras à bosser au garage tant que tu dépendras de moi. Ensuite, tu décideras ce que tu veux. Je ne te retiendrai pas.

Étienne avait conscience qu'il n'obligerait pas longtemps son fils à lui obéir. Depuis le jour où il était allé le chercher à Guéret, il sentait beaucoup de méfiance en lui. Il lui paraissait toujours sur ses gardes, semblable à un animal dompté et néanmoins prêt à sortir ses griffes à la moindre occasion. Ne souhaitant pas le pousser dans ses derniers retranchements, il l'autorisa à suivre des cours par correspondance en vue de passer le baccalauréat en candidat libre.

— Et que feras-tu après ? lui demanda-t-il.

Pendant de nombreuses années, Élie avait cru possible de devenir médecin. C'était son rêve depuis le jour où sa mère réunionnaise avait été sauvée d'une méchante maladie par un jeune médecin venu de métropole. Mais l'orientation décidée par Étienne lui avait vite ôté tout espoir. À présent, il était trop tard.

— Je m'inscrirai dans une école d'infirmières ou quelque chose comme ça. J'aimerais travailler dans le médical. Pour donner aux autres ce qu'on ne m'a pas donné quand j'étais petit.

Étienne ne saisit pas ce qu'il sous-entendait. Il regarda sa femme et, l'air dubitatif, laissa Élie à ses rêves, persuadé qu'il échouerait et qu'il reviendrait le supplier de retrouver sa place au garage.

Quand Élie informa Lina de son intention, elle s'étonna :

— Reprendre tes études… à ton âge !

— J'ai déjà commencé. Le soir, après le garage, j'étudie. Il n'est jamais trop tard pour recommencer ce qu'on a raté dans sa vie.

Lina s'assombrit.

— Moi, j'en serais incapable. Ce serait trop me demander.

— Tu as décidé d'arrêter de travailler au lycée ?

— Pour l'instant, le lycée ne m'intéresse plus !

— Qu'en disent tes parents ?

— C'est mon problème, pas le leur !

Élie comprit que Lina ne pardonnait pas aux siens ce qu'elle leur reprochait. Il se sentit un peu responsable de ses états d'âme.

— Ce n'est pas eux qu'il faut blâmer. Ni même tes vrais parents, ceux de La Réunion. Mais le système, l'administration, l'État qui a mis en place notre déracinement.

Lina était un peu jeune encore pour réagir comme Élie qui, à bientôt vingt ans, saisissait mieux les dessous de la tragédie dont ils étaient tous deux victimes, ainsi que des milliers d'autres compatriotes.

Elle se réfugia dans ses bras et, à partir de ce jour-là, lui offrit toute sa confiance et son amour.

À la fin du premier trimestre, Lina reçut un avertissement du conseil de classe. Monsieur Sihol convoqua immédiatement ses parents. Contrairement à ce qu'avait prétendu Lina, tous nos professeurs ne se moquaient pas de notre situation. Monsieur Sihol était conscient que Lina traversait une période douloureuse. Devant Pierre et Séréna Larsac, il ne la voua pas aux gémonies. Il l'encouragea plutôt à se ressaisir.

— Rien n'est arrêté, assura-t-il. Il reste deux trimestres. Néanmoins je dois vous prévenir que si Lina ne se reprend pas, elle risque de redoubler sa seconde. Ce serait dommage au regard de ses capacités. Jusqu'à sa classe de troisième, hormis quelques petits passages à vide, elle a montré beaucoup d'aisance à surmonter toutes les difficultés. Elle est vraiment douée. Il faut l'en convaincre.

Les Larsac ne s'étendirent pas sur ce que leur fille leur faisait subir depuis des mois. Ils promirent de veiller au grain, mais s'en revinrent chez eux plus dépités que jamais. Lina leur échappait. Ils en étaient pleinement conscients.

Quant à moi, j'obtins les félicitations, pour la grande fierté de mes parents qui me voyaient déjà poursuivre des études supérieures. J'incarnais à leurs yeux la preuve qu'une enfant sortie d'un milieu modeste pouvait rivaliser avec ceux qui, privilégiés, naissaient avec une cuillère d'argent dans la bouche – expression favorite de ma mère qui m'amusait beaucoup !

Quand je pensais à Lina, ma joie se dissipait aussitôt. Nous aurions pu nous réjouir de nos bons résultats et envisager l'avenir avec bonheur. Nous étions amies, des sœurs pour toujours. Pourquoi se fourvoyait-elle donc dans des chemins de traverse sans issue ? Pourquoi s'acharnait-elle à se perdre dans des abîmes sans fond ?

Au cours des vacances de Noël, je rencontrai Fabien. Seul, cette fois. Mon cœur se serra dans ma poitrine. Tout à coup, mon horizon s'illumina à nouveau.

24

Retrouvailles

Ce jour-là, mes parents m'avaient donné la permission de me rendre à Mende pour mes achats de Noël. Toute la ville était illuminée et il régnait dans ses rues une atmosphère féerique. Les vitrines des magasins, richement décorées, rivalisaient d'originalité pour attirer la curiosité et la convoitise des passants. Il avait neigé la veille. Les trottoirs étaient encore encombrés de congères et glissaient dangereusement. Il fallait parfois ruser pour ne pas être obligé d'emprunter la chaussée où les automobilistes roulaient avec prudence.

Je sortais d'une parfumerie où j'avais acheté une eau de toilette pour ma mère, quand j'aperçus Fabien. Tête baissée, il avançait dans ma direction mais sur le trottoir opposé. Nous allions nous croiser sans nous voir. J'hésitai à l'appeler quoiqu'il fût seul. Pendant quelques secondes, je me remémorai le jour où je l'avais découvert en compagnie d'une autre fille. Je rabattis la capuche de mon anorak sur mon front comme pour mieux me dissimuler, mais, instinctivement, je ralentis le pas. Quand nous parvînmes à la même hauteur, chacun sur son trottoir, je levai les yeux. Il fit de même. Nos regards se figèrent. De concert nous nous arrêtâmes de marcher. Temporisâmes une fraction de seconde. J'allais exprimer mon étonnement, quand, le premier, il m'adressa la parole.

— Alice ! Quelle bonne surprise, je ne t'avais pas reconnue sous ta capuche !

Il esquissa un pas pour traverser. J'étais très émue.

Une camionnette de livraison déboucha juste au moment où il quitta le trottoir. Son conducteur eut beau freiner, le véhicule dérapa sur quelques mètres et renversa Fabien. Effrayée, je me précipitai vers lui, tandis qu'il se relevait en grommelant.

— Vous ne pouvez pas faire attention ? reprocha-t-il au chauffeur. Un peu plus et vous m'envoyiez à l'hosto pour Noël !

Sans quitter son siège, l'homme s'excusa, s'enquit de l'état de sa victime, puis, une fois rassuré, redémarra et s'éloigna.

— Je suis distrait, admit Fabien.

Il m'invita à boire un chocolat chaud dans un café. J'acceptai sans hésiter, trop heureuse de le retrouver.

Je le sentis immédiatement gêné. Ses premières paroles ne furent que des banalités. Il me demanda ce que je devenais, si tout se passait bien au lycée, comment je trouvais Lina. Je lui avouai que nos relations s'étaient distendues depuis la rentrée. Il reconnut de son côté que Lina se comportait comme une étrangère avec sa famille depuis quelques mois. Ses parents se faisaient beaucoup de souci.

— Je n'arrive pas à croire que d'avoir découvert ses origines soit l'unique cause de son mal-être, me confia-t-il. Elle n'a pas changé à ce point toute seule, ça me semble impossible.

Ne voyant plus Lina en dehors du lycée, j'ignorais encore qu'elle fréquentait sérieusement Élie et que ce dernier exerçait sur elle une certaine influence. Lina ne s'en était pas vantée.

Fabien m'en informa sans que j'eusse besoin de l'interroger :

— Elle m'a tenu au courant de son histoire avec Élie et m'a fait jurer de ne rien dire à nos parents. J'ai tenu parole mais je brûle d'envie de tout leur raconter. Je suis persuadé qu'Élie est pour quelque chose dans son comportement… Et toi, qu'en penses-tu ?

— Je les aperçois souvent ensemble le samedi midi après les cours. Lina passe devant moi sans me regarder et file avec Élie, sur sa mobylette.

— Je me suis renseigné discrètement. Élie n'a pas de très bonnes fréquentations. Je suis sûr qu'il monte Lina contre nos parents.

Le temps s'écoulait trop vite, Fabien me parlait toujours de sa sœur comme pour éviter de parler de lui.

Je l'interrompis :

— Et en ce qui te concerne, comment se déroulent tes études à Toulouse ?

— C'est plus difficile que je ne me l'étais imaginé, mais je m'accroche.

Je n'osai lui demander s'il s'était fait des amis. Il me devança.

— Figure-toi, nous sommes deux de Mende à suivre la même formation. Une fille du lycée public et moi. On s'est retrouvés par hasard dans la même classe.

Enhardie, je relevai :

— C'est donc avec elle que je t'ai aperçu près de la cathédrale, pendant les vacances de la Toussaint ? Une blonde, très jolie, les cheveux longs jusqu'aux épaules.

Fabien s'étonna.

— Tu nous as vus ! Pourquoi ne m'as-tu pas appelé ?

— Je n'ai pas voulu vous déranger.

— Nous déranger !

Il fronça les sourcils, détourna le regard, visiblement mal à l'aise.

— Euh… je reconnais ne pas avoir bien agi avec toi, Alice. J'aurais dû t'envoyer de mes nouvelles. Mais j'ai pensé que tu ne souhaitais pas donner suite à ce que nous avions commencé en juillet. J'ai patienté tout le mois d'août dans l'espoir que tu viennes à la maison…

— Je ne pouvais pas, je travaillais avec mes parents, comme tous les étés. Moi aussi, j'espérais que tu m'appelles ou que tu viennes me voir chez moi.

Nous nous étions donc trompés tous les deux. Chacun de notre côté, nous nous étions vainement attendus et avions cru que notre belle aventure était terminée.

— Et cette fille ? insistai-je.

— Doriane ? Elle n'est qu'une amie, une camarade de classe !

— Pourtant…

— Il n'y a rien entre nous. D'ailleurs, elle a un copain à Toulouse, dans la classe supérieure.

Si je ne m'étais pas retenue, je me serais jetée à son cou. Mais autour de nous, les clients étaient nombreux et j'étais trop pudique pour m'afficher en public.

Fabien me prit la main par-dessus la table, me caressa le visage de son autre main, m'avoua :

— Je n'ai pas cessé de penser à toi, Alice. Tu dois me croire, je ne te mens pas.

Je serrai sa main dans la mienne. Lui sourit :

— Je te crois, murmurai-je, tout émue.

Nous nous revîmes plusieurs fois pendant ces vacances de Noël. J'étais au comble du bonheur. Fabien m'était donc revenu. J'envisageais déjà l'épanouissement de notre amour naissant au fil des années. Je bâtissais des châteaux en Espagne, nous imaginais établis dans la vie, entourés de nos amis, de nos parents… de Lina. J'oubliais que mon amie sombrait petit à petit dans ce drame que vivaient en même temps qu'elle de très nombreux jeunes Réunionnais, à jamais coupés de leurs racines.

À la rentrée de janvier, Fabien reparti à Toulouse, je repris mes esprits, me jurant de ne pas me laisser distraire par les battements de mon cœur. J'étais tentée de me rapprocher de Lina afin d'évoquer son frère avec elle et de me sentir toujours près de lui.

Finalement, j'ignorai si Fabien avait discuté avec ses parents. Lina n'avait pas changé d'attitude, ni à mon égard, ni vis-à-vis de nos professeurs. Monsieur Sihol, pourtant, l'encouragea dès le premier jour, sans se soucier des autres élèves :

— Lina, je compte sur toi pour te ressaisir. Tu étais ma meilleure élève en classe de troisième. Tu peux le redevenir aisément à condition de le vouloir. Je t'aiderai.

— Peine perdue ! répliqua Lina d'un air effronté.

— C'est toi qui décides. Moi, j'ai confiance en toi. Je connais ta vraie valeur. Mais réfléchis, on n'a qu'une vie. Et il faut saisir la chance quand elle se présente.

Lina demeurait insensible aux bons conseils de notre professeur principal. Toutefois, elle venait parfois discuter avec moi dans la cour de récréation et me donnait des nouvelles d'Élie et de Véli. Je m'en étonnais mais me retenais de le lui montrer.

Ainsi, j'appris que Véli préparait son CAP de coiffeuse pour la fin de l'année scolaire et qu'elle comptait être embauchée comme apprentie en cas de succès. C'était pour elle la première étape pour échapper à l'emprise de ses tuteurs. Puis Lina me confia enfin sans détour qu'elle fréquentait Élie et qu'avec lui elle se sentait apaisée.

— Je suis ravie pour toi, lui dis-je avec sincérité. J'espère qu'avec lui tout rentrera dans l'ordre…

Lina ne releva pas. Détourna la conversation :

— Fabien m'a rapporté que vous vous étiez retrouvés pendant les vacances ?

J'acquiesçai, heureuse d'entendre prononcer le nom de son frère.

Elle ne s'éternisa pas.

Les mois s'écoulèrent sans que nos liens se resserrent. Lina me battait toujours froid. Pourtant aucun motif de discorde ne nous avait opposées. Je n'étais plus invitée chez elle et n'avais plus de nouvelles de ses parents. Parfois, j'entrevoyais dans le *Midi libre* local – que mon père lisait assidûment – un article où il était question de Pierre Larsac et de monsieur le préfet à propos d'un événement touchant au département. Je passais de temps en temps devant le cabinet médical de sa mère, regardais sa plaque de cuivre accrochée au mur dans l'espoir de l'accoster et de lui parler. J'aurais feint de m'étonner et me serais informée, l'air de rien, curieuse de savoir comment Lina se comportait avec les siens. J'espérais que Séréna me rassurerait en m'affirmant que sa fille allait mieux, qu'elle avait renoué avec la voie de la sagesse. Peu m'importait qu'elle ait décidé de ne plus me considérer comme sa meilleure amie, sa confidente. J'aurais été heureuse d'apprendre qu'elle était en rémission.

Je me berçais d'illusions. Je ne rencontrai ni Pierre ni Séréna Larsac, et me contentai des rares échanges que Lina m'accordait quand elle était dans un bon jour.

Peu avant les vacances de Pâques, Lina ne vint pas au lycée pendant plusieurs jours.

À la sortie du samedi, je guettai Élie, prête à l'aborder pour exiger des explications. Quand je l'aperçus sur sa mobylette devant la grille, je me précipitai au-devant de lui.

— Dis-moi où est Lina ! lui ordonnai-je sans lui laisser le temps de réagir.

Je le tenais un peu pour responsable de ce qui arrivait à mon amie et ne parvins pas à lui cacher mon animosité.

— Si je le savais, je ne serais pas ici à l'attendre en vain ! me répliqua-t-il. Elle ne m'a rien dit. Et toi, tu ne sais rien ? Elle est malade ?

Je dus me rendre à l'évidence. Lina était absente et personne dans notre classe n'était au courant, pas même monsieur Sihol qui m'avait questionnée à son sujet, me révélant que les Larsac s'étaient inquiétés de la disparition de leur fille.

Sur un coup de tête, Lina s'était évanouie dans la nature. Pour quelle raison ? S'était-elle disputée avec sa mère ? À quel propos ? Je l'ai ignoré jusqu'au jour où elle-même me raconta les péripéties de sa cavale dans les Cévennes. C'était bien après que nous nous étions réconciliées.

25

La fugue

Lina n'avait pas prémédité son acte. En réalité, elle ne souhaitait pas occasionner davantage de souci à ses parents. Le jour où elle disparut, elle partit de chez elle pour le lycée comme d'habitude, l'esprit chagrin. La veille, elle avait obtenu une mauvaise note en dissertation de français et monsieur Sihol ne lui avait pas caché sa déception.

— Lina, tu es capable de mieux faire, lui avait-il reproché, l'air grave. Tu vas recommencer ton travail et me fournir une version beaucoup plus personnelle. Je soupçonne que tu t'es un peu trop inspirée – et le mot est faible – de sujets tout préparés trouvés dans des annales de révisions.

Il n'en dit pas davantage et abandonna Lina à sa réflexion.

Elle ne broncha pas. Je la regardai discrètement. Elle serrait les mâchoires, baissait les yeux. Son teint était blême, son visage exprimait une sourde colère. Elle était prête à exploser. Elle se contint. Autour d'elle, certains de nos camarades souriaient d'un air narquois et suffisant. J'entendis une remarque désobligeante quelques rangs derrière moi :

— La noiraude s'est fait pincer ! C'est bien fait pour elle.

Lina releva aussitôt la tête. Fusilla du regard l'offenseur.

— La noiraude t'emmerde ! s'écria-t-elle.

Monsieur Sihol exigea immédiatement le silence. Il réprimanda l'élève qui avait insulté Lina et reprit celle-ci pour son écart de langage intolérable en classe.

— Vous m'attendrez tous les deux après le cours, leur ordonna-t-il. Vous dépassez les limites.

Lina ne lui obéit pas. Elle profita du désordre habituel à chaque sortie de classe de fin de journée pour s'éclipser.

Le lendemain matin, elle était absente.

Après que son père l'eut déposée comme tous les jours devant la grille du lycée, elle feignit de la franchir, puis bifurqua vers l'arrêt des cars. Elle monta dans le premier qui y stationnait et disparut sans éveiller l'attention de ses camarades ni du surveillant en faction devant l'établissement. Elle descendit au terminus à l'orée de la ville, puis erra sans but précis pendant plus d'une heure, son sac en bandoulière. Elle ruminait ce qu'elle avait encaissé la veille en classe. Certains souvenirs désagréables lui revenaient à l'esprit, de l'époque lointaine où, à l'école primaire, les moqueries avaient eu raison de sa patience.

Elle se sentit à nouveau rejetée, ostracisée. La couleur de sa peau ne lui permettrait donc jamais d'être comme tout le monde ! À la moindre occasion, on lui adresserait une remarque sur ses origines !

Elle déambulait le long de la route de Florac, quand un automobiliste au volant d'une Audi 80 s'arrêta devant elle et l'accosta.

— Je vous amène quelque part, mademoiselle ?

C'était un homme d'une trentaine d'années, d'aspect très correct. De s'entendre appeler mademoiselle sur un ton aussi affable, Lina abandonna son air farouche et s'approcha du véhicule.

— Vous allez où ? insista le jeune homme.

— Euh… à Alès, répondit Lina, prise de court.

— Alors montez ! Je vais à Nîmes. Je vous déposerai en passant.

Il ouvrit la portière du passager. Lina s'engouffra dans la voiture sans réfléchir.

Pendant le trajet, elle évita de parler d'elle, ne souhaitant pas dévoiler la raison de son escapade. Au reste, elle ne pensait pas s'éclipser longtemps. Une fois à Alès, elle rentrerait. Au lycée, on se rendrait vite compte de son absence et on préviendrait ses parents avant la fin de la journée. Elle expliquerait qu'elle avait fait l'école buissonnière par crainte de réprimande pour sa désobéissance de la veille.

Mais tout ne se déroula pas aussi simplement qu'elle se l'imaginait. L'automobiliste lui tint des propos ambigus. Lina ne se méfia pas et le laissa discourir, croyant naïvement qu'il usait de son charme avec une jeune lycéenne.

— Vous n'avez pas cours aujourd'hui ? se renseigna-t-il.

— Non, pas ce matin, mentit Lina.

— Alors, tu as le temps de flâner, ajouta-t-il en la tutoyant. On pourrait s'arrêter pour boire un verre. Qu'en penses-tu ?

Surprise, Lina n'osa pas refuser.

— Je connais un relais au col de Jalcreste. J'aime beaucoup cet endroit. J'y ai parfois dormi quand je traversais les Cévennes à pied. C'est à mi-chemin. Après on n'aura plus qu'à descendre tout doucement jusqu'à Alès.

Tout en parlant, l'homme laissa tomber sa main droite sur la cuisse de Lina. Celle-ci se poussa tout contre la portière. Il n'insista pas.

— Tu es très jolie, tu sais ! On a dû souvent te le dire. Au lycée, les garçons doivent être à tes pieds !

Lina commença à craindre le pire. Elle comprit, mais un peu tard, qu'il était dangereux de monter dans la voiture d'un inconnu.

— Tout compte fait, le coupa-t-elle, vous me déposerez à Florac. Je n'irai pas plus loin.

L'homme se rembrunit. Glissa à nouveau sa main sur sa cuisse et y exerça une forte pression.

— Pas question ! Tu m'as dit Alès, je te descendrai à Alès.

— Mes parents vont s'affoler. Arrêtez-vous immédiatement !

Lina était tétanisée. Elle regardait défiler le paysage dans l'espoir que son harceleur ralentirait à la première épingle à cheveux. Elle serrait la poignée de la portière, prête à s'échapper. Mais l'homme roulait très vite, de plus en plus vite.

Ils franchirent le col de Montmirat dans le brouillard, dépassèrent l'auberge du même nom. Devant eux, un épais écran de coton obstruait la visibilité. Le conducteur n'avait pas l'air de s'en préoccuper, il souriait de voir Lina épouvantée. Son affabilité s'était transformée en sadisme.

— Eh, fit-il, tu joues les aguicheuses et après tu fais la pucelle effarouchée ! Allez, détends-toi. On va passer un bon moment ensemble. Ensuite, je t'amènerai où tu voudras.

— Je veux rentrer à Mende !

— Ah, ça, c'est impossible, jeune fille ! Il ne fallait pas faire du stop !

— Je ne faisais pas du stop. Je marchais. C'est vous qui vous êtes arrêté.

— Tu as accepté de monter. Je ne t'ai pas obligée. Alors, maintenant, tu la fermes, tu commences à m'agacer !

Aux abords de Florac, Lina pria pour rencontrer un obstacle sur la route, un feu rouge, un stop, un croisement avec priorité. En vain. L'homme laissa derrière lui l'ancienne gare et fila par la nationale 106 en direction d'Alès.

La route grimpait à présent en direction du col de Jalcreste. La voiture fonçait toujours, nullement ralentie par la pente. Le brouillard ne s'était pas dissipé. De temps en temps, des halos de lumière perçaient le rideau opaque. Tétanisée, Lina se retenait au tableau de bord.

— Vous roulez trop vite ! s'écria-t-elle à l'entrée d'un virage où il n'y avait aucune visibilité. On va avoir un accident !

L'homme, crispé sur son volant, avait cessé de rire.

Tout à coup, il perdit la route de vue, donna un coup de volant, redressa in extremis sa trajectoire et immobilisa son véhicule sur le bas-côté.

Lina en profita. Elle bondit à l'extérieur et fila à toutes jambes, droit devant elle. Elle aperçut un panneau de signalisation : *Col de Jalcreste*, et se précipita vers sa gauche, quittant l'asphalte pour s'enfoncer sur un chemin de terre, tête baissée, sans regarder derrière elle.

Sortant à son tour de sa voiture, l'homme vociféra des injures.

— Je te rattraperai, petite garce ! Tu n'iras pas loin dans ce brouillard.

Mais il n'eut pas le temps de mettre sa menace à exécution. Derrière lui, un semi-remorque s'arrêta. Le chauffeur en descendit et, s'adressant à lui, lui demanda :

— Un problème ? Je peux vous dépanner ?

— C'est bon, merci. J'ai failli me jeter dans le fossé.

Il n'insista pas et, remontant au volant de sa voiture, s'éloigna en direction d'Alès.

Lina avait eu la peur de sa vie ! Sur le moment, elle ne pensa pas qu'à Mende, au lycée, son absence n'était pas passée inaperçue.

Elle se rua sans réfléchir vers la forêt qui jouxtait la route et occupait tout le versant de la montagne. Elle n'avait qu'une idée en tête : fuir, mettre la plus grande distance entre son agresseur et elle. Laissant sur sa droite une scierie où des ouvriers débitaient des conifères, elle emprunta sans s'en rendre compte un chemin de grande randonnée, le GR 67, qui dessinait une large boucle à travers les Cévennes. Mal chaussée, elle peina immédiatement, la pente était forte et le dénivelé important.

Elle continua sa course sans traîner, jetant régulièrement des regards inquiets derrière elle pour se rassurer. Après deux heures d'une montée harassante, sa peur évacuée, elle se posta sur un éperon rocheux pour reprendre haleine. Un panneau lui indiqua l'endroit qu'elle venait d'atteindre : le col des Abeilles, à plus de mille mètres. Elle n'avait aucune idée de la distance qu'elle avait parcourue ni du lieu où sa fuite l'avait conduite.

Bientôt le brouillard se dissipa. Le soleil apparut, radieux comme lors d'un premier matin de printemps, et illumina le mont Bougès qui dressait ses crêtes déchiquetées devant elle, vers le nord. Ne souhaitant pas rebrousser chemin, elle poursuivit sa folle équipée, se repérant au marquage rouge et blanc balisant le GR en direction du hameau des Ayres.

La draille était bien tracée et serpentait à travers la montagne, offrant un spectacle éblouissant dont la beauté ne laissa pas Lina insensible. Autour d'elle s'étendait à l'infini un camaïeu d'or, d'argent et d'émeraude que seules rompaient, le long du chemin de transhumance, des clôtures posées par les hommes afin de délimiter l'espace de pacage des troupeaux.

Vers quatorze heures, elle parvint aux Ayres. Le hameau était tout ensommeillé sous les châtaigniers séculaires de sa placette. Les quelques maisons habitées incitaient le voyageur à l'arrêt. De l'une d'elles, Lina entendit s'échapper des rires joyeux d'enfants que leur mère rappelait à l'ordre. À l'écart, elle repéra un gîte d'étape, indiqué par un panneau de bois. Elle fut tentée de s'y rendre pour y demander l'hospitalité et de quoi se restaurer. Mais elle renonça aussitôt, de crainte de renouveler la triste expérience qu'elle venait de subir.

Quelques dizaines de mètres plus loin, elle passa devant une sorte d'auberge dont la porte grande ouverte était une invitation à la halte. Elle jeta un regard furtif à l'intérieur, n'aperçut personne.

Pourtant une voix douce au timbre aigrelet la rassura :

— Entrez, mademoiselle. N'ayez pas peur.

Lina s'avança. La pièce était sombre et chichement meublée. Un bar occupait tout un pan de mur et des tables antiques attendaient les clients.

— Je peux vous offrir à manger, lui dit une vieille femme sortant de derrière son comptoir. J'ai une daube de sanglier qui mijote sur mon fourneau... Vous êtes une randonneuse ?

— Euh... oui, c'est ça, mentit à nouveau Lina qui ne souhaitait pas s'étendre sur la raison de sa présence en ce lieu si reculé.

— Mais vous n'avez pas de sac à dos... ni de chaussures de marche ! s'étonna l'aubergiste.

— Oh ! je marche toujours en tennis et, mon sac, je le fais suivre. Comme ça, je suis plus légère pour grimper les fortes pentes.

— Et vous vous promenez seule, dans la montagne ! Ce n'est pas prudent à votre âge !

— J'ai l'habitude.

— Où dormirez-vous ce soir ? Le prochain gîte est assez loin d'ici. D'habitude les randonneurs font une halte aux Ayres avant de descendre vers Saint-Jean-du-Gard, chez moi ou chez mon voisin qui tient le gîte tout neuf que vous avez vu sans doute de l'autre côté de la placette.

Prise au dépourvu, Lina hésita.

— À vrai dire, je n'ai pas calculé les distances.

— Vous devriez dormir ici avant de reprendre votre route vers Saint-Jean. Je vous fournirai un sac de couchage pour la nuit.

Lina s'était embarquée dans une aventure incertaine. Consultant sa montre, elle réfléchit quelques secondes. Bientôt quatorze heures. Elle n'avait rien mangé depuis le matin.

Elle ignorait totalement où elle se trouvait. Continuer ne lui permettrait pas de rentrer le soir chez elle. Rebrousser chemin pas davantage. Il était donc trop tard pour être de retour avant la nuit.

Quitte à me faire engueuler, se dit-elle, autant poursuivre.

Vérifiant l'argent qu'elle avait dans sa poche, elle agréa l'invitation de la vieille dame et s'attabla près de l'unique fenêtre.

Elle savoura la daube de sanglier que l'aubergiste lui présenta dans une assiette creuse ayant connu la Grande Guerre. Elle apprécia moins les fromages de chèvre forts et coulants qui embaumaient la pièce avant même d'avoir été servis. Elle se délecta d'une île flottante parsemée de meringue moelleuse et parfumée à la vanille des îles.

Tout à coup, une étrange impression la parcourut. Le parfum exhalé par ce succulent dessert la ramena des années en arrière, très loin, dans un coin de sa mémoire qu'elle n'avait encore jamais exploré. Celui des sensations olfactives et gustatives. Découverte extraordinaire, agréable, qui lui ôta comme par magie sa peur, ses remords, son envie d'en découdre avec la terre entière.

— Vous n'aimez pas ? s'enquit l'aubergiste. C'est un dessert que nous, les Cévenols, mettons à table au moment de Pâques.

Lina se ressaisit, rassura son hôtesse.

— J'ai réfléchi, ajouta-t-elle. J'accepte votre proposition. Ce soir, je dormirai dans votre gîte.

— Je vous préviens, c'est rustique !

— Ça me conviendra. De toute façon, je serai mieux chez vous que dehors à la belle étoile.

Le lendemain matin, Lina prit la direction de Saint-Jean-du-Gard. Sans cartes d'état-major, elle ne réalisait pas la distance qu'il lui restait à parcourir. Elle croyait que cette petite ville se situait très près d'Alès et qu'elle pourrait rapidement monter dans le premier train à destination de Mende afin d'être de retour chez elle le soir même.

Comment justifierait-elle son escapade devant ses parents ? Elle n'en avait aucune idée. Mais elle était certaine que l'explication serait houleuse, surtout avec sa mère. Séréna lui adressait souvent des remarques sur son comportement, tandis que Pierre semblait plus compréhensif, plus attentif à son mal-être.

Tout en marchant, elle réfléchissait à son geste désespéré. Elle avait fui loin de chez elle, sans penser au tourment de ses parents. Quand elle était montée dans l'Audi 80, elle désirait seulement prendre un peu de distance, s'éloigner du lycée où elle avait retrouvé la veille la même animosité à son égard que jadis à son arrivée à Mende. Elle en avait voulu à monsieur Sihol de lui avoir fait honte devant ses camarades en lui reprochant d'avoir triché. Or il s'était trompé, elle ne s'était absolument pas inspirée d'une dissertation toute faite d'un recueil d'annales de révisions. Elle en fut profondément vexée. Alice ne lui vantait-elle pas les qualités de leur professeur principal ? « Un enseignant pas comme les autres », aimait-elle répéter lorsqu'elle parlait de Jacques Sihol. La vérité était tout autre, maugréait Lina en son for intérieur. Il l'avait injustement soupçonnée. Comment pourrait-elle à présent le convaincre qu'elle avait pensé et rédigé seule sa dissertation, en s'appliquant afin de prouver qu'elle n'avait rien perdu de ses capacités ?

Après les Ayres, ses pas la conduisirent sans difficulté au pied d'un massif dénommé montagne de la Vieille Morte en raison d'une légende à la fois fantastique et fondatrice de l'histoire locale. C'était l'une des plus connues et des plus cruelles légendes des Cévennes, dans laquelle il était question du châtiment enduré dans des temps très reculés par une vieille femme, appelée *la Vieille*, punie par une fée pour une faute impardonnable. Ses aventures et ses déboires successifs avaient permis de fournir une interprétation à toute une série de toponymes situés entre le plan de Fontmort, non loin de Barre-des-Cévennes, et la montagne de la Vieille Morte.

Lina était en train de lire ce récit légendaire inscrit sur un panneau au bord de la départementale 13 sur laquelle la draille avait débouché, quand surgit une camionnette sur sa gauche. Instinctivement, pour éviter toute nouvelle mésaventure, elle se précipita droit devant elle, sur le sentier qui gravissait la célèbre montagne, ignorant qu'il eût été plus facile de gagner Alès en empruntant la route macadamisée. Elle se retrouva à nouveau en pleine nature, à contempler les crêtes cévenoles qui se détachaient à l'horizon sur un ciel d'azur.

Après plusieurs heures de marche, elle parvint au niveau d'une grosse ferme à cour fermée, le Pereyret. Elle y demanda son chemin, se croyant perdue.

— Je me suis écartée de la route et je cherche à la rejoindre, expliqua-t-elle, sur ses gardes, au paysan occupé à donner du grain à ses poules.

— Le plus court est de vous diriger vers le Castanet, le mas de mes plus proches voisins, accessible par le chemin qui contourne ma ferme, puis de pousser jusqu'au col d'Uglas. Vous tomberez sur la route de Mialet. Vous aurez alors la possibilité de prendre vers Anduze sur votre droite ou vers Alès sur votre gauche.

Au nom d'Alès, Lina se sentit réconfortée. Elle s'apprêtait à s'éloigner, quand le paysan lui proposa une collation. Elle hésita.

— Ma ferme sert d'étape pour les troupeaux transhumants, ajouta l'inconnu. Les randonneurs s'y arrêtent aussi très souvent. Je leur donne quelque chose à manger ou à boire. Vous me semblez fatiguée, mademoiselle. Vous devriez vous reposer avant de continuer.

Mise en confiance, Lina accepta l'offre, mais, par prudence, resta à l'extérieur.

Puis elle reprit sa route.

Une heure plus tard, alors que le soleil déclinait sur l'horizon, elle aperçut en contrebas un vieux mas séculaire aux murs de schiste et au toit de lauze. Le Castanet[1], se rappela-t-elle. Le site était somptueux. La bâtisse, entourée de quelques dépendances, se dressait sur son promontoire, telle une vigie au milieu d'un océan de châtaigniers. Au loin se découpait la ligne bleue du mont Aigoual. Lina contempla, émerveillée, la vaste étendue de crêtes et de vallons si caractéristiques des Cévennes.

Quand elle parvint devant le portail ouvert du mas, elle pressa le pas, ne souhaitant pas importuner ses occupants. Elle passa sous une treille dont les pampres retombaient comme des guirlandes de Noël, puis se retourna instinctivement. Un vieillard cacochyme, la casquette vissée bas sur le front, la regardait de ses yeux perçants. Elle ne l'avait pas entendu sortir de son antre.

1. Voir, du même auteur, *L'Arbre à pain*, De Borée, 2003.

— Bonjour, mademoiselle, lui dit-il de sa voix enrouée.

Lina n'osa s'esquiver.

— Bonjour, monsieur. Excusez-moi de vous avoir dérangé…

— Oh, mais vous ne me dérangez pas, petite ! Les visiteurs sont tellement rares au Castanet que vous nous faites plaisir.

— Vous n'êtes pas seul ?

— Je vis avec ma pauvre femme… Marthe, nous avons de la visite, appela-t-il en direction de l'entrée du mas.

Une vieille femme pliée en deux, les cheveux tenus en chignon sur sa nuque, apparut dans l'embrasure du portail.

— Cette jeune fille passait par chez nous. Je lui ai proposé de s'arrêter.

— Vous êtes bien jolie, mademoiselle, complimenta Marthe. Avancez-vous sous la treille et asseyez-vous sur le muret, je vais vous servir à boire.

— Ne vous dérangez pas, madame. Je ne veux pas m'attarder.

La vieille Cévenole se déplaça difficilement vers une petite construction qui, jadis, était un four à pain. Toute recourbée, le visage marqué par les années, le nez aquilin et le regard vif, elle trottinait plus qu'elle ne marchait. Elle en sortit une boîte de biscuits, une carafe d'eau, une bouteille de sirop et trois verres.

— Je garde ça au frais pour les promeneurs éventuels, expliqua-t-elle de sa voix fluette.

Lina n'osa pas refuser. D'un œil discret, elle examina ses bienfaiteurs et son cœur chavira de les voir si fragiles. Ils pourraient être mes grands-parents, se dit-elle en songeant qu'à des milliers de kilomètres de là, deux êtres, qu'elle ne connaissait pas et qu'elle ne connaîtrait sans doute jamais, pensaient peut-être à celle qui, par un jour de malchance, s'était éloignée d'eux pour toujours.

— Chez les Monteil, ajouta le vieillard, on a le sens de l'hospitalité. Jamais personne n'est parti d'ici le ventre vide. Et s'il le faut, nous offrons aussi le gîte à ceux qui ont besoin de faire une halte… Vous qui semblez intelligente, vous savez certainement que dans nos Cévennes, dans le temps, les protestants étaient partout pourchassés…

— Émile, le coupa Marthe, tu ennuies la demoiselle avec tes histoires. Ça ne l'intéresse pas !

Le vieil homme s'interrompit, l'air attristé.

— Pour une fois que je peux m'exprimer ! ronchonna-t-il.

Lina ne retint pas son sourire. Elle était en confiance en compagnie de ce couple de paysans.

— On vit peut-être à l'écart de tout, au Castanet, mais nous avons un fils qui habite en Amérique ! Et il a une belle situation, notre Samuel. Hein, Marthe, avoue à la demoiselle comme tu es fière de ton fils !

— Tais-toi, Émile, tu radotes. Ne prêtez pas attention à ce qu'il raconte, petite. Il finira par vous fatiguer.

Lina n'avait plus aucune envie de partir. Elle se sentait tellement sereine et détendue auprès de ces deux êtres si attendrissants qu'elle leur posa de nombreuses questions, sur leurs ancêtres, sur l'histoire plusieurs fois centenaire de leur mas qui avait connu les guerres de Religion, sur leurs enfants…

L'après-midi était déjà très avancé lorsqu'elle prit conscience qu'elle avait encore beaucoup de chemin à parcourir avant d'atteindre Alès.

— Vous pouvez dormir chez nous, lui proposa Émile. Derrière vous, cet appentis est sommairement aménagé pour accueillir les visiteurs occasionnels. Il y a trois lits à l'intérieur, nous vous prêterons une couverture. Ne vous aventurez pas seule dans la montagne à cette heure-ci. La nuit va bientôt tomber. Ce ne serait pas raisonnable.

Lina fit le calcul. Elle était partie de Mende depuis deux jours. Ses parents devaient être dans tous leurs états, peut-être même avaient-ils alerté la gendarmerie pour signaler sa disparition. Elle prit peur. Je suis mieux ici pour l'instant, se conforta-t-elle. Ces gens sont si gentils !

Elle accepta l'invitation, repoussant au lendemain la décision qu'il lui faudrait prendre : rentrer ou poursuivre sa route toujours plus loin vers l'inconnu.

26

Disparition

L'absence de Lina au lycée ne passa pas inaperçue. Le premier jour peu avant midi, le surveillant général téléphona au cabinet médical de Séréna pour lui signaler que sa fille n'était pas venue en classe, et pour savoir si elle était souffrante.

Séréna fut d'abord surprise :

— Lina est partie de la maison vers sept heures et demie ! Mon mari l'a emmenée au lycée en voiture, comme d'habitude, et l'a déposée devant la grille. Êtes-vous sûr qu'elle n'était pas en cours ? Ce matin, elle n'était pas malade, je vous assure. Je ne comprends pas ce qui est arrivé !

Sans perdre un instant, Séréna appela son mari à la préfecture. Pierre était en réunion avec le préfet. Elle ne parvint pas à le joindre. Elle abandonna ses derniers patients et se rua au lycée. On lui fournit la même explication qu'un instant plus tôt.

— Son absence nous a été signalée par tous ses professeurs. Il n'y a aucun doute, madame Larsac, votre fille n'est pas venue en cours.

— Mais où se trouve-t-elle donc ? Ses camarades l'ont peut-être aperçue !

— Les surveillants se sont renseignés. Personne ne l'a vue au lycée ce matin.

Séréna dut se rendre à la raison, sa fille avait une nouvelle fois disparu.

Elle bondit à la préfecture et attendit Pierre à la porte de son bureau. Dès qu'il apparut au fond du couloir menant à la salle de réunion, elle se précipita vers lui et lui annonça :

— Lina n'est pas allée au lycée. L'administration m'a téléphoné au cabinet pour me prévenir.

Pierre s'étonna à son tour.

— Pourtant, elle s'est dirigée vers la grille quand je l'ai déposée. Où est-elle partie après ? As-tu questionné ses camarades à la sortie ?

— Personne ne l'a croisée.

Les Larsac, dans tous leurs états, rentrèrent chez eux pour réfléchir calmement au problème.

Séréna fut d'avis d'avertir immédiatement la gendarmerie.

— C'est trop tôt, objecta Pierre. Si elle a fait l'école buissonnière, elle reviendra ce soir à l'heure habituelle, avec la conviction qu'on ne se sera aperçus de rien.

— Souviens-toi de son escapade à Montpeyroux. Quelle était sa réelle intention ? J'ai peur, Pierre. Lina ne va pas bien du tout depuis trop longtemps.

Elle m'inquiète. Elle est très fragile psychologiquement, il ne faudrait pas qu'elle ait en tête des idées…

Séréna n'osa prononcer le mot terrifiant auquel elle pensait.

Pierre poursuivit à sa place :

— Lina n'a aucune envie de mettre fin à ses jours ! Tu exagères. Si elle te semble déprimée à cause de ce qu'on lui a appris cet été, elle n'en est pas à ce stade de désespoir.

— Un certain nombre de ces jeunes Réunionnais sont déjà passés à l'acte. Les journaux n'en parlent pas, mais je suis bien placée pour le savoir. J'ai des relations au service de la DDASS. Eux savent ce qu'il advient de ces malheureux. Et c'est sans compter ceux qui finissent à la rue comme des clochards, sans ressources et sans perspective.

Ayant instruit le dossier de cette migration forcée quand il travaillait au service de la préfecture de Guéret, Pierre connaissait aussi le problème. S'il n'en discutait jamais sous son toit, c'était pour épargner sa fille et sa femme, et ne pas révéler au grand jour une vérité criante de cruauté qui n'aurait fait qu'accroître le malaise de Lina.

— Patientons jusqu'à ce soir, proposa-t-il. Si, à vingt heures, elle n'est pas de retour, nous aviserons.

— Il sera trop tard s'il lui est arrivé malheur !

— À quoi penses-tu ?

— C'est une ado, elle est peut-être tombée dans les mains d'un homme malintentionné et s'est laissé entraîner…

Pierre tenta, en vain, de tranquilliser sa femme.

Ils attendirent tout l'après-midi. Séréna reporta tous ses rendez-vous au cabinet, incapable de reprendre le travail. Pierre se rendit à la préfecture mais se tint tout près du téléphone au cas où le lycée essaierait de le joindre.

Avant de quitter son bureau, il appela le service de la vie scolaire du lycée. Le surveillant général, désolé, lui confirma : Lina n'était pas reparue en cours.

De retour chez lui peu avant dix-neuf heures, il trouva Séréna en pleurs, effondrée dans son canapé.

— Avertissons la gendarmerie ! sanglota-t-elle. Maintenant, c'est certain, elle ne reviendra pas.

Pierre avait conscience de la gravité de la situation. Mais il ne souhaitait pas brusquer les événements. Lina était très perturbée et capable de faire une fugue. Il l'avait deviné quand il lui avait parlé à Montpeyroux après qu'elle se fut réfugiée dans le donjon. Aussi estimait-il plus judicieux de lui laisser le temps de se ressaisir, sans lui donner l'impression d'être sur son dos au moindre incident.

— Patientons encore. La nuit n'est pas tombée. Elle retrouvera le chemin de la maison dès qu'elle se sentira perdue, seule dans la ville.

Séréna marqua son désaccord en s'isolant dans sa chambre.

Séréna était morte d'angoisse et cherchait à comprendre sa fille. Elles ne s'étaient pas disputées, au contraire, la veille elles étaient tombées d'accord pour faire les magasins pendant le week-end. Lina lui avait paru bien disposée, moins agressive, plus souriante. Elle lui avait parlé de moi et s'était réjouie que je sorte avec Fabien. Elle lui avait même parlé du lycée et d'une dissertation de français pour laquelle elle avait beaucoup travaillé, car le sujet lui avait plu. Elle avait entrepris des lectures pour étayer sa réflexion et espérait obtenir une bonne note. Séréna s'était réjouie des sages résolutions que sa fille semblait avoir prises.

Aussi cette fugue – car il s'agissait bien d'une fugue, elle n'en doutait plus – lui était-elle incompréhensible.

Quand elle entendit les huit coups de vingt heures à l'horloge du salon, elle sortit précipitamment de sa chambre et s'écria :

— On a assez attendu ! Si tu ne te décides pas, moi, je cours à la gendarmerie.

Pierre réagit aussitôt.

— Je t'accompagne. Tu as raison, maintenant que la nuit est tombée, je crains qu'elle ne rentre pas. Elle doit traîner quelque part en ville.

L'adjudant Hugon les reçut avec déférence au regard du poste que Pierre occupait à la préfecture, mais il ne cacha pas sa surprise.

— Votre fille a disparu ! En êtes-vous sûrs ?

Séréna ne contint pas son impatience.

— Il faut partir immédiatement à sa recherche !

— Calmez-vous, madame ! Je vais d'abord prendre votre déposition.

Le militaire se plaça derrière sa machine à écrire et interrogea les deux parents affolés.

— Quels étaient vos rapports avec votre fille, ces derniers temps ?

Séréna ouvrit des yeux ronds.

— Pourquoi cette question ?

— Pour déterminer les raisons de sa disparition. S'ils étaient tendus, elle a pu décider de s'enfuir quelques heures, voire une journée, comme pour vous donner une leçon ou pour signifier son désarroi. C'est souvent ce qu'essaient d'exprimer les adolescents en opposition avec leurs parents. Il n'y a pas lieu dans ce cas de paniquer. La fugue ne dure pas très longtemps.

Séréna sentait monter sa colère.

— Je vous répète que notre fille a disparu depuis ce matin et c'est tout ce que vous trouvez à nous dire pour nous rassurer ! Ne perdons pas un seul instant !

— Madame, la fugue d'un adolescent n'est pas considérée comme un cas gravissime de disparition. Ce n'est pas comme l'enlèvement d'un mineur par un adulte pour lequel on lance immédiatement un avis de recherche.

— Qu'est-ce qui vous certifie qu'elle n'a pas été victime d'un sadique qui l'aurait enlevée à la sortie du lycée ?

— C'est pourquoi je vous le redemande : quelles étaient vos relations ces derniers temps ? Lui avez-vous adressé des reproches qu'elle n'aurait pas supportés ? L'avez-vous punie pour un motif qu'elle n'aurait pas accepté ? À l'âge ingrat, les filles sont souvent en opposition avec leur mère.

Pierre, qui commençait aussi à s'énerver, intervint :

— Adjudant, vous n'ignorez pas qui je suis. Alors je vous somme de considérer avec sérieux la gravité de la situation. Faites votre travail et ne tergiversez plus. On a perdu assez de temps !

L'adjudant Hugon se redressa sur sa chaise, fixa Séréna dans les yeux, puis, détournant le regard vers Pierre, s'inclina.

— J'ai encore quelques petites questions purement formelles à vous poser : quelle taille fait-elle ? Comment était-elle habillée en partant de chez vous ce matin ?

Le gendarme tapait les réponses lentement, des deux index, sans relever la tête.

— Comment est-elle coiffée ? Quelle est la longueur de ses cheveux ? Leur couleur ? Quel est son teint ?

Pierre hésita.

— Elle a le teint pâle ou plutôt hâlé ? insista l'adjudant. Soyez le plus précis possible, si vous voulez mettre toutes les chances de la retrouver de votre côté. Nous diffuserons partout son signalement, sur des affiches et dans les journaux.

— Lina a la peau cuivrée.

— Plutôt cannelle, s'agaça Séréna.

— Ah, donc… elle est noire !

Séréna fusilla le gendarme du regard.

— Ça change quoi ?

Embarrassé, ce dernier s'arrêta de taper, bafouilla :

— Euh… bon, j'écris qu'elle a le teint bronzé. Ça vous va ?

— Non, ça ne me convient pas ! Indiquez que Lina est d'origine réunionnaise et qu'elle a le type des filles des îles ! Ce sera plus exact, ni blanche ni noire ! Métissée, comme moi, sa mère !

Quand il eut terminé de prendre le signalement de Lina, il leur promit de lancer les recherches dès le lendemain au lever du soleil.

— Pas avant ?! s'insurgea Séréna. Mais vous ne comprenez donc pas ! Notre fille est en danger !

— Madame Larsac, je ne peux pas envoyer mes hommes en pleine nuit aussi rapidement. Au préalable, je dois prévenir toutes les instances supérieures et organiser les recherches de façon rationnelle. Rassurez-vous, quand un ado fugue, en général il renonce au plus tard le lendemain. Je ne serais pas étonné que votre fille revienne dans le courant de la journée.

Pierre tenta d'user de sa situation pour obtenir les faveurs de l'adjudant. En vain.

— Je ne peux rien faire de plus, déclina ce dernier. C'est la procédure.

Il demanda à Séréna de lui fournir une photo de Lina et lui promit de tout mettre en œuvre pour retrouver sa fille dans les plus brefs délais.

— Pour le moment, je vous conseille de rester chez vous. Soyez prête à accueillir votre fille.

Dépitée, Séréna prit le bras de Pierre et sortit de la gendarmerie plus pessimiste encore.

Ils ne fermèrent pas les yeux de la nuit, attendant dans la demi-obscurité du salon un appel éventuel de la gendarmerie.

Au petit matin, Pierre se rendit à l'évidence.

— Lina s'est volatilisée. Elle n'ose sans doute pas rentrer de peur qu'on la réprimande.

— Mais je n'en ai aucunement l'intention ! geignit Séréna. Je l'aime ! C'est ma fille, ma petite fille !

— Elle le sait, ma chérie, tranquillise-toi. Tu n'as rien à te reprocher.

— Si, je suis une mauvaise mère. Je m'y prends mal avec elle. Elle croit toujours que je fais une différence avec son frère.

— Tu te trompes ! Reprends tes esprits. Elle reviendra bientôt, j'en suis persuadé. Gardons espoir et ayons confiance en elle.

Ils vécurent une nouvelle journée dans l'incertitude. Plus les heures s'écoulaient, plus Séréna désespérait de revoir sa fille.

Les gendarmes avaient commencé leurs recherches, averti les radios locales, envoyé la photo de Lina aux journaux, placardé son portrait sur tous les panneaux d'affichage de la région. On y lisait :

> *Avis de recherche : adolescente de seize ans disparue de son domicile de Mende ; taille 1,65 m, yeux marron, cheveux bruns, type métissé, vêtue d'un blouson de popeline beige, de jeans bleu délavé, de tennis noirs.*

Le soir du deuxième jour, Lina toujours absente, Séréna et Pierre Larsac finirent par sombrer dans un sommeil plus tourmenté que jamais.

27

Vagabonde

Le troisième jour de son escapade, Lina se leva tôt. Les bruits à l'extérieur la réveillèrent de bon matin. Elle entendit des tintements de clochettes et des bêlements joyeux de chèvres. Elle ouvrit aussitôt la porte de l'appentis où elle avait dormi et, du haut de l'escalier de pierre qui y donnait accès, se frotta les yeux.

— Je vous ai sortie du sommeil, petite, s'excusa Émile, le vieux paysan. Les bêtes sont exigeantes. Dès le lever du jour, elles veulent aller gambader. Je les emmène plus haut, sur les faïsses[1], bien au cagnard.

Lina sourit. Son visage s'illumina comme éclairé par une lumière divine. Il lui sembla renaître à la vie après avoir traversé un tunnel interminable. Pendant la nuit, de mauvais rêves l'avaient agitée et plusieurs fois réveillée. Elle avait entendu sa mère pleurer, mais Séréna n'avait pas son apparence habituelle,

1. Terrasses soutenues par des murs en pierres sèches.

ni de visage ni d'allure. Pourtant elle se tenait à côté de Pierre. Tout s'était mélangé dans son esprit emporté au-delà de la réalité, comme si elle avait exploré dans ses songes un monde enfoui au plus profond de sa conscience.

— Il est l'heure de me remettre en route, répondit Lina. J'ai un long trajet à parcourir aujourd'hui.

— Marthe vous a préparé un petit déjeuner. Il ne faut pas partir le ventre vide.

Lina se confondit en remerciements et, une heure plus tard, quitta le Castanet en direction du col d'Uglas par un chemin de terre au bord duquel le schiste miroitait d'or et d'argent sous les rayons du soleil.

Quand elle parvint à la route macadamisée, cinq kilomètres plus loin, elle hésita. Elle se rappela les indications du paysan du Pereyret : à gauche Alès, à droite Anduze… ou l'inverse ! Elle ne se souvenait plus ! Elle tergiversa quelques secondes. Une Simca 1000 la frôla au moment où elle s'engageait vers Anduze.

— Vous êtes perdue ? lui demanda le conducteur par la fenêtre baissée. Vous avez besoin d'aide ?

Sans répondre, Lina tourna les talons et fila dans la direction opposée. L'homme n'insista pas, grommela un « Va t'faire voir ! », accéléra et disparut.

Bien décidée à ne plus se laisser surprendre par un automobiliste, Lina emprunta la route d'Alès. Parvenue à Saint-Paul-la-Coste, elle s'arrêta sur la place du village et s'approcha de l'étal d'une petite épicerie. Une femme y disposait des légumes.

— C'est encore loin Alès ? s'enquit-elle.

— Oh, une quinzaine de kilomètres ! Vous n'y serez pas avant la fin de l'après-midi.

Lina marcha d'un bon pas dans l'espoir d'arriver à la gare d'Alès à temps. Elle n'avait plus l'esprit à contempler le paysage qui, pourtant, exhibait sous ses yeux les merveilles de la nature cévenole. La route surplombait un moutonnement de crêtes encapuchonnées de forêts de chênes, de pins et de châtaigniers, offrant à la vue du promeneur un subtil dégradé de verts mêlé aux tons chaleureux du schiste argenté et cuivré.

Elle parvint trop tard à Alès pour monter dans le dernier train pour Mende. Dépitée, elle ressortit de la gare sans but précis. Elle se dirigea vers le centre-ville. Place Henri-Barbusse, elle s'acheta un pain au chocolat dans une échoppe donnant sur l'extérieur. En ouvrant son porte-monnaie, elle réalisa qu'elle ne possédait plus que quinze francs sur le billet de cinquante qu'elle détenait à son départ pour le lycée, sa nuit et son repas aux Ayres lui ayant coûté la différence. Je n'aurai pas assez pour le train ! songea-t-elle, découragée. Elle entra dans le magasin Monoprix de la rue du Docteur-Serres, attirée par les vitrines éclairées. Elle se rappela qu'elle avait promis à sa mère de l'accompagner le samedi pour faire du shopping. Elle fut tentée de dérober un nécessaire de maquillage dans le rayon parfumerie. Elle pensa alors à Élie qui lui reprochait ses petits larcins. Elle renonça au dernier moment de crainte d'être remarquée.

À la fermeture du magasin, elle déambula place Gabriel-Péri, s'attardant aux terrasses des cafés. Celle du Grand Gambrinus était pleine de clients attablés devant leurs consommations, des hommes surtout, bien habillés, qui devaient sortir du travail. De l'autre côté de l'avenue Carnot, en contrebas, le Gardon roulait des eaux boueuses. Il avait beaucoup plu dans les basses Cévennes quelques jours plus tôt et il tenait tout son lit. Elle erra sans but dans le parking couvert bordant la rive gauche, le regard perdu dans le flot qui charriait des végétaux arrachés en amont.

Plongée dans ses songes, elle n'entendit pas arriver derrière elle un sans-abri à l'allure misérable, accompagné d'un chien.

— Ne te jette pas dans la rivière, lui dit-il pour entamer la conversation. Ce serait dommage !

Surprise, Lina se retourna, vit d'abord le chien, un brave bâtard aux oreilles tombantes et aux yeux tristes.

— Je n'en ai pas l'intention. Pourquoi vous me dites ça ?

— Une impression. Ça ne va pas comme tu veux ? Tu m'as l'air un peu paumée !

Lina dévisagea le SDF. Le garçon, âgé d'une petite vingtaine d'années, avait dans le regard une expression chaleureuse qui la rassura. Son chien se frotta aussitôt contre ses jambes et leva la truffe vers elle pour réclamer une caresse.

— Il t'a déjà adoptée, on dirait. Tu lui plais !

Lina se détendit, sourit, caressa le chien.

— Comment s'appelle-t-il ?

— Vagabond. Ça lui va bien. Et à moi aussi !

— Tu vis dans la rue ?

— Depuis quatre ans. Je préfère ma liberté au confort d'une vie bourgeoise. Et toi ?

Lina hésita à se livrer. Devant son silence prolongé, le SDF comprit.

— T'es en cavale ? Je me trompe ?

— Non. Tu as deviné. Je suis partie de chez moi il y a trois jours.

— Je m'appelle Christophe.

— Moi, c'est Lina.

— Je suppose que tu ne sais pas où dormir ce soir !

— Exact. Et je n'ai pas d'argent pour me payer un gîte quelque part, comme il y a deux jours aux Ayres.

— Tu as traversé la montagne à pied ? D'où viens-tu ?

— De Mende.

— Tu es courageuse !

Mise en confiance, Lina s'attarda en compagnie de Christophe. Ils se racontèrent les péripéties de leur vie. Lina tut volontairement ce qui la perturbait depuis les révélations de ses parents. Christophe ne lui posa aucune question sur ses origines, respectant ses silences, ses atermoiements.

— Si tu préfères, reste avec moi, finit-il par lui proposer. Tu ne me gênes pas. Je te présenterai à mes potes. Le soir, on se rassemble tous sous le pont Vieux, on mange ensemble, on fait du feu pour se réconforter et après, ceux qui refusent d'aller au foyer d'accueil pour les sans-abri dorment à la belle étoile sous le parking. C'est mon cas. Je te prêterai des cartons et un vieux sac de couchage.

Lina n'avait pas le choix. Elle remercia Christophe et le suivit.

Elle se retrouva bientôt entourée d'une demi-douzaine de sans-abri, deux filles et quatre garçons, tous en rupture familiale et au ban de la société, tous portant sur leur visage les stigmates de la misère et d'une profonde souffrance.

La nuit tombée, elle partagea avec eux leur maigre repas, quelques conserves réchauffées sur les flammes, du saucisson et du fromage bon marché. Christophe lui offrit une cannette de bière. Elle n'osa pas avouer qu'elle n'en avait encore jamais goûté. Prise dans l'ambiance, elle but sans s'en rendre compte. Puis elle en accepta une seconde. Très vite l'alcool lui monta à la tête. Elle oublia ses tourments, ce qui la minait au plus profond de son être, l'inquiétude de ses parents.

Peu avant minuit, elle suivit Christophe dans un recoin du parking. Il lui indiqua un endroit pour dormir. Elle s'allongea sur des cartons, à même la dalle de ciment, se faufila dans le sac à dos qu'il lui fournit. Il sentait le moisi et la transpiration. Mais elle ne le dédaigna pas, n'ayant rien d'autre pour se couvrir.

Bercée par le bruit de l'eau, elle finit par sombrer dans le sommeil aux côtés de Christophe et de son chien qui s'était couché à ses pieds, comme pour mieux la réchauffer au cœur de la nuit.

Réveillée tôt au lever du soleil, elle paressait dans son duvet, fatiguée d'avoir mal dormi quand Christophe la secoua.

— Lève-toi ! Il faut déguerpir. Les municipaux se baladent régulièrement sur les berges du Gardon pour nous chasser du parking. Ils ne veulent pas qu'on s'attarde ici pendant la journée.

Lina obtempéra. Son estomac tiraillait mais elle se garda de se plaindre.

Elle resta en compagnie de Christophe et de ses amis d'infortune, sans aucune idée de ce qui arriverait ensuite. N'ayant pas assez d'argent, elle se retrouva coincée à Alès. Christophe lui proposa de faire la manche en sa compagnie. Il se postait tous les matins au croisement du pont Vieux et de la route de Montpellier, et déambulait au milieu des voitures arrêtées au feu rouge, la main tendue. Il glanait de-ci de-là quelques pièces de vingt ou de cinquante centimes, rarement d'un franc ; cela lui suffisait pour assurer sa nourriture et ses cigarettes.

Mais Lina refusa. Mendier ne lui convenait pas. Son amour-propre l'en empêcha.

— Je me débrouillerai autrement.

Elle traîna trois jours supplémentaires dans la rue. Chaque soir, elle rejoignait Christophe et ses amis. Elle faisait partie de leur groupe. Entre eux, rien ne les distinguait. Elle se sentait bien en leur compagnie. Ils lui apportaient l'amitié, la chaleur dont elle avait besoin. Ils ne lui posaient aucune question, elle n'avait pas à se justifier.

— Nous sommes tous logés à la même enseigne, aimait répéter Christophe, qui avait pris Lina sous son aile. Avec nous, tu ne crains rien. Tu peux rester autant que tu le souhaites.

Un après-midi, elle s'attarda devant la maison de la presse et fut surprise de découvrir sa photo affichée en première page du *Midi libre*. Elle lut l'avis de recherche qui la concernait et fut tentée d'entrer pour acheter le journal. Mais au dernier moment, elle s'abstint, le libraire aurait pu la reconnaître. Elle s'éloigna, secouée.

Six jours s'étaient écoulés depuis son départ. Lina ne mesurait pas totalement l'ampleur de la frayeur de ses parents. Elle n'avait pas décidé de disparaître, de fuir pour se fondre à jamais dans la foule sans donner de ses nouvelles. En réalité, elle n'avait pas réfléchi aux conséquences de son acte.

Assise sur un banc dans le parc du Colombier, plongée dans ses pensées, elle ne vit pas s'approcher un agent de la police municipale. Le parc allait fermer ses portes, comme tous les soirs à vingt heures.

— Mademoiselle, l'interpella le policier. Vous devez quitter le parc à présent. Il va fermer.

Lina ne réagit pas immédiatement.

— Vous m'entendez ?

Elle leva les yeux, sursauta à la vue d'un uniforme.

L'agent municipal fronça les sourcils. Le visage de Lina lui rappelait quelqu'un. Il sortit une photo de la poche de sa veste.

— Une seconde, s'il vous plaît ! la héla-t-il alors qu'elle s'apprêtait à s'éloigner. Montrez-moi vos papiers.

Lina eut le réflexe de courir sans obtempérer et se précipita vers la grille du parc. Un autre agent de police était là, qu'elle n'avait pas aperçu. Lui barrant le chemin, il l'attrapa au vol au moment où elle passait devant lui.

— Où files-tu si vite, jeune fille ? Aurais-tu quelque chose à te reprocher ? Mon collègue t'a demandé tes papiers !

Lina ne broncha plus.

— C'est bien toi sur cette photo ! reconnut le premier agent municipal. Les gendarmes et tes parents te cherchent partout depuis presque une semaine. Suis-nous au commissariat.

Ainsi prit fin la fugue de Lina.

La police municipale d'Alès avertit aussitôt la gendarmerie de Mende. Celle-ci prévint à son tour Pierre et Séréna Larsac que leur fille avait été retrouvée saine et sauve et qu'elle serait reconduite chez eux le lendemain matin, le temps d'organiser son transfert d'un département à l'autre.

Morte d'angoisse à l'idée de rentrer chez elle, Lina dormit sa première nuit au poste de police après avoir connu la vie marginale des sans-abri.

À l'aube, elle fut ramenée chez ses parents, encadrée par deux gendarmes.

Pierre et Séréna, soulagés, l'attendaient avec impatience, résolus à ne lui adresser aucun reproche.

28

Mélancolie

Je ne revis pas Lina avant la reprise du troisième trimestre. Elle passa toutes les vacances de Pâques chez elle en compagnie de ses parents et de son frère. Fabien me donnait de ses nouvelles chaque fois que nous nous retrouvions. C'est ainsi qu'il m'apprit les détails de sa fugue. Peu à peu, Lina se confia aux siens. Parler la soulageait. Toutefois Fabien ne me cachait pas ses craintes. Sa sœur lui paraissait de plus en plus fragile.

— Quand elle se livre, m'expliqua-t-il, on dirait qu'elle cherche à se flageller. Elle semble se complaire dans son propre drame.

— Il n'y a là rien d'anormal. Lina ne sait plus qui elle est. Elle est en perte de personnalité. Elle a besoin de se reconstruire. Ça prendra du temps. Dès lors qu'elle aura conscience que ses vraies racines sont ancrées là où elle a été élevée et où elle a le plus vécu, elle sortira petit à petit de cette mélancolie qui la mine.

Fabien m'approuvait mais n'était pas convaincu.

— L'être humain est comme le lierre, lui affirmai-je. Il a la faculté de marcotter et de s'adapter là où il s'enracine à nouveau.

Je n'étais pas la mieux placée pour donner des leçons de psychologie. Je n'avais ni l'expérience ni les connaissances en la matière. Je m'efforçais de me montrer optimiste, car j'aimais Lina par-dessus tout et ne pouvais imaginer qu'elle sombre définitivement dans un monde duquel je serais exclue.

Pendant cette période, la présence de Fabien m'aida beaucoup à envisager l'avenir. Notre relation s'était renforcée au point que nous échafaudions des projets communs. Mais nous évitions, chacun de son côté, de parler chez nous de ce que nous étions en train de vivre. Pierre et Séréna étaient trop préoccupés pour se réjouir du bonheur de leur fils. De mon côté, toujours très réservée, je n'osais avouer à mes parents que j'aimais Fabien, persuadée qu'ils m'auraient trouvée trop jeune pour entamer une relation sérieuse. Je n'avais pas dix-sept ans et ils me considéraient encore comme une petite fille.

Une fois recommencés les cours, je retrouvai Lina au lycée et feignis de ne pas savoir ce qui s'était passé avant les vacances. Je ne lui parlai pas de sa fugue de peur qu'elle me tourne le dos. Je m'étonnai qu'elle vînt la première vers moi.

Elle sortit de son sac une copie double qu'elle me tendit.

— Tu ne veux pas lire mon devoir de français avant que je le rende ? me proposa-t-elle.

Je compris immédiatement qu'elle avait refait sa dissertation comme le lui avait demandé monsieur Sihol.

— Tu sollicites mon avis ?

— Oui, si ça ne te dérange pas. Tu es excellente en dissert. Dis-moi ce qu'elle vaut. Je l'ai complètement modifiée. Mais, pour moi, la première version était plus aboutie. C'est vraiment dommage que Sihol ne m'ait pas crue. Elle était vraiment de moi.

— Moi, je te crois, Lina, lui répondis-je. Je n'ai jamais pensé que tu avais triché. C'est absurde.

Au fil de ma lecture, je me rendis à l'évidence : Lina était vraiment douée. Elle avait beau se sous-estimer en affirmant que j'étais meilleure qu'elle, cette fois elle s'était surpassée. Sa dissertation était sublime sur tous les points : le style était limpide, précis, jamais emphatique ; la structure d'une clarté à couper le souffle ; le plan équilibré ; les idées personnelles et toujours bien démontrées ; la conclusion logique. Je n'avais jamais fait mieux.

— Tu as tapé dans le mille ! m'extasiai-je. Tu auras une super note. Ton devoir est parfait.

— À moins que le prof me soupçonne encore d'avoir piqué le texte dans des annales ! S'il me refait le coup, je quitte la classe et ne remettrai plus jamais les pieds au lycée !

À sa réaction, je devinai que Lina n'avait pas effacé de son cœur tous ses griefs. Elle en voulait à monsieur Sihol comme elle en voulait à la terre entière.

— Fais-lui confiance, Lina. Monsieur Sihol n'est pas comme les autres. Il connaît ta réelle valeur, il comprend ce qui te tourmente, il essaie de t'aider malgré toi. Il peut commettre des erreurs, il n'est pas parfait. Mais, s'il te tend la main, ne la refuse pas. Il ne te juge pas. Moi non plus, Lina.

J'eus l'impression que mes paroles l'avaient touchée. Elle me regarda d'un air bienveillant, ses yeux s'ouvrirent en amande et se voilèrent de larmes qu'elle retint avec peine.

— Quoi que je fasse, tu demeures mon amie, Alice, m'affirma-t-elle, des trémolos dans la voix. J'ai besoin de toi, même quand je te repousse, quand je te blesse ou quand je suis odieuse. Parfois mes mots dépassent mes pensées. Il y a deux filles en moi. C'est ce qui me perturbe.

Je tombai dans ses bras avec une forte envie de pleurer en l'étreignant très fort. La sonnerie de fin de récréation nous rappela à l'ordre.

— Eh, les deux gouines, c'est pas l'heure des câlineries ! se moqua en passant l'un de nos camarades. C'est l'heure d'aller en cours.

Je réagis aussitôt, sans me contrôler. Me détachant de Lina, je m'écriai :

— Répète ce que tu viens de dire, connard !

C'était la première fois que je prononçais une telle injure. Sur le coup, je me surpris moi-même.

— Laisse-le, me retint Lina. Il n'en vaut pas la peine.

Regrettant de m'être emportée, je ne trouvai pas de mots pour me justifier.

— Ça fait du bien de se lâcher, hein ? ajouta Lina en riant de bon cœur.

Il y avait longtemps que je ne l'avais pas vue aussi détendue, presque heureuse.

J'acquiesçai en rigolant à mon tour.

— Si mes parents m'avaient entendue, ils m'auraient passé quelque chose !

Complices comme nous ne l'avions pas été depuis des mois, nous rentrâmes en classe, dans le cours de monsieur Sihol, sans un regard pour le garçon qui nous avait offensées. Lina s'assit comme jadis à côté de moi, au premier rang – personne n'avait pris sa place depuis son exil au fond de la salle –, et sortit sa dissertation de son classeur de français.

— Je suis soulagé de te revoir, Lina, lui déclara monsieur Sihol. Ton absence avant les vacances m'avait…

— J'ai refait mon devoir, monsieur, le coupa-t-elle.

— Je n'en attendais pas moins de toi. J'étais certain que tu m'écouterais.

— Je vous le répète, le premier était de moi, autant que celui-ci.

— Je te prie de m'excuser d'avoir mis ta parole en doute. Je suis revenu sur ma position. Je te crois, Lina.

— Qu'est-ce qui vous a fait changer d'avis ?

— J'ai discuté avec tes parents. Ta mère m'a certifié que tu t'étais beaucoup investie dans ta dissertation avant de me la rendre. Aussi t'ai-je attribué la note que tu méritais : 19 sur 20. Et si ce second devoir est meilleur que le premier, je t'augmenterai encore d'un point. Un 20 sur 20, ça ne se donne quasiment jamais, mais si ça les vaut, je n'hésiterai pas !

Derrière nous, des chuchotements s'élevèrent.

— Chouchoute ! murmura le garçon qui nous avait insultées.

Monsieur Sihol le fusilla du regard et ouvrait la bouche pour le reprendre quand Lina l'interrompit :

— Laissez, monsieur. J'ai l'habitude. Les vexations ne me touchent plus.

Dans les jours qui suivirent, j'eus l'impression que Lina reprenait le dessus. Elle évoqua même un matin sa fugue à travers les Cévennes telle une simple randonnée pédestre de gîte en gîte.

— J'ai rencontré des gens formidables, m'expliqua-t-elle. Des vieux paysans d'une générosité extraordinaire et, à Alès, des SDF qui m'ont accueillie sans rien me demander et qui ont partagé avec moi le peu de nourriture qu'ils avaient.

— Tu as dormi dehors ! m'étonnai-je, en me gardant de lui dire que Fabien m'avait déjà tout raconté.

— Oui, sous les ponts… enfin sous un parking couvert. C'est une très bonne mise à l'épreuve. Avec les sans-abri, on appréhende mieux la misère de ceux qui ne possèdent rien et qui ne souhaitent qu'une chose : qu'on les reconnaisse et qu'on les respecte pour ce qu'ils sont.

Je compris que les convictions de Lina s'étaient renforcées à la suite de son expérience. Ce qu'elle avait découvert alors, ajouté à son propre malheur, devait à jamais influer sur ce qu'elle deviendrait et ferait d'elle une belle personne.

Sur le moment je n'eus pas vraiment conscience de l'importance de cette péripétie. Je l'écoutai, ravie de constater qu'elle demeurait l'amie prestigieuse de toujours.

Lina fit de gros efforts. Mais elle demeurait en proie au gouffre de sa mémoire engloutie.

Elle cherchait sans cesse à se souvenir, traquait la moindre réminiscence susceptible de lui fournir la clé qui l'arracherait à ses tourments. Ne pas connaître son passé était pour elle comme une amnésie.

— On m'a volé ma petite enfance, répétait-elle, au comble du désespoir.

J'évitais d'alimenter ses griefs, elle en tenait de plus en plus pour responsables ceux qui lui avaient donné la vie. Un jour, elle affirma même qu'ils l'avaient vendue comme jadis on vendait les esclaves, dans le but égoïste de soulager leur misère.

— Ils n'avaient qu'à ne pas avoir tant d'enfants s'ils n'en voulaient pas ! La pauvreté n'excuse pas tout !

Quand elle s'enfonçait dans ses élucubrations, Lina remettait en doute ce qu'elle avait appris à propos des malheureux déracinés de son île natale. Pierre, en effet, qui connaissait les dessous de cette tragédie lui en avait révélé certaines vérités.

— Je ne crois pas qu'on leur mentait en leur soutenant qu'on nous assurerait une bonne éducation, une existence sans problème, un avenir prometteur et je ne sais quoi encore ! Mes géniteurs et tous ceux qui ont agi comme eux nous ont volontairement placés à la DDASS pour se débarrasser de nous. D'ailleurs, est-ce que certains ont cherché à retrouver leurs enfants ? Aucun. Sinon, ça se saurait !

Quand Lina sombrait dans ce que j'étais tentée d'appeler son délire, je la laissais discourir. Elle semblait alors ne plus s'apercevoir de ma présence, son esprit était totalement occupé par sa colère ou sa mélancolie maladive selon le cas.

— Tu peux en vouloir à tes géniteurs, lui dis-je la première fois qu'elle me tint ce genre de propos, mais pas à tes parents qui t'ont élevée dans l'amour d'une vraie famille. Eux ne t'ont pas maltraitée. Depuis toujours tu es leur enfant au même titre que Fabien. Ils t'ont préservée pour ton bien, parce qu'ils t'aiment.

Lina ne me contredisait plus lorsque j'essayais de la réconforter. Mais, pour autant, mes paroles ne modifiaient pas son opinion.

— Pour mes parents, tu n'as pas tout à fait tort. Mais pour les autres, je les retrouverai un jour ou l'autre, et je leur crierai la vérité au visage pour qu'ils éprouvent la honte de leur vie.

Je n'approuvais pas son attitude extrême, persuadée que ces malheureuses familles réunionnaises s'étaient laissé berner par des représentants de l'État français et qu'elles étaient plus à plaindre qu'à condamner. J'étais certaine que Lina commettait une grave erreur en jugeant sans appel des gens qui pensaient agir pour le bien de leurs enfants.

Lina et Élie continuaient de filer le parfait amour. J'étais redevenue sa confidente ; Lina ne me cachait plus rien quand je l'interrogeais sur leur relation. Elle me racontait tout sans aucune gêne.

Élie ne semblait pas s'être assagi. Il entraînait Lina dans sa vie tumultueuse, la présentait à ses connaissances, des garçons que j'estimais peu fréquentables au regard de ce que Lina m'en apprenait. Certains étaient de véritables marginaux qui ne travaillaient pas, n'allaient plus en classe, vivaient aux crochets de la société, j'ignorais comment, je ne posais pas de questions à Lina pour ne pas l'importuner.

Un samedi, je vis Élie arriver devant la grille du lycée au volant d'une Peugeot 205 rutilante.

Il embarqua Lina et ils disparurent sous les yeux ébahis de nos camarades.

Le lundi matin, je demandai aussitôt à mon amie :

— Élie a acheté une voiture ?

Lina rit aux éclats.

— Elle en jette, hein ! C'est mieux que sa vieille mobylette !

J'acquiesçai, étonnée.

— Elle est à lui ? insistai-je.

— Penses-tu ! Il l'a sortie du garage de son père. C'était une voiture en réparation.

— Il l'autorise à emprunter les voitures de ses clients ?

— Bien sûr que non ! Élie n'a même pas son permis, m'avoua Lina, tout sourire.

— Tu ne devrais pas monter avec lui, lui conseillai-je. S'il a un accident ou s'il se fait arrêter par la police, tu risques des ennuis !

Je regrettai aussitôt d'avoir émis un avis. Lina me rétorqua, en colère :

— Tu me juges, à nouveau ! Je pensais que tu me comprenais. Je me suis trompée.

Je rectifiai très vite mes propos :

— J'ai peur pour toi, Lina. C'est la raison pour laquelle je t'ai dit cela. Je ne te fais pas la morale. Je désire seulement rester ton amie. Agis à ta guise, mais prends soin de toi. Ne te mets pas en danger.

— Élie est l'homme de ma vie, me déclara-t-elle, grave et mélancolique à la fois. Un jour, je l'épouserai. Quoi qu'il arrive.

Cette affirmation ne me semblait guère sérieuse. À mes yeux, Élie était trop différent de Lina et, en dépit de ses origines également obscures, je ne voyais rien qui pût les attacher l'un à l'autre de façon durable. À l'époque Élie ne me paraissait pas un modèle de garçon fréquentable. S'il avait des abords sympathiques, l'influence qu'il exerçait sur mon amie et le monde dans lequel il se complaisait ne m'inspiraient pas confiance.

L'avenir me donna tort.

29

L'accident

Au fur et à mesure que je lisais le cahier de Lina, j'allais de stupéfaction en stupéfaction. J'y ai découvert des pans entiers de son existence, je croyais voir en elle comme à travers un verre de cristal. Ce que Lina me racontait à cette époque n'était pas toujours très juste. Elle me cachait certaines choses. Non par défiance ou par méfiance, mais parce qu'elle estimait que c'était son jardin secret et que même sa meilleure amie n'avait pas à y pénétrer tant qu'elle ne l'avait pas elle-même décidé.

J'ai essayé de mêler ce dont je me souvenais avec ce que son journal intime me dévoilait et j'ai poursuivi la conduite de mon récit dans la crainte que Lina me reproche de m'éloigner de la vérité, à son retour d'Italie. Certes, j'ai respecté scrupuleusement ce qu'elle avait noté, mais il m'a fallu romancer de nombreuses péripéties pour rendre l'histoire plus attrayante. Un roman ne peut être le pur reflet de la réalité, même dans ce cas précis du roman autobiographique. Comme je n'avais pas été témoin de tous les événements qu'elle mentionnait, j'ai parfois dû imaginer ce qui avait dû se passer pour mieux comprendre et donner plus de crédibilité à ce que j'écrivais.

Les mois s'écoulèrent sans autre incident.

Une fois encore, pendant les grandes vacances, nous nous retrouvâmes en Auvergne. Ni Lina ni ses parents ne firent allusion à l'épisode du mois d'avril. La fugue de Lina devint un sujet tabou. Fabien m'invita à ne pas en parler afin de ne pas réveiller dans l'esprit de sa sœur le traumatisme qui en avait été le facteur déclenchant.

— Ma mère est persuadée, m'affirma-t-il, qu'un rien peut à nouveau la faire basculer. Il faut surtout éviter de la contrarier et, quand elle commence à s'opposer, tenter de l'apaiser en lui démontrant qu'on la comprend.

J'avais conscience que l'état de Lina nécessiterait une longue convalescence. Le choc psychologique subi aurait déstabilisé plus d'un individu solide.

Notre séjour à Montpeyroux se déroula dans le plus grand calme. Lina se montra très complice de ma relation avec Fabien. J'eus l'impression que me voir heureuse la rendait plus confiante en elle et plus sereine. Elle doit songer à Élie, pensais-je sans oser en discuter avec Fabien qui, je ne l'ignorais pas, ne nourrissait pas pour ce dernier une grande considération.

Avec la rentrée de septembre et notre passage en première, Lina sembla reprendre peu à peu goût à son travail. Nous avions retrouvé monsieur Sihol en français. Je m'en réjouis, car, avec lui, mon désir de suivre des études littéraires s'affirmait de jour en jour. J'en étais maintenant convaincue : après l'université, je serais professeur de lettres classiques.

Dans certaines matières, Lina se traînait quand même en queue de peloton, ne faisant montre d'aucune ardeur pour décrocher la moyenne. En histoire-géographie notamment et en sciences naturelles où il fallait beaucoup mémoriser, elle rechignait à la tâche alors que, les années précédentes, elle excellait dans ces disciplines comme dans les autres. En français, elle s'en sortait honorablement grâce à ses notes de dissertation qui compensaient celles des explications de texte et des comptes rendus de lectures. Une fois de plus, Lina prouvait dans ce domaine qu'elle refusait toute contrainte, n'acceptant l'effort que lorsqu'elle se sentait libre de s'exprimer. Dès que des règles s'imposaient, dès que sa réflexion devait être canalisée, elle s'esquivait. En revanche, elle gardait une aisance déconcertante dès lors qu'elle était libre de dévoiler ses pensées et d'affirmer son intelligence. Elle brillait en mathématiques et en sciences physiques, ses matières préférées qu'elle survolait comme un aigle royal au-dessus des cimes les plus élevées. Nos professeurs se félicitaient de son excellent niveau et de l'intérêt qu'elle portait à leurs disciplines, et s'opposaient à leurs collègues, moins chanceux, qui, dans les matières littéraires, ne parvenaient pas à la stimuler pour obtenir d'elle le meilleur de ses capacités.

Je m'étonnais qu'elle boude les sciences naturelles.

— Quand nous étudierons le corps humain, je ferai des efforts, me répliqua-t-elle. Pour l'instant, la géologie et la botanique, ça me gonfle. Je n'ai pas envie de perdre mon temps à ingurgiter des leçons rébarbatives.

Elle n'avait pas encore décidé de poursuivre des études de médecine. À cette époque, elle n'avait pas du tout l'esprit à envisager un tel avenir.

J'avais beau lui expliquer qu'il ne fallait pas faire des choix et qu'il y aurait toujours des matières imposées qui nous ennuieraient, Lina se montrait inflexible.

Aussi sa moyenne globale arrivait-elle tout juste au niveau exigé pour le passage en classe supérieure.

Plus l'échéance avançait – le bac de français fin juin –, plus je me rendais compte que Lina avait la tête ailleurs. Si, toujours aussi sérieuse, je parvenais à la première place – grâce à son effacement volontaire –, elle se comportait comme une élève aux capacités limitées et sans ambition.

En réalité, Lina avait d'autres centres d'intérêt. Elle voulait brûler la vie par les deux bouts, selon ses termes.

— On m'a volé ma petite enfance, je ne veux pas me priver de ma jeunesse ! s'exclamait-elle. Il faut profiter des choses quand elles se présentent. Attendre, c'est déjà renoncer.

Je ne comprenais pas ses intentions, mais je redoutais qu'elle se fourvoie dans une mauvaise direction. Nos relations restaient assez artificielles, malgré les marques d'amitié qu'elle me témoignait. Toutefois je sentais bien qu'elle ne me confiait pas tout, et qu'en dehors du lycée elle menait une vie dont elle ne se vantait pas.

Certaines de nos camarades l'apercevaient en ville en compagnie d'Élie et de ses amis. Ils fréquentaient ensemble les cafés du centre. C'était les jours où ses parents étaient retenus à leur travail, me disais-je, étonnée que Séréna et Pierre laissent leur fille s'attarder après les cours. Par la suite, j'appris que Lina s'échappait de chez elle le samedi soir, une fois ses parents endormis. Sa chambre s'ouvrant sur la terrasse, au rez-de-chaussée de leur maison, il lui était facile de s'éclipser par la porte-fenêtre et de rentrer avant l'aube sans être remarquée.

Élie l'emmenait dans les boîtes de nuit de la région ; il continuait d'emprunter les voitures des clients d'Étienne Jurquet, qui, lui non plus, ne s'apercevait de rien. J'avais peine à donner du crédit à ce qu'on me rapportait et préférais penser que ceux qui me racontaient la vie dissolue de Lina exagéraient.

Mais, quand je la revoyais le lundi matin, les yeux fendus comme dans ses mauvais jours, arborant une petite mine et ne cessant de bâiller pendant les premières heures de cours, je n'avais plus aucun doute. Lina avait passé son week-end ailleurs que dans ses livres et ses cahiers et, selon son expression, avait pris du bon temps !

Pourtant, contre toute attente, Élie aurait pu lui servir d'exemple.

Après son travail au garage, il suivait des cours par correspondance et étudiait tard dans la nuit pour préparer son baccalauréat en candidat libre. Il était d'autant plus motivé qu'il venait d'être exempté du service militaire pour insuffisance pulmonaire, ce qui lui donnait toute latitude pour envisager son avenir sans perte de temps supplémentaire. Ça me paraissait impensable, au regard de ce que je savais de ses fréquentations et de ses sorties avec Lina.

En réalité, en semaine, il se contentait de venir la chercher, l'invitait à boire un verre dans un café puis la raccompagnait chez elle avant le retour de ses parents. Il affirmait à son père qu'il partait essayer le véhicule d'un client après réparation et filait droit au lycée, fier de parader au volant d'une voiture et d'embarquer Lina sous les yeux médusés de ses camarades. Il était fou amoureux d'elle et aurait remué ciel et terre pour la satisfaire ou simplement la retrouver. Ce que j'ignorais, c'est qu'une fois Lina rentrée chez elle, il plongeait pour de longues heures dans ses livres et fiches de révision fournies par l'École de Vanves pour approfondir ses connaissances. Le lendemain matin, Étienne Jurquet l'attendait au garage, n'admettant aucune défaillance de sa part.

Quand Véli me raconta ces détails de la vie de son frère, un soir derrière la grille du lycée où j'avais pris l'habitude de me poster pour regarder Lina s'éloigner, j'eus de la peine à la croire.

— Tu juges mal mon frère, me reprocha-t-elle. Certes, il n'est pas parfait, il entraîne parfois Lina dans ses délires, mais il a un bon fond. De plus, il l'aime vraiment.

— De quels délires parles-tu ? m'étonnai-je.

Véli hésita. Je compris qu'elle ne souhaitait pas s'étendre sur le sujet.

— Si Lina est en danger avec lui, dis-le-moi. Nous les aiderons tous les deux. Tu es la sœur d'Élie et moi je suis la meilleure amie de Lina.

Véli se rapprocha et me murmura à l'oreille, attentive à ce qu'un surveillant ne l'entende pas :

— Tu tiendras ta langue ?

— Oui. Tu peux avoir confiance en moi.

— Parfois… ils fument de l'herbe quand ils sortent en boîte, le samedi soir. Je les ai surpris un jour que je les ai accompagnés. Pour une fois, mes vieux m'avaient lâché la bride !

— De l'herbe ?

— Ben oui, quoi ! De la marijuana.

J'en demeurai stupéfaite.

Je comprenais à présent pourquoi Lina était si somnolente en cours, le lundi matin.

— Élie m'a certifié qu'ils n'en fumaient qu'occasionnellement, poursuivit Véli, et en très petite quantité. Ça leur permet de penser à autre chose et de rêver ensemble.

— Il y a d'autres moyens de rêver et de s'évader ! m'insurgeai-je.

Je promis à Véli de ne pas dévoiler à Lina ce qu'elle m'avait révélé ce jour-là, mais je me jurai de mieux observer mon amie et d'intervenir si je l'estimais nécessaire.

Cela n'arriva pas. Lina gardait les pieds sur terre et ne dépassait pas certaines limites. Je crois que sa mésaventure lors de sa fugue lui avait servi de leçon. Dans un sens, se sentir en danger, prise dans les griffes d'un prédateur ou plongée dans l'incertitude du lendemain avec les sans-abri, l'avait confrontée à la dure réalité de la vie. Chez elle, elle était entourée, aimée, dorlotée dans un confort rassurant, sans souci pour son avenir. Inconsciemment, elle devait reconnaître qu'elle était privilégiée par rapport à beaucoup de jeunes de son âge, et surtout par rapport à la majorité de ces malheureux qui, comme elle, avaient été cruellement arrachés des mains de leur famille pour être placés chez des gens, pour certains, sans scrupules et dénués d'amour.

Véli en faisait partie. J'ignorais encore son calvaire – je ne l'appris que beaucoup plus tard. Elle souffrait en silence, subissant toujours les turpitudes de son tuteur avec la complicité de sa femme. Comme la plupart des enfants maltraités ou abusés sexuellement, elle ne se révoltait pas. Sans doute par crainte d'être regardée non comme une pauvre innocente mais comme une fautive, une accusée. Elle ne souhaitait pas non plus exposer devant un quarteron de policiers et d'assistantes sociales les détails de son cauchemar. Revivre en différé un tel enfer n'incite pas les victimes à s'épancher. Ni elle ni Élie, pourtant mis dans la confidence, ne nous en parlaient. Ils nous donnaient l'impression que tout allait bien dans leurs familles d'accueil respectives.

Aussi, quand Véli disparut à son tour après avoir réussi son CAP de coiffure, je m'en étonnai auprès de Lina. Nous étions à deux semaines des vacances d'été.

— Es-tu certaine de ce que tu affirmes ? Véli devait être embauchée comme apprentie ! Elle a dû faire une fugue… un peu comme toi. Elle reviendra.

Lina me regarda d'un air désolé. Elle se retenait. Je compris qu'elle en savait davantage.

— Tu garderas le secret ? me demanda-t-elle.

— Tu doutes de moi, ta meilleure amie !

— Élie m'a intimé de ne rien dire.

— Véli est aussi mon amie. Je serai une tombe.

— Elle s'est barrée définitivement. Maintenant qu'elle a dix-huit ans, elle ne risque rien, elle est majeure… C'est sûr, elle ne reviendra pas. Seul Élie est au courant. Et moi.

J'étais reconnaissante à Lina de m'avoir informée. Cela prouvait qu'elle voyait toujours en moi sa confidente, comme à l'époque où nous ne nous cachions rien.

— Elle est partie à Paris.

— À Paris ! Toute seule ! Sans connaître quelqu'un auprès de qui se réfugier ! Et sans argent, je suppose ? Mais c'est une énorme bêtise !

— Élie lui a payé son billet de train et lui a donné de quoi vivre les premiers jours. Il a piqué dans la caisse du garage. Ce n'est pas la première fois. Mais là, c'est pour une bonne cause !

— Véli ne tiendra pas longtemps. À Paris la vie est chère et, pour une fille seule de son âge, ce n'est pas évident de s'en sortir.

— Élie lui a fourni une adresse. Celle d'une fille avec qui il est resté en relation et qui se trouvait dans notre groupe de jeunes Réunionnais en partance pour la métropole. Elle avait seize ans à l'époque. Aujourd'hui, elle en a vingt-huit. Elle a un boulot à Paris et loue une chambre meublée. Véli s'est rendue chez elle. Tout se passera bien, j'en suis certaine.

Je restai dans l'expectative, tant ce que me racontait Lina me sidérait.

Mais au fond de moi, je me réjouis à l'idée que Véli se soit échappée du cauchemar où l'administration française l'avait plongée.

À la fin du mois, nous passâmes le bac de français. Sans surprise, Lina obtint une note très élevée : elle excella en dissertation et à l'oral où elle put laisser libre cours à sa réflexion. Je me contentai d'un 15 de moyenne. Ce qui nous octroyait, à toutes deux, une avance confortable pour les épreuves de l'année de terminale.

Un choix important s'imposait pour la rentrée. Jusqu'à présent nous étions dans la même classe. Or, j'étais décidée à bifurquer en section littéraire, contrairement à Lina qui préférait les mathématiques et les sciences. Au moment crucial, nous nous résignâmes à nous séparer, la mort dans l'âme.

— Nous restons dans le même lycée, me consola-t-elle. Nous continuerons à nous voir tous les jours.

J'étais la plus affectée des deux, car, sans Lina, je me retrouverais très seule. Je n'avais pas beaucoup d'amis dans notre classe, et ceux et celles avec qui je m'entendais le mieux avaient pris une autre orientation.

L'arrivée des grandes vacances me permit d'oublier ce petit malheur qui m'avait attristée alors que j'aurais dû me réjouir de notre succès commun à l'examen. Je m'attendais à recevoir l'invitation de Pierre et de Séréna à les accompagner à Montpeyroux comme tous les ans. Lina ne m'en avait pas parlé. Or, juillet était déjà bien entamé.

Un jour, Lina me téléphona, navrée.

— Cette année nous n'allons pas en Auvergne, m'avertit-elle. Ma mère a un congrès de médecins mi-juillet et doit ensuite remplacer un confrère malade. Elle ne peut pas s'absenter. Dommage ! J'aurais aimé qu'on parte une fois encore tous ensemble à Montpeyroux !

Je fus déçue, car j'aspirais à me retrouver en compagnie de Fabien comme l'année précédente.

Je fis contre mauvaise fortune bon cœur en me reposant chez moi, dans l'espoir que Fabien me contacterait bientôt pour me prévenir de son retour prévu pour la fin de la première semaine. Ses examens avaient eu lieu courant juin et il attendait les résultats d'un jour à l'autre pour quitter Toulouse. En cas d'échec, il m'avait avertie qu'il lui faudrait passer les oraux de rattrapage avant de rentrer.

Lina m'avait promis de venir me voir à la ferme. Elle était dans de bonnes dispositions. Finalement Élie semblait exercer une influence positive sur elle, contrairement à ce que j'avais craint. Il lui apportait une certaine assurance et surtout un équilibre affectif qui compensait le vide qu'elle ressentait depuis qu'elle était persuadée d'avoir été abandonnée. Tous deux avaient eu un destin identique et avaient subi le même traumatisme, même si Lina ne pouvait pas comparer sa vie avec celle d'Élie, encore moins avec celle de Véli.

Je les vis arriver chez moi plusieurs fois dès le début des vacances, toujours en voiture. Je ne me posais plus de questions à propos des véhicules empruntés par Élie. Et quand mes parents s'étonnaient qu'ils fussent souvent différents, je souriais sous cape sans leur répondre.

Parfois, quand Élie bénéficiait d'un après-midi de repos accordé généreusement par son père, Lina m'invitait pour « une virée dans les Cévennes », comme ils disaient, heureux de se sentir libres. Je les accompagnais rarement, ne tenant pas à leur imposer ma présence. Je préférais patienter jusqu'au retour de Fabien.

Malheureusement, ayant sollicité un stage dans une entreprise toulousaine pendant deux mois, celui-ci ne revint pas à Mende de l'été.

J'allais de déception en déception.

Les parents de Lina fermaient les yeux sur les sorties et les fréquentations de leur fille, rassurés de constater qu'elle se portait mieux depuis sa fugue.

Sans l'avouer à Lina, Séréna avait consulté un pédopsychiatre pour lui exposer le cas de sa fille. Ce dernier lui avait recommandé de se montrer tolérante et compréhensive, de ne pas la contraindre inutilement, ni de lui donner l'impression d'être constamment surveillée. Séréna avait éprouvé beaucoup de difficulté à accepter les conseils de son confrère, mais Pierre l'avait soutenu et avait convaincu sa femme de laisser Lina agir à sa guise pendant les vacances tant qu'elle ne se mettait pas en danger.

Aussi ne lui avaient-ils pas interdit de fréquenter Élie ni de sortir de temps en temps avec lui. Ils lui permettaient même d'aller danser le soir dans les fêtes de villages de la région qui se multipliaient depuis le début de l'été.

Je refusais de les suivre, n'ayant pas l'esprit à m'amuser.

Un dimanche matin, mes parents furent surpris par un coup de téléphone des Larsac. Ils les appelaient rarement, et jamais un dimanche de bonne heure. Sans s'attarder, Pierre s'enquit de savoir si j'étais levée.

— Pas encore ! répondit mon père, le premier à décrocher. Alice dort ; il n'est que sept heures et demie.

— C'est Lina… Elle est à l'hôpital.

Étonné, mon père demanda des précisions, puis s'approcha de ma mère afin qu'elle écoute la conversation.

— Vous préviendrez Alice en douceur, poursuivit Pierre. Il ne faut pas l'effrayer.

— Que s'est-il passé ?

— Hier soir, Lina est sortie avec Élie, pour aller danser dans un bal populaire. Sur le chemin du retour, vers minuit, ils ont eu un accident. Un chauffard les a percutés de plein fouet. Il était complètement ivre d'après la police.

— Et Lina ?

— Elle est gravement blessée. Les pompiers l'ont transportée immédiatement à l'hôpital de Mende.

Puis, vu son état, elle a été transférée à Montpellier dans un service orthopédique. Ses jambes ont été très touchées. Les chirurgiens ne se prononcent pas.

Mes parents furent anéantis. Sur le moment, ils ne demandèrent pas d'autres explications.

Quand je me levai peu après, je vis à l'expression de leur visage qu'un malheur était arrivé. J'étais loin de me douter qu'il s'agissait de Lina.

J'en fus à mon tour atterrée.

J'appris dans la matinée qu'Élie, par miracle, s'en était sorti sain et sauf avec seulement quelques ecchymoses. Quant à leur voiture, inutilisable, elle avait été emportée à la casse comme épave.

Je me rendis sans tarder chez Lina pour obtenir de plus amples renseignements. Je trouvai porte close. Les Larsac s'étaient précipités à l'hôpital Gui-de-Chauliac de Montpellier où Lina était en train de subir une grosse intervention chirurgicale.

QUATRIÈME PARTIE

L'apaisement

30

Témoignage

Montpellier, février 2002

Lina était en Italie depuis plus de trois semaines. Or elle m'avait certifié que son congrès ne durerait qu'une huitaine de jours. Je m'attendais à ce qu'elle débarque chez moi d'un moment à l'autre, sans prévenir, selon son habitude. Elle ne m'avait donné aucune nouvelle. La connaissant, je n'en espérais pas de sa part, je ne m'en suis donc pas formalisée.

J'ai profité de sa longue absence pour me documenter sérieusement sur cette tragédie des enfants déracinés de La Réunion. Certes, je n'étais plus tout à fait ignorante des faits et des dessous de l'affaire, mais j'ai éprouvé une envie irrésistible de me rendre sur les lieux du drame afin de mieux m'imprégner de la réalité vécue par tous ces malheureux, comme Lina, au moment de leur entrée – pour ne pas dire « déportation », selon le terme employé par certaines victimes – sur le sol de l'Hexagone.

Cela tombait bien, nous étions en hiver, comme lorsque Lina est arrivée à Guéret, d'après ce qu'elle avait écrit dans son journal intime. Je suis partie un vendredi matin pour la Creuse, dans l'espoir que Lina me laisserait suffisamment de temps pour effectuer un aller et retour pas trop précipité. J'aime rouler vite, mais étant donné la distance entre Montpellier et Guéret, il me fallait au moins trois jours pour satisfaire ma curiosité. Je n'ai pas oublié d'emporter mon téléphone portable, au cas où Lina m'appellerait pour me prévenir de son retour à Montpellier, ni mon ordinateur avec lequel j'avais rédigé les premiers chapitres de son histoire.

Ce que j'ai redouté en prenant la route ne m'a pas surprise. Après plus de cinq heures de trajet en empruntant l'autoroute A75 puis la A71 jusqu'à Montluçon, je me suis retrouvée bloquée dans la neige sur la nationale 145 à quelques dizaines de kilomètres de ma destination. La chaussée était glissante et pas totalement dégagée. La neige drue ainsi que le crépuscule m'ont passablement retardée. C'est à la tombée de la nuit que, péniblement, je suis parvenue à bon port, un petit hôtel que j'avais retenu dans le centre.

La ville était paralysée, les trottoirs encombrés de congères. Si, sur le moment, le spectacle m'a paru assez féerique, surtout avec les illuminations et les vitrines éclairées, j'ai aussitôt réalisé la stupeur de ces enfants tout juste débarqués de leur île natale où ils n'avaient jamais vu un seul flocon. Dans d'autres circonstances, ils se seraient sans doute extasiés, mais, dans leur état d'angoisse, ils devaient être terrorisés.

Je suis partie à la découverte de la ville dès le lendemain matin, en prenant maintes précautions pour ne pas risquer une chute malencontreuse qui aurait mis fin immédiatement à ma visite. Je suis d'abord allée à la préfecture afin de mieux appréhender l'endroit où travaillait le père de Lina. À l'accueil, j'ai demandé l'adresse du Foyer de l'enfance où étaient amenés jadis les petits Réunionnais. L'employé de service m'a répondu :

— Il est toujours au même endroit, sur les hauteurs de la ville. Que cherchez-vous ?

— Je me renseigne sur l'affaire des Enfants de la Creuse dans les décennies 1960 et 1970.

— Ah, encore une curieuse ! Vous êtes journaliste ?

— Non, j'écris un livre sur le sujet.

— Vous n'êtes pas la première. Sans compter la télévision qui a réalisé des reportages sur cette histoire. Vous ne trouverez rien d'anormal. On a raconté des tas de choses fausses sur ce qui s'est passé. Vous n'avez qu'à consulter les journaux de l'époque, vous vous apercevrez que la plupart des enfants ont eu un sort bien meilleur que celui qu'ils auraient eu s'ils étaient restés dans leur île.

Je ne tenais pas à polémiquer avec cet employé préfectoral. Sans doute avait-il reçu la consigne d'écarter tous ceux qui s'intéressaient de trop près à cette affaire.

Avant mon départ pour Guéret, j'avais entrepris quelques recherches sur Internet et découvert des témoignages qui contredisaient ces propos. Les langues commençaient à se délier, des rescapés de cette tragédie osaient peu à peu s'exprimer, revenir sur leur passé. Certains avaient même entamé des actions pour qu'on leur rende justice. La plupart avaient maintenant dépassé la trentaine, voire la quarantaine. Adultes, ils éprouvaient de plus en plus le besoin de faire valoir leurs droits et de renouer avec leurs origines. Très peu d'entre eux avaient pu effectuer le voyage de retour nécessaire à la reconstruction. Ceux qui en avaient eu l'occasion étaient parmi les plus privilégiés, ceux qui avaient été adoptés par des familles au grand cœur et souvent aisées, comme les Larsac. Car, contrairement à ce que l'État avait promis aux familles réunionnaises – qui, pour beaucoup, se sont senties trahies –, les billets d'avion pour les vacances de leurs enfants ne leur ont jamais été accordés, aucun n'a donc eu la possibilité de retourner voir les siens.

J'ai tourné dans la ville, ai découvert le bâtiment du Foyer de l'enfance – tout neuf au début des faits et encore en bon état à mes yeux –, ai ressenti un certain malaise à la pensée que tant d'enfants y avaient transité dans l'attente d'une plongée dans l'inconnu. J'ai imaginé Lina, au cœur de l'hiver creusois, perdue au milieu d'étrangers, de petits camarades tout aussi dépaysés qu'elle. Un écriteau a attiré mon attention : il indiquait la date d'ouverture du centre, septembre 1965. Lina était arrivée en 1966. Je fus tentée d'y entrer pour me renseigner et pour m'imprégner des lieux. Mais je n'ai pas insisté, ne souhaitant pas perdre un temps précieux.

Je me suis promenée dans le centre-ville, puis dans les quartiers périphériques, attentive aux gens que je croisais. Je croyais rencontrer au coin des rues des hommes et des femmes de couleur. Beaucoup de Réunionnais de Guéret n'ont pas quitté la ville qui les a accueillis. J'espérais leur poser des questions, obtenir des témoignages poignants, afin de mieux comprendre ce qui s'était passé quarante ans auparavant. Effectivement, j'ai aperçu plusieurs personnes à la peau brune, à la chevelure de jais. Je n'en ai pas douté : il s'agissait bien de ces déracinés. Je me suis mise à les examiner, non par curiosité, mais pour deviner si la vie qu'ils avaient vécue pendant ces quatre décennies leur avait été plutôt favorable ou peu enviable. La plupart m'ont semblé d'origine modeste, leur tenue vestimentaire, leur allure générale, l'expression de leur visage ne trahissaient pas l'aisance.

J'étais sur le point de rentrer à mon hôtel, au soir du deuxième jour, quand dans un magasin d'habillement où je m'étais réfugiée pour échapper à une averse, j'ai croisé une femme élégante qui a retenu mon attention.

Elle avait la peau couleur cannelle, comme Lina, les cheveux tirés en arrière lui dégageant le front, des yeux d'un noir profond et un sourire qui illuminait son regard. Elle portait un joli manteau de laine au col bordé de fourrure, un pantalon très à la mode et des bottes de cuir rouge qui lui montaient jusqu'aux genoux. Visiblement, cette femme – d'origine réunionnaise, je n'en ai pas douté une seconde – appartenait à la classe aisée de Guéret. Je l'ai observée dans le magasin, elle n'a examiné que des vêtements de marque.

Quand elle est sortie, je l'ai suivie discrètement. Elle s'est réfugiée dans un café, s'est assise à une table derrière la baie vitrée. Dehors, la pluie avait cessé. La neige sur les trottoirs commençait à fondre. J'ai hésité à entrer à mon tour pour l'aborder. Sous quel prétexte l'aurais-je fait ? Elle m'a regardée à travers la vitre, m'a souri. Alors sans réfléchir j'ai franchi la porte et me suis attablée à côté d'elle. En attendant de passer ma commande, j'ai entamé la conversation. Nous avons parlé de banalités comme on en dit dans de telles occasions. Puis craignant qu'elle se referme aussitôt j'ai amené la discussion sur le sujet qui me préoccupait.

— Effectivement, m'a-t-elle cependant répondu, je suis d'origine réunionnaise. Je suis arrivée à Guéret en 1966, avec un groupe d'enfants que la DDASS avait pour mission de placer dans des familles de métropole.

Je n'ai pas eu besoin d'arracher les détails de sa vie à cette femme qui ne me paraissait pas du tout malheureuse. Elle m'a raconté son parcours tout naturellement, comme si se livrer la soulageait.

— J'ai eu beaucoup de chance, m'a-t-elle avoué. J'ai été adoptée par une famille généreuse. Mon père était commerçant en ville... En fait, il l'est encore malgré ses soixante-treize ans. Et ma mère l'a toujours aidé dans son travail. J'ai été élevée dans d'excellentes conditions, contrairement à beaucoup d'autres enfants venant de mon île natale. Je suis allée au collège puis au lycée. Oh, au début ça n'a pas été très facile de m'intégrer ! On se moquait souvent de la couleur de ma peau, de mes cheveux frisés, de mon parler créole. Aujourd'hui, tout cela appartient au passé. Personne ne me fait plus de remarques sur ma peau bronzée, au contraire, on m'envie pour ma bonne mine et mes cheveux ondulés !

De fil en aiguille, nous nous sommes livrées l'une à l'autre.

— Je m'appelle Violaine, Violaine Dupuy. Et vous ?

— Alice Dorval.

— En réalité j'ai deux identités. Mon vrai nom est Marie-Jeanne Fontaine. J'ai aussi deux dates et lieux de naissance.

Pour me convaincre, elle a sorti de son sac ses papiers d'identité.

— Voici le document prouvant que je suis née à Saint-Denis de La Réunion en 1962. Et voici celui qui confirme celle que je suis aujourd'hui : aux yeux de l'administration française, je suis Violaine Dupuy, née à Guéret en 1964.

Connaissant l'histoire de Lina, je ne me suis pas étonnée outre mesure, mais j'ai été surprise malgré tout de cette bizarrerie : comment est-il possible d'avoir deux identités ?

— Pour l'État français, a poursuivi Violaine, ce que j'ai vécu avant mon adoption n'existe pas. Tout est officiellement effacé. La majorité des enfants conduits dans les centres d'accueil de La Réunion ont été rebaptisés ; on leur a attribué un autre prénom et un nouveau patronyme, puis, une fois dans l'Hexagone, un lieu de naissance en métropole, ce qui faisait d'eux de bons petits Français de souche. Aujourd'hui encore, ça me semble complètement idiot, dans la mesure où la plupart d'entre nous avaient la peau colorée. Le but non avoué était de couper tout lien entre les enfants et leurs familles d'origine afin de leur permettre de s'assimiler plus facilement. Ce n'était pas seulement le cas des jeunes Réunionnais, tous les enfants de l'Assistance publique étaient logés à la même enseigne.

— Vous évoquez vos parents adoptifs comme s'ils étaient vos vrais parents !

— Ils le sont devenus par la force des choses. Je n'ai gardé aucun souvenir de mes parents biologiques ni de ma petite enfance en général. Seulement de vagues réminiscences : des infirmières qui m'entourent, ma peur de l'avion, une assistante sociale qui vient me chercher sans m'expliquer où elle m'emmène. Rien de très précis, et rien qui me rappelle ma famille biologique. J'ignore s'ils sont vivants ou morts. Pour l'État je suis une pupille de la nation. Je n'avais que quatre ans au moment des faits.

Comme Lina, ai-je aussitôt pensé.

J'ai cru opportun de parler de mon amie et de l'objet qui m'avait conduite à Guéret.

— Votre histoire m'interpelle beaucoup. Je ne suis pas ici à Guéret par hasard.

— Vous travaillez pour un journal ou pour la télévision ?

— Pas du tout. Ma meilleure amie a eu un destin analogue au vôtre. Elle a vécu à Guéret à la fin des années 1960. Puis elle a quitté la Creuse avec sa famille d'adoption en 1972, à onze ans, pour la Lozère.

— Comment s'appelle-t-elle ?

— Lina Larsac.

Violaine s'est accordé quelques secondes de réflexion. Sur le moment, j'ai espéré qu'elle me dise se souvenir de cette famille ; Pierre Larsac, en tant que secrétaire général de la préfecture, devait avoir beaucoup de relations.

— Je ne vois pas, a-t-elle admis. Nous aurions pu nous côtoyer à l'école ou dans une association de la ville. Mais je ne pense pas avoir rencontré votre amie.

— Elle était scolarisée dans le privé et fréquentait une école de danse.

J'ai fourni tous les renseignements possibles, en vain. Violaine n'avait jamais croisé Lina.

— Pourtant, a-t-elle ajouté, j'ai fini par me rapprocher de nombreux jeunes Réunionnais. Certains étaient arrivés avant moi, dès 1963, d'autres au cours des années suivantes.

Notre conversation s'est prolongée jusqu'au début de la soirée. La nuit était tombée depuis longtemps.

— Si cette affaire vous intéresse vraiment, a conclu Violaine, suivez bien les informations, dans les journaux surtout, les chaînes de télévision risquent de ne pas mettre à la une de leurs actualités ce qui est en train de se jouer. En revanche, la presse d'opposition, de gauche essentiellement, ne se privera pas de divulguer l'événement.

— Je n'y manquerai pas. Y aurait-il un rebondissement ? Si tardivement !

— Depuis plusieurs années, des associations de Réunionnais essaient d'interpeller l'État. Déjà, en 1997, le Cercle des amitiés créoles a pris les choses en main et a permis à plus d'une centaine de personnes d'aller découvrir leur île natale. Mais aujourd'hui, en 2002, c'est encore un sujet brûlant… Vous n'avez pas entendu parler du recours déposé par un certain Jean-Jacques Martial ? Il a porté plainte contre l'État pour que ce dernier admette ses torts dans cette tragédie. Il réclame un milliard d'euros de dédommagement pour « enlèvement, séquestration de mineurs, rafles et déportation[1] ». Ce sont ses propres termes. Il veut marquer le coup pour frapper les esprits.

J'ai reconnu mon ignorance.

J'avais beaucoup d'autres questions à poser à mon interlocutrice, et je m'apprêtais à lui demander si nous pourrions nous revoir le lendemain quand mon portable a sonné.

C'était Lina.

— Alors ma toute belle, tu es injoignable ! Où te caches-tu encore ?

— C'est toi, Lina ! me suis-je étonnée.

J'ai réalisé subitement que j'avais coupé mon téléphone vers midi au restaurant, afin de ne pas être dérangée et de ne pas importuner mes voisins de table. Je l'avais reconnecté peu après, sans vérifier mes messages. Lina avait tenté de me joindre à ce moment-là et m'avait laissé un texto.

J'ai hésité à lui avouer que j'étais à Guéret. Elle n'appréciait pas les cachotteries.

1. Le procès des Enfants de la Creuse s'ouvrira en 2002 sur l'initiative de Jean-Jacques Martial. En fait, l'affaire a été portée non pas devant la justice, mais devant l'Assemblée nationale. En 2014, une résolution a été adoptée par 125 voix contre 14 pour que toutes les victimes puissent avoir accès à leurs origines et que l'État reconnaisse enfin ses erreurs. Le dossier n'est pas encore clos.

— Je rentre demain, lui ai-je répondu sans plus de précisions.

— Où es-tu ? a-t-elle insisté.

Violaine m'a alors demandé à voix basse si c'était mon amie au bout de la ligne. Lina entendit sa question.

— Tu n'es pas seule ? Qui est cette personne qui se préoccupe de moi ? Je la connais ?

J'ai décidé de ne pas lui mentir.

— Je suis en compagnie d'une dame qui, comme toi, est native de La Réunion. Elle a eu un sort identique au tien… Je suis à Guéret. J'ai eu envie de me plonger dans la ville qui t'a vue renaître. Pour mieux comprendre et être plus en phase avec ce que j'écris.

Lina a temporisé quelques secondes qui m'ont paru interminables.

En face de moi, Violaine s'était tue, croyant sans doute avoir commis un impair.

— Tu as bien fait, m'a rassuré enfin Lina. J'aurais dû te le proposer moi-même avant de me rendre en Italie.

— Tu es à Montpellier ? Avec Élie ?

Encore un long silence.

Puis j'ai entendu en arrière-fond Lina s'écrier :

— Arrêtez, vous me faites mal !

— Que se passe-t-il ? me suis-je étonnée. Qui te torture ainsi ?

— En fait, je te téléphone pour t'avertir que je ne reviens pas tout de suite. Je suis bloquée à Rome à cause de ma jambe. J'ai bêtement cassé ma prothèse en chutant d'une estrade. Je suis clouée dans un hôpital, dans un service d'orthopédie où l'on m'a promis de la réparer le plus vite possible. Mais c'est du provisoire, à mon retour je crains d'être immobilisée chez toi pendant quelques jours. Tu m'acceptes comme pensionnaire ?

— Et Élie ?

— Il reste deux semaines de plus à Beyrouth. Il a un contretemps. Et puis nous n'avons pas terminé notre œuvre littéraire commune ! Alors, tu peux m'héberger ? Je ne serai pas trop chiante !

Violaine souriait en percevant en sourdine les propos de Lina.

Celle-ci venait tout à coup de me rappeler son accident de voiture avec Élie. Je l'avais mis en suspension avant mon départ pour la Creuse. Elle m'a soudainement ramenée à la réalité.

— Bien sûr, tu peux squatter chez moi autant que tu le souhaites. Je reviens demain sans faute. J'ai les renseignements qu'il me faut.

J'ai pris congé de Violaine qui a proposé de demeurer à ma disposition au cas où j'aurais besoin d'autres éléments sur l'affaire des Enfants de la Creuse. Nous nous sommes échangé nos adresses mail et nos numéros de téléphone et promis de nous recontacter.

Le lendemain, sur la route du retour, je n'ai pas cessé de penser à la stupeur de Lina au moment de son réveil, trois heures après son intervention chirurgicale à l'hôpital Gui-de-Chauliac.

Une fois chez moi, je me suis replongée dans son journal intime pour poursuivre mon récit sur cette nouvelle tragédie.

31

Le drame

1978

Le sort semblait s'acharner sur Lina. Quand j'appris son accident de la bouche de mes parents, je n'imaginai pas un instant ce qu'elle était en train de subir dans la salle d'opération. Sa jambe droite avait été broyée et était irrécupérable. Il fallut l'amputer en dessous du genou. Sa jambe gauche était fracturée en plusieurs endroits, des broches avaient été placées sur son fémur et son tibia.

Fabien revint de Toulouse en catastrophe et me tint informée de l'état de sa sœur. Lina était au désespoir. Elle refusait de voir qui que ce soit, même ses parents. Les médecins avaient cherché, en vain, à la convaincre de laisser entrer son père et sa mère. Elle s'était enfermée dans un déni absolu, n'acceptant à aucun prix la dure réalité qui s'imposait maintenant à elle.

Elle s'écriait que la vie n'avait plus aucune importance, qu'elle était comme morte, qu'on ne la regarderait plus jamais comme avant. Quand les infirmières lui renouvelaient son pansement, elle gardait les yeux fermés, hurlait que sa jambe lui faisait mal, qu'elles étaient maladroites. Il fallait parfois la maintenir de force sur son lit au moment des soins. Même le chirurgien qui l'avait opérée ne parvenait pas à la calmer. Pourtant il s'agissait d'un des meilleurs praticiens dans sa spécialité. Il avait assuré aux parents de Lina que son handicap, certes très traumatisant pour une adolescente de son âge, serait rapidement surmonté si leur fille reconnaissait les faits et surtout si elle suivait une rééducation appropriée. Il encouragea Lina à se battre, lui certifia qu'à dix-sept ans tout était possible pour ceux qui repoussaient la fatalité.

Tous ces discours n'avaient aucun effet sur elle. Elle se croyait maudite. À ses yeux, sa vie s'était arrêtée.

Quand elle consentit enfin aux visites des siens, j'hésitai à aller la voir. Fabien m'affirmait pourtant que ma présence la ferait changer d'attitude, provoquerait un choc, notre amitié étant plus forte que tout. Mais je n'étais pas prête à jouer ce rôle ; j'estimais que c'était à Lina de me réclamer si elle en éprouvait le désir.

Elle demeura sous haute surveillance pendant deux semaines. Les médecins craignaient que sa jambe ne s'infecte. Une analyse de sang avait révélé une anomalie. Ils contrôlaient de près tout risque de gangrène. Le temps qu'elle passa dans cette unité de soins intensifs lui parut interminable et finit par lui saper complètement le moral. Mangeant très peu, elle perdit plusieurs kilos, on la plaça très vite sous perfusion et sous sédatif.

Les Larsac se succédaient à son chevet. Séréna avait confié sa patientèle à un remplaçant et renoncé à son congrès ; quant à Pierre, il quittait la préfecture dès qu'il en avait l'occasion et filait sans s'attarder à Montpellier.

Un soir, il vint chez moi, à Chastel-Nouvel, pour me prier de l'accompagner le lendemain.

— Lina souhaite ta présence auprès d'elle, me dit-il sur le seuil, sans prendre la peine de me saluer.

Mes parents, occupés à la traite, ne l'avaient pas entendu arriver. J'invitai Pierre à entrer. Il refusa sous prétexte qu'il attendait un appel de sa femme d'un moment à l'autre et qu'il ne pouvait s'absenter trop longtemps.

— J'ai préféré te voir en personne plutôt que de te téléphoner, ajouta-t-il. Lina est au plus mal. Séréna est persuadée qu'elle a un empoisonnement du sang consécutif à son opération. Mais les médecins assurent qu'il ne s'agit que d'une infection associée aux soins et qui affaiblit son organisme. Elle l'aurait contractée dans l'établissement, comme ça arrive parfois.

— Elle ne va pas mourir ? m'alarmai-je, paniquée.

Pierre se tut quelques secondes qui me parurent lourdes de signification.

— Elle s'en sortira. Tu connais Lina, elle va puiser au fond d'elle-même toute la hargne qu'elle possède. Si elle te demande auprès d'elle, c'est bon signe. Tu es la seule qu'elle a souhaitée à son chevet. Même nous, ses parents, elle ne nous a pas réclamés.

J'en restai stupéfaite. Lina était au plus mal et m'appelait ! Pourquoi ?

— Je vous accompagnerai, promis-je à Pierre. Mes parents ne s'y opposeront pas. Pour Lina, je ferai tout ce qu'elle exige.

Le lendemain, Pierre vint me chercher à la ferme. Je me tenais prête au bord de la route quand il arriva de bon matin, la mine plus épanouie que la veille.

— J'ai eu des nouvelles rassurantes hier soir en rentrant. Lina s'est levée de son lit. Il a fallu l'aider bien sûr, elle ne sait pas encore se déplacer seule avec des béquilles. Telle que je la connais, elle a dû râler comme une folle, mais c'est de bon augure. Elle veut forcer le destin, c'est dans sa nature. Elle est sur la bonne voie. Ta présence auprès d'elle lui sera d'un grand secours. Je suis heureux que tu aies accepté.

Je fus soulagée à mon tour, car j'avoue avoir craint de ne retrouver que l'ombre de Lina. Envisageant le pire, je n'avais pas fermé l'œil de la nuit.

À l'hôpital, j'éprouvai un malaise inexplicable. Je n'étais jamais entrée dans un tel établissement. Je fus incommodée par l'odeur qui planait partout, dans le hall d'accueil, dans les couloirs, dans les salles d'attente, une odeur de désinfectant mêlée à celle des produits utilisés par les soignants. La vue du personnel en blouse blanche, bleue ou rose, des malades qu'on menait sur des lits roulants d'un endroit à un autre, la fébrilité de ruche qui régnait à tous les étages me perturbèrent au point que je demandai à Pierre de m'asseoir quelques instants avant de pénétrer dans la chambre de Lina.

— Ça ne va pas ? s'inquiéta-t-il.

— Cette ambiance particulière… je n'ai pas l'habitude. J'ai besoin de me ressaisir. Je ne veux pas que Lina me découvre ainsi. Pour elle, je dois me montrer forte.

Pierre sourit, me serra contre lui :

— Ne crains rien, elle t'attend avec impatience, j'en suis certain. C'est toi qu'elle a désirée auprès d'elle la première. Personne d'autre.

— Pas même Élie ?

Cette question m'avait échappé. Je la regrettai aussitôt, mais Pierre me rassura.

— Elle ne l'a pas encore réclamé et nous nous sommes interdit de parler de lui.

— Elle lui reproche sans doute ce qui lui est arrivé. Elle le rend responsable de l'accident !

— Nous l'ignorons. Un souci après l'autre. Pour l'instant, elle se remet à peine de son traumatisme, il est inutile de lui rappeler ce que son subconscient a chassé de son esprit.

Quand je me sentis prête à affronter ce que je considérais comme mon devoir vis-à-vis de mon amie, je me levai et marchai d'un pas décidé en direction de la chambre 115. Comment réagirais-je en constatant son état ? Mes yeux sauraient-ils se détacher de son membre amputé de moitié ? Me comporterais-je comme si de rien n'était afin de ne pas m'émouvoir et surtout de ne pas m'apitoyer sur son sort ?

Mon cœur battait à se rompre quand je franchis la porte de sa chambre que Pierre m'ouvrit avant de s'effacer.

Lina dormait, le buste redressé sur de gros oreillers. Son visage était serein, ses traits détendus, son teint loin d'être aussi blafard que je m'y attendais. Elle était belle, Lina, dans son habit de convalescente. Elle portait la tenue dont on affuble tous les hospitalisés, cette horrible chemise de nuit à motifs bleus ou roses, boutonnée dans le dos comme la blouse des fouriéristes, utopistes du XIXe siècle, et identique dans tous les établissements hospitaliers de France et de Navarre ! Elle avait repoussé son drap au pied du lit, souffrant sans doute de la chaleur. Instinctivement je posai le regard sur sa jambe amputée, son moignon entouré d'un gros pansement. Ma gorge se serra. Mes yeux se remplirent de larmes. Je me sentis défaillir. Non ! m'écriai-je en mon for intérieur. C'est impossible !

J'étais en train de m'apitoyer.

Je me ressaisis.

Lina bougea. Ouvrit les yeux. M'aperçut.

J'amorçai quelques pas vers son lit, m'efforçant de paraître détendue. Lui présentai le bouquet de fleurs que je lui avais apporté.

— Alice ! Tu es venue ! balbutia-t-elle en m'offrant un sourire plein de reconnaissance et de bienveillance.

— Ce n'est pas original, mais je n'ai pas eu le temps d'acheter quelque chose. Ces fleurs égayeront ta chambre quelques jours. Elles proviennent du jardin de la ferme. C'est ma mère qui les cultive.

— Assieds-toi près de moi, là au bord du lit. Approche, que je te regarde.

Je m'exécutai, heureuse de cet accueil. Je m'étais attendue à ce qu'elle soit triste, découragée ou remontée contre le sort, comme lorsqu'elle en avait voulu à la terre entière en apprenant qu'elle était une enfant abandonnée et adoptée. Je lui pris la main, la portai à mes lèvres, l'embrassai. Je ne retins pas une larme qui coula sur ses doigts. Elle essuya ma joue délicatement de son pouce, me secoua :

— Bon, alors, tu vois, je ne suis pas encore morte ! J'ai chopé une saleté de microbe ou quelque chose comme ça, mais je n'ai pas l'intention d'abdiquer. Je sortirai d'ici le plus vite possible.

Je reconnaissais bien Lina. Vindicative, toujours la première à relever la tête.

— Je suis si heureuse de te retrouver comme ça ! lui dis-je en la serrant dans mes bras. J'ai eu tellement peur que tu ne sombres dans le désespoir !

— Il y a deux nuits, j'ai rêvé que j'étais médecin, que je portais secours aux gens aux quatre coins de la planète. J'ignore comment j'étais, mais je marchais comme avant. J'ai même vu Élie à mes côtés. Étrange, non ?

Je ne sus que penser. C'est sans doute ce rêve qui la fit changer brutalement d'attitude face à son malheur. Elle avait entrevu son avenir sous un jour ensoleillé. Son désespoir s'était mû en combativité.

Je me réjouis aussitôt de la constater en si bonne disposition.

— Alors, tu vas te battre ? Je serai là pour t'aider. Tu peux compter sur moi.

— Demain, je demanderai qu'on m'envoie dans un centre de rééducation. Je serai sur pied dans moins de trois mois…

Lina dut encore patienter plus de trois semaines, il n'y avait plus de place dans le centre de rééducation fonctionnelle où sa mère avait demandé de la transférer, près du littoral atlantique. Séréna était persuadée que le bord de mer lui serait salutaire. De plus, il s'agissait du meilleur établissement pour les grands handicapés, de nombreux sportifs de haut niveau y étaient soignés.

Mais Lina maugréait, elle refusait de quitter Montpellier, prétextant que personne ne lui rendrait visite aussi loin.

— L'Aquitaine, c'est le bout du monde. Vous-mêmes ne viendrez pas souvent me voir, reprocha-t-elle à ses parents qui pensaient agir pour son plus grand bien.

Fabien m'avait avertie :

— Pour que Lina ait une chance de se rétablir sans trop de séquelles, elle doit accepter de s'éloigner. Ce centre est le seul capable de lui rendre rapidement une mobilité presque parfaite. Le virus qu'elle a attrapé a attaqué sa moelle épinière, ses centres nerveux pourraient être touchés à leur tour si elle n'est pas bien suivie. Là-bas, elle aura autour d'elle une équipe médicale hors pair. Il faut mettre toutes les chances de son côté.

Je compris que son état était plus grave qu'elle ne le laissait paraître. Lina se montrait maintenant courageuse et volontaire, prête à surmonter son handicap, mais les Larsac s'étaient abstenus de lui révéler que l'infection dont elle avait été victime était loin d'être jugulée.

— Mes parents comptent sur toi pour lui faire entendre raison. Il faut absolument qu'elle accepte.

Je consentis à essayer de convaincre Lina, même si, au fond de moi – par pur égoïsme, je l'avoue –, j'aurais préféré également qu'elle ne parte pas aussi loin.

— Je lui parlerai, promis-je. J'espère qu'elle m'entendra.

Lina s'entêta, comme c'était à prévoir. Quand j'abordai la question en sa présence, peu après la demande de Fabien, elle me repoussa. Habituée à ses sautes d'humeur, je n'y prêtai pas attention.

— Il y a de très bons centres de rééducation pas loin de Montpellier, objecta-t-elle, à Lamalou par exemple, je me suis renseignée. Je ne comprends pas pourquoi je devrais m'exiler dans les Landes. C'est absurde. Encore une fois, on veut m'éloigner… Ça recommence !

Je n'appréciai pas la mauvaise foi de Lina. Quand elle était en colère contre les siens, elle se montrait parfois inique et désagréable. J'osai la reprendre, avec beaucoup de précautions :

— Tes parents se font beaucoup de souci pour toi et ne souhaitent que ta guérison la plus complète et la plus rapide. Ta mère t'a promis de te rejoindre chaque week-end, elle partira de Mende tous les vendredis soir et restera en ta compagnie jusqu'au dimanche. Moi aussi je viendrai. Elle me l'a proposé. Tu ne seras pas seule. Et à Toulouse, Fabien ne sera pas très loin.

Lina s'était mis en tête l'idée de retourner au lycée en septembre, dès qu'elle serait capable de se déplacer avec une prothèse. Son côté volontaire l'emportait sur son infirmité qu'elle niait comme pour mieux occulter son accident et ne pas se sentir différente des autres.

— Combien de temps me faudra-t-il pour marcher avec une jambe articulée, un mois, un mois et demi ? Au plus tard fin septembre, je reprendrai les cours. N'oublie pas que nous avons le bac cette année.

Dans un sens, la pugnacité de Lina me rassurait. Mais son refus d'obéir à ses parents m'attristait. Si ces derniers avaient remué ciel et terre pour lui obtenir une place dans le meilleur centre européen de rééducation, il devait y avoir une raison sérieuse.

Je m'en informai auprès de Pierre et de Séréna quand ils vinrent à nouveau me chercher chez moi.

— Nous ne lui en avons rien dit afin de ne pas la décourager, m'expliqua Séréna, mais sa convalescence durera longtemps, beaucoup plus que dans la plupart des cas. Les fractures de sa jambe gauche mettront du temps à se réduire. On ne lui enlèvera pas ses broches avant des mois. Et on ne lui proposera pas une prothèse avant la fin de l'année. Ce sera d'abord une prothèse provisoire. Puis, petit à petit, en fonction de la cicatrisation, et si sa maladie infectieuse a disparu, on lui fabriquera une prothèse sur mesure, ce qu'on fait de mieux en la matière de nos jours. Les médecins nous ont avertis qu'il ne fallait pas brûler les étapes au risque de provoquer une mauvaise cicatrisation et de tout remettre en question. Le virus qu'elle a contracté peut causer des dégâts irréversibles. Si tout se déroule bien, tous les espoirs sont permis ; elle marchera, courra, fera du vélo, comme avec une vraie jambe. Mais cela exigera d'elle beaucoup de persévérance et d'efforts.

— Et pour son bac ?

— Au centre, elle ne sera pas la seule dans son cas. Elle sera entourée d'autres jeunes en cours de scolarité. Tout y est envisagé. Elle suivra des cours dans toutes les matières avec des enseignants détachés de l'Éducation nationale. Elle passera son bac comme prévu, en juin prochain. Puis elle entrera à l'université à la rentrée d'après.

Je pensai tout à coup à Élie. Les Larsac l'autoriseraient-ils à approcher leur fille ? J'évitai de poser la question. Si Pierre faisait toujours preuve de compréhension vis-à-vis des fréquentations de Lina, Séréna, en mère attentive et excessivement soucieuse, n'avait pas l'esprit aussi ouvert que son mari.

Le mois d'août se terminait quand Fabien m'appela au téléphone pour m'avertir que sa sœur avait été transférée dans les Landes. Lina, finalement, s'était laissé convaincre, mais avait juré d'être de retour chez elle, à Mende, pour la Toussaint au plus tard.

— On ne lui a pas encore dit toute la vérité, m'avoua Fabien.

— Vous avez eu tort, répliquai-je. Connaissant Lina, je suis sûre que, le jour où vous la lui révélerez, elle sortira de ses gonds comme lorsque tes parents lui ont annoncé qu'elle n'était pas leur fille biologique.

J'étais attristée à l'idée de ne plus voir mon amie au lycée. Le temps me semblerait long dans l'attente de la retrouver pendant quelques jours seulement, au moment des vacances scolaires. D'abord fin octobre, puis en décembre. Mais je n'étais pas la plus malheureuse !

Quelle serait la réaction de Lina, en effet, quand on lui apprendrait qu'elle ne rentrerait probablement pas chez elle avant le début de l'année prochaine, si tout se passait bien ? Ne se laisserait-elle pas à nouveau abattre ?

Un nouveau pan de sa vie commençait.

Une nouvelle expérience qui la rendrait plus forte, plus déterminée que jamais, mais qui ne devait pas nous séparer pour autant.

32

Une nouvelle amie

Dès son arrivée au centre de rééducation, Lina fut avertie par les médecins que son séjour ne serait pas une sinécure et qu'il lui faudrait avoir beaucoup de patience.

— Non seulement vous avez été amputée et la prothèse définitive n'est pas pour tout de suite, lui déclarèrent-ils sans la ménager, mais en plus votre autre jambe est très fragilisée à cause des multiples fractures qu'elle a subies. Si tout se passe bien, on compte vous enlever les broches dans huit mois, voire un an. D'ici là, vous réapprendrez à marcher. Mais ce sera long !

Lina demeura stupéfaite. Elle avait cru que sa convalescence durerait quelques mois seulement. Jamais elle n'avait imaginé que son état était aussi sérieux.

Sur le moment, elle ne dit mot. Seule dans sa chambre, elle plongea à nouveau dans le désespoir. Personne n'était à ses côtés pour l'encourager et la soutenir. Ses parents devaient la rejoindre quelques jours plus tard, en fin de semaine. Mais contrairement à sa violente réaction lors de son réveil postopératoire, cette fois elle se réfugia dans le mutisme, n'adressant la parole à personne, ni aux médecins, ni aux infirmières, ni aux aides-soignantes et femmes de service qui lui apportaient ses plateaux-repas ou nettoyaient sa chambre. Elle restait des heures entières les yeux fixés au plafond, ne demandait de l'aide que pour aller aux toilettes, repoussait tout ce qu'on lui proposait pour la divertir : la télévision, les livres, les revues. Au moment des soins, elle ne fournissait aucun effort et obéissait mécaniquement aux prescriptions de ses soignants.

Dès le premier jour, on l'emmena en fauteuil roulant dans la salle de rééducation. Un jeune kinésithérapeute la prit en charge et lui annonça qu'il serait son principal rééducateur.

— Je m'appelle Ludovic, mais tu peux m'appeler Ludo. Nous suivrons ensemble tout un protocole qui nécessitera de ta part une réelle participation à tout ce que je vais t'imposer. Ta guérison est à ce prix. Ce ne sera pas facile tous les jours, je te préviens. Il y aura parfois des larmes et beaucoup de douleurs. Mais, à force de courage et de persévérance, tu y arriveras.

Lina semblait ne pas écouter, indifférente à ces paroles.

— Tu m'as bien entendu ? Tous les deux à présent, nous formons une équipe. Et nous avons un long chemin à parcourir. Je serai toujours auprès de toi quand tu auras besoin de moi, quand tu sentiras ta volonté faiblir…

— Je n'ai besoin de personne ! le coupa Lina. De toute façon, je ne marcherai plus jamais. Vous ne me dites pas la vérité. On me ment depuis le début. Regardez ce que je suis devenue : un légume dans un caddie ! Que puis-je espérer en sortant d'ici ? Une vie comme tout le monde ? À qui le fera-t-on croire ?

Les premiers jours, Ludovic ne parvint pas à convaincre Lina d'envisager l'avenir d'un autre œil. Comme elle refusait de se hisser sur ses béquilles pour s'habituer à nouveau à la station debout – comme à l'hôpital de Montpellier –, il n'insista pas et se contenta de lui masser les jambes. Petit à petit, il lui transmit une douce sensation de chaleur, ses muscles ankylosés commencèrent à se détendre, à récupérer de la tonicité.

Après le premier week-end et la visite de ses parents, Lina sortit lentement de son enfermement. Elle accepta les soins plus volontiers, sans rechigner. Ludovic l'avait rassurée. Les séances en piscine lui permettaient d'oublier les douleurs éprouvées lors des exercices sur les appareils d'orthopédie. On lui fournit une nouvelle paire de béquilles plus sophistiquées afin de se mouvoir de façon autonome, sans trop forcer. Les broches dans sa jambe gauche ne devaient surtout pas se déplacer au risque d'occasionner des dégâts irréversibles.

Jour après jour, Lina se résolut à souffrir pour obtenir toutes les chances de guérison.

À la fin du mois de septembre, alors que la rentrée scolaire avait eu lieu quelques jours plus tôt, elle fut invitée à suivre les cours de terminale selon les options qu'elle avait choisies. L'interne de service la prévint :

— Tous les jeunes dans ton cas reçoivent au sein de notre établissement un enseignement adapté pour qu'ils ne décrochent pas et ne perdent pas leur année.

— Je passerai donc le bac en juin prochain, comme prévu ! se réjouit-elle.

— Sans aucun doute. Mais d'ici là, j'espère bien que tu nous auras quittés !

Cette nouvelle motiva Lina à donner encore plus d'elle-même. Elle redevint combative et volontaire, comme elle l'était toujours devant l'épreuve, une fois surmontée la période de déni et de découragement.

Elle se retrouva aussitôt en compagnie d'adolescents qui, comme elle, étaient des accidentés de la vie. Elle ne les avait jamais rencontrés jusqu'à ce jour de rentrée scolaire un peu spéciale. Âgés de onze à dix-huit ans, ils attendaient d'être suivis par des enseignants dépêchés spécialement par le rectorat. Comme dans certaines écoles primaires, les élèves étaient regroupés par niveau dans chaque matière, chacun travaillant en autonomie avant le cours différencié.

Dans le niveau de Lina, quatre garçons et une fille semblaient déjà se connaître quand elle fut conduite en fauteuil roulant dans la salle de classe pour son premier cours de mathématiques. Sur ses gardes, elle ne les accosta pas la première et demeura en retrait. Les trois cours de la matinée terminés, elle regagna sa chambre, dans l'attente du repas de midi.

Elle se reposait sur son lit quand une aide-soignante amena une jeune fille de son âge en fauteuil roulant, un bonnet sur la tête.

— Je te présente Claudine, lui dit-elle. Elle va partager cette chambre avec toi. Comme vous êtes ensemble pour l'école, vous deviendrez vite amies.

La nouvelle venue salua Lina et la rassura aussitôt :

— Ne crains rien, je me ferai toute petite. Et, la nuit, je ne fais pas de bruit !

Lina reconnut l'une des élèves de son groupe.

— Moi, je m'appelle Lina. J'ai une jambe en moins, et l'autre est dans un piteux état !

Claudine sourit, fit faire un demi-tour à son fauteuil roulant et, par mégarde, arracha son bonnet.

Lina se retint de manifester son étonnement. Claudine avait le crâne complètement chauve. Elle se moqua d'elle-même avant que Lina eût le temps de réagir.

— Je ne suis pas très présentable comme ça, j'ai la boule à zéro ; il faudra t'y habituer !

— Qu'est-ce qui t'est arrivé ?

— C'est la chimio. J'ai perdu tous mes cheveux ; mais ils repousseront, on me l'a affirmé !

— La chimio ?

— Ben oui, quoi, tu sais bien ce que c'est !

Claudine ôta la couverture qui dissimulait ses jambes.

— Je suis comme toi, j'ai une jambe en moins. On m'a amputée au niveau de la cuisse… à cause d'une tumeur cancéreuse.

Lina ne trouva pas les mots pour répondre à Claudine sans trahir son émotion.

— On est un peu dans la même galère, finit-elle par relever.

— Si tu veux. Sauf que, en ce qui me concerne, j'ignore combien de temps il me reste. Aussi, je suis déterminée à profiter le plus possible de la vie qui est devant moi.

Lina comprit que, dans son malheur, elle n'était pas la plus à plaindre. Claudine venait de lui donner une belle leçon d'optimisme et de courage.

— Tu les connais, les autres ? reprit-elle. On est six dans notre groupe.

— Oui, trois sont au centre depuis l'année dernière. Raphaël et José ont de gros problèmes de rachis ; ils y sont pour longtemps. Aziz, lui, ne peut plus marcher, ça lui est tombé dessus d'un coup ; les médecins ne savent pas pourquoi ; ils cherchent.

Tous les trois sont des sportifs, ils étaient en sport-études au lycée. Cyril, le plus jeune, est arrivé il y a un mois, pour une malformation du bassin qui lui paralyse petit à petit les membres inférieurs ; il marche, mais, tu verras, il boite. Quant à moi, je suis entrée au centre il y a quatre mois, après une simple opération de la jambe droite à la suite d'une chute dans l'escalier. On m'a décelé une saleté de tumeur qui a dégénéré. Voilà le résultat.

Claudine souleva son moignon comme pour appuyer ses dires.

— La vie nous réserve parfois de mauvaises surprises !

— Ta famille te rend souvent visite ?

— Non, pas souvent ! Mes parents sont divorcés. Mon père est toujours très occupé par son boulot. Il est commercial pour une marque de voitures de luxe. Il n'est jamais chez lui. Il vient quand il a le temps. Quant à ma mère, depuis le divorce, elle a refait sa vie et est partie vivre avec son nouveau mec dans le Nord. Je ne suis pas son premier souci !

— Avec qui vis-tu ?

— Avec mon père, et chez mes grands-parents quand il s'absente.

Les filles sympathisèrent très rapidement. Quand toutes les deux eurent terminé de se confier, elles s'embrassèrent par-dessus les bras de leurs fauteuils roulants, heureuses de leur amitié naissante.

Auprès de Claudine, Lina retrouva une raison d'espérer. Elle se rendit compte que sa situation était beaucoup plus enviable que celle de sa nouvelle amie. Celle-ci montrait une force de caractère à toute épreuve et refusait la fatalité.

Dès lors, Lina s'efforça de suivre les recommandations de ses soignants et de ses enseignants, et se promit de se rétablir afin de revenir très vite auprès des siens.

— Moi, reconnut-elle devant Claudine, j'ai la chance d'avoir une famille unie autour de moi. Et une amie, ajouta-t-elle, qui se sacrifierait pour moi.

Aux vacances de la Toussaint, je revis Lina. Ses parents m'invitèrent à les accompagner dans les Landes. Mon père hésita, prétextant que c'était l'année de mon bac et que je ne devais pas me disperser. Les Larsac finirent cependant par le convaincre.

— Alice réussira sans problème, affirma Séréna. En revanche, Lina a besoin de sa présence. Elles sont très liées l'une à l'autre.

Je fus donc autorisée à m'absenter de la ferme.

Les Larsac avaient pris une petite semaine de congé pour demeurer auprès de leur fille. Ils avaient loué deux chambres dans un hôtel à proximité du centre de rééducation. Fabien nous rejoindrait une fois ses cours terminés. Je m'en réjouis à l'avance, tout autant – je l'avoue – que de revoir Lina.

J'entrai dans sa chambre le cœur battant. Ses parents nous avaient laissées seules pour ne pas nous déranger. Dans un même élan, nous nous embrassâmes, folles de joie. Lina me parut épanouie, heureuse. Son visage était vierge de tout stigmate de son calvaire. Elle était assise dans un fauteuil, à côté de son lit, ses béquilles à portée, une couverture légère sur les jambes.

— Je peux déambuler dans le couloir sans l'aide de personne, m'apprit-elle. J'ai déjà beaucoup progressé.

Elle se leva, chancela. Affolée, je me précipitai pour la soutenir.

Elle se rattrapa au bras de son fauteuil.

— Laisse, je me débrouille toute seule, ajouta-t-elle fièrement.

Elle coinça ses béquilles sous ses aisselles, se redressa et amorça un pas.

— Tu m'accompagnes à la machine à café ?

Elle ouvrit la marche, prudemment, claudiquant sur son unique pied. J'éprouvai à la fois de la tristesse à la découvrir dans cet état et de la joie à constater comme elle était parvenue à surmonter son désespoir.

— Super ! la complimentai-je.

— Tu sais, il y a pire situation que la mienne, ici. La fille qui partage la chambre avec moi... elle a un cancer. Tu verrais comme elle a la pêche ! Elle fait montre d'un sacré courage. Nous sommes devenues les meilleures amies du monde.

Sur le moment, je pris ombrage de la révélation de Lina. Ainsi, elle avait maintenant une autre amie ! J'en ressentis un brin de jalousie.

— Je suis heureuse pour toi ! répliquai-je un peu sèchement. J'espère que tu n'oublies pas pour autant tes anciennes amies. Tu aurais pu me téléphoner depuis ton départ ! J'ai attendu longtemps ton coup de fil ! Je me suis fait du souci.

— Comment oses-tu croire que je t'ai oubliée, Alice ? C'est ridicule !

Je me reprochai aussitôt cette remarque.

— Pardonne-moi, je ne voulais pas te vexer. Je suis égoïste. Je ramène tout à moi.

Lina me fixa droit dans les yeux. Je sentis que j'allais pleurer.

— Qu'est-ce qu'il y a, Alice ? Pourquoi es-tu triste alors que tu devrais être heureuse de me revoir ? Regarde, je vais mieux, je remarcherai bientôt, même avec une jambe en moins ! C'est moi qui devrais m'attrister, pas toi !

Je reconnus que notre séparation m'avait profondément affectée, que j'avais vécu ces derniers mois en ne pensant qu'à elle, à notre amitié. J'avais craint que celle-ci disparaisse à la suite de l'épreuve qu'elle traversait. Aussi, entendre qu'elle s'était fait une autre amie en mon absence m'avait quelque peu chagrinée.

— Tu resteras toujours ma meilleure amie, Alice, me consola-t-elle. Tu n'as aucune raison d'en douter.

C'était le monde à l'envers ! J'étais venue encourager Lina dans son malheur et c'était elle à présent qui me réconfortait !

— Je ne suis qu'une idiote ! balbutiai-je.

Avec précaution, je la serrai dans mes bras. Elle laissa tomber ses béquilles, s'agrippa à mon cou, m'embrassa longuement. Je la sentis chanceler. Je dus fournir un gros effort pour la soutenir.

— Tu vois, j'ai encore besoin de toi, bêtasse ! Allez, offre-moi un café !

Pendant tout notre séjour, Lina montra un enthousiasme surprenant. Jamais, depuis qu'elle était confrontée à ses problèmes, je ne l'avais vue si optimiste, si déterminée à mordre la vie à pleines dents. Étaient-ce les soins qu'elle recevait qui lui insufflaient autant de fougue pour s'en sortir, autant d'espoir de redevenir la fille d'avant l'accident ?

En réalité, si je m'en réjouissais, je redoutais surtout sa déception au cas où, par malheur, tout ne se déroulerait pas comme elle l'envisageait.

— En plus, ajouta-t-elle, je suis des cours presque particuliers pour passer le bac en juin. C'est chouette, non ? Avec Claudine, on s'entraîne ensemble aux épreuves.

— Claudine ?

— Ma nouvelle amie.

Quand Lina me présenta Claudine, je ressentis la honte de ma vie d'avoir douté de son amitié. Lina me donnait à son tour une leçon de générosité et de bienveillance.

Comment avais-je pu me montrer aussi exclusive, aussi égoïste ? Moi, à qui tout souriait, comment avais-je pu vouloir garder Lina pour moi seule ? Ce qu'elle m'apportait, ne pouvait-elle pas l'offrir également à une autre afin de trouver un nouveau sens à son existence ?

33

Soulagement

La rééducation de Lina s'annonçait très longue, les médecins ne lui avaient pas menti. Aux vacances de Noël, lorsque je la revis pour la seconde fois, je ne me fis aucune illusion. Ses parents m'avaient avertie : Lina en avait pour des mois. D'autant plus que, par malchance, elle avait contracté un microbe dans sa jambe gauche qui avait commencé à s'infecter. Sur le moment, je songeai à Claudine, sa compagne de chambre. Je n'osai demander s'il s'agissait d'un cas analogue, de crainte d'entendre le mot tellement redouté. Séréna me rassura très vite :

— C'est une complication supplémentaire, certes, mais rien de catastrophique. Avec des antibiotiques, son état s'améliorera en quelques semaines. En tout cas, ce n'est pas une tumeur.

Lina était à nouveau clouée au lit quand j'arrivai au centre, seule, ses parents s'étant absentés pour effectuer quelques achats en ville. Cette fois, je lui trouvai les traits marqués par la douleur, ses yeux avaient perdu de leur éclat, son teint était terreux. Je m'abstins de l'alarmer mais je fus incapable de lui mentir en la complimentant pour sa bonne mine.

— Tu es revenue voir l'infirme ! me dit-elle d'un ton sarcastique, dès mon entrée.

— Ta mère m'a assuré qu'il n'y avait rien de méchant. Dans une dizaine de jours, tu seras sur pied.

— Ne la crois pas. Elle n'a pas voulu t'affoler. Moi, je suis certaine du contraire. Tu as regardé mon visage ? J'ai une tête de déterrée !

Je ne prêtai pas attention à ses propos défaitistes. Connaissant Lina, je me dis qu'elle était une fois de plus dans une période de découragement, qu'il fallait surtout éviter de rentrer dans son jeu.

Une infirmière passa lui changer ses pansements. Je me levai aussitôt pour sortir mais Lina insista pour que j'assiste aux soins. L'infirmière s'insurgea gentiment :

— C'est aller à l'encontre du règlement ! Et contre toute mesure d'hygiène. On n'est pas à l'abri d'une contamination venue de l'extérieur !

Lina s'entêta, refusant de se laisser soigner si je quittais la chambre.

— Va pour cette fois alors, concéda l'infirmière.

Je m'écartai du lit et m'assis dans le fauteuil.

Quand sa jambe gauche fut dépouillée de tout bandage, Lina m'invita à l'examiner.

— C'est moche, hein !

Les plaies sur sa cuisse et sur son tibia étaient violacées et boursouflées. Les cicatrices s'étaient rouvertes et suintaient, un liquide jaunâtre s'épanchait sur les croûtes.

— Je ne sais pas, avouai-je sincèrement, le cœur soulevé. Mais puisqu'on t'a certifié qu'il n'y avait rien de grave, tu dois croire les médecins !

L'infirmière désinfecta sa jambe avec délicatesse. Lina se crispa. La douleur lui était insupportable, mais elle se retint de crier.

— C'est comme ça trois fois par jour depuis deux semaines. Tous les efforts que j'ai fournis pour marcher à nouveau sont foutus. En plus, j'espérais qu'on me pose une prothèse provisoire d'ici la fin de l'année, ce sera encore retardé !

— Sois patiente, Lina, lui conseilla l'infirmière. Tu as la chance qu'il ne s'agisse pas d'une tumeur comme ta voisine. Dès que tu auras cicatrisé, tu reprendras la rééducation avec ton kiné, et tu rattraperas rapidement les progrès que tu as déjà réalisés.

J'attendis que la soignante se fût éloignée pour annoncer une agréable nouvelle à Lina. Le moment était bien choisi pour lui remonter le moral avant que ses parents n'arrivent. Je ne doutais pas de l'effet de ma confidence.

— As-tu des nouvelles d'Élie ? commençai-je par m'enquérir.

— Il me téléphone de temps en temps. Entre nous, ce n'est plus comme avant. Il me paraît distant... J'avoue avoir été étonnée par son long silence après l'accident. Il est resté aux abonnés absents plus de deux mois. J'ai cru qu'il ne souhaitait plus me voir... qu'il culpabilisait. Peut-être s'est-il imaginé que je lui en voulais à mort de m'avoir estropiée à vie.

— Et tu n'as pas cherché à comprendre pourquoi il agissait ainsi ?

Lina me regarda d'un air réprobateur.

— C'est un reproche ? Tu oublies que c'est moi la victime dans cette histoire ! Lui s'en est bien tiré !

— Il pense beaucoup à toi.

— Pourquoi n'est-il pas venu ?

— Son père lui a défendu de conduire les véhicules de ses clients, d'autant qu'il a dû rembourser celui qui a été mis hors d'usage par sa faute.

— Il ne m'a rien dit de tout cela.

— Il culpabilise, effectivement.

Je devinai que Lina en voulait à Élie, non d'être responsable de son drame, mais de ne pas s'être précipité à son chevet.

— Il se tracasse beaucoup pour toi. Il n'a sans doute pas osé te l'avouer... Je l'ai rencontré plusieurs fois à la sortie du lycée, et nous avons beaucoup discuté. Il t'aime toujours, Lina. Il est très malheureux. Surtout depuis que sa sœur est partie à Paris.

Lina recouvra subitement des couleurs, comme si le seul fait d'entendre parler d'Élie en bien avait suffi à la faire changer d'avis.

— Il m'aime… vraiment ?

Je me rapprochai de son lit, m'assis à côté d'elle.

— Aïe ! s'écria-t-elle. Fais gaffe, ne m'abîme pas davantage !

Je me penchai à son oreille :

— Il sera là demain après-midi. Il prendra le premier train pour Bordeaux dans la matinée, puis un autocar qui l'amènera jusqu'ici. Nous avons étudié les horaires ensemble. Il souhaite te surprendre, mais seulement si, ce soir, je lui confirme par téléphone que tu l'attends.

Folle de joie, Lina me serra chaleureusement dans ses bras.

Quand nous partîmes de Mende pour retrouver Lina, les Larsac n'étaient pas au courant de la venue imminente d'Élie.

Ce dernier avait osé leur demander des nouvelles de son amie peu après leur accident. Ils l'avaient éconduit, le rendant responsable du drame.

Élie ne s'était pas découragé. Il avait insisté en allant chez eux, à la Colombière, à plusieurs reprises. Chaque fois, il avait été reçu sur le pas de la porte, sans aucun égard. Séréna était la plus révoltée. Elle voyait en lui un garçon qui avait dévergondé sa fille.

Elle se reprochait d'avoir accordé à Lina la permission de sortir avec lui :

— Tout cela ne serait pas arrivé si nous lui avions interdit cette fréquentation ! martelait-elle quand elle abordait le sujet avec Pierre. On ne s'y est pas opposés parce que cet Élie est également originaire de La Réunion et qu'il a eu un destin pire que celui de Lina. Si c'était à refaire…

Pierre ne portait pas le même jugement sur l'ami de sa fille. Il avait instruit beaucoup de cas désespérés d'enfants issus de la DDASS de cette île lointaine. Si, à Mende, il ne s'occupait plus de ce dossier – toujours ouvert à l'époque –, il n'avait pas oublié combien était dramatique leur situation, surtout chez ceux qui, comme Lina et Élie, n'étaient pas orphelins au moment de leur adoption. Les plus âgés, et donc les plus conscients, ne comprenaient pas pourquoi ils avaient été adoptés alors que leurs parents étaient vivants, ni pourquoi on les privait de toute possibilité de retour.

Peu avant notre départ pour le centre de rééducation, j'avais plaidé en faveur d'Élie, un peu par hasard, devant les Larsac. Pierre et Séréna avaient proposé à mes parents de m'emmener à nouveau auprès de Lina. Dans la conversation, ceux-ci leur avaient demandé des nouvelles du jeune homme qui conduisait la voiture.

— Il n'a été que légèrement blessé, avait répondu Séréna d'un ton sec. Nous préférons ignorer ce qu'il devient. Il a eu une très mauvaise influence sur notre fille.

— Cependant, Élie peut vraiment aider Lina à reprendre goût à la vie, avais-je avancé alors, sans avoir prémédité ma remarque. Avec lui, Lina est heureuse. Il lui offre ce qu'aucun de nous ne lui apporte : la pleine conscience de ses racines, de son appartenance à son passé. Il n'y a pas pire que de ne pas savoir qui l'on est et d'où l'on vient. Un arbre sans attaches finit toujours par tomber au sol sous le moindre souffle de vent. Vous êtes sa famille, sa vraie famille, mais vous ne pourrez jamais lui greffer vos propres racines. C'est impossible. Aussi, vous ne devriez pas l'empêcher de revoir Élie.

Je plaidais la cause d'Élie sans me douter que Lina était en froid avec lui.

Séréna ne m'avait pas paru très convaincue.

— Tu prends sa défense pour aider ta meilleure amie, Alice. C'est tout à ton honneur. Mais tu ne m'ôteras pas l'idée que ce garçon ne convient pas à Lina. Elle mérite mieux.

— Ce n'est pas à nous d'en décider, était intervenu Pierre. Alice a peut-être raison. Évitons de porter des jugements hâtifs sur autrui. Après tout, nous ne connaissons pas ce jeune homme… ou si peu.

— Après sa journée de mécanique dans le garage de son père, avais-je ajouté, il suit des cours par correspondance pour rattraper son retard scolaire et passer son bac en candidat libre.

Mon information avait surpris Séréna. Elle avait regardé son mari d'un air sidéré, comme si je lui avais notifié un événement exceptionnel.

— Et dans quel but ?

— Son rêve d'enfant était d'être médecin, comme vous. Il était bon élève à l'école. Mais, son père l'ayant obligé à travailler avec lui, il a renoncé. Toutefois, il espère devenir infirmier.

— Il a beaucoup de mérite ! avait reconnu Séréna.

— Ce garçon m'étonne ! avait appuyé Pierre. Finalement, nous l'avions mal jugé.

J'avais fini par convaincre les Larsac de permettre à leur fille de renouer avec Élie si celle-ci en manifestait le désir.

Le soir même, j'avais téléphoné à Élie pour lui apprendre la nouvelle. Il avait exulté et m'avait fait promettre de prévenir Lina qu'il lui rendrait visite dès qu'il pourrait s'absenter du garage et si elle l'acceptait.

Je n'avais pas encore averti les Larsac de ce qui avait été convenu entre nous.

Le troisième jour après notre arrivée, je les accompagnai au centre comme d'habitude, vers midi, une fois les soins de Lina terminés. Celle-ci s'était coiffée, habillée de propre, et était assise dans son fauteuil. L'infirmière l'avait autorisée à sortir du lit avec pour consigne de ne pas poser sa jambe au sol pour ne pas risquer de rouvrir les plaies.

— La semaine prochaine, je recommence ma rééducation ! nous apprit-elle, radieuse. L'interne m'a avertie hier soir que plus rien ne s'y oppose.

Seules les séances de piscine me sont encore interdites, pour ne pas ramollir les chairs endommagées par cette vacherie de microbe.

Lina avait repris le dessus : quand elle ne contrôlait plus son langage, c'était bon signe !

Elle me jeta un regard de connivence. Je devinai qu'elle pensait à Élie. Je fronçais les sourcils pour lui signifier que tout se passait comme prévu.

Avant de partir de l'hôtel, ce matin-là, j'avais finalement annoncé à ses parents l'arrivée d'Élie. Je leur avais expliqué qu'il désirait ardemment retrouver Lina, d'abord pour s'excuser auprès d'elle de ce qu'il lui avait infligé, ensuite pour lui prouver combien il tenait à elle et qu'il l'aimait par-dessus tout.

Séréna avait cédé. Quant à Pierre, si c'était pour le bien de sa fille, il ne s'opposerait pas à cette visite.

J'avais atteint mon but. J'en étais soulagée.

Vers quinze heures, quelqu'un frappa à la porte de la chambre. Nous entourions Lina qui sommeillait dans son lit.

Je me retournai la première et aperçus Élie dans l'embrasure, un gros bouquet de fleurs à la main.

Les Larsac se levèrent aussitôt et l'accueillirent amicalement, comme si de rien n'était.

J'embrassai Élie puis lui murmurai à l'oreille :

— Elle s'est endormie, mais elle t'attend.

— Nous vous laissons, proposa Pierre. Il vaut mieux que nous ne soyons pas là quand elle se réveillera.

Nous abandonnâmes donc Élie en compagnie de Lina.

Quand elle rouvrit les yeux, me raconta-t-elle plus tard, elle s'effondra en larmes et comprit combien Élie lui avait manqué.

Celui-ci ne resta que deux jours près de Lina. Quant à nous, nous la quittâmes à la fin de la semaine. Je lui promis de revenir en février, aux prochaines petites vacances scolaires.

— D'ici là, je serai debout avec ma prothèse provisoire, m'affirma-t-elle. Et en juin, pour le bac, je marcherai comme tout le monde. Personne ne s'apercevra de mon handicap.

Lina était redevenue la combattante, la guerrière, celle qui terrasse le dragon et qui se redresse après chaque coup dur.

Je ne doutais pas de sa force de caractère. Depuis que je la connaissais, elle m'avait habituée à ses chevauchées héroïques, à ses victoires inattendues après ses terribles batailles contre l'adversité.

Je rentrai chez moi dynamisée, persuadée que Lina atteindrait bientôt le bout du tunnel.

34

Complications

1979

Le séjour de Lina au centre de rééducation ne fut pas une sinécure. Dans les lettres qu'elle m'envoyait régulièrement, elle me racontait les épreuves qu'on lui imposait, les souffrances engendrées par les exercices de kinésithérapie qui la terrassaient. Sa jambe gauche n'était pas la seule en cause. Bizarrement, son membre amputé se réveillait parfois la nuit. Elle ressentait des élancements dans le pied broyé dans l'accident. Ils lui tiraient les larmes des yeux jusqu'à ce qu'elle réalise que tout cela n'était qu'une impression de l'esprit, un souvenir douloureux ancré dans son subconscient. « C'est terrible, se plaignait-elle, j'ai l'impression que j'ai encore ma jambe, mais que je ne la commande plus. »

— Beaucoup d'amputés éprouvent cette sensation étrange après leur opération, m'expliqua Séréna lorsque je lui en parlai. À force, ça disparaîtra.

Le plus pénible arriva lorsqu'on lui fixa pour la première fois sa prothèse provisoire. Quelques semaines après notre départ, ses chairs étant définitivement cicatrisées, les médecins jugèrent qu'il était temps de la lui poser.

Lina attendait ce moment avec impatience. Pourtant elle déchanta très vite, tant il lui fut difficile de se déplacer sans avoir recours à ses béquilles. Débuta alors un long apprentissage. Tous les jours après ses cours du matin, elle s'échinait deux heures d'affilée en salle pour tenter de mettre un pied devant l'autre, d'abord en se maintenant à deux barres parallèles, puis en se lâchant d'une main. Quand arriva le jour de se lancer sans l'aide d'aucun appareil, elle multiplia les chutes. Tenace, elle se relevait et recommençait. Avec beaucoup de persévérance, au bout du huitième jour, elle parvint à faire quelques pas sans tomber. Ce fut sa première victoire. « J'ai ressenti la joie d'un enfant qui effectue ses premiers pas », m'écrivit-elle pour m'annoncer son exploit.

Le samedi suivant, une fois rentrée chez moi, je me précipitai sur le téléphone et l'appelai pour la féliciter.

— Tu es sur la bonne voie. Quand je reviendrai, nous nous promènerons bras dessus bras dessous, comme avant. Je suis tellement heureuse pour toi, Lina !

J'ignorais alors que l'infection de sa jambe gauche avait encore gagné. Lina ne m'en parlait pas, car elle en minimisait la gravité, toute préoccupée à remarcher. Or la fièvre la terrassa bientôt et la cloua au lit plusieurs jours de suite.

Séréna partit en catastrophe pour être auprès de sa fille et la réconforter. Les médecins ne comprenaient pas l'origine de cette nouvelle complication.

— Nous lui avons administré des antibiotiques plusieurs fois, à espaces réguliers, lui expliquèrent-ils. Puis de la cortisone à forte dose pour enrayer l'inflammation. Malgré tous les traitements, il subsiste un foyer infectieux.

Terrifiée à l'idée qu'on ampute Lina de son autre jambe, Séréna était au désespoir. Elle lui cacha les raisons de sa nouvelle angoisse, mais, le soir, après sa visite, elle se creusa les méninges pour trouver de son côté les causes possibles du mal de sa fille.

Dans un premier temps, elle pensa à un rejet des broches, une intolérance au métal. Elle en parla aux médecins. Ceux-ci reconnurent y avoir songé, mais, après vérification, ils avaient écarté cette éventualité.

— On devrait faire un scanner de sa jambe, proposa Séréna, pour s'assurer qu'une anomalie ne vous a pas échappé.

Ce type d'examen n'était pas très répandu à cette époque. Les médecins du centre n'étaient pas convaincus de l'utilité d'une telle démarche.

— Les radios n'ont rien décelé d'anormal, lui objectèrent-ils. De toute façon, ici, au centre, nous ne pouvons le réaliser. Il faudrait la transférer à Bordeaux.

Séréna insista et usa de ses relations.

Lina fut donc transportée au nouveau centre hospitalier de Bordeaux en ambulance afin de subir un examen plus approfondi.

Le scanner révéla un corps étranger dans la plaie de son fémur.

— Il faut rouvrir, déclara le radiologue, afin de savoir ce dont il s'agit. Ce qu'on perçoit est peut-être la cause de l'inflammation persistante.

Lina se mit en colère.

— Je refuse ! s'insurgea-t-elle devant sa mère. Je ne veux pas perdre des semaines à me rétablir. Je commençais à peine à trottiner, seule, avec ma prothèse ! Une intervention chirurgicale annulera tous mes progrès. À ce rythme-là, je ne suis pas près de remarcher ni de passer mon bac en juin !

Quand, à la fin du mois de janvier, Fabien m'apprit la nouvelle au cours d'une visite éclair à son père, resté à Mende pour son travail, je me décourageai à mon tour. Lina n'avait pas encore été opérée.

— Elle n'a vraiment pas de chance ! lui dis-je. Mais elle doit écouter les conseils des médecins. Son bac ne doit pas être son unique souci. Il est plus urgent d'éradiquer cette inflammation et de sauver sa jambe.

Comme sa mère, la seule pensée qu'il faille à nouveau l'amputer me terrorisait. Lors de ma venue au centre de rééducation, j'avais croisé dans les couloirs un jeune homme privé de ses deux jambes, en fauteuil roulant. Je n'avais pu m'ôter de l'esprit cette horrible expression : « cul-de-jatte », que certains emploient pour se moquer. Je n'imaginais pas Lina dans une telle situation. J'en avais été bouleversée, surtout quand ce jeune homme s'était soulevé sur ses mains pour passer de son fauteuil à un canapé dans le salon de détente où, tous les jours à la même heure, il regardait la télévision en position allongée afin de se soulager le dos.

Fabien me rassura.

— Tu la connais, elle râlera, mais elle finira par accepter. Elle n'a pas le choix.

Je tentai d'oublier les soucis que m'occasionnait Lina en me blottissant dans ses bras, mais je ne parvins pas à m'évader avec lui au pays où l'amour est roi.

Lina céda aux recommandations des médecins et fut opérée le lendemain du départ de Fabien. Celui-ci me promit de m'informer du déroulement de l'intervention dès son arrivée à Bordeaux où il rejoignit sa mère au chevet de sa sœur.

Au lycée, je n'avais pas accès au téléphone. Nous avions donc décidé qu'il préviendrait Élie et que ce dernier tâcherait de me voir au portail, après les cours. Élie était tout aussi consterné que moi à l'idée que Lina perde sa jambe. Comme convenu, il vint à la récréation de dix heures pour me signifier que Lina était partie au bloc.

— À midi, je reviendrai te donner d'autres nouvelles, ajouta-t-il.

Je passai la fin de la matinée dans l'angoisse la plus totale.

Quand la sonnerie retentit, je me précipitai hors de la salle de classe sans attendre les ultimes recommandations de monsieur Sihol qui ne terminait jamais à la seconde précise.

— Alice, où cours-tu si vite ? m'arrêta-t-il.

— Prendre des nouvelles de Lina, monsieur. On l'a opérée ce matin. J'ai peur qu'on ne l'ait amputée de sa deuxième jambe !

— Alors, ne perds pas une minute ! Dépêche-toi et tiens-moi au courant.

À la grille du lycée, je retrouvai un Élie à la mine réjouie.

— Elle va bien ? lui demandai-je sans lui laisser le temps de s'exprimer.

— Oui, on l'a opérée il y a deux heures, et ils ont trouvé ce qui n'allait pas. Tu ne me croiras pas !

— Que lui a-t-on trouvé ?

Élie sortit de sa poche une boîte de pansements.

— Ça. Un morceau de gaze dont on se sert pour éponger les saignements pendant une opération.

J'en demeurai stupéfaite.

— Comment est-ce possible ?

— Quand ils ont recousu la plaie après lui avoir posé la broche au fémur, ils l'ont oublié. Ça s'est infecté.

— C'est grave ?

— Fabien m'a affirmé que non, maintenant qu'ils l'ont enlevé. Mais ça aurait pu !

Je fus soulagée. Séréna avait eu raison d'insister pour le scanner. Sans cet examen, Lina aurait peut-être perdu sa deuxième jambe. Élie ne contenait pas sa joie. Je lus dans ses yeux combien il aimait Lina. Je me reprochai sur le coup de l'avoir mal jugé au début de leur relation.

— Elle rentre au centre dans trois jours et recommencera sa rééducation le lendemain, ajouta-t-il. Ce week-end, je descends la voir en bagnole. Si tu veux, je t'emmène. Tu ne risques rien, j'ai mon permis maintenant. Et cette fois, mon père me prête la sienne ! En ce moment, il me passe tout ce que je veux. J'ignore pourquoi.

Je déclinai son invitation. Mes parents n'auraient pas accepté que je m'absente en dehors des vacances, qui plus est avec un garçon. Ils ne m'autorisaient à rendre visite à Lina qu'avec les siens.

— C'est impossible, mentis-je. J'ai des compos à réviser pour la semaine prochaine.

Le samedi suivant, Fabien m'appela : Lina avait bien récupéré et son état était très satisfaisant. Les médecins l'avaient reprise en main et avaient décidé d'accélérer sa rééducation. J'en fus soulagée.

Je revis Lina aux petites vacances de février, puis à celles du printemps. À chacune de mes visites, elle me redonna confiance. Elle progressait de jour en jour.

Peu après Pâques, alors que j'étais auprès d'elle avec Fabien, elle nous annonça qu'on lui poserait bientôt sa prothèse définitive.

— Un truc de dingue ! exulta-t-elle. On dirait un ressort plat, flexible comme un roseau, mais qui plie juste assez pour éviter de boiter. Rien de comparable avec une prothèse classique ! Et à l'extrémité, il y a un pied articulé sur lequel on fixe la chaussure. Quand je porterai des pantalons, on ne se doutera pas que j'ai une fausse jambe. Je pourrai courir, faire de la bicyclette et même skier, m'a assuré le prothésiste.

J'étais heureuse de voir Lina si réjouie. Je n'avais jamais douté de sa combativité. Quelques mois d'efforts supplémentaires et elle reviendrait à Mende où nous fêterions ensemble notre succès au baccalauréat.

Lina passa encore de longues semaines en compagnie de ses amis handicapés. Devenus très proches, ils s'appelaient entre eux le Club des cinq, bien qu'étant au nombre de six ! Tous montraient un courage exceptionnel, chacun luttant contre un destin qui ne leur concédait rien.

Après son retour définitif à Mende, Lina me raconta ce qu'elle avait vécu en leur compagnie et m'avoua en avoir tiré une belle leçon d'humilité et d'abnégation. Elle me parut transformée par cette expérience de vie en commun, en compagnie de jeunes meurtris par l'existence qui refusaient la fatalité.

Elle s'était donc liée avec ce petit groupe de quatre garçons et une fille, tous appartenant à des milieux sociaux divers.

Claudine était de loin la plus frappée par le destin. Elle se savait condamnée, à moins d'un miracle, reconnaissait-elle quand elles abordaient entre elles le sujet épineux de sa maladie.

— Le cancer est un mal incurable. Peu de gens s'en sortent. Les médecins m'ont annoncé que je pouvais vivre plusieurs années si les traitements sont efficaces. Mais ils m'ont aussi avertie que je pouvais mourir dans quelques semaines, un mois, deux mois… Personne n'est capable aujourd'hui d'avoir une certitude en la matière. J'ai l'impression que ma vie se joue à la roulette russe !

Lina, dans son malheur, s'estimait presque privilégiée. Elle évita de témoigner trop de compassion à son amie, préférant envisager l'avenir avec elle comme si aucun couperet ne planait au-dessus de la tête de Claudine. Elles révisaient le bac ensemble, évoquaient leurs projets une fois le diplôme en poche. Claudine souhaitait suivre des études de physique pour se consacrer à la recherche.

— J'aimerais intégrer une école d'astrophysique. Tout ce qui touche à l'espace me passionne. Je suis persuadée qu'au-delà de notre galaxie, d'autres mondes existent, plus intelligents que le nôtre…

Lina tenait avec Claudine de longues discussions qui les menaient parfois tard dans la nuit. Allongées côte à côte dans leurs lits, elles s'évadaient loin de leurs soucis, de leurs souffrances et des contingences quotidiennes.

Avec les garçons, Lina entretenait des relations moins intimes et moins sérieuses.

Aziz la distrayait. Il avait un sens aigu de l'autodérision et ne se prenait jamais au sérieux. Avant son infirmité, il jouait au basket-ball et aurait voulu atteindre le niveau des meilleurs champions des équipes américaines. Il s'imaginait déjà en haut de l'affiche de la NBA, la plus célèbre ligue de basket-ball du monde, et rêvait de rivaliser avec les plus grands du Celtics de Boston ou des Lakers de Los Angeles. Le mal qui le rongeait depuis plus d'un an ne lui enlevait pas ses rêves. Dans son fauteuil roulant, il déambulait joyeusement, un ballon dans les mains, dribblant dans les couloirs entre les valides, riant aux éclats de la surprise qu'il créait. Il était toujours de bonne humeur et était devenu expert dans la manipulation du fauteuil roulant. Il se déplaçait à toute vitesse, pivotait d'un tour de main en cabrant son engin sur les deux roues arrière, se lançait en direction des escaliers et s'arrêtait juste avant les premières marches sous les yeux écarquillés des aides-soignantes et des infirmières qui, paniquées, le regardaient filer, la mine ahurie par les farces qu'il leur jouait.

— Eh, ma douce – comme il appelait Lina –, tu m'accompagnes en salle de sport ce matin ? lui proposa-t-il un jour. Tu me renverras le ballon après chaque panier que j'aurai marqué.

— Je tiens à peine debout avec ma nouvelle prothèse ! Comment veux-tu que j'y parvienne ?

— Ce sera un très bon exercice d'équilibre !

Lina accepta, ravie de sortir de ses habitudes.

Aziz lui fit une démonstration de son savoir-faire qui la laissa sans voix. Mais c'est d'abord elle-même qu'elle surprit. Après le premier panier, elle chancela et s'affala sur le sol. Aziz l'aida à se relever dans un grand rire. Au deuxième panier, elle tituba mais se redressa de justesse, puis elle relança le ballon à son ami avec une certaine maladresse.

— C'est bien, t'y arrives ! la félicita-t-il.

L'exercice renforça sa confiance en elle. Petit à petit, elle se sentit plus assurée sur ses jambes et acquit davantage de stabilité.

Quand Ludovic, son kinésithérapeute, la vit à l'œuvre, il l'encouragea à poursuivre ses efforts. Ainsi, un jour après l'autre, Lina eut l'impression de redevenir la fille qu'elle était auparavant.

Raphaël et José, voisins de lit et souffrant de la même pathologie, la raccompagnaient souvent à sa chambre après les cours de la matinée et une fois la rééducation de la journée terminée. Ils lui paraissaient plus mûrs que leur âge, pourtant ils n'avaient qu'un an de plus qu'elle et préparaient également leur bac. Leur handicap semblait plus sérieux que celui d'Aziz. Les médecins ne leur avaient pas caché la vérité : leurs centres nerveux s'altéraient lentement de manière irréversible. Ils se savaient condamnés au fauteuil pour le restant de leurs jours. Néanmoins, ils ne se plaignaient jamais et entretenaient avec Lina des relations d'une franche amitié.

Raphaël se montrait le plus entreprenant des deux. Lina comprit qu'il était tombé amoureux d'elle et qu'il n'osait le lui déclarer. Ne souhaitant pas lui faire de la peine, elle se laissa courtiser gentiment. Mais quand elle s'aperçut que son ami José en était réellement chagriné, sans pour autant faire montre d'une once de jalousie, elle avoua à Raphaël que son copain l'attendait à Mende, et qu'elle ne lui serait jamais infidèle.

— Je suis désolée, Raphaël, en d'autres circonstances, tu m'aurais beaucoup plu et j'aurais été heureuse avec toi. Mais j'aime Élie. Je lui ai promis qu'un jour je serais sa femme…

C'était la première fois que Lina se confiait ainsi. Quand elle me raconta cette conversation avec Raphaël, je me réjouis à mon tour de la redécouvrir aussi optimiste. Dès lors, je portai un regard de plus en plus bienveillant sur Élie. Depuis le premier jour de leur rencontre, elle l'avait conquis et il n'avait pas cessé de penser à elle.

Raphaël s'attrista mais garda toute son amitié à Lina.

Quant au jeune Cyril, son cas était le plus attendrissant, au dire de Lina. Il recherchait sa présence et voyait en elle la grande sœur qu'il n'avait pas eue.

— Mes parents ne s'entendent plus. Mon père a quitté la maison et vit avec une autre femme. Ma mère, elle, me prend pour un bébé. Elle vient tous les jours au centre pour être avec moi après les soins. Elle a peur qu'il m'arrive quelque chose, mais moi, je suis persuadé que je n'ai rien de grave. Je ne comprends pas pourquoi on me garde ici.

Cyril était étroitement surveillé, car son cas intriguait ses soignants. Ils ne lui avaient pas caché sa maladie, mais, ne sachant pas comment elle évoluerait, s'étaient abstenus d'avancer des suppositions qui auraient nui à son moral.

La fin du séjour de Lina au centre fut endeuillée par le calvaire de Claudine. Son état empira rapidement. La chimiothérapie n'avait eu, cette fois, aucun effet sur sa tumeur. Des métastases s'étaient disséminées dans son corps. Elles eurent raison de ses dernières forces en l'espace de quinze jours.

Quand elle fut transférée en soins intensifs, Lina comprit. Ses amis guettèrent les allées et venues dans les couloirs pour obtenir des informations. Mais les infirmières avaient pour consigne de ne rien divulguer tant qu'une lueur d'espoir subsistait.

— Tout va bien, affirmaient-elles. Soyez patients, vous la reverrez bientôt. Elle se repose.

Très vite, le Club des cinq commença à craindre le pire. L'un d'eux était au plus mal.

Claudine s'éteignit, un soir, dans son sommeil, seule dans son lit de souffrance.

Le lendemain matin, avertie du décès de son amie, Lina s'effondra et fut incapable d'aller à sa séance de rééducation. Aziz le premier tenta de la réconforter.

— Elle est partie vérifier si ce qu'elle soutenait est vrai, lui dit-il en s'efforçant de plaisanter. En ce moment, elle vole vers une autre galaxie ! Elle vit son rêve au-delà de la vie terrestre que ses parents lui avaient donnée… Nous sommes vraiment cinq à présent !

Toutefois, il eut beau user de tous les subterfuges pour accrocher un sourire au visage de Lina, celle-ci ne parvint pas à chasser sa tristesse.

Début juin, dix mois après son admission, elle quitta définitivement le centre de rééducation, le cœur en berne.

Pierre et Séréna vinrent la chercher en voiture, après que les médecins leur eurent signifié que leur fille était maintenant capable de marcher sans problème. Les complications de son état de santé n'étaient plus que de mauvais souvenirs.

Séréna comprit immédiatement que sa fille n'avait pas le moral. On ne l'avait pas avertie du décès de l'amie de sa fille. Elle crut une fois encore que le changement brutal de situation la perturbait. Aussi lui annonça-t-elle sans tarder :

— Nous ne sommes pas seuls. Quelqu'un est là… pour toi.

Pierre était ressorti de la chambre sous prétexte d'aller mettre la dernière main à son dossier médical.

— Qui donc ? se réjouit Lina. Alice ?

La porte s'ouvrit.

Lina écarquilla les yeux.

Derrière son père, elle aperçut Élie.

— Nous lui avons demandé de nous accompagner pour te faire une surprise.

Lina retrouva aussitôt le sourire. Elle se redressa lentement sur ses jambes, amorça quelques pas, les mains tendues vers Élie.

— Tu vois, je marche ! dit-elle fièrement.

Élie se précipita dans ses bras, l'embrassa sans se soucier de la présence de ses parents.

— On vous laisse. Ne faites pas de bêtises ! se moqua Pierre. On revient dans une minute.

35

Un nouvel horizon

Montpellier, 2002

Lina ne m'avait pas donné de nouvelles depuis son dernier appel, une semaine plus tôt, alors que j'étais à Guéret. Elle se trouvait toujours à Rome, à tempêter – telle que je la connaissais – contre les médecins et autres orthopédistes qui ne devaient pas aller assez vite à son goût pour la remettre sur pied !

J'en ai profité pour avancer dans mon travail d'écriture. Mon roman prenait tournure. Me relisant pour me corriger, j'étais assez fière du résultat. Il me restait à raconter toute la partie de sa vie, de sa sortie du centre de rééducation jusqu'au jour où nous nous étions séparées pour mener notre destin chacune de son côté. Ce jour se profilait à l'horizon de mon récit. Je n'étais pas pressée d'y arriver, comme si je redoutais cet instant qui avait été, je le ressens encore aujourd'hui, un véritable crève-cœur.

En compulsant son journal intime, j'ai constaté que ses notes devenaient moins précises après son retour à Mende. Il manquait à nouveau des détails ; des périodes avaient été occultées. Des oublis, ai-je pensé. Cela m'a perturbée, car je n'avais pas l'intention d'inventer des faits qui ne s'étaient pas produits pour meubler les vides de son existence, même si mon roman faisait une part belle à la fiction. Je me suis résolue sur le moment à me satisfaire de ce que j'avais à ma disposition, projetant de questionner Lina, une fois rentrée de Rome, sur les éléments manquants.

Riche des renseignements glanés dans la Creuse, comme tous les soirs je me suis assise à mon bureau et m'apprêtais à entamer la dernière partie de mon roman, quand quelqu'un a tambouriné à la porte de mon appartement. J'en ai été surprise, car l'immeuble était protégé par un digicode et tout visiteur devait utiliser l'interphone pour être autorisé à y entrer.

Prudente, je me suis approchée de la porte et ai demandé qui était là.

— C'est moi ! Ouvre vite. Ne me laisse pas poireauter, je suis trempée !

J'ai reconnu la voix de Lina et lui ai ouvert sans hésiter.

Elle m'a paru transie. Dehors, il pleuvait à verse. Or elle n'était que légèrement vêtue.

— Comment es-tu entrée ? me suis-je étonnée.

— J'ai profité d'un jeune homme qui a ouvert devant moi… Il fait un temps de chien ! À Rome, il faisait bien meilleur !

Je lui ai aussitôt proposé de se changer et de passer à table.

— Je suppose que tu n'as pas mangé !

— Exact. Je suis descendue du train il y a seulement un quart d'heure.

J'étais heureuse de son retour. Mais j'avoue que je ne m'attendais pas à ce qu'elle débarque ainsi sans prévenir.

— Tu aurais pu me téléphoner hier soir ! Je t'aurais préparé un bon repas. Du coup, tu n'auras droit qu'à des restes.

— Tu me connais, je n'aime pas m'annoncer !

Lina m'a semblé chagrinée. Elle ruminait. J'ai senti qu'elle me cachait quelque chose. Je n'ai pas insisté. Quand elle maugréait, il était inutile de lui soutirer ce dont elle ne souhaitait pas parler.

Quand elle a eu fini de se restaurer, je lui ai fait remarquer que son journal intime me paraissait incomplet. Plutôt que de m'en expliquer la raison, elle dévia la conversation :

— J'ai vu Élie à Rome. Ce n'était pas prévu. Il devait prendre un vol direct Beyrouth-Paris.

— Et alors ?

— On s'est disputés. Il a décidé de cesser ses activités humanitaires. Il en a assez. Ce qu'il a entendu à Beyrouth a anéanti tous ses espoirs. Le Hezbollah se pose toujours comme le libérateur de la région sud du Liban, d'où les Israéliens se sont retirés il y a deux ans. Il apparaît ainsi comme la première force politique du pays. Or les conflits internes sont loin d'être résolus. Élie affirme qu'on tourne en rond et qu'il n'y a aucune volonté des grandes puissances d'y établir la paix. Je n'étais pas d'accord avec sa décision. Du coup, il est reparti à Paris, seul. Il a refusé de m'accompagner chez toi. Je me faisais une telle joie d'être réunis tous les trois ! Je lui en veux !

— Ce n'est pas grave, ce sera pour une autre fois.

Moi aussi, j'étais déçue, mais je me suis abstenue de le montrer. Lina était là, avec moi, c'était ce qui importait le plus à mes yeux. Nous étions comme au bon vieux temps, à l'époque de notre amitié indéfectible. Nous allions nous confier l'une à l'autre sans limites, sans gêne.

— Au fond, ai-je ajouté, cela vaut mieux ainsi. J'ai besoin de ton aide pour évoquer des faits que tu survoles dans ton journal. Si Élie avait été entre nous, tu aurais peut-être hésité à me parler franchement. D'ailleurs, connaît-il l'existence de ton journal intime ?

— Non, toi seule l'as lu. Et je n'ai pas l'intention de le lui donner à lire. C'est mon jardin secret que je partage uniquement avec ma meilleure amie... Tu te souviens comment je te qualifiais quand nous étions au lycée ?

— Pardi, si je m'en souviens ! *L'amie prestigieuse*, comme Véli ! Moi aussi je te considérais ainsi.

Ce soir-là, nous avons renoué avec les merveilleux moments d'intimité que nous avions vécus ensemble, depuis notre première rencontre en classe de sixième jusqu'à ce jour où elle était rentrée des Landes, rétablie, mais ô combien marquée par le destin !

— Quels détails te faut-il pour terminer ton travail ? m'a-t-elle alors demandé.

J'ai préféré reporter au lendemain la suite de nos évocations.

— Ça risque d'être long. Il est tard. Il vaudrait mieux aller se coucher, tu dois être fatiguée. Nous en reparlerons demain. Nous aurons toute la journée, je n'ai pas cours. Nous mettrons tout cela au clair tranquillement.

Lina est restée à Montpellier plusieurs jours, pendant lesquels nous avons complété les chaînons manquants du parcours mouvementé qui l'avait amenée à la jeune femme qu'elle était devenue. J'ai pu ainsi rédiger les chapitres suivants de son histoire en pleine possession de tout ce qu'elle avait omis d'indiquer dans son cahier.

La raison de ces imprécisions était simple : Lina était tellement amoureuse d'Élie qu'elle n'avait plus éprouvé le besoin de s'épancher. Son bonheur remplissait ses jours et elle ne souhaitait pas le partager même avec son journal intime.

Toutefois, autre chose enfoui en elle expliquait également ses longs silences.

1979

Pendant les années qui suivirent son accident, Lina rencontra d'autres obstacles qui la marquèrent profondément. J'en fus souvent le témoin, direct ou indirect quand elle me racontait ce qui lui arrivait en mon absence.

Comme prévu, en juin elle se présenta au baccalauréat. Elle n'avait pas encore fêté ses dix-huit ans, qu'elle aurait à la fin de l'année. Les cours qu'elle avait reçus au centre lui avaient permis de ne pas perdre pied. Au contraire, elle reconnut elle-même qu'ils étaient d'un meilleur niveau que ceux de notre lycée.

Elle redouta cependant le premier jour des épreuves. Ce fut sa première sortie après son retour chez elle. Pourtant personne ne remarquait son handicap. Si elle demeurait un peu instable sur ses jambes, elle ne boitait pas et son pantalon masquait parfaitement sa prothèse.

— Ne t'inquiète pas, l'encourageai-je. On ne s'apercevra de rien.

Oublieuse de son appréhension, Lina affronta le regard curieux de nos camarades sans se trahir. Mais autour de nous, les commentaires fusèrent très vite : « Elle est revenue… elle n'a pas changé… Oh ! elle n'a pas bonne mine… »

Il fallut que je mette fin aux remarques parfois désagréables de certains, car Lina bouillait en son for intérieur et était prête à soulever le bas de son pantalon pour faire taire les malveillants.

Elle surmonta toutes les épreuves de sa série avec une facilité déconcertante. Bien que ce ne fût pas sa discipline principale, elle s'était surpassée en dissertation de philosophie, dont le sujet sur le droit à la différence l'avait particulièrement inspirée. De même, elle survola les mathématiques et la physique, ses matières à plus gros coefficients. À l'oral, elle émerveilla ses examinateurs, notamment en anglais où elle excellait.

De mon côté, je n'éprouvai guère de difficultés, sauf en chimie qui avait toujours été ma bête noire. En revanche, la version latine et le commentaire de texte de philo me confortèrent dans mon choix d'orientation pour mes futures études.

Quinze jours après l'examen, nous nous rendîmes au lycée où les résultats avaient été affichés. Bien qu'optimistes, nous craignions malgré tout une mauvaise surprise. Le cœur battant, comme tous les candidats, nous nous pressâmes devant les panneaux d'affichage. De nombreux élèves en obstruaient l'accès.

C'est alors que nous entendîmes derrière nous une voix familière.

— Lina, Alice, ne vous inquiétez pas ! Tout s'est bien passé.

Monsieur Sihol vint vers nous, l'air radieux.

— Mes félicitations, les filles, nous dit-il. Je ne doutais pas de votre réussite.

Nous nous approchâmes de plus près et découvrîmes nos résultats. Lina avait obtenu la mention « Très bien », alors que je me contentais de la mention « Bien ». Je n'éprouvai aucune déception. Les portes de l'université nous étaient grandes ouvertes pour la rentrée de septembre.

Lina semblait oublier peu à peu son calvaire. De constater de jour en jour ses progrès lui donnait un moral d'acier. Je ne la reconnaissais plus. Elle était redevenue la fille enjouée, battante et pleine d'entrain qu'elle était au début de notre amitié. Même lorsque la douleur se réveillait – ce qui lui arrivait quand elle dépassait ses limites –, elle ne se plaignait pas, ne râlait pas selon son habitude. Elle se moquait d'elle-même, comme Aziz au centre de rééducation.

— On m'a coupé une racine, plaisantait-elle, mais celle qui me reste est solide comme un vieux chêne.

Je m'apercevais toutefois qu'elle souffrait encore. Parfois son visage émacié trahissait ce qu'elle s'efforçait de masquer. Ses séances de rééducation se poursuivaient chez un kinésithérapeute de Mende qui avait pris le relais. À terme, elles lui assureraient une autonomie totale et une liberté de mouvement analogue à celle des gens valides. Elle estimait être capable de se débrouiller seule à présent et s'y soumettait de mauvaise grâce. Mais Séréna avait insisté pour qu'elle n'abandonne pas en cours de route au risque de remettre ses progrès en question.

Les vacances d'été lui permirent de récupérer une forme physique quasi parfaite. Tous les jours, en juillet, elle m'entraîna en promenade dans la campagne environnante afin de se réhabituer à la marche. Fabien venait parfois me chercher à la ferme en voiture et nous partions tous les trois sur les pentes cévenoles ou dans les monts de la Margeride. Le grand air lui faisait le plus grand bien.

De mon côté, j'étais au comble du bonheur. La seule présence de Fabien éveillait en moi des sentiments merveilleux. J'étais amoureuse et ne le cachais pas. J'avais l'impression que tout me souriait. J'avais obtenu le bac avec mention, mon cœur battait pour un garçon qui m'aimait autant que je l'aimais, nos parents ne nous interdisaient pas de nous fréquenter et j'envisageais mon avenir sans crainte de me fourvoyer. Lina se réjouissait de me voir aussi heureuse. Nous étions dans la même situation… ou presque, bien déterminées toutes les deux à oublier l'année noire que nous avions traversée.

Le week-end, Élie me remplaçait. Le vendredi soir, quand nous nous disions au revoir jusqu'au lundi, Lina rayonnait ; le lendemain elle le rejoindrait et coulerait en sa compagnie deux jours de rêve. Pierre et Séréna avaient fini par accepter qu'Élie vienne à nouveau chercher leur fille chez eux, à la Colombière. Mais ils lui avaient fait promettre de ne plus commettre d'imprudence. Élie s'était assagi et avait adopté un comportement exemplaire.

Pour le mois d'août, les Larsac décidèrent de renouer avec leur habitude de se rendre à Montpeyroux. Ils m'y invitèrent à ma plus grande joie. Fabien nous y rattraperait quelques jours après notre départ. Nous attendions cette échéance avec beaucoup d'impatience, tous pour des raisons différentes. Les Larsac avaient projeté de rénover et agrandir leur maison de vacances. Ils avaient prévu de rencontrer les artisans contactés par téléphone, et de leur donner l'autorisation de commencer les travaux avant la fin de leur séjour.

— Nous habiterons au milieu d'un chantier, prévint Pierre. Nous nous en accommoderons. Et nous aurons du travail de nettoyage. Ça nous occupera !

Lina, elle, espérait la visite d'Élie, ses parents ne s'y étaient pas opposés. Quant à moi, je ne vivais une fois de plus que dans l'espoir d'y retrouver Fabien.

À la mi-juillet, nous partîmes à Montpellier pour nous inscrire en première année d'études supérieures, Lina à la faculté de médecine, moi en hypokhâgne au lycée Joffre. Mes résultats en effet m'avaient permis de viser Normale Sup. Nous prîmes l'autocar à Mende de bon matin et passâmes, entre filles, une très agréable journée à nous promener dans la vieille ville, à traîner dans les magasins et dans le nouveau centre commercial de Polygone au cœur de la cité. Ce fut pour nous un avant-goût de la vie qui nous attendait, une vie d'étudiante, loin du gynécée familial, une vie indépendante où nous serions libres d'organiser notre temps à notre guise, conscientes malgré tout des contingences de nos futures études.

— Je ne serai pas aussi disponible que toi, regrettai-je. Pour moi, ce ne sera guère différent qu'à Mende. Je serai interne dans un lycée. J'aurai seulement quelques créneaux supplémentaires pour sortir.

— Nous en profiterons pour aller au cinéma. Il y en a deux autour de la place de la Comédie. J'ai convaincu mes parents qu'il valait mieux me louer un studio en centre-ville plutôt que dans une résidence universitaire près des facs. Nous ne serons pas loin l'une de l'autre.

Une nouvelle vie se dessinait déjà dans notre esprit, un nouvel horizon, plein de promesses.

36

Désillusion

Ces vacances en Auvergne furent les dernières que je passai avec les Larsac. Elles se déroulèrent dans la joie retrouvée pour chacun de nous. Séréna et Pierre étaient soulagés de constater combien leur fille était redevenue comme avant l'accident. Lina en effet montrait un tel optimisme qu'ils en oublièrent son infirmité. Pendant notre séjour, ils n'évoquèrent jamais ce qu'elle avait vécu. Lina quant à elle ne se plaignait pas, même si, parfois, elle ne parvenait pas à dissimuler les douleurs qu'elle ressentait encore. De mon côté, toute à mon amour pour Fabien, j'étais persuadée que nous amorcions un tournant dans notre vie, qui marquait la fin de nos tourments.

Aussi, de retour à Mende, nous nous promîmes, Lina et moi, de nous revoir très vite afin de préparer notre rentrée universitaire dans les meilleures conditions, avides de prendre un nouveau départ.

Ses parents lui avaient loué un petit meublé de deux pièces rue Diderot, derrière l'Opéra, à deux pas de la place de la Comédie. Elle tint à ce que je l'accompagne lors de son emménagement, au début du mois de septembre. Elle souhaitait y séjourner quelques jours pour s'y acclimater avant le commencement des cours.

J'acceptai volontiers, d'autant plus que Fabien et Élie avaient décidé de nous rejoindre deux jours plus tard. Nous nous retrouverions en couples d'amoureux pour la première fois. Je n'osai imaginer ce qui arriverait, mais Lina avait pensé à tout :

— L'appart comporte une chambre et un salon avec un canapé-lit. On y dormira tous sans problème.

Ses parents l'avaient donc autorisée à rencontrer Élie à Montpellier, probablement parce que son frère serait présent ! Les miens, en revanche, n'étaient pas informés. Je leur avais caché que les garçons seraient des nôtres. Ils ne m'auraient pas laissée partir s'ils l'avaient su.

Lorsque Pierre et Séréna vinrent me chercher à la ferme, ma mère ne put s'empêcher de me prodiguer ses dernières recommandations :

— Ne sortez pas trop tard ; à Montpellier, le soir, les rues sont mal fréquentées… Restez toujours ensemble, ne vous séparez jamais…

Séréna la tranquillisa :

— Ne vous tourmentez pas, ce sont de grandes filles. Et puis, elles doivent s'accoutumer à vivre sans leurs parents. Dans un mois, elles seront livrées à elles-mêmes. Nous serons bien obligées de leur faire confiance !

Les parents de Lina étaient moins soucieux que les miens. Pourtant je serais à nouveau interne et donc moins libre qu'elle, et plus surveillée, avec des sorties limitées. Nous étions convenus toutefois que je ne rentrerais à Mende que tous les quinze jours ; le week-end intermédiaire, je logerais chez Lina. J'étais parvenue, non sans mal, à convaincre mon père qu'il s'agissait de la meilleure solution pour m'éviter l'internat pendant quinze jours d'affilée et de perdre du temps dans les trains.

Nous attendions les garçons avec impatience. Nous nous étions donné rendez-vous à la terrasse d'un café sur la place de la Comédie. Fabien et Élie arriveraient séparément. Lina ne cachait pas sa joie de vivre deux jours entiers avec Élie sans avoir à se justifier devant ses parents. Elle avait tout prévu, nos sorties au restaurant, au cinéma, à la plage de Palavas… Elle semblait oublier qu'elle ne pourrait pas se mettre en maillot de bain. Elle parlait comme si rien ne la distinguait des autres. Je m'en réjouissais mais j'entrevoyais déjà sa réaction au moment où nous nous déshabillerions devant elle pour enfiler notre tenue de plage. J'essayai de l'en dissuader délicatement, en vain.

— Pour la première fois que nous sommes sans nos parents, il faut en profiter ! Allez, Alice, lâche-toi ! À dix-huit ans, nous sommes majeures maintenant !

— Toi, pas encore !

— Oh, c'est tout comme ! Je le serai dans quatre mois.

Ponctuel, Élie fut le premier au rendez-vous. C'était un vendredi en fin d'après-midi. Lina se précipita dans ses bras et, négligeant ma présence, l'embrassa tendrement sans se soucier des clients qui nous entouraient.

— Fabien est en retard ! déplorai-je aussitôt.

Élie reconnut que les routes étaient encombrées.

— L'autoroute était bloquée à la montée sur l'A9. Il se trouve certainement dans un bouchon.

Nous patientâmes en buvant des Coca-Cola.

Fabien n'arrivait pas. Je commençai à m'interroger.

— Il a peut-être changé d'avis ! avançai-je.

— Tu plaisantes ! me rassura Lina.

Nous n'avions pas de téléphone portable à l'époque. Il nous était donc impossible de nous contacter directement. Lina demanda à téléphoner de l'établissement.

— Je vais appeler chez moi.

Quand elle revint, l'expression de son visage trahissait sa déconvenue.

— Il ne viendra pas. Il est parti précipitamment à Toulouse. Mes parents ne savent pas pourquoi. Il ne leur a rien dit.

Ma déception fut telle que je ne pus retenir une larme. J'avais l'impression d'avoir été trompée.

Cependant, je me repris rapidement et m'efforçai de faire bonne figure. Je ne souhaitais pas gâcher la joie de Lina et d'Élie à être ensemble.

Nous nous dirigeâmes vers l'appartement de Lina. Au moment de ressortir pour aller dîner, je décidai de ne pas les accompagner.

— Je préfère rester seule, prétextai-je. Allez-y sans moi… Demain, je repartirai à Mende.

Dans le train qui me ramenait chez moi, j'essayai de comprendre la raison qui avait poussé Fabien à agir ainsi. J'étais loin de deviner ce qui s'était passé.

Quand, de Toulouse, Fabien téléphona chez moi pour donner de ses nouvelles et s'excuser, je lui coupai la parole sans lui laisser le temps de s'exprimer :

— Tu as agi comme un goujat ! Nous t'avons attendu pendant plus d'une heure !

J'étais déçue mais surtout très en colère. Au bout du fil, Fabien tenta de m'interrompre. Je ne l'écoutai pas.

Quand j'eus terminé de lui crier ce que j'avais sur le cœur, il s'expliqua enfin :

— Mon prof de stage m'a appelé au moment où je m'apprêtais à partir vous rejoindre. Il voulait me voir sans tarder. C'était plus qu'urgent. Je ne savais pas comment te contacter. Élie était déjà en route. Dans l'appartement de Lina, il n'y a pas le téléphone. J'étais coincé.

— Pourquoi n'as-tu pas dit ça à tes parents ?

— Je n'en ai pas eu le temps. Ils étaient pressés de filer à Montpeyroux pour un problème avec les travaux.

Je soupçonnai Fabien de me cacher la vérité. Son explication me parut bizarre. Je ne me calmai pas pour autant.

— Et quelle est cette bonne raison que ton prof a trouvée pour t'attirer à Toulouse ?

Fabien hésita. J'entendais sa respiration dans le combiné. À l'entendre, il réfléchissait à la manière de m'annoncer une mauvaise nouvelle.

— J'ai obtenu un stage en Chine, dans une grosse boîte d'aéronautique qui bosse pour l'armée.

— En Chine ! Et il ne pouvait pas te prévenir à la rentrée ! Nous ne sommes que début septembre !

— C'est-à-dire…

Il temporisa.

— Tu as accepté ?

— … Oui. C'est une sacrée opportunité.

Je me tus, perdue dans mes pensées. Fabien allait disparaître… loin… si loin !

— Et quand pars-tu ?

— Après-demain. J'aurai à peine le temps de m'arrêter chez moi pour me préparer. J'ai averti mes parents. Ils reviendront en catastrophe de Montpeyroux pour me dire au revoir.

— Et… et moi… et nous ? osai-je.

Fabien ne répondit pas. Je compris qu'il avait fait son choix. Qu'il ne souhaitait pas compromettre son avenir pour moi.

— Si tu veux, viens à la maison, proposa-t-il. Moi, je n'aurai guère le temps de passer chez toi. Demain soir, je prends l'avion à Fréjorgues pour être le lendemain de bonne heure à Roissy. Mon vol pour Pékin décolle de bon matin. Je n'ai pas d'autres solutions.

Ma déception n'avait d'égale que ma naïveté. J'avais placé Fabien sur un piédestal, je l'avais aimé plus qu'il ne m'avait aimée. Je réalisai tout à coup que tout était fini entre nous. J'eus l'impression de me vider, que tout ce que nous avions partagé s'effaçait comme lorsqu'on tire le cordon d'une ardoise magique, que rien n'avait réellement existé.

J'en pleurai toutes les larmes de mon corps. Mais je me retins de sangloter, je ne voulais pas lui donner des regrets. Si telle était sa décision, je ne devais pas m'y opposer.

— Pour combien de temps pars-tu ?

— C'est un contrat de deux ans, prolongeable.

— On se reverra ?

Nouveau silence, qui m'en révéla plus que tous les mots d'amour qu'il m'avait susurrés à l'oreille.

— Bien sûr ! Quand je rentrerai à la fin de la première année.

Le lendemain, je ne me rendis pas à la Colombière. Je préférai laisser Fabien s'éloigner sans un adieu. Je restai enfermée dans ma chambre avec mon chagrin, mes souvenirs et mes larmes.

Quand le téléphone sonna, je sortis de ma déconvenue. Lina venait aux nouvelles.

— Entre Fabien et moi, c'est fini, lui appris-je sans atermoyer. Je suppose que tu ignores sa décision !

Lina tomba de stupéfaction. Sur le coup, elle ne mesura pas ses paroles pour vouer son frère aux gémonies :

— Alors, il se barre comme ça, sans me dire au revoir, sans prévenir !

— Il ne pouvait pas te prévenir à Montpellier – malgré tout, je prenais encore sa défense. Si tu désires le voir, il te propose de le rejoindre dans le hall des départs, ce soir à Fréjorgues. Son avion décolle à vingt et une heures.

Ainsi s'acheva ma relation avec le frère de Lina. Nous nous revîmes lorsqu'il rentra chez ses parents un an plus tard, pour deux semaines de vacances, mais je compris qu'il m'avait effacée de sa mémoire et qu'il ne tenait pas à renouer avec ce que nous avions vécu ensemble.

Lina fut aussi attristée que moi et reprocha longtemps à son frère son comportement à mon égard. Je dus la raisonner pour qu'elle ne lui en tienne plus rigueur. Comme moi, elle finit par lui pardonner.

Je combattis ma tristesse en me plongeant dans mes études. La rentrée universitaire m'accapara totalement.

Les professeurs du lycée Joffre étaient très exigeants. Ils nous submergèrent de travail dès le premier jour et nous avertirent que chaque quinzaine nous aurions droit à des contrôles – des colles, comme nous les appelions – dans la plupart des matières.

Je dus m'habituer aux nouvelles méthodes des enseignants, aux contraintes inhérentes à la concurrence entre les élèves, et accepter de ne plus être parmi les toutes premières de la classe. Avec moi, en effet, d'autres étudiants brillants, issus pour la plupart des lycées de Nîmes et de Montpellier, rivalisaient pour obtenir les premières places au classement provisoire de chaque trimestre. Le soir, après les derniers cours de la journée, je travaillais d'arrache-pied pour me hisser à leur niveau, consciente que j'avais encore de gros progrès à réaliser pour briguer la tête de classe. Je repartais de zéro, dans la crainte de ne pas atteindre la moyenne requise pour passer en khâgne et réussir le concours de Normale Sup.

Lina avait beau m'encourager, je n'étais plus sûre de moi et, après deux mois, je doutais de mon choix.

— J'aurais dû me contenter de la fac de lettres, comme la plupart des étudiants. J'aurais obtenu ma licence dans trois ans, puis ma maîtrise et le CAPES pour devenir prof.

— Tu vaux mieux que ça, Alice. Tu n'échoueras pas, et tu auras l'agrég sans problème. Normale Sup est la voie royale pour les meilleurs, dont tu fais partie. Cesse donc de te déconsidérer.

Suivant les traces de sa mère, Lina était entrée en médecine. Elle aussi était submergée de travail. L'année du concours était la plus difficile. Les candidats, très nombreux, étaient bien plus livrés à eux-mêmes que ceux des préparations aux grandes écoles. De plus, le numerus clausus leur était très défavorable. Seul un petit nombre d'entre eux parvenaient en deuxième année. Lina ne s'en alarmait pas. Comme au lycée, elle surclassait tout le monde avec une aisance impressionnante. Et elle avait une capacité de mémorisation extraordinaire.

— Si je doute de moi, lui dis-je, alors que j'étais prête à abandonner et à m'inscrire à la faculté, je ne me fais aucun souci pour toi. Tu réussiras ton concours haut la main.

Le vendredi soir, une semaine sur deux, nous nous retrouvions dans son appartement. Mais, contrairement à ce qu'elle avait envisagé, nous n'avions pas le temps de sortir pour nous divertir. Nous travaillions studieusement, assises l'une en face de l'autre à la table de la salle à manger qui nous servait de bureau. Nous nous accordions quelques moments de détente en écoutant de la musique sur un tourne-disque que Lina avait apporté de Mende, ou en bavardant de façon décousue. Lina ne me parlait pas d'Élie, par délicatesse, de crainte sans doute de réveiller en moi de douloureux souvenirs.

Tous les quinze jours, nous revenions à Mende par le train de Nîmes. Le trajet était long, environ quatre heures. Nous en profitions pour décompresser de deux semaines de travail harassant. Dans les yeux de Lina, je devinais la joie qu'elle ressentait à l'idée de passer avec Élie un très court week-end en amoureux. De mon côté, je me réjouissais de revoir mes parents et mon village éloigné du tumulte de la grande ville, et j'engrangeais la force nécessaire pour endurer ce qui m'attendait la quinzaine suivante.

Toutefois ma déception me taraudait encore le cœur. Mes efforts pour oublier Fabien me le rendaient toujours plus présent à l'esprit, au point que j'en étais perturbée. Je l'imaginais dans ce fabuleux Empire céleste entouré de jeunes Chinoises malintentionnées, plongé dans un univers étrange sorti de mes lectures, où les personnages légendaires avaient l'apparence de héros aux pouvoirs terrifiants. Malgré moi, je redoutais qu'il ne lui arrive malheur, qu'il soit victime d'une maladie inconnue de nos médecins, qu'on l'envoie en prison pour avoir enfreint les lois en vigueur dans ce pays totalitaire. Et plus je chassais loin de moi son image, plus celle-ci m'obsédait et m'empêchait d'être toute à mes chères études.

À Noël, je crus enfin être débarrassée de ce qui hantait mes nuits. Le souvenir de Fabien s'atténuait petit à petit. Je songeais à lui sans souffrir. Je ne devais plus jamais le revoir. Plus tard, Lina m'apprit qu'il était parti aux États-Unis et qu'il y faisait une brillante carrière dans la Silicon Valley.

De plus, mes efforts au lycée commençaient à porter leurs fruits.

Quand nous rentrâmes à Mende, Lina et moi, pour deux semaines de vacances bien méritées, Élie nous guettait sur le quai.

Il embrassa Lina sans chaleur. Il paraissait très troublé. Puis il l'enlaça tendrement, comme un enfant à la recherche de réconfort.

En cours de route, il nous annonça qu'il montait à Paris le lendemain matin, pour voir sa sœur. Il refusa de nous en expliquer la raison, mais à son expression, nous devinâmes que Véli rencontrait des problèmes.

Élie se contenta de nous déclarer :

— Je me suis trompé. C'est la grande désillusion !

37

Résurgence

Pendant ces vacances de Noël, Lina avait rendez-vous à l'hôpital de Montpellier pour l'ablation de ses broches.

— Opération de routine, lui avait certifié le chirurgien lors d'une visite de contrôle. On ne vous gardera pas plus de trois jours. Dans deux semaines, vous aurez retrouvé une mobilité normale.

Elle se réjouit à l'avance d'être enfin débarrassée de ce qui restait de cette terrible tragédie. Certes, elle était consciente qu'elle était à vie dépendante d'une prothèse, que son corps ne serait plus jamais comme avant. Mais l'amour que lui vouait Élie lui permettait de se considérer comme toutes les filles de notre âge.

Je ne me suis jamais autorisée à lui demander si Élie avait montré à son égard quelques réticences, voire une certaine appréhension, au moment où elle s'était découverte la première fois devant lui. C'était un sujet délicat, mais bien réel, qu'ils avaient dû affronter. Lina elle-même, comment avait-elle réagi quand son regard s'était posé sur elle ? Lorsqu'une femme a subi un tel traumatisme, comme elle doit se sentir mutilée dans sa chair ! pensais-je en imaginant cette scène à la fois douloureuse et émouvante. Élie n'en avait acquis à mes yeux que plus de mérite, sa grandeur d'âme le plaçait au-dessus de la plupart des garçons de ma connaissance. Certes, j'avais craint au début qu'il ne s'éloigne de Lina à cause de son handicap. Combien auraient répondu de cette manière dans ce cas précis ? Combien auraient pris leur distance sous prétexte de ne pouvoir envisager leur vie auprès d'une infirme ?

Lorsque Lina rentra du centre hospitalier, une canne à la main, elle fut la première à me tranquilliser :

— Ce n'est que pour m'éviter une éventuelle chute. Dans une semaine, je marcherai sur mes deux jambes sans problème.

Elle avait conservé un moral d'acier. L'amour d'Élie la galvanisait. Elle avait définitivement chassé de son esprit les questions qui la taraudaient encore quand elle remettait en cause ses origines. Son caractère semblait s'être adouci. Elle ne se heurtait plus à ses parents et ne cherchait plus à percer les circonstances réelles de son adoption.

À Montpellier, elle fréquentait des amis étudiants issus de l'immigration, des Africains, des Asiatiques, des Libanais, des Iraniens, tous ayant demandé à poursuivre leurs études en France. Aussi, avec eux, avait-elle perdu cette appréhension du regard des autres qui, au lycée, la plongeait souvent dans une colère magistrale.

Quand Élie revint à Mende au bout d'une semaine, peu avant le nouvel an, Lina me raconta ce qu'il avait découvert à Paris. Elle arborait son air des mauvais jours. Comme elle, je fus atterrée.

Quinze mois plus tôt, Véli avait donc quitté Mende sans prévenir ses tuteurs. Elle s'était réfugiée chez une connaissance de son frère qui avait accepté de l'héberger. Elle ne risquait aucune poursuite puisque, âgée de dix-huit ans, elle venait d'obtenir sa majorité. Élie nous avait affirmé qu'elle n'avait rencontré aucune difficulté à trouver du travail dans un grand salon de coiffure près des Champs-Élysées.

Depuis son départ, nous n'avions plus de nouvelles de notre amie. Même Lina, toute préoccupée par les séquelles de son accident, ne s'était plus souciée de ce que Véli devenait. Élie, quant à lui, était peu bavard en ce qui concernait sa sœur. Sans doute ne souhaitait-il pas en parler et nous respections ses silences.

Au courant des sévices que Véli avait endurés, Lina garda scrupuleusement le secret, comme le lui avait demandé Élie. Je croyais donc que notre amie avait fui à Paris uniquement pour échapper aux Soboul et prendre son avenir en main. Aussi fus-je abasourdie quand Lina se décida à m'apprendre la vérité. Sur le moment, je lui en voulus de m'avoir tenue à l'écart des confidences d'Élie.

— Tu n'avais pas confiance en moi ? lui reprochai-je. Véli est également mon amie !

— Élie m'a fait jurer de me taire. J'ai tenu parole.

— Alors pourquoi m'en parles-tu aujourd'hui ?

— Pour que tu comprennes dans quelle situation s'est mise Véli. Pour que tu ne la juges pas sans appel.

— Après les viols répétés qu'elle a subis pendant des années, je ne vois pas ce qui a pu lui arriver de pire ! relevai-je stupidement.

J'étais à cent lieues de deviner la vérité.

Lina hésitait à poursuivre. Elle était tourmentée, comme à l'époque où elle remettait tout en question, où elle doutait de tout. Je craignis à nouveau pour son équilibre. Elle avait réalisé tellement de progrès sur elle-même, malgré les épreuves, que je m'efforçai de minimiser l'importance de ce qu'elle était sur le point de me révéler.

— Véli sait ce qu'elle fait. Ce n'est plus une gamine comme lorsqu'elle était dépendante de ses tuteurs. Sa vie lui appartient. Et si son frère n'est pas d'accord avec sa manière de vivre, il n'a pas à décider pour elle.

— Il ne la juge pas pour ce qu'elle est devenue. Il est seulement profondément déçu. Le sort s'acharne encore sur les siens. Au fond, il est inutile de se voiler la face, nous, les déracinés de La Réunion, n'aurons jamais une existence normale. Nous porterons toujours en nous, comme un mauvais virus, les séquelles du mal qu'on nous a occasionné.

Lina tergiversait. Je compris que son passé avait subitement resurgi avec les nouvelles révélations d'Élie.

— Va droit au but, lui dis-je. Qu'a commis Véli de si grave ?

Lina me fixa du regard, les yeux étirés comme lorsqu'elle retenait sa colère.

— Elle… elle se prostitue.

Elle avait lâché ce mot avec beaucoup de difficulté, comme si la honte rejaillissait sur elle.

— Elle…

À mon tour, je bloquai sur le terme.

— Oui, précisa-t-elle en se libérant, elle fait la pute ! Tu imagines Véli racoler pour du fric !

J'eus peine à admettre ce que Lina m'apprenait dans son langage outrancier, qui trahissait toujours un profond désarroi.

— Jamais je n'aurais pensé ça d'elle. Remarque, elle ne doit pas être la seule dans ce cas. Je suis certaine que beaucoup de filles arrachées à leurs familles sont tombées dans la prostitution, par dépit, par nécessité, par manque de considération. Nous sommes toutes des putains en puissance ou des déséquilibrées. Voilà ce que l'État a fait de nous, des malheureuses livrées à elles-mêmes, à la merci des prédateurs ou bonnes pour l'hôpital psychiatrique.

Je me tus, incapable d'ajouter un mot, tant j'étais sidérée.

— Comment réagit Élie ? repris-je enfin après un long silence.

— Dans un premier temps, il a condamné sa sœur. Il ne lui pardonnait pas de s'être à ce point avilie. Puis il a essayé de lui faire entendre raison, lui reprochant seulement de lui avoir menti lorsqu'elle lui racontait dans ses lettres que tout allait bien, qu'elle s'épanouissait dans son travail, que l'amie qui l'hébergeait était à ses petits soins. En réalité, cette Marie-Bernadette se prostitue également. C'est elle qui a entraîné Véli. Elle l'a convaincue qu'elle gagnerait beaucoup plus et plus rapidement que dans son salon de coiffure à faire des mises en plis. Ensemble elles se sont mis dans la tête de retourner au pays, de rentrer à La Réunion pour retrouver leurs familles. Mais il leur faut beaucoup d'argent pour se payer le billet d'avion. J'ignore si c'est une bonne idée. En tout cas, je désavoue leur façon de procéder.

Lina était bouleversée. Tout à coup, son passé la rattrapait. Elle se trouvait à nouveau confrontée à ce qu'elle était parvenue non pas à oublier mais à surmonter, une réalité hélas terrifiante dont étaient victimes plusieurs milliers de jeunes Français d'outre-mer.

Élie rentra de Paris désemparé. Il avait échoué. Il avait tenté de persuader Véli de revenir à Mende avec lui. Comme elle était majeure, les Soboul n'avaient plus aucun droit sur elle. Elle mènerait donc sa vie en toute liberté. Il lui proposa de lui chercher un travail et un logement, lui promit un avenir sans problème. Mais Véli s'entêta. Elle souhaitait uniquement gagner assez d'argent pour partir à La Réunion. Peu lui importait par quel moyen.

Se prostituer ne lui fut pas facile. Au début, elle refusa de suivre son amie. Elle estimait qu'elle se dégraderait en vendant ses charmes. Mais quand elle prit conscience qu'avec son maigre salaire de coiffeuse il lui faudrait de nombreuses années pour atteindre son but, elle changea d'avis.

Marie-Bernadette lui présenta des hommes argentés, qui n'hésitaient pas à payer cher les services qu'ils attendaient des filles dont ils aimaient s'entourer. Véli finit par accepter. L'image de la call-girl était moins déshonorante à ses yeux que celle de la malheureuse prostituée placée sur le trottoir par un souteneur. Petit à petit, elle rencontra des clients qui la choisissaient pour sa jeunesse et sa beauté exotique. Avec certains, elle fréquenta un milieu qu'elle n'aurait jamais imaginé approcher quand elle vivait dans la ferme des Soboul. Si elle restait consciente que ce n'était pas la vraie vie qu'elle menait, elle appréciait de ne plus être considérée comme une vulgaire domestique soumise aux turpitudes de son tuteur.

Élie eut beau user de tous les arguments, Véli ne l'écouta pas.

— Nous n'avons plus aucune attache à La Réunion, lui objecta-t-il. Nous n'y connaissons plus personne et tout le monde nous a oubliés. Nous ne saurions plus où aller en débarquant à Saint-Denis ! Tu te souviens, toi, de notre village et de ceux qui nous entouraient ? Même les visages de notre père et de notre mère se sont effacés de nos mémoires. Trop d'années se sont écoulées depuis qu'on nous a séparés de notre famille. Ne me dis pas que tu sens en toi frémir la terre de nos ancêtres ! Je ne te croirais pas. Nous ne sommes plus de là-bas, pas plus que nous sommes d'ici ! C'est ici que nous vivons et que nous avons été élevés, bien ou mal, ce n'est pas la question. C'est donc ici, en métropole, qu'est notre avenir.

Élie réagissait comme la plupart de ses compatriotes. Au fond de lui, il ressentait un grand vide, une non-appartenance à la terre qui l'avait vu naître et une indifférence à celle où il s'évertuait à s'enraciner. Lina lui apportait l'équilibre qui lui avait manqué jusqu'à leur rencontre. Avec elle, il s'était assagi, avait donné un but à son existence. C'était pour elle qu'il s'obstinait à obtenir ce qu'Étienne Jurquet l'avait empêché de réaliser, pour prouver qu'on pouvait être un sans-famille et réussir sa vie.

Véli se montra moins réaliste que son frère, persuadée de son bon choix. Pour elle, cette situation n'était que provisoire. Elle n'éprouvait aucune honte à se prostituer.

— Est-il préférable de se laisser violer en silence, comme de trop nombreuses filles dans mon cas, plutôt que de s'offrir volontairement à des hommes pour de l'argent ? se justifia-t-elle. Coucher pour coucher, moi je le fais en toute liberté.

Pour calmer la colère de son frère et atténuer son dégoût, elle lui affirma qu'elle n'avait pas l'intention d'exercer très longtemps son activité, ainsi qu'elle qualifiait sa nouvelle vie.

— Dès que j'aurai gagné suffisamment pour mon billet d'avion et m'assurer de quoi subsister au pays quelques mois le temps de voir venir, j'arrêterai. Je ne dépends de personne, si tu veux le savoir. Je n'ai pas un mac qui attend chaque soir le produit de mon travail. Je suis libre, osa-t-elle soutenir.

Élie dut se rendre à la raison, sa sœur ne revint pas dans le droit chemin. Il reprit le train pour Mende sans être parvenu à sortir Véli de son nouvel enfer. Il l'abandonna la mort dans l'âme, lui jurant qu'au moindre appel de sa part, il accourrait pour la sauver.

Lorsque je revis Élie un mois après son retour, il me parut effondré. Il portait dans les yeux toute la tristesse du monde, ses traits étaient tendus, son regard perdu dans un brouillard opaque. Ses joues s'étaient creusées. Sa barbe de trois jours accentuait l'aspect anguleux de son visage.

Il se faisait un sang d'encre pour sa sœur.

— Il affirme qu'elle ruine sa vie, me rapporta Lina. Qu'elle s'enferre dans un engrenage dont il lui sera très difficile de s'extraire. Il la soupçonne de ne pas lui avoir dit toute la vérité.

Je n'avais pas d'arguments pour la tranquilliser. J'étais loin de comprendre vraiment ce qui s'était passé dans la tête de Véli et dans quel tunnel elle s'était engouffrée. La réalité de ce monde de dépravation m'était totalement étrangère.

— Puisqu'elle certifie qu'après avoir économisé suffisamment elle partira à La Réunion, il faut la croire, trouvai-je seulement à ajouter pour apaiser les craintes de Lina.

— Même dans ce cas, elle courra au-devant d'énormes problèmes. Elle risque de tomber de haut. Plus personne ne songe à elle là-bas. Ne replongera-t-elle pas si elle se sent à nouveau désemparée ?

Certes, Véli n'avait pas la force de caractère de Lina. Elle n'était pas armée pour affronter l'innommable. Sa soumission devant les Soboul puis son choix de se prostituer étaient la preuve de ses faiblesses. Elle n'était pas aussi combative ni aussi rebelle que Lina. Celle-ci avait toujours témoigné d'un tempérament très trempé et d'une faculté de rebond étonnante.

Je m'attendais d'ailleurs à ce qu'elle m'annonce un jour son intention de partir à la recherche de ses propres racines. Pour moi, il n'y avait aucun doute, tout dans ses réactions, dans ses pensées, dans ses affirmations à propos du drame vécu par les jeunes déracinés réunionnais m'indiquait qu'elle entamerait bientôt une telle démarche.

Entraînerait-elle Élie dans sa quête ? Pour le moment, ce dernier se montrait hostile à tout retour sur le passé. Contrairement à Véli, il avait tiré un trait sur ses origines.

Pour oublier ce qu'il avait découvert à Paris, il s'acharna à préparer son baccalauréat. Il le passa en candidat libre au mois de juin. Il en réussit brillamment toutes les épreuves.

Il venait de fêter ses vingt-trois ans.

Lina, de son côté, fut classée parmi les premières de sa promotion au concours de médecine.

Un nouvel avenir se dessinait devant eux.

38

Nouveau départ

Montpellier, 2002

Mon travail touchait à sa fin. Grâce aux dernières confidences de Lina, je commençais à entrevoir comment conclure le roman de ses jeunes années. Toutefois, les notes de son cahier manquaient encore de précision sur ce qu'elle avait vécu au début de notre séparation, ces années 1980 au cours desquelles nous nous étions petit à petit perdues de vue. Certes, nous avions de temps en temps des nouvelles par l'intermédiaire d'amis communs avec qui nous demeurions en relation, mais jamais le destin ne nous a replacées durablement sur le même chemin.

En avions-nous l'envie ? Le souhaitions-nous vraiment ?

La réapparition subite de Lina m'a brutalement replongée plus de quinze années en arrière. Affirmer que je ne l'espérais plus serait mensonger de ma part. J'ai toujours conservé dans un coin de mon cœur le souvenir des jours heureux et parfois douloureux que nous avons vécus ensemble. Aussi, depuis son retour inopiné, je n'ai cessé de songer à ce qu'elle avait enduré, aux difficultés qu'elle avait surmontées, au courage qu'elle avait montré pour affronter le regard des autres. Quand j'ai accepté de rédiger à sa place les notes de son journal intime, je ne m'attendais pas à un tel bouleversement intérieur. Ces réminiscences m'ont paru comme un tsunami qui a submergé le rempart derrière lequel je me complaisais, aveugle sans doute aux souffrances et aux misères du monde. La vie bourgeoise qui était la mienne depuis que je passais pour une éminente professeure de lettres m'avait éloignée des vraies valeurs, celles que Lina, elle, n'avait jamais repoussées ni oubliées.

Elle m'a rouvert les yeux.

Les dernières notes de son journal intime relataient comment, au cours de son retour à La Réunion en 1985, sa mémoire lui était peu à peu revenue. Des flashs lui avaient traversé l'esprit. Quelques brèves réminiscences de ses quatre ans, au moment où elle fut arrachée aux siens, terrifiant épisode qu'elle avait longtemps enfoui au plus profond de sa mémoire engloutie. À l'époque, Lina ne s'était pas attardée sur les détails de son voyage : ses démarches préalables auprès de l'administration pour obtenir de précieux renseignements, ses impressions à son arrivée sur le sol réunionnais, ses premières réactions lors de sa rencontre avec sa famille biologique…

Les silences de son journal puis l'absence totale d'informations s'expliquaient par son engagement sans faille auprès des siens, les déracinés de son île qu'elle a très vite rejoints dans le combat pour la reconnaissance de leurs droits. Elle n'avait plus le temps de s'épancher dans un journal d'adolescente ni de ressasser un passé révolu.

Sa lutte était de tous les instants et ne souffrait pas d'atermoiements. Dès le moment où elle a découvert la médecine et ce que cela impliquait d'abnégation, de don de soi, d'altruisme et de sacrifices pour des causes jamais gagnées d'avance, Lina n'a plus cessé de songer au jour où elle reviendrait au pays de son enfance brisée la tête haute et le cœur soulagé. J'ai compris, en rédigeant sa biographie, qu'elle n'avait agi pendant ces quinze dernières années que dans le constant souci de participer au combat pour l'honneur des siens.

Le cahier de Lina s'achevait donc après son premier voyage à La Réunion. Nous nous étions revues peu après et en avions discuté brièvement. Elle s'était arrêtée d'écrire, comme si, après cet événement marquant, plus rien d'important ne s'était produit. Je m'en suis étonnée et lui en ai demandé la raison.

— Je n'avais plus de temps à consacrer à ces gamineries ! m'a-t-elle objecté. Un journal intime est le jardin secret des ados. À l'âge adulte, on a autre chose à faire que de s'épancher dans un carnet rose, non ?

— Alors pourquoi aujourd'hui tiens-tu à ce que je rédige toutes tes notes quinze ans après ?

Lina ne m'a pas répondu. Elle a détourné la conversation.

— Tu en es où à présent ? Auras-tu fini quand je recevrai ma prothèse ? Ça ne saurait tarder. L'hôpital m'a envoyé un mail pour m'avertir qu'elle sera prête dans huit jours. Je remonterai à Paris le lendemain. Je ne veux pas délaisser Élie plus longtemps. Nous devons éclaircir certains points entre nous. Sa décision me chagrine et je suis sûre qu'il se reproche de ne pas m'avoir accompagnée à Montpellier. Au téléphone, il me paraît tout déboussolé. Il a besoin de moi.

— Huit jours, c'est plus qu'il m'en faut pour terminer si tu me racontes tout ce qui s'est passé depuis qu'on s'est peu à peu perdues de vue.

— Je te signale que ce n'est pas moi qui suis partie, mais toi ! Tu es montée à Paris, certes pour tes études, mais ce n'était pas une raison pour te mettre ensuite aux abonnés absents !

Je n'ai pas relevé. Elle n'avait pas tout à fait tort. Nous nous étions retrouvées quelques semaines plus tôt, nous étions heureuses autant l'une que l'autre. Nous tirions déjà des plans sur la comète, nous jurant de ne plus rester séparées si longtemps. Ce n'était pas le moment de nous disputer pour si peu.

— Depuis les années 1980 ? Oh, c'est bien simple…

Lina s'est calée dans le canapé du salon et a entrepris de raconter la suite de sa propre histoire sans discontinuer. Je l'ai écoutée attentivement toute la soirée, prenant des notes dans un carnet. Je découvrais enfin ce pan de son existence auquel je n'avais pas assisté.

1980-1984

Ces années marquèrent un tournant dans nos vies. Après sa réussite au concours de médecine, Lina entama de longues études qui allaient profondément la transformer. Elle ne vit plus jamais le monde avec le même regard. Est-ce son handicap qui la rendit plus réactive à tout ce qui touchait la misère des autres ou son état d'enfant déracinée ancré au creux de son être ?

J'eus très vite la fausse impression qu'elle avait tiré un trait, tout comme Élie, sur son passé, sur sa petite enfance volée. Elle ne me parla plus pendant longtemps de cette question qui, cependant, commençait à se faire jour. La presse en effet s'en était emparée et osait à présent dénoncer la politique menée à La Réunion par Michel Debré lorsqu'il y était député. Ce n'était encore que des initiatives isolées et sporadiques de la part de journaux d'opposition. Il fallut attendre vingt ans de plus pour voir surgir des initiatives vraiment dérangeantes venant d'associations de plaignants.

Tandis que Lina s'engageait à fond dans ses études, je poursuivais les miennes avec autant d'acharnement. L'année de khâgne était cruciale pour ceux qui briguaient Normale Sup. Je n'avais pas de temps à perdre si je voulais atteindre mon objectif au plus vite : l'agrégation de lettres classiques. J'avais déjà en tête de postuler pour l'école de Paris, Ulm, la plus prestigieuse, celle qui permettait tous les espoirs. C'était aussi la plus sélective, car les places y étaient plus rares qu'à Lyon ou à Cachan.

Je m'étais donc rangée à l'idée de partir loin de chez moi, loin de Montpellier où je laisserais Lina, Élie et tous nos souvenirs. Certes, nous nous étions promis de nous retrouver aux vacances d'été. Nous y croyions, galvanisées par notre fidèle amitié. Avec les années, les sentiments évoluent, ce qui paraît impossible à l'adolescence devient souvent plus envisageable à vingt ans. Nous en étions à ce tournant dans nos existences où nous devions nous séparer pour construire notre destin chacune de son côté. J'eus beaucoup de peine à accepter cette échéance, mais chaque fois que je voyais Lina dans les bras d'Élie, je me rendais à l'évidence : cette séparation ferait de nous d'autres personnes.

En juin, je réussis le concours d'entrée à Normale Sup. Mon classement me permit d'opter pour l'école de mon choix. Paris me sembla soudain très éloigné. J'hésitai. Lyon n'était qu'à deux heures de train de Montpellier. Je pourrais y revenir plus souvent. Lina m'hébergerait sans nul doute certains week-ends, même si elle partageait dorénavant son appartement avec Élie. Quand je lui soumis adroitement cette idée, elle ne refusa pas, mais je sentis qu'elle n'était pas franchement enthousiaste.

— À trois pour étudier dans ce petit trente mètres carrés, ce sera un peu juste, mais si ce n'est que pour les vacances, on se poussera.

Élie avait élu domicile chez elle dès sa première année d'école d'infirmières. Pierre et Séréna ne s'y étaient pas opposés, Lina leur avait donné l'assurance qu'ensemble ils travailleraient sérieusement, chacun dans son domaine. Elle avait plaidé en faveur d'Élie, prétextant qu'elle pourrait l'aider quand il éprouverait des difficultés. Reconnaissant ses mérites, les Larsac avaient donc cédé aux demandes de leur fille. Élie avait conquis toute leur confiance et prouvé qu'il n'était pas le mauvais garçon qu'ils avaient imaginé après l'accident. Il avait finalement obtenu de son père adoptif l'autorisation de poursuivre ses études. Étienne Jurquet avait maugréé mais s'était laissé convaincre qu'il valait mieux que son fils soit infirmier plutôt que mécanicien automobile. De plus, il avait conscience qu'à vingt-trois ans Élie risquait de prendre sa liberté s'il se heurtait à lui.

Lina et Élie formaient un couple. Je compris que je devais m'éclipser, faire passer notre amitié après l'amour qui les liait l'un à l'autre.

Je choisis Ulm, sachant qu'il me faudrait redoubler d'efforts pour me hisser au niveau des meilleurs qui seraient rapidement des concurrents. Dans ces hautes écoles, la course effrénée aux premières places était sans pitié. Ne serais-je pas considérée comme une petite provinciale, une fille de paysans, regardée comme un animal curieux tout droit sorti de son trou ? Je me contraignis à ne pas renoncer au dernier moment, songeant aux recommandations de mon professeur de lettres qui m'avait suivie pendant toute ma scolarité au lycée. Monsieur Sihol était présent dans mes pensées chaque fois que je me décourageais. C'est pour lui que je me tuai au travail, pour qu'il soit fier de moi, pour me prouver aussi que le milieu d'où l'on vient ne nous interdit pas d'avoir de grandes ambitions.

Lina en fut également le meilleur exemple.

Mon départ à Paris signa le début de notre séparation. Celle-ci fut progressive. Nous nous revîmes de moins en moins souvent.

À Paris, j'éprouvai une grande sensation de liberté, un réel désir de tourner la page sur tout un chapitre de ma vie, d'entreprendre d'ambitieux projets. Lina s'éloigna lentement de mes préoccupations. Je reconnais que la savoir en parfaite union avec Élie ne m'encouragea pas à tenter de renouer nos liens d'antan. D'autant plus que, de mon côté, peu après mon entrée à Normale Sup, je rencontrai Sylvain, un brillant normalien en lettres modernes qui, comme moi, venait de province et était issu d'un milieu aussi modeste que le mien. Nous nous plûmes dès le premier jour et, ensemble, passâmes trois années qui restèrent intimement gravées dans mon cœur. Notre ambition était à la mesure de notre profond désir de prouver aux autres que rien ne nous différenciait d'eux, en dépit de nos origines et de nos maigres ressources pour financer nos études. Grâce à lui, à son empathie, à son amour sans vaines promesses, je devins une jeune femme pleine d'assurance et de détermination, celle que je suis aujourd'hui, détachée des contingences matérielles du quotidien, soucieuse d'accomplir ce que je crois utile pour mon entourage – en l'occurrence mes étudiants et mes amis. Sylvain me fit oublier Fabien. Nous nous aimâmes, le temps de nos études, puis nos chemins se séparèrent. Il repartit vers sa Bretagne natale enseigner le français dans un lycée des Côtes-d'Armor. Je ne quittai pas Paris, ayant été nommée dès mon premier poste au lycée Janson-de-Sailly.

Je ne descendais dans les Cévennes que pendant les vacances d'été. À cette occasion, Lina et moi nous donnions rendez-vous en ville, dans un café – jamais chez elle à la Colombière. Notre relation, interrompue par la force des choses, n'avait plus la même couleur, celle d'une amitié sans partage, d'une complicité sans témoin. Élie n'était pas entre nous, mais il était présent à chacune de nos rencontres.

Nos centres d'intérêt s'étaient déplacés, nos préoccupations avaient changé. Peu à peu, nous étions devenues des étrangères. Même nos conversations me semblaient artificielles.

Avec le temps, je ressentais de moins en moins le besoin de retrouver l'amie prestigieuse de mon adolescence. Son image s'effaçait lentement de mon esprit.

— C'est la vie, me consolait Sylvain quand je me plaignais dans ses bras de ce que nous étions à présent l'une pour l'autre, Lina et moi. Vos destins divergent mais vous renouerez peut-être un jour les liens qui vous ont unies. Et ce jour-là sera comme un nouveau départ.

Il n'imaginait pas, Sylvain, que cela prendrait quinze longues années.

Nous réussîmes nos examens chacune de son côté, sans rencontrer de difficultés particulières, mais grâce à un travail harassant. Sans nous concerter, nous avions comme objectif de ne perdre aucune année dans notre parcours afin d'entrer dans la vie active le plus rapidement possible. Lina s'était lancée dans un cursus de huit ans et avait décidé de choisir une spécialité une fois son internat atteint. Elle envisageait non pas de s'installer dans un cabinet médical comme sa mère mais d'exercer à l'hôpital. J'ignorais alors sa détermination à se consacrer, plus tard, à la médecine humanitaire.

Quand j'obtins l'agrégation en 1984, Lina terminait sa cinquième année. Il lui restait au moins trois ans à étudier. Élie, quant à lui, venait de décrocher son diplôme d'infirmier et avait été nommé dans le tout nouvel hôpital Lapeyronie de Montpellier.

À cette époque, Lina n'avait pas encore dévoilé à Élie son intention de s'envoler un jour vers La Réunion. Elle m'expliqua, lors d'une de nos rares rencontres, que cette idée avait germé en elle deux ans plus tôt, après avoir lu dans la presse que le président Mitterrand avait décidé de mettre fin à la politique de migration en provenance de La Réunion. C'était en 1982. Cette tragédie remonta soudainement dans son esprit alors qu'elle s'était efforcée de l'effacer depuis son accident.

— Je pensais ne plus être affectée par ce drame, m'avoua-t-elle. J'avais presque oublié que je suis une victime parmi d'autres de cette sale histoire qui ne glorifie pas notre pays. Ici, à Montpellier, on ne parle jamais de ce problème et on n'a jamais fait allusion devant moi à mes origines.

— À Paris non plus, on n'en parle pas, lui répondis-je. Pourtant les Réunionnais y sont plus nombreux.

— Au fait, as-tu eu l'occasion de revoir Véli ? me demanda-t-elle.

— Non, jamais.

— Tu n'es pas curieuse ! me répliqua-t-elle.

Je n'osai reconnaître que depuis mon installation à Paris, trois ans plus tôt, je n'avais pas essayé de rechercher notre ancienne amie. Moi non plus, je n'avais guère envie de renouer avec ce passé qui nous avait tous bouleversés.

— Et toi, sais-tu ce qu'elle est devenue ?

Lina me dévisagea comme si j'avais sorti une énormité.

— Tu penses bien qu'Élie me tient informée ! Il ne l'a pas laissé tomber. Il lui a souvent écrit. Sans la juger, il a tenté de l'aider.

— Et alors ?

Lina esquissa un sourire. Je me détendis. Notre conversation avait pris une tournure agressive.

— Elle aussi a amorcé un nouveau départ.

— Comment ça ?

— Elle est partie à La Réunion il y a trois mois. Définitivement.

— Elle a donc cessé de…

Je m'abstins de prononcer le mot que j'avais sur le bout de la langue.

— De vivre de ses charmes, me souffla Lina. Effectivement, elle est parvenue à économiser suffisamment d'argent et, après avoir prévenu son frère, elle a acheté son billet d'avion, un aller simple, et s'est envolée vers son île natale.

— Qu'en dit Élie ?

— Il n'approuve pas. Pour lui, remuer le passé ne sert qu'à se faire du mal. Mais il respecte sa décision. Il est monté à Paris pour l'accompagner à l'aéroport. Elle lui a promis de le tenir au courant de ses démarches.

— Et toi, qu'en penses-tu ?

Lina tergiversa quelques secondes. Je compris que, dans son esprit, ses idées n'étaient pas tout à fait arrêtées.

— Je dois d'abord finir mes études. Ensuite, j'y réfléchirai à tête reposée. Je reconnais avoir été soulagée d'apprendre que le gouvernement a enfin mis un terme à ce scandale. Mon père me conseille de mener ma vie sans plus me préoccuper de cette histoire qui m'avait beaucoup perturbée quand nous étions au lycée, tu t'en souviens ?

J'évitai de donner mon avis sur ce sujet que je devinais encore brûlant dans le cœur de Lina.

Nous nous quittâmes sans nous promettre de nous revoir.

À la rentrée de septembre 1984, je rejoignis à Paris mon premier poste de professeure agrégée de lettres classiques au lycée Janson-de-Sailly, tandis que Lina entamait sa sixième année de médecine et préparait l'internat.

39

Premières démarches

1985

Nous ne devions plus nous revoir souvent.

Une fois à mon poste d'enseignante, je me consacrai entièrement à ma nouvelle tâche, avec passion et beaucoup de sacrifices. Je fis abstraction de tout ce qui, de près ou de loin, m'écarterait du but que je m'assignai : être considérée pour ce que j'étais devenue, une femme agrégée, issue d'un milieu modeste, dans un monde dominé par les hommes et où les responsabilités leur étaient encore très largement attribuées. Ce n'était pas gagné d'avance, car les mentalités de l'époque n'étaient pas très ouvertes sur ce sujet, en dépit des mouvements féministes naissants. Ce fut mon combat, comme la reconnaissance de l'honneur bafoué des jeunes déracinés réunionnais fut celui de Lina.

Séparées par la distance et par nos préoccupations respectives, nous nous éloignâmes peu à peu. Lina cependant garda ses attaches à Mende où elle ne cessa jamais de retourner voir ses parents. Mais, de mon côté, Paris me conquit et me retint dans ses griffes. Jusqu'au jour où, à mon tour, je plongeai dans le malheur.

Je perdis mes parents au cours de l'été 1985, tous deux victimes d'un terrible accident de la route. C'était par un soir d'orage, ils rentraient d'une visite chez des amis. Leur voiture dérapa sur la chaussée mouillée et s'écrasa au fond d'un ravin. Quand les pompiers arrivèrent sur place, il était trop tard. Ils trouvèrent mon père et ma mère coincés dans leur carcasse de ferraille, tués sur le coup.

Je fus anéantie. Sur le moment, je regrettai d'être partie si loin, de les avoir quittés pour assouvir mon ambition. Je n'avais que vingt-quatre ans et j'étais déjà seule dans la vie.

Cette tragédie aurait pu me rapprocher de Lina. En réalité, elle n'en apprit la nouvelle que plus d'un mois après, quand ses parents lui annoncèrent le drame. Elle me téléphona aussitôt. J'étais remontée à Paris et m'assommais dans le travail de préparation de mes cours afin de ne plus penser à mon malheur. On m'avait confié des classes prépa pour la rentrée de septembre et je paniquais à l'idée d'affronter des élèves à peine moins âgés que moi.

Lina compatit à ma douleur et me pria de venir la voir dès que je redescendrais dans les Cévennes. Je le lui promis. Elle s'excusa alors de ne pas avoir été présente aux obsèques.

— J'étais à La Réunion, m'apprit-elle. Nous ne sommes rentrés qu'il y a deux jours.

— À La Réunion ? m'étonnai-je. Tu t'es enfin décidée ?

— Oui, après beaucoup d'hésitations. Je ne voulais pas y partir seule ; or Élie ne tenait pas à m'accompagner. Je l'ai finalement convaincu. Nous y sommes allés en juillet pour cinq semaines. Nous avons rencontré les membres de ma famille et en avons profité pour faire un peu de tourisme. C'est une île magnifique !

— Tu as de la chance, lui répondis-je pour tout commentaire.

Je ne m'étendis pas. Un long silence s'ensuivit. Lina comprit certainement que je n'avais pas l'esprit à écouter le récit de son voyage. Notre conversation me semblait hors contexte. Dans mon état, je n'avais aucune envie de m'intéresser aux malheurs ou aux bonheurs des autres. J'étais devenue égoïste sans doute. Mais, présentement, je n'avais de cesse de surmonter ce que j'avais vécu pendant les vacances. Mon cœur était trop endolori pour renouer des liens qui auraient ravivé des souvenirs d'un passé empreint de nostalgie.

En raccrochant, j'eus l'impression que Lina et moi n'avions plus grand-chose à nous dire, que le fil ténu qui nous reliait encore l'une à l'autre s'était définitivement rompu.

Quelques mois plus tard, quand je descendis à Mende à la Toussaint pour gérer l'héritage laissé par ma famille, je la prévins toutefois de mon passage. Je liquidai la succession au mieux et au plus vite en mettant en vente la ferme et ses terres agricoles, et la retrouvai à Montpellier. Elle me donna rendez-vous chez elle, rue Diderot, où elle occupait toujours le petit appartement de ses débuts.

Nous tombâmes dans les bras l'une de l'autre, comme au bon vieux temps de notre amitié sans partage. Nous ne nous étions pas revues depuis l'année précédente, mais nous avions l'impression qu'une éternité s'était écoulée.

— Élie est de garde à l'hôpital, m'annonça-t-elle aussitôt. Nous serons plus tranquilles pour bavarder. Je suis tellement heureuse que tu sois venue ! Je croyais que tu n'avais plus envie d'entretenir nos liens d'amitié.

Embarrassée, je lui expliquai que mon deuil m'affligeait beaucoup et qu'au téléphone je n'avais pas souhaité m'étendre sur mon malheur.

— Les épreuves nous servent à surmonter nos faiblesses, me dit-elle. Elles nous endurcissent.

J'étais ravie de nous retrouver comme jadis quand nous avions besoin l'une de l'autre. Je redécouvrais Lina, ma Lina, chaleureuse, déterminée, prête à affronter les obstacles jalonnant sa route, plus battante que jamais. Elle me réconforta sans ramener la discussion à elle, alors qu'elle avait autant de motifs de s'épancher que moi. Elle ne me parla pas des conséquences de son handicap sur sa vie quotidienne – elle l'avait complètement remisé – ni de ce qui l'obsédait toujours quant à ses origines obscures. Elle était une jeune femme épanouie, extrêmement belle et séduisante. L'amour d'Élie avait eu raison de tous ses tourments.

Je ne résistai pas longtemps à l'envie de lui demander comment s'était déroulé leur séjour à La Réunion.

— Tu as enfin décidé de faire toute la lumière sur ton passé ! lui dis-je pour amorcer la conversation. As-tu été au bout de ta quête ?

— Je sais maintenant qui je suis vraiment. Et ce que je désire pour ma vie future.

Lina me regarda d'un air illuminé. Jamais elle ne m'avait paru aussi radieuse. Ses yeux brillaient d'un éclat intense, comme s'ils reflétaient tout le bonheur du monde.

Alors elle me raconta comment ce voyage lui avait permis de recouvrer une partie de sa mémoire, quelques éléments lui étaient réapparus dès lors qu'elle eut posé le pied sur la terre de ses ancêtres, souvenirs ténus de ses quatre ans.

Elle s'était donc décidée à entreprendre ce long périple. Élie finit par accepter de l'accompagner. Néanmoins il la prévint aussitôt :

— J'en profiterai pour rendre visite à Véli, mais je n'ai absolument pas l'intention de suivre son exemple. Je n'y resterai pas, quoi qu'elle ait découvert. Si de ton côté, tu avais envie de l'imiter, ce sera sans moi.

— Je ne désire qu'une chose : me rendre à l'endroit où j'ai vécu mes premières années et rencontrer ceux qui m'ont vue naître. Je ne vais pas renoncer à mes études si près du but !

Lina en effet était sur le point de commencer son internat à l'hôpital Lapeyronie et se réjouissait déjà de travailler aux côtés d'Élie.

Avant d'acheter son billet d'avion, elle entreprit quelques démarches préalables auprès des services sociaux de l'enfance afin de consulter son dossier d'adoption. Elle avait demandé conseil à son père qui ne l'avait guère encouragée.

— Je crains que les portes ne se ferment devant toi, l'avait-il avertie. Normalement, ce sont des dossiers confidentiels. Personne n'y a accès afin de préserver l'anonymat des mères qui ont abandonné leurs enfants.

Lina se rendit quand même à Guéret où sa nouvelle vie avait débuté par un mois de février 1966. Elle avait conscience de la difficulté de sa quête, mais elle était bien déterminée à ne pas baisser les bras au premier écueil.

À l'accueil de la DDASS, une employée la reçut avec amabilité. Elle sollicita aussitôt une entrevue avec le directeur en personne.

— Monsieur Van Duynslaeger n'est pas disponible aujourd'hui, lui répondit-on. Je vous engage à prendre rendez-vous. Dans quinze jours, cela vous convient-il ?

Lina s'étonna.

— Il faut deux semaines pour obtenir un rendez-vous ? Sachez, mademoiselle, que je viens de loin. Et mon temps est aussi précieux que le vôtre ou celui de ce monsieur Van…

— Van Duynslaeger… Je ne peux rien de plus pour vous, je suis désolée. Au fait, quel est le sujet de votre requête ?

— Je suis née à La Réunion et j'ai été envoyée ici à Guéret lorsque j'avais quatre ans. J'aimerais avoir des renseignements sur mes origines et connaître les circonstances dans lesquelles j'ai été abandonnée.

L'employée de l'accueil s'assombrit.

— Nous ne sommes pas autorisés à fournir ce type de renseignement. Ces dossiers ne sont pas ouverts au public. Même aux principaux intéressés. Vous perdez votre temps.

Lina sentit la colère monter.

— J'insiste. Je veux être reçue par le directeur.

— Je vous le répète, c'est impossible aujourd'hui. Prenez rendez-vous.

Lina ressortit des bureaux de la DDASS hors d'elle. Dans la voiture, Élie l'attendait patiemment.

— Il me faut revenir dans quinze jours ! Il n'en est pas question. Je cours à la préfecture. Mon père y a encore quelques relations. Je me présenterai en son nom.

Loin de se décourager, Lina força d'autres portes. Elle finit par obtenir une entrevue avec le secrétaire général de la préfecture, un certain Jean Alméras qui avait connu son père à l'époque où ce dernier occupait le poste.

— Je me souviens très bien de votre cas, reconnut-il dès que Lina lui eut exposé sa requête. Pierre, votre père, avait bénéficié d'une sorte de passe-droit pour vous adopter. Vous n'êtes pas passée par les arcanes de la DDASS. Vous avez été confiée aux Larsac quelques jours seulement après votre arrivée. On n'a même pas changé votre prénom, comme c'était généralement le cas pour les enfants dont la DDASS avait la charge.

— Donc je m'appelle toujours officiellement Apolline ?

Jean Alméras abandonna Lina dans son bureau, puis réapparut quelques minutes plus tard, un gros registre sous le bras.

— Ah, voici votre fiche. Votre père avait l'esprit bien ordonné. Il avait tout consigné dans ses propres dossiers.

— À la DDASS, on m'a affirmé que personne ne peut avoir accès à ce type d'information !

— C'est exact et c'est la loi. Les pupilles de l'État doivent rester coupés de leur famille d'origine. C'est pour leur bien. Mais avec vous, je ferai une exception, uniquement parce que vous êtes la fille de Pierre Larsac et que nous étions amis.

Lina s'interrogeait. Pourquoi, songea-t-elle, mon père ne m'a-t-il pas donné lui-même ces renseignements ? Pour me cacher la vérité ? Ou pour me préserver ?

Jean lui tendit sa fiche extraite du dossier des adoptions de 1966. Elle la parcourut attentivement et avec beaucoup d'émotion. Tout y était consigné. La date de son abandon, le nom et le prénom de ses parents biologiques, leur adresse et d'autres détails qui la chamboulèrent.

— Que ceci reste entre nous ! insista le haut fonctionnaire. Je ne vous ai pas reçue, vous n'êtes pas passée à la préfecture, vous n'avez pas consulté ce dossier. D'ailleurs ce dernier n'est pas officiel. Seul celui de la DDASS fait foi. Mais il vous est interdit. Peut-être… un jour… les victimes de ce drame auront-elles le droit d'avoir accès à ce sésame qui leur dévoilera enfin qui elles sont et d'où elles viennent. Pour l'instant, ce n'est toujours pas autorisé.

Lina promit d'être discrète. Elle allait prendre congé quand elle se ravisa.

— Avez-vous une fiche sur un certain Élie Jurquet ? osa-t-elle demander.

— Vous me mettez dans l'embarras, mademoiselle. J'ai déjà enfreint la déontologie de ma fonction en vous ouvrant un dossier confidentiel…

— Nous sommes arrivés par le même avion, précisa-t-elle, ainsi que sa sœur Véli. Puis nous nous sommes retrouvés à Mende où mon père a été muté. Nous ne nous sommes plus jamais séparés.

Jean Alméras fouilla à nouveau dans son registre.

— Je suis désolé, je ne vois rien à ce nom.

— Il s'appelait Cimandef Payet de son vrai nom. Il est originaire de Hell-Bourg dans le cirque de Salazie.

Le secrétaire général sortit une fiche, fronça les sourcils, manifestement troublé.

— Vous avez trouvé quelque chose ? s'enquit aussitôt Lina.

L'homme ne répondit pas, absorbé par sa lecture.

— Élie et moi vivons ensemble depuis plusieurs années. Nous ne sommes pas mariés, mais c'est tout comme. Il m'attend dans la voiture, sur le parking. Alors, dites-moi !

Jean Alméras remit la fiche à sa place.

— Je ne peux pas, c'est trop important.

— Vous me paraissez bien mystérieux ! Qu'y a-t-il dans ce document ?

— Votre compagnon ne l'ignore pas. Vous n'avez qu'à l'interroger. S'il ne vous a rien raconté jusqu'à présent, c'est qu'il ne le souhaitait pas. Il ne me revient pas de vous le révéler.

— Il était très jeune à l'époque lui aussi. Il a peut-être perdu la mémoire, comme moi. Je n'ai aucun souvenir de ma vie à La Réunion.

— Si lui se souvient de son nom, de son prénom, de l'endroit où il habitait, il se rappelle certainement ce qui lui est arrivé ! N'attendez rien de plus de ma part, je vous en prie, restons-en là, s'il vous plaît.

Insatisfaite, Lina renonça. Elle remercia le haut fonctionnaire et s'en alla.

De retour auprès d'Élie, elle dissimula ce qui l'intriguait.

— Alors, as-tu obtenu ce que tu souhaitais ? s'enquit-il, impatient.

— J'ai les premiers éléments qui me permettront d'avancer.

— C'est-à-dire ?

— Mon prénom est Apolline, ça, je le sais depuis longtemps. C'est toi qui me l'as révélé le premier. Mes parents biologiques s'appellent Rivière, mon père Toussaint, ma mère Marie-Rose ; j'avais une grand-mère, Tara, et un grand frère Joseph... Ma famille habitait dans le cirque de Mafate, dans le hameau de La Nouvelle. C'étaient des paysans pauvres.

— C'est un bon début. Tu pourras te rendre sur place et les rencontrer s'ils sont encore vivants.

— J'y compte bien.

— Qu'as-tu appris d'autre ?

Lina hésita à poursuivre. Ses yeux se fendirent comme lorsqu'elle était chagrinée.

— Qu'est-ce qui te tracasse ? insista Élie.

— Euh... j'ai demandé au secrétaire général s'il avait des infos sur toi...

— Tu as osé !

— Je n'ai pas pu m'en empêcher.

Élie se rembrunit.

— Et alors ?

— Il avait une fiche te concernant. Mais il n'a pas voulu me renseigner. Il m'a dit que tu connaissais le contenu de cette fiche. C'était si confidentiel qu'il ne pouvait le divulguer, même à ta compagne. Toi seul es en mesure de m'expliquer… Qu'y a-t-il de si mystérieux dans ton parcours ?

Élie se referma. Lina lui rappelait soudain ce qu'il avait enfoui au plus profond de son être, ce qu'il s'était efforcé d'oublier à jamais. Depuis le jour où il avait vécu l'horreur à l'état pur, il ne s'en était jamais ouvert à personne, pas même à sa sœur.

Lina comprit qu'elle avait touché un point particulièrement sensible. Elle se reprit.

— Pardonne-moi, je me suis montrée trop curieuse et très indélicate.

Élie se retourna vers elle, la serra dans ses bras, lui avoua :

— Je te dois la vérité. Je n'ai que trop traîné à te la révéler.

Lina le regarda avec tendresse.

— Tu n'es pas obligé.

— Quand j'étais au foyer de la DDASS à Hell-Bourg, j'ai subi… des violences sexuelles de la part des éducateurs qui s'occupaient de nous. Oh, je n'étais pas le seul, c'était monnaie courante. Personne n'osait se plaindre. Ils affirmaient que c'était pour nous mater, parce que nous étions des graines de voyous. Les filles aussi y passaient. C'était l'enfer. Un vrai bagne pour enfants. Je ne dis pas que parmi nous il n'y avait pas des petits durs, des délinquants en rupture de ban avec leur famille, mais ce n'était pas une excuse pour nous traiter de façon aussi odieuse.

Tout en parlant, Élie pleurait. Les images qui lui revenaient en mémoire avaient eu raison du bouclier d'airain qu'il s'était forgé depuis toutes ces années.

— Tu comprends pourquoi je ne désirais pas retourner sur cette terre maudite ? Je ne tenais pas à revivre cette horreur.

Lina était désemparée. Après Véli, Élie lui prouvait qu'au fond elle avait été une enfant heureuse dans son malheur.

— Je ne te force pas à me suivre, lui dit-elle. J'admettrai…

— Non. Je t'accompagnerai, malgré cela. Maintenant, tu sais. C'est mieux ainsi.

— Ça ne change rien entre nous. Je t'aime et t'aimerai toujours.

Le lendemain, ils prirent la direction de l'aéroport de Roissy et s'envolèrent pour La Réunion.

40

Le voyage

Dans l'avion qui l'emmenait à plus de neuf mille kilomètres de la métropole, Lina fut angoissée toute la durée du vol. Elle redoutait un choc brutal dès qu'elle poserait le pied sur le sol de sa terre natale. À chaque minute qui s'écoulait, elle mesurait combien le traumatisme subi par l'arrachement à sa famille avait dû être terrifiant pour la petite fille qu'elle était. Quelles avaient été ses pensées dans cette Caravelle qui l'emportait vers un pays inconnu sans espoir de retour ?

Elle essaya de se souvenir, examinant avec émotion ce qui l'entourait, comme pour retrouver des détails de ce voyage au bout de l'enfer, tel qu'elle se l'imaginait à présent. Pour une enfant de quatre ans, ce vol était épouvantable, songea-t-elle en fixant son regard sur une fillette assise à côté de sa maman, près du hublot, dans la rangée devant elle. Mais aucune image ne se dessina dans son esprit.

Elle finit par s'assoupir, la tête sur l'épaule d'Élie.

Quand l'hôtesse la réveilla pour lui proposer son plateau-repas, elle sursauta et ne put réprimer un mouvement de recul.

— Pardonnez-moi, s'excusa-t-elle, je faisais un mauvais rêve.

L'hôtesse lui sourit et réitéra sa demande.

Lina fut incapable d'avaler la moindre nourriture tant l'angoisse la paralysait. Élie eut beau la rassurer, elle ne parvint pas à se détendre.

Quand l'avion amorça sa descente vers l'aéroport de Saint-Denis, elle se serra contre lui, les mâchoires crispées. L'atterrissage à quelques encablures de l'océan était imminent. Cette fois, elle plongeait vraiment dans son passé.

— Tout ira bien, lui répétait Élie qui, lui, n'éprouvait aucune appréhension.

À peine le pied posé sur le tarmac, elle fut surprise par la chaleur tropicale, une moiteur étouffante qui l'oppressa immédiatement. Ils se précipitèrent chez un loueur de véhicules et récupérèrent la voiture qu'ils avaient réservée à Roissy avant leur départ. Puis ils empruntèrent la route littorale à l'ouest de l'île, en direction de Saint-Leu où, pour leur première étape, ils avaient retenu une chambre d'hôte dans une villa côtière.

À la sortie de la ville, Lina s'étonna en traversant les quartiers périphériques. Les habitations avaient poussé comme des champignons, de façon anarchique, tel un bidonville. Ce n'étaient que de misérables cases de planches brûlées par le soleil, à la peinture délavée et craquelée et aux toits de tôle rouillée. Tout autour, des enfants jouaient à s'éclabousser dans des mares d'eau stagnante, au milieu de poules qui picoraient des détritus. La pauvreté lui sauta brutalement aux yeux.

Au volant, Élie conduisait l'air placide, attentif à sa route. Depuis leur descente d'avion, il n'avait émis aucun jugement, aucune appréciation. Sans le montrer, il veillait sur Lina qu'il savait fragilisée par ce retour aux sources.

À leur arrivée à Saint-Leu, ils furent accueillis chaleureusement par leur hôte, un créole d'une soixantaine d'années, au teint clair et au parler bien accentué. Habillé avec élégance, un sourire accroché en permanence au visage, il donnait l'impression d'un homme parvenu au sommet de sa gloire. Il les invita aussitôt à visiter la maison.

De type colonial, celle-ci était perchée sur les hauteurs de la ville et offrait une vue plongeante sur l'océan. Ses façades blanc et bleu pastel transpiraient la richesse d'autrefois, mélange de l'architecture créole du XIXe siècle et du savoir-faire métropolitain. De plain-pied, surmontée d'une toiture à quatre pans percée de lucarnes, elle s'ouvrait sur de grandes varangues surplombées de plusieurs colonnes. L'intérieur était décoré dans le style créole avec quelques gros meubles importés jadis du continent, qui dénotaient l'origine aisée des anciens colons. Au plafond, des lustres en cristal de Murano réfléchissaient les rayons du soleil.

Lina suivait les explications du propriétaire des lieux avec intérêt et curiosité. Si elle jugeait l'ornementation d'assez mauvais goût, elle reconnaissait que l'ensemble ne manquait pas de charme ni de convivialité. Les pièces étaient grandes ouvertes les unes sur les autres, la lumière mettait en évidence les objets de valeur apportés par les générations précédentes au fur et à mesure de leurs pérégrinations à travers l'empire colonial français.

À l'extérieur, un jardin tropical se décomposait en plusieurs parties : des serres parfaitement entretenues semblaient servir de laboratoire agronomique. L'une d'elles était consacrée aux plantes médicinales, une autre aux plantes carnivores, une troisième aux plantes aromatiques. Des parterres de fleurs aux parfums enivrants séparaient les allées gravillonnées. Lorsqu'ils atteignirent le fond du jardin, l'hôte entraîna ses visiteurs à l'écart, un lieu dissimulé sous une flore exubérante où poussaient notamment des fougères arborescentes immenses et des bambous géants.

— C'est, de toute ma propriété, mon endroit favori, leur confia-t-il, mon refuge quand j'ai besoin de solitude et de réflexion.

Il ouvrit la porte d'une quatrième serre.

— La serre aux orchidées, dit-il fièrement. Ces fleurs sont divines. J'en possède plus d'une centaine d'espèces différentes. Elles proviennent de toute l'île, où elles s'épanouissent à l'état sauvage. Dans cette serre, je me contente de les multiplier afin d'en préserver la diversité. Je ne m'amuse pas à chercher de nouvelles variétés par croisement. Je les préfère à l'état naturel. Vous en découvrirez au cours de vos promenades dans presque tous les types de végétation, mais surtout dans la forêt humide de moyenne altitude, comme la forêt de Bélouve dans les Hauts…

L'homme, croyant avoir affaire à des touristes, ne cessait de fournir des indications, louant la beauté de son île, la richesse de sa flore et de sa faune.

— Saint-Leu, poursuivit-il, est un pied-à-terre idéal pour rayonner sur la côte ouest. D'ici vous pourrez rapidement vous rendre à Saint-Paul pour savourer les mangues fraîches, les samoussas croustillants et les bonbons coco de son marché forain. Plus au sud, vous accéderez tout aussi facilement à Saint-Pierre. C'est la deuxième ville la plus peuplée de l'île après Saint-Denis. Vous y trouverez de nombreux restaurants, des rues commerçantes et un autre grand marché très coloré où les forains installent leurs stands sur le front de mer au niveau de la Ravine blanche. De là, ne ratez pas une randonnée sur le piton de la Fournaise. Le paysage volcanique y est littéralement lunaire.

— Nous ne sommes pas venus à La Réunion pour faire du tourisme, le coupa Élie, impatient d'aller se reposer.

— Pour affaires alors ?

— Pas précisément.

— Ah, je vois ! Voyage familial. Je suis idiot, j'aurais pu le deviner.

— Notre couleur de peau trahit nos origines, n'est-ce pas ? C'est ce que vous sous-entendez !

L'hôte parut embarrassé.

— Ne vous y trompez pas. Moi aussi, je suis né à La Réunion. Par ma mère je suis indien ; mon père, lui, était viticulteur en Bourgogne. Il a tout plaqué pour s'installer ici où il est devenu propriétaire d'une plantation de canne à sucre dans l'arrière-pays de Saint-Louis. Il possédait également une rhumerie dont j'ai hérité à sa mort. Je l'ai mise en gérance. Aujourd'hui à la retraite, je m'occupe de mon jardin exotique et de mes chambres d'hôte.

Fatigués par le voyage, Lina et Élie l'abandonnèrent et rejoignirent leur chambre, une vaste pièce meublée plus sobrement que le reste de la maison et dans un style plus moderne.

— Il m'a soûlé, reconnut Élie en se jetant sur le lit à baldaquin, seul élément à rappeler l'origine coloniale du lieu.

Troublée, Lina se réfugia dans ses bras.

— Tu ne te sens pas bien ? lui demanda-t-il.

— En écoutant parler cet homme, j'étais perturbée. Ce décorum dans le jardin, toutes ces fleurs et leurs parfums inconnus, les orchidées, les oiseaux de paradis, les roses de porcelaine… m'ont donné l'étrange impression d'un retour en arrière, comme si ma mémoire se réveillait petit à petit. Je me sens toute bizarre.

— Il faut te reposer. C'est normal ce que tu ressens. Tu es tellement concentrée sur ce que tu es venue chercher ici que tu ne parviens plus à te libérer l'esprit. Une bonne nuit de sommeil te remettra d'aplomb.

À La Réunion, le soleil se lève tôt en toutes saisons. Lina et Élie ne traînèrent pas au lit. Dès sept heures, ils se mirent en route pour l'intérieur. L'accès aux cirques n'était pas direct. Ils décidèrent de se rendre d'abord à Hell-Bourg, où leur drame avait débuté. Élie ne pouvait éviter cette étape si douloureuse pour lui. Il était conscient qu'elle était nécessaire.

Ils longèrent le littoral sans se précipiter, Lina désirait engranger le plus d'images possible afin de mieux s'imprégner des paysages, de l'atmosphère, de la couleur du ciel et de l'océan. Ils avaient emporté un *Guide Michelin* destiné aux touristes. Elle le consultait de temps en temps tout en surveillant la route.

Ils s'arrêtèrent quelques minutes au Souffleur, une curiosité naturelle située quelques kilomètres après Saint-Leu. Sous les coups répétés de la houle de l'océan Indien contre la côte rocheuse, un violent jet d'embruns, jaillissant dans les airs jusqu'à plusieurs dizaines de mètres de haut, les aspergea de la tête aux pieds.

— Super ! s'esclaffa Lina. Nous voilà trempés jusqu'aux os.

Dans le ciel, des pailles-en-queue planaient au gré du vent, reconnaissables à leur queue effilée, leur couleur blanche et leurs longues lignes noires.

Lina attira l'attention d'Élie :

— Regarde, ce sont des oiseaux emblématiques de La Réunion. Leur vol au-dessus de nous est un bon présage.

Élie constata qu'elle avait retrouvé sa bonne humeur.

— Ça va mieux, on dirait ! Cette douche naturelle t'a remis les idées en place ?

— Effectivement. Mon esprit est plus clair ce matin. Je n'ai pas encore d'images très nettes, mais je sens que ça revient. Je suis sûre que quelque chose se réveille en moi. Je dois ouvrir les portes de ma mémoire, mais rien ne survient dans l'ordre. Alors je prends les bribes de souvenirs comme elles arrivent.

Élie n'insista pas. Il craignait que Lina ne soit déçue par son voyage. Lui, n'avait toujours pas changé d'avis.

Peu après Saint-Louis où ils ne s'arrêtèrent pas, ils filèrent vers la plaine des Cafres. Lina ne disait plus rien. Les Hauts s'imposaient maintenant dans toute leur splendeur, de vastes étendues sauvages dont la végétation luxuriante dissimulait les hameaux où vivaient les descendants des esclaves marrons de l'époque coloniale. Parfois, à l'approche d'un îlet, une plantation de canne à sucre formait une mer de tiges ondulant sous les caresses du vent.

Lina, le nez dans son guide, lut à haute voix :

— « Quand le plumeau qui surmonte la canne tourne au violet, la récolte est bonne à cueillir. » Fais attention, on risque de rencontrer des tracteurs avec des remorques. Nous sommes en juillet, la récolte a commencé.

Effectivement, ils aperçurent rapidement des paysans dans les champs, torse nu, une machette à la main, affairés à couper la canne d'un geste précis, sans hésitation. Des amoncellements de tiges jalonnaient la route encombrée de véhicules qui prenaient la direction de l'usine sucrière la plus proche.

— Nos parents ont certainement travaillé dans ces plantations, avança Lina. Comme ces gens qui peinent à la tâche.

— C'est fort probable. Ce boulot semble toujours aussi harassant !

Ils effectuèrent plusieurs arrêts pour savourer les paysages qui s'offraient à leurs yeux émerveillés et déjeunèrent frugalement au col de Bellevue, jonction de la plaine des Cafres et de la plaine des Palmistes, à plus de mille six cents mètres d'altitude. Au loin se dressaient le piton des Neiges et le piton de la Fournaise, telles des sentinelles sorties d'une mer de verdure. L'endroit leur parut idéal pour la détente, mais ils furent surpris par l'apparition brutale du brouillard montant de l'océan. Ils ne s'attardèrent pas et reprirent la route.

Au milieu de l'après-midi, ils abordèrent la forêt de Bélouve. Hell-Bourg, leur première destination, n'était plus très loin.

Élie n'était pas pressé d'arriver. Ce lieu était celui de tous ses malheurs. Celui où il avait vécu la première partie de son enfance, jusqu'à ce jour fatidique où des assistantes sociales de la DDASS étaient venues le chercher avec leur 2 CV Citroën grise pour l'emmener avec sa sœur au centre de l'APEP, foyer de transition pour enfants en partance pour la métropole.

Il proposa à Lina de s'arrêter et d'aller se balader dans la forêt.

— Pour nous dégourdir les jambes, prétexta-t-il.

Lina avait déjà lu dans son guide qu'il s'agissait de l'une des plus belles forêts de l'île, le royaume des tamarins des Hauts.

— Une promenade nous mettra en appétit pour ce soir, accepta-t-elle.

Ils s'engagèrent sur un sentier en contrebas duquel s'étendait le cirque de Salazie, le cirque le plus verdoyant de La Réunion. Bélouve méritait bien son nom. Forêt humide d'altitude, située à mille trois cents mètres, sa végétation ruisselait encore de la dernière pluie. Au fur et à mesure qu'ils avançaient dans le sous-bois exubérant, ils furent saisis par l'ambiance surnaturelle qui y régnait. Les rayons du soleil, tamisés par les hautes branches, jouaient avec les langues de brume accrochées à la canopée. À perte de vue, des fougères arborescentes, des troncs d'arbres colorés couverts de mousse et une multitude d'orchidées sauvages semblaient vouloir les retenir dans leur piège de verdure. Dans les ramures, une foule de petits oiseaux piaillaient comme pour annoncer leur arrivée : tec-tec, oiseaux la Vierge, merles pays... À chaque détour du chemin, Lina s'émerveillait devant tant de diversité.

— C'est le paradis sur terre ! reconnut-elle. Tout cela me paraît tellement irréel au regard de ce que nous avons subi !

Un peu plus loin, le sentier menait à un point de vue sublime et imprenable sur le Trou de Fer et ses majestueuses cascades. Ils s'attardèrent sur le balcon dominant le précipice aux parois tapissées de chutes d'eau interminables plongeant dans le vide sur plusieurs centaines de mètres. Le spectacle était grandiose et saisissant.

Élie dut ramener Lina à la réalité.

— Si nous voulons arriver à Hell-Bourg avant la tombée de la nuit, il faudrait nous remettre en route au plus vite.

— Dommage, ce lieu est si hypnotique que j'y séjournerais bien des journées entières sans me lasser !

Vers dix-huit heures, ils parvinrent au centre de Hell-Bourg où ils avaient retenu une chambre chez l'habitant. Élie grimaça quand il découvrit l'endroit.

La maison du propriétaire se situait juste en face du foyer d'accueil où, dix-neuf ans plus tôt, son calvaire avait commencé.

41

Le retour aux sources

Élie reconnaissait à peine les lieux de son enfance. Trop d'années s'étaient écoulées. Niché au cœur du cirque de Salazie, dominé par le piton des Neiges, Hell-Bourg, pourtant, n'avait guère changé en vingt ans. Seuls certains éléments caractéristiques du village lui ramenèrent à la mémoire de vagues réminiscences : quelques belles villas cossues, rehaussées de frontons et devancées de perrons avec marquises vitrées, vestiges d'une époque fastueuse où toute une vie mondaine s'était organisée autour des anciens thermes ; les cases créoles aux lambris peints de toutes les couleurs et aux toits ornés de lambrequins, semblables à celle où habitait sa famille ; le paysage environnant, protégé par les remparts volcaniques du cirque… Il ressentait bien au fond de lui-même qu'il n'était pas étranger à cet endroit, quelque chose d'indescriptible frémissait en lui, mais il repoussait ce sentiment qu'il estimait être une faiblesse, pire, une trahison.

— Je ne suis plus d'ici, affirma-t-il à Lina pour se justifier. À vrai dire, je me sens totalement apatride. Cette île n'est pas la mienne.

Au reste, il n'avait aucune envie de rechercher les membres de sa famille. Pour lui, celle-ci n'existait plus. Il l'avait rayée définitivement de sa vie. Certes, Véli avait cherché à la revoir et y était parvenue, mais lui se refusait à une telle démarche.

— Nous rendrons visite à ma sœur quand tu en auras terminé avec les tiens, déclara-t-il à Lina qui s'étonnait qu'il ne veuille pas la suivre à la DDASS pour obtenir de plus amples renseignements. Elle habite à Saint-Pierre. J'ignore de quoi elle vit. Elle ne m'en a jamais parlé dans ses lettres. J'espère seulement qu'elle n'a pas renoué avec ses anciens démons !

Il laissa Lina devant l'entrée des locaux de la DDASS et patienta dans la voiture.

Lina désirait revoir l'endroit où les assistantes sociales l'avaient amenée après l'avoir arrachée à sa famille. Elle rencontra une jeune femme qui la reçut avec beaucoup de froideur. Quand elle lui expliqua le but de sa démarche, elle se fit rapidement éconduire.

— Tout cela est terminé à présent, lui objecta l'assistante sociale de service. Il y a longtemps que La Réunion n'envoie plus d'enfants en métropole. Ne poursuivez pas votre recherche. Cela ne pourra que réveiller d'anciennes rancœurs. Sachez toutefois que la plupart des enfants avaient été abandonnés ou étaient orphelins. Ils étaient donc pupilles de l'État. La DDASS n'a fait que donner un peu d'espoir à tous ces malheureux privés de famille.

— J'aimerais voir les papiers qu'ont signés mes parents quand ils m'ont confiée à vos services. Est-ce possible ?

— Je crains que non. De plus, pour cela il vous faudrait aller à la DDASS de Saint-Denis. Vous y perdrez votre temps, les archives ont brûlé il y a quelques années.

Lina n'obtint rien de plus. Sur place comme en métropole, le sujet était toujours tabou. Une véritable omerta planait sur cette tragédie, interdisant aux victimes de découvrir la vérité sur leur propre malheur.

Nullement découragée, elle pria Élie de l'amener ensuite à La Nouvelle, dans le cirque de Mafate, là où elle était née et avait vécu jusqu'à ses quatre ans.

— Es-tu certaine de vouloir poursuivre ? s'enquit Élie, par précaution. Tu risques d'être déçue, ou même d'être atterrée. On ne t'attend pas là-bas, personne ne te connaît. Tu passeras pour une étrangère venue régler ses comptes.

— Je n'ai pas effectué ce grand voyage pour renoncer si près du but. Je prends le risque. Je ne serai vraiment moi-même que lorsque j'aurai découvert qui je suis et d'où je viens.

Élie se plia à ses volontés.

Ils repartirent aussitôt en direction du cirque de Mafate.

La nature s'ensauvageait. Mafate était isolé du reste de l'île. C'était le seul cirque inaccessible par la route carrossable. Trois heures de marche sur des sentiers escarpés et difficiles étaient nécessaires pour atteindre les premiers îlets.

Après avoir rejoint le col des Bœufs par la route forestière du cirque de Salazie, ils se dirigèrent vers Grand-Îlet et Le Bélier. Aucun souvenir ne surgit dans l'esprit de Lina alors que, vingt ans plus tôt, elle était passée par le même endroit en compagnie des deux représentants de l'État venus la chercher. Le col des Bœufs ne lui inspira rien. Traumatisée à l'époque par ce qui lui était imposé, elle s'était pétrifiée à la vue du véhicule qui l'attendait au bout du chemin, une 2 CV fourgonnette où elle dut s'entasser à l'arrière avec quatre autres enfants, à même le plancher, tandis que les deux adultes prenaient place à l'avant sans se soucier de leur confort.

Ils garèrent leur voiture au bout de la route et empruntèrent le sentier qui descendait dans le cirque, quatre cents mètres plus bas. Dès le départ, ils furent surpris par la raideur de la pente. Les pierres roulaient sous leurs pieds mal chaussés et les freinaient à chaque pas. Le chemin serpentait à découvert et offrait un plongeon spectaculaire sur les paysages du cirque.

Plus ils approchaient du but, plus le cœur de Lina cognait dans sa poitrine, non à cause de l'effort mais de l'émotion qui la transperçait à l'idée de se retrouver bientôt en face de personnes inconnues, ses parents.

Ralentie par sa prothèse, elle peinait mais ne se plaignait pas. Élie la regardait de temps en temps, ému de la voir souffrir.

— Ma hanche me fait mal, finit-elle par admettre. La descente dans ces rochers glissants ne me convient pas. J'ai beau tenir la forme, j'avoue que c'est assez physique. Quand nous remonterons, ce sera pire !

Après une heure de marche, le sentier devint plus plat. Devant eux se dessinait la plaine des Tamarins tapissée de forêt. Lina voulut s'arrêter quelques minutes. Ils s'assirent l'un contre l'autre et écoutèrent le silence.

— C'est magique ! s'extasia Lina. La nature est vraiment envoûtante !

Ils levèrent les yeux vers le ciel, émerveillés par les tamarins qui courbaient leurs troncs de vingt mètres de haut dans une sorte de ballet mystérieux, entremêlant leurs branches couvertes de barbes de Saint-Antoine, tels des vieillards grimaçants.

Après avoir repris leur souffle, ils poussèrent jusqu'à une petite brèche dans la végétation, au lieu dit la Découverte, et aperçurent enfin en contrebas le plateau occupé par le village de La Nouvelle.

Vingt minutes plus tard, ils arrivèrent à l'entrée de l'îlet.

Lina posa son sac à dos à ses pieds. Élie en fit autant.

— Tu hésites ?

— Laisse-moi le temps de m'imprégner. Je veux sentir quelque chose frémir en moi. Une odeur, un détail du paysage, un chant d'oiseau. Ma madeleine de Proust.

Ils examinèrent avec attention le panorama qui se déployait sous leurs yeux. Dans un décor de pitons et de falaises abruptes, l'îlet de naissance de Lina paraissait paisible. Avec son église de bardeaux, reconnaissable à son toit à deux pentes accroché au sol par des câbles et à son minuscule clocher, son école à la cour de récréation herbeuse parsemée de fleurs sauvages, ses cases créoles de toutes les couleurs, éparpillées dans la verdure et envahies d'un entrelacs d'anthuriums flamboyants et de passiflores, le temps semblait s'être arrêté.

Il était quatorze heures. Ils disposaient de l'après-midi pour aller aux renseignements. Pour la nuit, ils avaient prévu de dormir une seconde fois chez l'habitant. Les touristes étaient assez rares à Mafate, mais les Mafatais avaient le sens de l'accueil, vivant tout au long de l'année à l'écart de ce que la vie moderne avait apporté dans les autres contrées de l'île.

Sans hésiter, ils se dirigèrent vers l'église où, pensaient-ils, le prêtre pourrait les informer.

— Si j'ai été baptisée, supposa Lina, je dois être inscrite dans son registre. De même si mes parents sont décédés, il me le confirmera. C'est l'homme du premier recours, à défaut d'avoir accès aux registres de l'état civil.

La Nouvelle appartenant à la commune de La Possession, elle se doutait qu'elle n'obtiendrait pas sur place les renseignements nécessaires à sa quête et qu'on lui demanderait de se rendre au chef-lieu situé sur le littoral à plus de quarante kilomètres.

La porte de l'église était grande ouverte.

— Je ne t'accompagne pas, dit Élie. Je n'aime pas ces endroits qui sentent l'encens, la bougie éteinte et les vieilles boiseries. Je t'attends dehors.

Lina pénétra seule dans l'édifice religieux. Il y régnait une relative fraîcheur au regard de la moiteur étouffante de l'extérieur. Le curé, un homme d'une quarantaine d'années, au ventre proéminent et à la barbe hirsute, priait face à l'autel, agenouillé à même le sol.

Lina se racla la gorge pour manifester sa présence. Le prêtre se retourna, les mains jointes.

— Que puis-je pour vous, mon enfant ?

— Je désire vous parler. C'est très personnel.

— Suivez-moi dans la sacristie, nous y serons plus tranquilles.

Lina obtempéra, rassurée.

— Je suis le père François, le curé de cette paroisse… Je vous écoute.

Alors Lina expliqua le motif de sa démarche.

— Vous avez effectué un très long voyage pour retrouver vos parents, s'étonna le père François. Cela vous honore. Je connais bien le drame vécu par tous ces pauvres gens que l'on a trompés dans les années 1960 et 1970. À ce jour, aucun n'a revu ses enfants et aucun de ces derniers n'est rentré au pays pour renouer les liens familiaux. C'est terrible ! Je vais consulter mes registres. Si vous avez été baptisée, nous serons très vite renseignés.

Après quelques minutes, le religieux réapparut, l'air satisfait.

— Vos parents, les Rivière, vous ont conduite sur les fonts baptismaux en janvier 1962, un mois après votre naissance. À l'époque, le prêtre qui officiait ici était le père Joseph. Je l'ai croisé à la fin de sa vie. Il est mort il y a déjà huit ans.

— Mes parents sont-ils encore vivants ?

— Dans le registre des décès, que nous tenons pour tous ceux dont les obsèques se passent à l'église, j'ai une Tara Rivière, décédée à l'âge de soixante-quinze ans.

— C'était ma grand-mère.

Lina avait la larme à l'œil. Ces détails lui semblaient irréels, mais ils réveillaient soudain en elle des bribes de souvenirs. Les visages ne lui revenaient pas, ni les voix, mais elle se sentait comme liée à des gens proches d'elle par la distance à défaut de l'être par le cœur.

— Pouvez-vous m'indiquer où ils habitent ? Les cases à La Nouvelle sont tellement dispersées et le hameau est si étendu que j'ai peur de me perdre.

L'homme d'Église consulta à nouveau son registre, griffonna quelques mots sur une feuille.

— Souhaitez-vous que je vous y conduise ? Ce serait plus simple.

Lina accepta volontiers. Elle se réjouit aussitôt de la présence de cet homme à l'âme charitable. Il saurait la présenter, trouver les premières paroles qui lui manqueraient sans doute au moment fatidique.

À l'extérieur, Élie s'impatientait. Il n'avait qu'une hâte : que Lina aboutisse à ses fins pour reprendre la route du retour. Depuis qu'il avait débarqué de l'avion, il éprouvait une sensation étrange qui le mettait mal à l'aise. Comme des remords qui s'imposaient à lui alors qu'il s'était armé d'une solide cuirasse pour soutenir Lina dans sa démarche. Avait-il tort de refuser toute recherche sur sa propre famille, sur ces gens qui l'avaient abandonné à un moment crucial de son enfance ? Ceux-ci étaient-ils vraiment coupables du crime odieux dont il les accusait ? Il commençait à se poser des questions.

— Le père François se propose de nous accompagner jusqu'à la case de mes parents, lui annonça Lina.

— Je vous attends ici, je ne tiens pas à assister à vos retrouvailles. Il vaut mieux que tu sois seule à ce moment-là.

Lina n'insista pas. Elle ne jugeait pas Élie et acceptait son opinion.

Elle suivit le père François pendant près d'une heure sur les chemins qui serpentaient à travers une végétation luxuriante et des carrés de terre cultivée au milieu desquels se dressaient des cases de bois, aux toits de tôle rouillée comme celles des faubourgs de Saint-Denis. Partout la pauvreté éclatait, mais dans le regard de ceux qu'elle croisa ce jour-là elle distingua beaucoup de dignité et une certaine fierté.

Ils parvinrent devant une case à l'écart des autres, entourée d'un jardin parfaitement entretenu. Des poules et un coq se disputaient un tas de détritus alimentaires. La porte et les fenêtres étaient grandes ouvertes. Le calme régnait à l'intérieur comme à l'extérieur. Lina sentit sa gorge se serrer. Sa jambe amputée se réveilla et des aiguilles acérées la picotèrent jusqu'à l'extrémité de son pied manquant. Étrange sensation que celle du corps qui se rappelle à l'esprit au-delà de son infirmité !

— C'est là ? demanda-t-elle, paralysée par l'émotion.

— Oui, fit le prêtre. Si vous le souhaitez, je peux avertir les Rivière de votre arrivée. Ce serait moins brutal pour eux.

Lina accepta la proposition. Elle patienta plusieurs minutes interminables à l'écart de la case.

Quand le religieux en ressortit, elle eut la tentation de s'en aller, de renoncer.

Derrière le père François, une petite femme proprement vêtue apparut, bientôt suivie d'un homme au visage buriné, le front barré par un bandeau de couleur rouge.

— Avancez-vous, dit le prêtre à Lina. Je leur ai annoncé qui vous êtes.

Lina avait atteint le terme de sa quête. Elle avait devant elle ses parents, ceux qui lui avaient donné la vie, ceux à qui elle ne cessait de penser depuis le jour où Pierre et Séréna lui avaient confirmé son adoption.

Bien qu'elle se fût préparée à cette confrontation, le choc fut terrible. Elle ne se reconnut pas dans le couple que le prêtre lui présenta avec beaucoup de douceur et de prudence. Mis à part leur couleur de peau commune, ces deux êtres lui parurent si étrangers qu'elle fut incapable, sur le moment, de leur dire autre chose qu'un banal « Bonjour ». Les mots ne sortaient pas de sa bouche.

La femme lui sembla beaucoup plus âgée que Séréna et l'homme, de petite taille et à la chevelure drue, était marqué par les années alors qu'il n'avait pas encore soixante ans.

Enfin elle réagit et amorça la conversation :

— Je suis votre fille, Apolline.

Marie-Rose s'approcha de Lina, les yeux remplis de larmes, les mains ouvertes en guise de bienvenue. Derrière elle, son mari, Toussaint, demeurait stoïque, le regard fixé sur Lina comme s'il se méfiait d'elle. Lina sortit de son sac à dos sa poupée de chiffon. Elle la tendit à Marie-Rose.

— Vous vous souvenez ?

— Tu l'appelais Titi'a, ta grand-mère te l'avait offerte avant ton départ, répondit en créole la vieille femme, d'une voix tremblotante.

— Je ne comprends pas ce qu'elle dit, déplora Lina en s'adressant au père François.

Celui-ci dut traduire toute la conversation. Lina prit alors conscience qu'un fossé la séparait de ses parents. Leur langue, leur culture, leur mode de vie, leurs préoccupations les éloignaient cruellement, faisaient d'eux des étrangers. Elle s'efforça de ne pas trahir sa déconvenue, regardant sa mère avec tendresse et compassion. Mais elle ressentait une profonde déception. Elle s'était imaginé tout autre chose de ce premier contact avec les siens, un élan réciproque irrépressible, sans retenue, un flot d'émotions incontrôlable. Or elle déplorait en son for intérieur que rien ne se déroulât comme elle l'avait rêvé. Certes, elle ne demeurait pas insensible face à ces deux êtres effondrés devant une réalité qui les dépassait, mais elle n'éprouvait pas cette chaleur filiale venue du tréfonds de l'âme qu'elle avait cru possible en idéalisant cette scène de retrouvailles.

Le père François, comprenant sa réaction, l'aida à rompre la digue. Il expliqua aux Rivière comment leur fille était parvenue jusqu'à eux, puis il trouva les mots justes pour les déculpabiliser et faire comprendre à Lina que l'amour d'une fille pour ses parents ne pouvait pas naître au premier regard, après une si longue absence et un si grand éloignement.

— Vous revenez de très loin, la rassura-t-il. Laissez du temps au temps pour mieux vous connaître et vous reconnaître. Quand vous sentirez en vous une petite flamme vous réchauffer le cœur, l'amour sera là et ne cessera de grandir au fond de votre âme. Alors vous saurez que votre tâche est accomplie.

L'entrevue dura plus longtemps que Lina ne l'avait prévu. Petit à petit elle s'attendrit, submergée d'abord par un flot de remords, de reproches qu'elle s'adressait à elle-même, puis peu à peu par une douce chaleur qui s'empara de son corps, comme après un mauvais rêve dont on sort frigorifié.

Elle finit par s'effondrer dans les bras de sa mère, tandis que son père parlait avec le père François.

Devant l'église, Élie s'impatientait. Il devinait que les retrouvailles se déroulaient dans les pleurs et les regrets, et commençait à craindre que Lina ne sorte pas indemne de cette terrifiante confrontation.

Lorsque, à la tombée du jour, elle réapparut en compagnie du père François, il remarqua son air détendu. Son visage reflétait la sérénité, la paix recouvrée. Alors qu'elle était partie en claudiquant du fait des douleurs qui s'étaient réveillées dans sa jambe, elle ne boitait plus. Elle lui sourit tendrement en l'apercevant.

— Ça y est. J'ai rencontré mon père, ma mère et, juste avant de les quitter, mon frère aîné, Joseph, qui habite toujours chez eux avec femme et enfants, mes neveux. Mes autres frères et sœurs ne vivent plus à Mafate mais en ville, sur le littoral.

Élie fut soulagé. Lina paraissait heureuse. Comment réagirait-elle maintenant que le plus important était réalisé ? Quelle suite donnerait-elle à ce retour aux sources de son enfance volée, de sa vie brisée à peine réparée ?

Ils demeurèrent à La Nouvelle plusieurs semaines, accueillis par le père François qui leur offrit l'hospitalité. Élie consentit finalement à se présenter à la famille de Lina. Mais celle-ci refusa d'imposer leur présence à ses parents qui, néanmoins, leur proposèrent généreusement tout ce qu'ils possédaient de nourriture pour les remercier. Chaque jour, ils mirent un point d'honneur à les gratifier des meilleurs plats que Marie-Rose cuisinait pour eux avec amour, rougail saucisses, cari de poulet et canard à la vanille, élevés dans leur basse-cour, bouchons à la viande de porc, lentilles de Cilaos… Toussaint ne passait jamais à table avant d'avoir servi, dans des verres opaques à force d'avoir été lavés, son rhum arrangé qu'il préparait lui-même avec des herbes aromatiques ramassées autour de sa case et du rhum agricole provenant de la distillerie pour laquelle il coupait la canne dans le bas pays.

Malgré son air sévère, le vieil homme ne dissimulait pas son émotion d'avoir retrouvé sa fille. Il lui raconta avec précision les circonstances dans lesquelles lui et sa femme avaient accepté de l'envoyer en métropole pour qu'elle ait une bonne éducation et, plus tard, un bon métier. Lina, s'habituant au parler créole, suivait à présent la conversation sans avoir recours au père François.

— Nous ne savons ni lire ni écrire, reconnut Toussaint avec beaucoup de pudeur, aussi nous avons apposé nos empreintes sur le document qu'on nous a présenté. On nous a affirmé que tu demeurais notre fille à part entière et que tu rentrerais chaque année aux grandes vacances.

— On vous a menti et trompés ! expliqua Lina. En réalité, j'ai été déclarée abandonnée et j'ai été adoptée. Mais j'ai eu une chance inouïe, mes parents adoptifs sont des gens très bien. Ils m'ont toujours considérée comme leur propre fille. Je n'ai pas été malheureuse. J'ai fait de longues études, je serai bientôt médecin.

Toussaint et Marie-Rose ne cessaient d'essuyer leurs yeux tandis que Lina racontait sa vie en métropole. Elle évita de leur dévoiler que tous les enfants concernés par ce drame n'avaient pas été aussi privilégiés qu'elle. Élie craignait qu'elle ne s'attarde sur son cas et celui de Véli.

Quand l'heure des adieux arriva, Lina ne parvint pas à se détacher des bras de sa mère et de son père. Elle leur promit de revenir à La Réunion, de ne jamais les oublier.

— Je repars heureuse. Maintenant, je sais que vous ne m'avez pas abandonnée. Je sais qui je suis.

Dans l'avion qui les ramena à Paris, après qu'ils eurent rendu visite aux autres frères et sœurs de Lina, puis à Véli à Saint-Pierre où elle exerçait son métier de coiffeuse, Élie parut soucieux.

— Qu'envisages-tu à présent ? As-tu l'intention de rentrer un jour définitivement à La Réunion, comme ma sœur, pour y pratiquer la médecine ?

Lina temporisa. Si Véli s'occupait effectivement de ses parents retrouvés dans la douleur et avait décidé de rester auprès d'eux, elle n'avait jamais songé pour elle à une telle destinée.

— Et toi ? biaisa-t-elle.

— Je ne suis pas réunionnais… *plus* réunionnais, devrais-je dire. Je suis lozérien. Je ne souhaite pas revenir en arrière.

— Moi non plus, avoua Lina, je ne me sens pas réunionnaise. Je suis de là où mes racines ont marcotté. Je ne te quitterai pas pour la terre qui m'a vue naître, même si mon cœur ne se détachera jamais plus de cet îlet de La Nouvelle où reposeront un jour tous les miens.

Épilogue

Montpellier, 2002

Lorsque Lina a eu fini de me raconter son voyage à La Réunion, j'ai décidé de mettre fin à ses confidences. Il était temps de terminer le roman de sa vie. Ce que j'avais en ma possession suffisait pour conclure de façon à la fois émouvante et réaliste.

— Il est inutile d'en rajouter, lui ai-je affirmé. Ton histoire d'enfant abandonnée, marquée par le destin, trouve un excellent dénouement par tes retrouvailles avec les tiens.

Lina a tenu cependant à m'expliquer ses dernières démarches. Son combat pour l'honneur des enfants déracinés de La Réunion ne s'est pas achevé, en effet, à son retour en métropole. En réalité, il n'a fait que commencer.

Elle effectua plusieurs voyages auprès des siens et assista, la mort dans l'âme, au décès de son père, Toussaint, quatre ans après sa première visite, puis à celui de sa mère, Marie-Rose, dix ans plus tard. Elle entretint des relations affectives étroites avec sa fratrie. Toutefois, avec certains, la tâche ne fut pas aisée. Ses sœurs notamment éprouvèrent beaucoup de difficulté à la reconnaître comme l'une des leurs. L'absence, l'éloignement, leur culture différente avaient fait d'elles des étrangères. Plusieurs années furent nécessaires pour établir entre elles des liens fraternels sans a priori ni retenues.

Devenue médecin humanitaire dès le début de sa carrière, Lina ne cessa pas d'intervenir auprès de l'administration pour obtenir réparation du préjudice subi par plus de deux mille enfants arrachés à leurs familles. Dans ce combat, elle ne fut pas seule, mais elle se heurta à d'énormes obstacles, de la part des instances sociales et étatiques, mais aussi de la part des victimes réunionnaises elles-mêmes qui, pour un certain nombre d'entre elles, ne souhaitaient pas remuer le passé, beaucoup se sentant désarmées pour mener un tel combat.

Depuis l'année 2000, les événements s'étaient précipités. Lina se porta sur tous les fronts, s'étant associée à tous ceux qui pressaient l'État français de leur rendre justice. Un silence accusateur pesait sur cette terrible tragédie. Que voulait-on cacher ? Pourquoi ce que l'on avait tenté de présenter comme une œuvre de bienfaisance, voire de sauvetage humain, restait-il accompagné de tant de non-dits ?

— Il y a quelques années déjà, des voix se sont levées pour dénoncer le rôle de l'État, m'a expliqué Lina. Des fonctionnaires ont obéi aux consignes de leur autorité de tutelle en cherchant à faire du zèle. J'en prends pour preuve la mutation dans la Creuse d'un des directeurs des services sociaux de La Réunion. Ce responsable a activé ses anciennes relations pour amener en métropole un maximum d'enfants. C'était la politique du chiffre ! De même, à l'époque, l'ancien directeur du Foyer de l'enfance de Guéret a été démis de ses fonctions uniquement pour avoir osé alerter sur la situation dramatique des jeunes Réunionnais envoyés dans la Creuse. Tout cela, c'est mon père qui me l'a avoué après coup ! Je lui ai reproché de m'avoir tu trop longtemps cette vérité.

— Que t'a-t-il répondu ? ai-je demandé.

— Que lui aussi était tenu à la loi du silence ! Sa mutation forcée à Mende lui avait servi de leçon !

— Que comptes-tu faire maintenant que tu as récupéré ta prothèse ?

— Je rentre à Paris demain. Élie m'attend. Je vais essayer de le convaincre de revenir sur sa décision. J'aimerais qu'il poursuive avec moi dans l'humanitaire. Ça a été notre première vocation, il doit le rester. Tu nous imagines dans un cabinet médical à soigner une patientèle établie, dans un quartier chic de la capitale ou de Montpellier ? À faire du fric sur leurs maladies ou en spéculant sur une bonne épidémie pour nous rendre vraiment indispensables !

Nous aurons bel air quand, de leurs balcons, les gens nous applaudiront pour nous remercier de notre dévouement sans limites ! Je ne dis pas que là n'est pas notre première tâche de toubib, mais il y a tellement de misère de par le monde que, tant que j'en ai encore la force et le courage, tant que le devoir m'appelle, je partirai prodiguer mes soins aux plus démunis, ceux qui sont vraiment au bout de l'enfer.

Lina demeurait identique à elle-même. Elle n'avait pas changé depuis l'époque où, face à l'adversité, elle refusait la fatalité.

— En fait, ai-je ajouté, ne regrettes-tu pas que ton choix de vie t'ait empêchée d'avoir des enfants ? Nous avons plus de quarante ans toutes les deux, et nous mourrons sans descendance. Moi, j'avoue que c'est l'échec de ma vie.

Lina m'a fixée du regard et a plissé les yeux. Je savais ce que cela signifiait. Elle ne me suivait pas sur le chemin où je l'entraînais.

— Tu te trompes, ma belle ! J'ai gardé le meilleur pour la fin.

Je me suis approchée d'elle, impatiente d'entendre ce qu'elle avait à m'annoncer.

— Quoi donc ?

— Je suis enceinte ! Eh oui, à quarante et un ans, c'est possible ! Ça ne se voit pas encore, mais c'est pour dans sept mois. Un petit garçon, ce sera un garçon !

Sur le moment, je suis restée sans voix. Puis, revenant de ma surprise, je lui ai sauté au cou.

— Ma Lina, maman ! Je n'y crois pas !

— Qu'attends-tu pour en faire autant ? Il est toujours temps. Mais ne tarde pas trop, conseil de médecin !

— Il me faudrait d'abord un mari !

— Pas besoin d'être mariée. Élie et moi ne le sommes pas et n'en avons pas l'intention.

— Je préfère mon célibat. Mes expériences précédentes m'ont échaudée. Je n'ai plus envie de rechercher le Prince charmant à mon âge.

— Tu penses encore à Fabien ?

— Parfois, je l'avoue. Il est demeuré dans mon cœur le grand amour de ma vie. Après lui, aucun homme ne m'a jamais fait rêver.

Lina s'est moquée de moi gentiment, comme elle en avait le don, et a juré sur tous les saints qu'elle se chargerait de mettre sur mon chemin celui qui me ferait changer d'avis.

— Une chose n'a pas été décidée, ai-je poursuivi pour détourner la conversation. Quel titre souhaites-tu donner à ton roman ?

— Ce n'est pas *mon* roman, mais le tien, ma chérie. C'est toi qui l'as écrit. Si tu l'envoies chez un éditeur, je veux que ton nom apparaisse comme celui de l'auteur. Moi, je n'ai été que ta source d'inspiration.

— Soit. Mais tu ne m'as pas répondu.

Elle réfléchit, l'air grave.

— Que penserais-tu de *Mensonges et Trahisons* ?

— Pas mal, ça choque et exprime bien ce que ça dénonce. Mais je préférerais quelque chose de moins vindicatif… Je te propose… voyons… *Lina*. Oui, *Lina* tout simplement. Après tout, il s'agit de ton histoire ! Ainsi, il ne sera plus utile de t'appeler L., comme je l'avais d'abord suggéré.

Elle s'est emparée des feuillets que j'avais rédigés et mis au propre, les a parcourus hâtivement.

— OK, va pour *Lina*.

Montpellier, 2022. Vingt ans plus tard

D'autres événements importants étant intervenus ces dernières années, mon éditeur a souhaité rééditer *Lina*. À cette fin, il m'a chargée de rédiger une préface inédite. C'est l'occasion pour moi de revenir sur ce qu'a entrepris Lina après nos dernières confidences littéraires qui ont donné naissance à la première édition.

Comme nous l'avions souhaité, nous ne nous sommes plus jamais perdues de vue.

Lina accoucha d'une magnifique petite fille qu'elle appela Marie en souvenir de sa mère, farce du destin, preuve que la vie réserve bien des surprises, même aux plus convaincus de la vérité ! Je revois sa tête effarée quand on lui apprit la nouvelle ! Cette heureuse naissance transforma beaucoup le cours de son existence, comme quoi il ne faut jamais jurer de rien. Avec Élie, en effet, elle rentra à Montpellier et accepta un poste de chef de clinique à l'hôpital Lapeyronie où elle avait effectué son internat. J'en fus la plus ravie des deux.

Aujourd'hui, à plus de soixante ans, nous sommes toujours amies comme jadis. Nos liens se sont même renforcés au fil des années. À quarante-deux ans, j'ai fini par trouver l'âme sœur et me suis mariée avec un homme de huit ans plus jeune que moi, ce qui a poussé Lina à affirmer que je refusais de vieillir – ce qui n'était peut-être pas faux ! Nous nous retrouvons souvent en couples sur les rives du Lez ou à La Grande-Motte, au bord de la mer. Nous évoquons rarement le passé. Ni l'une ni l'autre n'aimons vivre de nostalgie.

Lina a l'intention de cesser son activité médicale d'ici un an ou deux. L'épidémie de Covid-19 en 2020 et 2021 l'éprouva beaucoup ; elle se donna à fond pendant cette période, ainsi qu'Élie, qui, un peu plus âgé qu'elle, était déjà en retraite, mais reprit le collier pour l'occasion. Ils furent très surpris de s'entendre applaudir sur les balcons de Montpellier pendant le premier confinement. Lina n'en crut pas ses oreilles, elle qui avait envisagé la scène avec un humour grinçant vingt ans plus tôt alors qu'elle se refusait à une existence bien rangée.

Dans ma préface, je veux insister sur les derniers événements auxquels Lina a ajouté sa pierre. Ainsi, je clôturerai cette histoire inspirée de sa vie hors du commun. Toute la vérité sera dévoilée sur cette tragédie qui l'a profondément marquée dès la petite enfance.

Un soir d'octobre 2002, alors qu'elle était rentrée à Mende pour accoucher près de chez ses parents, elle vint m'apporter le texte d'un rapport de l'IGAS, l'Inspection générale des affaires sociales, qu'un ami de son père lui avait procuré. C'était un long compte rendu officiel sur la situation d'enfants réunionnais placés en métropole dans les années 1960 et 1970, que l'on peut obtenir aujourd'hui très facilement sur Internet.

— Lis la conclusion, me demanda-t-elle. C'est ahurissant !

Je parcourus les quelques lignes à la fin du rapport, stupéfaite à mon tour. Il était écrit noir sur blanc : « La mission ne peut dresser un bilan négatif de la migration des pupilles réunionnais placés en métropole. »

— Cette double négation signifie donc que le bilan est positif ! s'insurgea Lina. Ben voyons ! De qui se moque-t-on ? On a déporté plus de deux mille enfants – et je pèse mes mots – arrachés à leurs familles, mais c'est positif ! Tiens, ça me rappelle un autre « bilan globalement positif » qu'un certain Georges Marchais a dressé à propos des pays de l'Est en 1979 !

Ce genre d'hypocrisie avait le don d'exaspérer Lina.

— Les années passent et rien ne change, déplorai-je.

— Je garde néanmoins l'espoir que les choses vont bientôt bouger, me contredit-elle. Des plaintes commencent à être déposées par certaines associations d'exilés réunionnais.

Lina me cita alors la tentative de Jean-Jacques Martial dont m'avait parlé la Réunionnaise, Violaine, que j'avais rencontrée à Guéret au cours de l'hiver précédent.

— Je suis au courant, lui dis-je. Il a demandé à l'État une indemnisation de préjudice considérable. A-t-il obtenu satisfaction ?

— Il n'a pas reçu un seul centime à ce jour. En réalité, c'était pour attirer l'attention sur l'affaire. Mais il a récupéré son nom de naissance, car, jusqu'à présent, l'état civil ne le connaissait que sous le nom de Jean-Jacques Barbey. Depuis, des avocats célèbres comme Gilbert Collard ou le Réunionnais Jacques Vergès s'intéressent à cet épineux dossier. Ce dernier est entre de bonnes mains. On ne doit plus taire ce qui s'est passé durant ces deux décennies. Sans racines et sans repères, comment veux-tu que tous ces malheureux reconstruisent leur vie ?

Lina ne laissa pas aux autres le soin de se battre pour ses semblables. Elle prit une part effective aux actions menées par les associations d'exilés. Celles-ci multiplièrent les recours judiciaires. Mais aucune juridiction n'a reconnu la responsabilité de l'État dans le drame vécu par les Réunionnais. Vices de forme, dilution des responsabilités, prescriptions en tous genres vinrent à bout des efforts des victimes de cette tragédie.

En 2014, Lina s'investit personnellement auprès de la députée de La Réunion, Ericka Bareigts, en se rendant à Saint-Denis pour lui assurer son soutien et son aide. À l'issue de sa démarche, la députée soumit au vote de l'Assemblée nationale une résolution mémorielle qui fut adoptée le 18 février par la majorité des députés. Le texte reconnaissait le rôle de l'État français dans l'exil forcé des Réunionnais.

En 2016, deux ans plus tard jour pour jour, le gouvernement installa une commission d'enquête nationale de cinq experts pour l'information et la recherche historique sur cette affaire.

Lina triomphait avec tous les siens.

— La vérité va enfin éclater au grand jour ! m'annonça-t-elle par téléphone, de Paris, où elle était montée pour rencontrer Ericka Bareigts, devenue ministre des Outre-mer dans le gouvernement de Manuel Valls. Les associations de Réunionnais sont reçues par la commission et par la ministre en personne.

L'année suivante, le gouvernement prit les premières mesures en faveur des victimes et en 2018 la commission rendit public son rapport.

À ce jour, la lutte de Lina pour l'honneur des siens n'a pas cessé. Quatre ans se sont écoulés depuis cette belle victoire qui est loin d'être totalement aboutie. Son combat se poursuit.

Quand, en 2023, les lecteurs liront à nouveau *Lina*, le roman de sa vie, ils ne pourront plus jamais dire : « Je ne savais pas. »

Saint-Jean-du-Pin, le 22 mars 2021

Postface

Il y a quelques années, en cherchant à me documenter sur l'épineux problème des enfants adoptés, j'ai découvert sur Internet une interview du danseur et chorégraphe haïtien Tinan Leroy[1], réalisée peu après le terrible séisme du 12 janvier 2010 qui ravagea son île natale. Il racontait comment il avait vécu son arrivée en France en 1984, à l'âge de cinq ans, en compagnie de quarante autres enfants, et son adoption par une famille française. Ses mots étaient très durs pour qualifier les adoptions qui suivirent le fléau. Il parlait d'une « forme de trafic d'enfants », de « kidnapping », de « déracinement », de « choc culturel », de « dépaysement brutal ». Il reconnaissait ne se sentir ni haïtien ni français, être « perdu quelque part entre deux mondes ».

1. Né en 1979 en Haïti, mort en 2014. Musicien, chorégraphe et professeur de salsa, auteur de *Magnitude 7.3*, chez Alma Éditeur.

J'ai mis ce document de côté, pensant qu'un jour j'aborderais ce thème épineux dans l'un de mes romans. J'ai toujours été touché par le sujet des origines, des racines, de l'enracinement quand on est un exilé. J'en suis un à petite échelle ; je le ressens chaque fois qu'on me demande comment l'on m'a adopté dans une région qui n'est pas ma terre natale, mais qui est devenue celle de mes enfants et la mienne depuis plus de quarante ans.

J'avais presque oublié cette interview lorsque, un an avant d'entreprendre la rédaction de ce roman, faisant du rangement dans mes dossiers, je l'ai redécouverte. Je venais de regarder sur une chaîne de télévision une fiction policière qui abordait le sujet des « Enfants de la Creuse », comme on a appelé ces jeunes déracinés réunionnais emmenés en métropole dans les décennies 1960 et 1970.

Je ne connaissais pas grand-chose de ce drame. À l'époque, quand tout a commencé, j'avais quinze ans et j'avoue ne pas m'être intéressé plus tard à cette question qui, au demeurant, était un sujet tabou et l'est encore aujourd'hui à bien des égards. Je dois admettre que, dans ma bonne ville du Nord où je vivais, je n'ai pas dû rencontrer beaucoup de Réunionnais issus de cette immigration.

Intrigué, j'ai vite cherché à me renseigner et en ai discuté autour de moi. J'ai constaté, sans en être très étonné, que peu de gens avaient entendu parler de cette tragique affaire qui a marqué le début de notre Ve République. Passionné par l'histoire du général de Gaulle, je suis littéralement tombé de surprise en découvrant ce que la France, au nom d'une forme de raison d'État teintée de motivations humanitaires, a entrepris à partir de 1963 dans son département de La Réunion : un véritable déplacement organisé de sa jeune population, celui d'adultes au chômage orchestré par le Bumidom – le Bureau pour le développement des migrations dans les départements d'outre-mer – et celui d'enfants par les soins de la DDASS. Plus de quatre-vingts départements ont accueilli ces enfants, surtout des départements ruraux, dont la Creuse et la Lozère.

J'ai aussitôt établi le parallèle entre les paroles prononcées par Tinan Leroy et la réalité qui m'est apparue à travers la documentation que je me suis empressé d'étudier sur cette affaire qualifiée par certains de scandale d'État. J'ai lu beaucoup d'articles parus dans la presse et retranscrits sur Internet, ai consulté avec grand intérêt le très long et très détaillé rapport de la Commission temporaire d'information et de recherche historique rendu public en 2018, ainsi que l'éloquente étude de Gilles Gauvin *Michel Debré et l'Île de la Réunion*, parue en 1999, et d'autres documents encore dont j'indique les références à la fin de ce roman. J'ai visionné enfin plusieurs vidéos et lu un certain nombre d'ouvrages sur le sujet, tous aussi édifiants les uns que les autres.

J'étais prêt dès lors à aborder ce thème délicat. Les petits Réunionnais allaient devenir mes compagnons de route pendant une année d'écriture. D'autant plus que la Lozère, ce département à quelques encablures de chez moi, était concernée. Leur sort m'a semblé tellement tragique, à l'instar des petits Haïtiens dont parle Tinan Leroy, que je n'ai eu de cesse d'approfondir mes connaissances sur leur triste destin afin de pouvoir – comme chaque fois que je traite un sujet sensible – me montrer le plus impartial possible. Car, comme toujours lorsqu'il s'agit de l'Histoire, surtout de notre histoire récente, je me garde de porter un jugement trop hâtif et personnel qui ne saurait refléter qu'une première réaction à chaud.

Mais, au-delà de cette affaire qui n'a toujours pas atteint son terme aujourd'hui, tant les arcanes de l'administration sont ténébreux, avec ce roman, vous plongerez d'abord dans l'histoire d'une belle amitié entre deux jeunes filles qui se rencontrent en classe de sixième et ne se quitteront plus jamais. Vous les suivrez jusqu'à nos jours, alors qu'elles arrivent toutes les deux à l'âge de la retraite. Tout les oppose, leurs origines sociales, leur physique, leur caractère, leur vision de la vie, mais ce qui les unit devient très rapidement indéfectible.

Je ne peux m'ôter de l'esprit que cette forme d'amour, que les êtres se donnent en partage, est encore le meilleur exemple d'humanité en ces temps plus qu'incertains.

Une fois encore, j'avais envie d'écrire avant tout une belle histoire qui vous émeuve et vous fasse rêver, à l'intrigue forte, aux liens entre les personnages très serrés, aux rebondissements inattendus, au dénouement ouvert sur l'espoir. Ce sont des pistes, des axes de lecture récurrents dans chacun de mes romans, je le concède, car je suis de ceux qui croient en l'homme et en son avenir malgré ses travers. Mais le thème que j'ai choisi de traiter en parallèle ne pouvait l'être à la légère.

Aussi, j'espère que ce roman vous fera réfléchir et vous aura troublés sans doute autant que j'ai été troublé par ce que j'ai découvert. À l'heure où je rédige cette postface, je me sens à la fois plus serein et plus humble, car je sais que dans notre grand pays nous sommes capables de résilience devant ce qui nous dépasse.

Christian Laborie

Sources

D'après l'excellent dossier *Réunionnais de la Creuse, le dossier* de France Info région Nouvelle-Aquitaine.

Sur Internet

Les articles sur le site Internet de France 3 Nouvelle-Aquitaine

Les articles sur le site Internet d'Outre-Mer la 1ère

FEDD (Fédération des Enfants Déracinés des Drom)

Commission d'experts, adresse : lesenfantsdelacreuse@outre-mer.gouv.fr

L'article de Chloé Leprince : « Enfants de la Creuse : une mémoire défaillante sur un crime impuni », sur le site de France Culture

Université de La Réunion, colloque, séminaires, conférences : « Michel Debré et les enfants de la Creuse : une mémoire meurtrie »

Étude de la transplantation de mineurs de La Réunion en France hexagonale, rapport à madame la ministre des Outre-mer, Commission temporaire d'information et de recherche historique, 2018

Télévision

Racines en l'air, documentaire de Pascal Coussy et Philippe Dupont diffusé sur France 3 en 2003

Loin, si loin, émission diffusée sur France 3 enregistrée à Guéret le 21 juin 2017

Une enfance en exil : justice pour les 1615, documentaire de William Cally diffusé sur France 3 et Réunion la 1ère

Les Enfants de La Réunion : un scandale d'État oublié, documentaire de Clémence de la Robertie, réalisé par Guénola Gazeau et Pierre Lascar. Diffusé le 19 février 2017 sur France Ô, dans le magazine *Histoire d'outre-mer* présenté par Fabrice d'Almeida

Arrachée à son île, documentaire de Patrice du Tertre diffusé en 2002 sur France 5

« Île de La Réunion : les enfants volés de la Creuse en quête de leurs parents », reportage dans le magazine *Sept à Huit* sur LCI

À court d'enfants, fiction écrite et réalisée par Marie-Hélène Roux. Diffusée en juin 2017 sur France 3

Le Pays des enfants perdus, fiction réalisée par Francis Girod, 2004

Mille et une Vies, émission avec Valérie Andanson diffusée le 28 novembre 2016 sur France 2

Radio

Saint-Denis de La Réunion-Guéret : le voyage sans retour des orphelins malgré eux, documentaire radiophonique d'Isabelle Bissey, diffusé le 16 février 2014 dans l'émission *Interception* sur France Inter

Sources

Les Pupilles réunionnais, un aller sans retour pour la métropole, documentaire radiophonique de Jean-Louis Rioual, réalisation Renaud Dalmar, diffusé le 30 mars 2010 dans l'émission *La Fabrique de l'histoire* sur France Culture

Bibliographie

La Bête que j'ai été, Jean-Pierre Gosse, 2005, Alter Ego

Une enfance volée, Jean-Jacques Martial, 2003, Les Quatre Chemins

Tristes Tropiques de la Creuse, Gilles Ascaride, Corine Spagnoli, Philippe Vitale, 2004, Éditions K'A

Les Réunionnais de la Creuse : une affaire d'État, Gilles Ascaride, Corine Spagnoli, Philippe Vitale, 2006, Annuaires des pays de l'océan Indien

La Déportation des Réunionnais de la Creuse, témoignages recueillis par Élise Lemai, 2004, L'Harmattan

« Michel Debré et La Réunion : la force des convictions jacobines », Gilles Gauvin, *Revue française d'histoire d'outre-mer*, tome 86, n° 324-325, 2e semestre 1999

Enfants en exil. Transfert de pupilles réunionnais en métropole (1963-1982), Ivan Jablonka, Seuil

Table

CET OUVRAGE
A ÉTÉ ACHEVÉ D'IMPRIMER
SUR ROTO-PAGE
PAR L'IMPRIMERIE FLOCH
À MAYENNE EN JUILLET 2023

N° d'impression : 102933
Imprimé en France